Herbert Dutzler

Die Einsamkeit des Bösen

Kriminalroman

W0328044

MIX
Papier aus verantwortungsvollen Quellen
FSC® C083411

Auflage:
4 3 2 1
2019 2018 2017 2016

© 2016
HAYMON verlag
Innsbruck-Wien
www.haymonverlag.at

Alle Rechte vorbehalten. Kein Teil des Werkes darf in irgendeiner Form (Druck, Fotokopie, Mikrofilm oder in einem anderen Verfahren) ohne schriftliche Genehmigung des Verlages reproduziert oder unter Verwendung elektronischer Systeme verarbeitet, vervielfältigt oder verbreitet werden.

ISBN 978-3-7099-7257-1

Umschlag- und Buchgestaltung nach Entwürfen von hœretzeder grafische gestaltung, Scheffau/Tirol
Satz: Da-TeX Gerd Blumenstein, Leipzig
Umschlaggestaltung: semper smile, München
Umschlagmotiv: © Maria Heyens/Arcangel Images (Frau, Feld); © Denys Dolnikov/Shutterstock (Himmel); © Gile68/Shutterstock (Rahmen)
Autorenfoto: Gisela Barrett

Gedruckt auf umweltfreundlichem, chlor- und säurefrei gebleichtem Papier.

I

Ich trage das weiße Kleid mit den roten Punkten. Es ist schmutzig, vorne, am Bauch und über der Brust. Das kommt vom Klettern auf die Bäume im Obstgarten. Ich komme am weitesten hinauf, weiter als Walter und Tobi. Einmal bin ich heruntergefallen. Aber ich habe nicht geweint. Unten am Saum ist das Kleid auch ein bisschen aufgerissen. Mama wird schimpfen, wenn sie mich so sieht, mit diesem Kleid hätte ich nicht auf einen Baum klettern dürfen. Aber Minka war doch oben! Aber vielleicht habe ich Glück und Papa ist in der Nähe, dann wird Mama mir nur vorwurfsvolle Blicke zuwerfen und schweigen. Sonst gibt es gleich wieder Geschrei und Türenschlagen. Stundenlang. Dass Mama mit der Erziehung überfordert ist und ob sie denn überhaupt nichts auf die Reihe kriegt, dass sie völlig unfähig ist, zu allem, und warum er sie überhaupt geheiratet hat und so weiter. Wenn Papa in der Nähe ist, lassen wir es auf keinen Streit zwischen uns ankommen, nie. Gott sei Dank ist ihm der Schmutz auf meinem Kleid nicht aufgefallen, als er mich hier eingesperrt hat.

Dafür ist ihm aufgefallen, dass ich unnötig Lärm gemacht habe. Zwei Topfdeckel habe ich zusammengeschlagen, und dazu habe ich gesungen und bin im Vorhaus auf und ab marschiert. Ich habe Musikkapelle gespielt. Ich hätte immer schon gern Schlagzeug gelernt und bei der Kapelle die Becken geschlagen. Und weil ich das eben nicht darf, muss ich im Vorhaus mit Topfdeckeln üben. Ich hätte mir natürlich denken können, dass ihm das zu laut ist, viel zu laut. Und dass er es überall im Haus hören kann. Aber erstens habe ich geglaubt, dass er mit dem Traktor unterwegs ist, und zweitens habe ich überhaupt nicht darüber nachgedacht, ob ich jemanden störe. Ich wollte eben unbedingt Blaskapelle spielen, als mir die Topfdeckel in die Hände gefallen sind. Topfdeckel, finde ich, muss man einfach in die Hände nehmen und zusammenschlagen, wenn sie so lautlos auf der Küchenanrichte herumliegen.

Ich bin furchtbar erschrocken, als er mich plötzlich am Arm gepackt und in die Speisekammer gesteckt hat. „Du warst das!“, hat er nur geschrien, immer wieder. Bis die Tür hinter mir ins Schloss gefallen ist. Jetzt ist sie abgeschlossen.

Normalerweise wird ja Walter eingesperrt. Zumindest viel öfter als ich. Der bekommt allerdings vor dem Eingesperrtwerden noch ein paar Ohrfeigen. Die sind in letzter Zeit immer heftiger geworden, oft hat Walter blaue Flecken im Gesicht, einmal hat er sogar ein blaues Auge gehabt, und Mama hat ihn nicht in die Schule gehen lassen. Damit niemand merkt, dass Papa ihn schlägt. Oft muss Walter auch in den Keller, meistens dann, wenn er mich verprügelt hat. Walter ist hinterhältig, schnappt oft von hinten zu, nimmt mich um die Mitte, hält mich fest. Dann drückt er meinen Kopf in seinen Schoß, bis ich keine Luft mehr bekomme. Wenn Walter dann nach seiner Bestrafung wieder aus dem Keller herausdarf, rächt er sich an mir, reißt mich an den Haaren oder zwickt mich in die Ohrläppchen. Walter ist kein angenehmer Bruder, Tobi ist mir viel lieber.

Ich habe Zeit und schaue mich genau um. Rund um die Türschnalle ist der weiße Lack der Tür abgewetzt, an manchen Stellen bis auf das rohe Holz darunter. Ich drücke die Schnalle hinunter und rüttle ein wenig an der Tür. Es ist wirklich zugesperrt, und draußen in der Küche ist es ganz ruhig. Ich spähe durch das Schlüsselloch. Auf der anderen Seite steckt der Schlüssel, man kann nur ein wenig Licht aus der Küche schimmern sehen. Papa ist wahrscheinlich fortgegangen, und Mama wird im Gemüsegarten sein. Himbeeren pflücken vielleicht. Ich würde auch gerne Himbeeren pflücken. Ich drehe mich um und sehe zum Fenster hinaus. Ein Stück geschotterter Hof, in dem da und dort ein Büschel Löwenzahn wächst. Dahinter der Schuppen mit dem riesigen Tor, das fast immer offen steht. Drinnen der Traktor. Der war auch schon wieder kaputt, und Papa hat sich fürchterlich aufgeregt. Zuerst, dass er die Reparatur selber nicht hinbekommen hat, obwohl er einen ganzen Tag mit nacktem Oberkörper im Schuppen gestanden ist und in den Eingeweiden der Maschine herumgewühlt hat. Und dann darüber, wie viel der Landmaschinenmechaniker dafür verlangt hat. Getobt hat er und eine Bierflasche gegen die Wand geworfen, nachdem er das Kuvert mit der Rechnung geöffnet hatte. Dann hat er mit einem Arm ausgeholt und Tobi im Genick getroffen. Walter ist ihm entwischt, Walter ist meistens der Schnellere. Mama hat nichts gesagt.

Manchmal habe ich so einen Traum, nicht im Schlaf, sondern beim Nachdenken. Vielleicht ist Papa gar nicht unser wirklicher Vater. Oder zumindest nicht meiner. Vielleicht bin ich als Pflegekind in diese Familie gekommen oder adoptiert worden. Und bald wird ein großes, glänzendes Auto auf unseren Hof fahren, und meine wirklichen Eltern werden aussteigen und mich mitnehmen. Und ich werde Papa nie mehr wiedersehen müssen.

Der Kühlschrank springt ratternd an. Es ist ein besonderer Kühlschrank, er ist so groß, dass ich und meine Brüder leicht darin Platz hätten. Zwei weiße Türen hat er, und er ist so hoch, dass ich ohne Stuhl höchstens bis zum dritten Regal von unten komme. Drinnen sind Holzroste. Es ist nicht so ein Kühlschrank wie bei meiner Freundin Evi, der ist so niedrig, dass man sich mit Schwung draufsetzen kann, wenn man hochhüpft. Oben hat er eine graue Plastikplatte und drinnen Regalfächer aus Glas. Und er brummt auch nicht so schaurig wie unser Kühlschrank.

Ich ziehe eine Tür auf und sehe hinein. Ob ich mich hineinsetzen soll? Ich müsste ein wenig ausräumen. Und dann zumachen. Und das Licht einschalten, das kann man nämlich auch von drinnen. Tobi hat's schon einmal ausprobiert. Auf dem untersten Regal steht eine Flasche von dem teuren Saft, den Mama wegen ihrer Gesundheit trinken soll, den dürfen wir nicht einmal anrühren. Ich nehme die Flasche in die Hand und schraube den Deckel ab. Kalt, sämig und süß ist der Saft. Unglaublich gut schmeckt er mir. Ich nehme die Wasserflasche, die danebensteht, und fülle nach, sodass man nichts merkt. Mama wird nicht schimpfen, sie weiß, wie gut mir ihr Saft schmeckt, und manchmal gibt sie mir ohnehin etwas davon ab.

Bei Papa weiß man nie. Wenn er sich über irgendetwas ärgert, fängt er zu schreien an. Und dann genügt jede Kleinigkeit, dass er auf uns losgeht. Mich hat er noch nie geschlagen, mich sperrt er nur ein. Wenn er mich auch nur einmal anrührt, hat Mama gesagt, dann geht sie weg. Dann kann er sie lange suchen und wird sie nicht finden. Wenn er mich auch nur einmal anrührt. Meine beiden Brüder dagegen bekommen immer wieder einmal etwas ab. Er hat selbst auch viele Ohrfeigen bekommen, sagt Papa, und es hat ihm nichts geschadet. Ich glaube aber doch, denn man muss sich vor ihm fürchten. Ich möchte nicht jemand werden, vor dem sich andere Leute fürchten. Ich möchte so werden wie Frau Liebscher, meine Lehrerin. Sie ist immer freundlich und lustig, und ich glaube, sie muss sich auch vor nichts fürchten.

Lange dauert das heute schon. Ich muss aufs Klo. Hoffentlich macht mir bald jemand auf. Ich stelle einen Schemel unter das Fenster und sehe hinaus. Ein Stück blauen Himmel kann ich sehen, und den Schotterboden, der hell in der Sonne gleißt. Ob ich versuche, zum Fenster hinauszukommen? Langsam schiebe ich die Flaschen und Dosen beiseite, die auf dem Regal vor dem Fenster aufgebaut sind. Vorsichtig achte ich darauf, dass nichts hinunterfällt und kaputtgeht. Denn wenn Papa merkt, dass ich etwas hinuntergeworfen habe, dann habe ich noch viele Stunden in der Speisekammer vor mir.

Plötzlich knirschen Schritte draußen auf dem Schotter. Ich erschrecke, schubse unabsichtlich eine Flasche zur Seite und hüpfe vom Schemel. Die Flasche klirrt zu Boden, heller, klebriger Saft läuft aus. Papa ist draußen. Er beschattet die Augen mit einer Hand und versucht, durch die Scheibe zu spähen. Er sieht mir direkt in die Augen. Hat er das Klirren gehört? Drohend deutet er mit dem Finger. Er hat wohl gemerkt, dass ich durch das Fenster flüchten wollte. Aber das Klirren ist ihm anscheinend entgangen.

Ich drehe mich um, flüchte zur Tür. Ich muss jetzt wirklich dringend aufs Klo. Draußen höre ich den Traktor polternd anspringen. Dicht am Fenster vorbei rattert Papa in Richtung Hofzufahrt. Jetzt könnte Mama eigentlich kommen. Ich rüttle an der Tür, obwohl ich weiß, dass sie nicht nachgeben wird. „Mama!“, schreie ich, jetzt, wo ich Papa außer Hörweite weiß. „Mama!“ Es dauert unglaublich lange, bis ich Schritte in der Küche höre. Es ist aber nicht Mama, die die Türe aufsperrt, es ist Walter. „Führ dich nicht so auf, du dumme Gurke!“ Walter versucht mir ein Bein zu stellen, als ich aus der Speisekammer laufe, doch ich springe darüber. Ich kenne seine Tricks. „Blöde Kuh!“, schreit er mir noch hinterher.

Ich haste aufs Klo und verschließe die Tür. Als ich es endlich laufen lassen kann, wird mir ein wenig wohler. Hier bin ich auch eingesperrt, aber ich habe es selbst in der Hand, wann ich wieder hinausgehe und ob ich jemanden hereinlasse. Schön kühl ist es. Am liebsten würde ich hier bleiben.

Ich nehme den Saum meines Kleides in die Hand. Da ist wirklich ein langer Riss im Stoff. Es ist eines von meinen besseren Kleidern. Eigentlich das beste. Das, das ich an besonderen Schultagen und am Sonntag zur Kirche immer anziehe. Ich weiß selber nicht, warum ich es heute nach der Schule nicht ausgezogen habe, ich habe nicht darüber nachgedacht, auch nicht, als ich zu Minka auf den Baum geklettert bin. Gerade, als ich oben war und sie auf meinen Schoß nehmen wollte, um sie zu streicheln, ist das dumme Tier aber wieder hinuntergesprungen.

Ich stehe auf, ziehe meine Unterhose hoch, drücke den Spülknopf und setze mich wieder auf den Toilettensitz, noch während das Wasser unter mir rauscht. Manchmal wäre ich gerne ganz weit weg. Ich habe ein Buch, ein Bilderbuch, für das ich eigentlich schon zu alt bin. Es spielt im Wald, und da leben Zwerge, Insekten und Schnecken friedlich zusammen. Sie wohnen in hohlen Bäumen, in Pilzen und Rindenhäuschen. Und immer sind alle gut gelaunt und fröhlich und vor allem nett zueinander. Dort würde ich gerne wohnen. Ich würde Beeren und Pilze sammeln und mit dem Eichhörnchen und zwei Hasen zusammen in einer Rindenhütte leben. Und jede Woche würde ich zu den Bienen gehen, um Honig zu holen, und jeden Morgen zu den Kühen, um Milch im Haus zu haben.

Dass Papa einmal nett zu mir war, das ist lange her. Ich glaube, ich kann mich gar nicht mehr daran erinnern. Wenn Mama nicht immer sagen würde: „Er kann auch lieb sein! Ich hätte ihn doch nie geheiratet, wenn er nicht auch lieb sein könnte“, dann würde ich es gar nicht glauben. Und sie sagt, dass es nur die Sorgen sind, die ihn so gemacht haben, wie er jetzt ist. Und zu diesen Sorgen gehören wir auch, Walter, Tobi und ich. Ich habe jetzt zum Beispiel mein bestes Kleid zerrissen, Tobi macht ins Bett, und Walter gehört zu den ganz schlimmen Kindern in der Schule.

„Xandi! Xandi! Wo bist du denn?“ Mama ruft nach mir, und ich stehe auf, spüle noch einmal hinunter und komme aus dem Klo heraus. „Am Klo! Ich komme schon!“

Als ich in die Küche trete, steht Mama an der Anrichte und wäscht Marillen. Sie streicht mir übers Haar, als ich mich neben sie stelle. „Willst du mir vielleicht die Kerne aus den Marillen holen?“ Ich nicke und nehme mir eines der kleinen Messer, um die Marillen auseinanderzuschneiden. „Oh Gott!“, ruft Mama, „Wie sieht denn dein Kleid aus? Das ist dein bestes!“ Ich sehe betroffen an mir hinunter. „Schnell, zieh es aus, und zieh irgendwas Schmutziges an. Mit den Marillen patzt du dich sicher auch noch an. Und tu’s gleich in die Wäsche, damit es der Papa nicht sieht!“ Ich laufe in mein Zimmer und hole mir ein altes, fleckiges T-Shirt und eine kurze Hose, die zusammengeknüllt auf dem Boden liegt. Das Kleid kommt in die Wäschetonne, aber ich lasse es nicht ganz oben liegen, sondern stopfe es unter das andere Zeug, das schon drinnen ist. Papa kümmert sich zwar nie um solche Dinge wie Wäsche, aber wenn er einen Verdacht hat, wirft er vielleicht doch einmal einen Blick in die Wäschetonne.

Schweigend entkerne ich eine Marille nach der anderen. Manchmal stecke ich mir eine Hälfte in den

Mund. Sie sind zuckersüß und weich, von unserem eigenen Baum. Mama lächelt. „Die sind gut, gell? Ich freu mich schon auf die frische Marmelade!“ Wenig später, als Mama den Gelierzucker über die Marillen im Kochtopf gestreut hat und nun kräftig umrührt, fängt sie lautlos an zu weinen. Ich merke es nur daran, dass sie ein wenig zuckt und stoßweise atmet. Ich tu so, als würde ich gar nichts merken. Ich mag mit Mama nicht darüber reden, warum sie weint. „Kann ich raufgehen?“ Sie nickt und rührt heftig weiter.

In meinem Zimmer lege ich mich mit einem Micky-Maus-Heft aufs Bett. In Entenhausen würde ich auch gerne wohnen, obwohl dort auch nicht alle nett zueinnander sind. Vor allem Onkel Dagobert, der ist manchmal so wie Papa. Wegen Kleinigkeiten rastet er völlig aus. Aber Donald, der ändert sich dadurch nicht. Er fürchtet sich auch nicht vor Onkel Dagobert, und weinen muss er auch nicht. Und das Schönste ist, dass jeder sein eigenes kleines Haus hat, in dem er wohnt und Ruhe vor den anderen hat. Micky hat eins, Minni auch, und Goofy und Donald, die wohnen auch jeder in einem eigenen Haus und müssen nicht ständig aufpassen, ob irgendwo ein Papa um die Ecke kommt, der schon wieder zu viel getrunken hat und sich furchtbar darüber ärgert, dass es alle anderen so leicht haben und er es so schwer.

Das ist eine besondere Spezialität von Papa. Alle anderen können es sich richten, haben Freunde in wichtigen Positionen und das Glück auf ihrer Seite. Nur er ist von Unglück und Pech verfolgt. Aber er kann natürlich nichts dafür. Es sind immer die anderen schuld.

Ich ziehe mir die Decke über den Kopf und schalte meine Taschenlampe ein. Neben mir habe ich neben dem Micky-Maus-Heft drei Bücher aufgestapelt, in denen ich heute noch lesen möchte. In einem geht es um ein Mädchen, das mit seiner Familie und seinen Freunden auf einer Insel lebt, und auch dort sind alle nett zueinander, wie bei den Tieren im Wald, kein böses Wort gibt es. Und es ist nie jemand betrunken und schreit herum, und in die Speisekammer gesperrt wird dort auch niemand. Nur einer, der Melcher Melcherson, der muss sich immer wieder furchtbar ärgern und aufregen, aber er tut niemandem was, seine Kinder lachen nur, wenn er herumschreit. Vor Melcher muss auch niemand Angst haben. Dann habe ich noch das Buch mit dem Insektendorf im Wald, wo es sogar eine Schneckenpost gibt. Und zum Schluss noch ein neues Buch, von Walter. Der hat wie jedes Jahr zu Weihnachten auch ein Buch geschenkt bekommen, gelesen aber hat er noch keines davon. Ich habe es mir einfach genommen, er wird es nicht vermissen. Da geht es um eine Reise im Raumschiff durch das ganze Sonnensystem. Es hat fast keine Bilder und ist ziemlich dick, aber ich bin schon gespannt darauf.

1

Alexandra war spät dran. Trotzdem parkte sie nicht direkt vor der Schule. „Ich mag aber nicht zu Fuß gehen“, maulte Annika von der Rückbank. „Die anderen ...“ „Die anderen sind mir egal! Und vor der Schule stehen zu bleiben ist verboten! Ich hab dir schon oft genug erklärt, dass man da die Kinder gefährdet, die zu Fuß unterwegs sind“, schimpfte sie etwas zu laut und zu ungehalten, während sie auf den Parkplatz eines Supermarktes einbog, von dem aus Annika höchstens noch drei Minuten bis zum Schultor zu gehen hatte. „Tschüs! Und vergiss nicht, dass du mit dem Bus nach Hause fahren musst, wir haben heute im Verlag eine Besprechung.“ Annika hörte nicht auf zu maulen, murmelte Unverständliches vor sich hin und stieg grußlos aus dem Auto. Erziehung konnte manchmal schwierig sein. Vor allem bei einer Elfjährigen, die schon deutliche Anzeichen pubertärer Launen zeigte.

Sie selbst wäre ja am liebsten mit dem Rad in den Verlag gefahren, die Busfahrt zur Schule war Annika zuzumuten, auch wenn es regnete, fand sie. Leider war sie mit dieser Ansicht zu Hause in der Minderheit geblieben, denn ihr Mann ging viel zu oft bereitwillig auch auf unnötige Forderungen der Kinder ein. „Natürlich bring ich dich, Max!“ Dankbar hatte sich der achtjährige Sohn an Antons Bein geklammert. Die Volksschule war allerdings nur fünf Gehminuten entfernt, und wozu hatten sie eigentlich die teure Regenjacke gekauft ...

Sie stellte ihr Auto in der Tiefgarage ab. Sie hasste es, dafür unnötig Geld auszugeben. Nächstes Mal würde sie sich durchsetzen. Was stand heute auf dem Programm? Sie wollte endlich das Manuskript dieses schrecklich untalentierten Autors fertig lektorieren, der sich noch dazu Starallüren wie ein Bestsellerautor leistete. Es war eine Heidenarbeit gewesen, es einigermaßen publikationsfähig zu machen. Gut, sie hatte es in einer ersten Euphorie auch befürwortet, es mit ihm zu versuchen – aber nach hundert Seiten war ihm echt die Power ausgegangen. Nachmittags gab's dann eine Programmkonferenz. Und sie hoffte, danach noch mit ihrer Übersetzungsarbeit weiterzukommen. Es war zwar nur ein Band aus einer Softporno-Serie, an dem sie arbeitete, aber gerade das musste schnell gehen. Und, so versicherte sie sich selbst, es gab auch gutes Geld dafür.

„Hallo, Morgen!" Sophie, deren Schreibtisch dem ihren gegenüberstand, war schon in ihre Bildschirmarbeit vertieft. Und auch eine angebrochene Tafel Schokolade lag, wie üblich, neben ihrer Tastatur. Alexandra fragte sich, wie man bei einem derartigen Schokoladenkonsum so schlank bleiben konnte. Kaum hatte sie ihre Arbeit aufgenommen, konnte sie ein Stöhnen nicht unterdrücken, obwohl sie wusste, dass sie Sophie damit störte. Dieser Autor litt wirklich unter derart ausgeprägter erzählerischer Impotenz, dass sie am liebsten ganze Passagen gestrichen oder neu geschrieben hätte. Ob dieser Krimi ein Erfolg werden würde? Sehr zweifelhaft. Und erst die unglaublich gestelzten direkten Reden! So sprach doch kein Mensch!

Sophie reagierte schließlich auf ihr Gestöhn. „Vielleicht sollten wir das Manuskript doch noch einmal vor die Konferenz bringen." Sie blickte an ihrem Bildschirm vorbei und schob sich die schwarze Brille auf der Nase hoch. Seit dreieinhalb Jahren saßen sie nun schon einander gegenüber und waren in dieser Zeit leidlich gute Freundinnen geworden. Obwohl Alexandra eigentlich nicht leicht Freundschaften schloss, überhaupt nur wenige Menschen an sich heranließ. Man plauderte beim Mittagessen oft über gemeinsame Probleme. Während Alexandra mit ihrem Mann und den Kindern im durchaus renovierungsbedürftigen Elternhaus Antons wohnte und oft nicht wusste, wo das Geld für eine neue Dachrinne herkommen sollte, wenn die alte zunächst monatelang leckte und schließlich zu Boden krachte, hatte Sophie gerade eine neue Eigentumswohnung gekauft und tat sich mit den Kreditraten recht schwer. Im Mediengeschäft waren eben keine Reichtümer zu verdienen, nicht einmal, wenn man eine erstklassige akademische Ausbildung hatte.

„Wir haben es schon in der Halbjahresvorschau drinnen. Und der Außendienst hat schon Bestellungen aufgenommen, wir können das Projekt nicht mehr aufgeben.“ Sophie zog abschätzig die Mundwinkel nach unten. „Dann solltest du aber wenigstens als Mitautorin genannt werden, finde ich.“ Sie lachte. „Wäre zu schön!“

Beide widmeten sich wieder ihren eigenen Bildschirmen. Ein eigenes Buch – davon hatte Alexandra schon lange geträumt. Aber selbst, wenn man Ideen und Begabung hatte – wenn man andauernd mit den Manuskripten anderer beschäftigt war, ging unterwegs irgendwo die eigene Kreativität verloren. Und mit einem Fulltimejob und zwei Kindern sowieso.

Ihr Handy summte. „Frau Heidegger, wegen dem Rohrbruch. Wir kämen dann jetzt.“ Sie seufzte. „Ich hab Ihnen doch gesagt, am Vormittag ist niemand zu Hause. Ich hab mit Ihrem Chef extra ausgemacht, dass Sie am Nachmittag kommen.“ „Wie Sie meinen!“ Die Stimme am anderen Ende klang arrogant. „Dann können wir aber nicht mehr garantieren, dass wir heute ...“ „Natürlich!“, antwortete Alexandra. So heftig, dass Sophie aufsah. „Sie können nie irgendetwas garantieren.“ Sie legte auf. Es war zwar nicht extrem dringend, aber ein zweites Klo war in einer vierköpfigen Familie wirklich kein Luxus. Und den Wasserzufluss zu ebendieser Zweittoilette im Erdgeschoss hatten sie abriegeln müssen, irgendwo musste es ein Leck geben, die Mauer neben dem Spülkasten war immer feucht. Wenn sie nur daran dachte, dass es eigentlich höchste Zeit wäre, die gesamten Installationen im Haus zu erneuern, wurde ihr übel. Außerdem, fand sie, sollte sich eigentlich Anton um solche Dinge kümmern. Wozu war er schließlich Architekt? Allerdings schmetterte er ihre Einwände in der Regel ab. „Man muss auch nicht Mathematik studiert haben, um einen Kassenzettel zu überprüfen. Genauso wenig muss man Architekt sein, um einen Handwerker zu bestellen." Manchmal war er schon ein fürchterlicher Klugscheißer. Obwohl – sie musste zugeben, dass er tatsächlich klug war. Wenn man sich seine Entwürfe ansah, von denen allerdings nur wenige umgesetzt wurden ... Vor allem aber war er witzig, konnte sie zum Lachen bringen. Man konnte ihm manches verzeihen.

Einmal wurde sie an diesem Vormittag noch unterbrochen. „Wenn du bitte einmal zu mir kommen könntest ..." Martin Sorger, der Verleger, bat sie zu sich ins Büro. Martin war lang, dünn und ein wirklich guter Arbeitgeber. Wenn er auch manchmal dazu neigte, zu sehr zu drängen, wenn Aufträge sich länger hinzogen als geplant. „Deine Softporno-Reihe ... Sie hat schon wieder einen geschrieben. Er kommt im November raus." Alexandra stöhnte auf. Das bedeutete, dass die Übersetzung bis spätestens Weihnachten fertig sein musste. Für das Weihnachtsgeschäft würde es sich nicht mehr ausgehen, aber da mittlerweile Millionen Menschen Büchergutscheine geschenkt bekamen, mussten unmittelbar nach dem Fest ebenfalls neue Titel auf den Markt.

„Du müsstest mich dann aber von allen anderen Aufgaben freistellen“, forderte Alexandra. „Und ich müsste hauptsächlich zu Hause arbeiten. Damit ich nicht mit dem Hin- und Herfahren auch noch Zeit verliere. Sonst geht sich das nicht aus.“ Sie legte einen Finger an die Lippen. Es dauerte oft ein paar Stunden, bis sie mit solchen neuen Anforderungen seelisch zurechtkam, bis sie sich einen Plan zurechtgeschustert hatte, wie doch alles unter Dach und Fach gebracht werden konnte.

„Darüber lässt sich reden. Magst du einen Kaffee?“ „Schon“, antwortete Alexandra. „Aber ich trink ihn lieber vor meinem PC. Damit ich weiterkomme. Das Manuskript, übrigens, wird heute fertig. Soll ich es selber an den Autor zurückschicken, oder willst du ...?“ Martin seufzte. „Wird es was?“ „Meiner Meinung nach – eher nicht. Und wenn du es dir anschaust, der Autor hat auf alter Rechtschreibung bestanden. Eher unüblich für Krimis, aber er kommt sich halt vor wie Heinrich Böll.“ „Schick es mir, wenn du fertig bist. Ich kümmere mich darum. Und um ihn.“ Alexandra nahm es als Entlassung und kehrte an ihren PC zurück.

Alexandra stand in der Küche, mit einem Espresso vor sich, und blickte versonnen durch das Küchenfenster, das Aussicht auf die ganze Stadt bot. Na ja, die halbe. In einer Hand hielt sie ihr Mobiltelefon. Anton war dran. „Ich muss noch mit einem wichtigen Kunden essen gehen. Rechne also nicht zu früh mit mir.“ Alexandra seufzte. Ihr Mann bot ihr zwar wenig Anlass zum Misstrauen, dennoch hoffte sie, dass der Kunde keine attraktive Kundin war. Man konnte Männern doch nie gänzlich trauen.

„Mami, was gibt's heute?“ Max versetzte der Küchentür einen Stoß, dass sie mit Schwung gegen den Küchenschrank knallte. „Du hast doch in der Schule schon eine warme Mahlzeit bekommen", erinnerte ihn Alexandra. Er klammerte sich schon wieder an ihr Bein. „Lass los, Max!" So gern sie mit ihm kuschelte, das ständige Festhalten, während sie mit etwas anderem beschäftigt war, ging ihr auf die Nerven. Sie hob Max hoch. Schwer war er geworden. Ihre Wirbelsäule würde ihr das nicht verzeihen. „Runter!" Gott sei Dank. „Was hättest du denn gern?" „Spaghetti!" „Max, du kannst nicht jeden Tag Spaghetti essen. Vor allem, wenn du schon in der Schule zu Mittag ein komplettes Menü verdrückt hast. Was hat's denn gegeben?" „Was Grünes, das hat man nicht essen können, das war eklig! Und Suppe mit nix drinnen!" Max zog einen Schmollmund, und Alexandra holte den Nudeltopf aus dem Schrank, denn für lange Diskussionen hatte sie heute keine Nerven mehr. Es musste eine Spaghettisoße aus dem Glas reichen, nur durfte Max das nicht sehen. Blubberte sie im Kochtopf vor sich hin, gab es mit der Soße kein Problem. Bekam er aber mit, wie Alexandra sie aus dem Glas in den Topf schüttete, war es vorbei mit seinem Appetit, dann verweigerte er die Nudeln. Sie hatte sich früher niemals vorstellen können, wie heikel Kinder sein konnten. Soweit sie sich erinnerte, hatte sie alles gern gemocht, was ihre Mutter gekocht hatte.

„Hallo!" Annika stürmte zur Tür herein und ließ ihre Schultasche auf den Boden plumpsen. Alexandra hörte sie darin herumkramen. „Gibt's was Neues?" „Gleich!", rief Annika. Sie kam in die Küche und hielt ihr ein Heft unter die Nase. „Nicht! Das kriegt Tomatenflecken!" Sie legte den Kochlöffel beiseite, wischte sich die Finger an den Jeans ab und nahm das Heft zur Hand. „Wow! Schon wieder ein Einser!" Sie wuschelte Annika durch die Haare. „Ich bin stolz auf mein kleines Genie!" „Sogar mit voller Punktezahl! Darf ich mir jetzt ein Schminkset kaufen?“ Alexandra seufzte. „Darüber reden wir später. Jetzt essen wir erst mal!“

„Aua!“ Sie setzte den Nudeltopf auf dem Tisch ab und drehte sich um. Annika versuchte gerade, Max eine Ohrfeige zu verpassen, doch der duckte sich weg. „Er hat mich an den Haaren gerissen!“ „Schluss jetzt! Sonst geht ihr ohne Essen ins Bett! Dann gibt's nur mehr eine Banane mit Joghurt!“ Sie wusste, es war keine gute Idee, mit gesundem Essen zu drohen – doch wahrscheinlich war sie selbst schuld. Max musste gehört haben, dass sie Annika ein Genie genannt hatte – und da er sich selbst mit dem Lernen etwas schwerer tat ...

Während des Essens wenigstens herrschte Ruhe. Irgendwie war das ungerecht. Anton saß wahrscheinlich in einem Haubenlokal in der Stadt, und sie musste sich mit Spaghetti mit Fertigsoße begnügen. Der einzige Vorteil des Gerichts war, dass beide Kinder es mochten und so wenigstens über das Essen nicht Krieg geführt werden musste.

„Was ist jetzt wegen dem Schminkset?“, fragte Annika, als sie das Geschirr zum Spüler trugen und einräumten. Das Kind konnte hartnäckig sein. Alexandra seufzte. „Du kennst meinen Standpunkt. Ich finde es nicht in Ordnung, wenn sich Elfjährige schminken. Ich selbst habe erst mit sechzehn ...“ „Du hast keine Ahnung!“ Annikas Ton wurde vorwurfsvoll und patzig. „Alle schminken sich! Und ich bin schon fast zwölf!“ Alexandra schloss die Klappe des Geschirrspülers und stützte die Fäuste in die Hüften. „Ich bin für dich verantwortlich, und solche Fragen werden unter uns ausgehandelt. Es spielt keine Rolle, was andere angeblich dürfen oder auch nicht.“

Wie oft hatten sie diese Debatten schon durch! Wie sollte man einer Elfjährigen erklären, dass sie in den

Augen von Männern als sexuell aktiv erscheinen konnte, wenn sie sich schminkte? Dass sie zusätzlich zu ihren zumindest bereits sichtbaren Brüsten ein weiteres Merkmal zeigte, das sie älter und somit als potentielle Beute erscheinen ließ? Aber wenn sie sich weiterhin stur stellte, würde Annika wohl beginnen, sich hinter ihrem Rücken zu schminken, auf der Schultoilette wahrscheinlich. Jeder Widerstand trug auch seine Risiken in sich. Annika floh mit einem Wutschrei aus der Küche und stürmte die Stiege hinauf. Oben hörte Alexandra nur mehr die Tür ihres Zimmers knallen.

Zeit für Max, sich in den Vordergrund zu spielen. „Ist die Annika böse? Was hat sie gemacht?“ „Nix!“ Alexandra strich ihm mit dem Finger über die Wange. „Erwachsen wird sie halt!“ „Die blöde Gans wird nicht erwachsen!“, widersprach er.

Alexandra wollte das Thema mit ihm nicht weiter vertiefen. „Was habt ihr denn heute in der Schule gemacht?“ Max ließ sich leicht ablenken. „Ich hab einen Eishockeyspieler gezeichnet!“ „Aber die Saison ist doch schon vorbei?“ Max hatte ein erstes Jahr beim Eishockeyverein hinter sich gebracht und war Feuer und Flamme für den Sport. „Nächstes Jahr spiele ich bei den Großen!“ Alexandra hatte wohl oder übel bei sechs Spielen auf der Zuschauertribüne frieren müssen. Es saßen ohnehin nur die Eltern der Spielerinnen und Spieler auf den Rängen, und manche feuerten ihre Kinder wie besessen an. Nicht einmal vor Beschimpfungen gegnerischer Spieler schreckten manche Väter zurück. Aber auch eine Mutter gab es, die über ein ansehnliches Repertoire an ordinären Ausdrücken verfügte. Alexandra war der Sport nicht nur deswegen zu derb, sie hatte dazu noch ständig Angst, dass Max sich verletzen würde, und sah gar nicht gern hin. Anton machte sich oft ein wenig lustig über sie, wenn sie die Hände vor die Augen schlug, sobald ein Zusammenstoß drohte. „Das macht einen richtigen Mann aus ihm!“, sagte Anton dann. Sie war sich da nicht so sicher.

Now, naked, the knight stood in the dark. Only a few candles behind a column offered some dim, flickering light to the hall. The servant made him sit down, asked him to put his hands behind his back and bound him. The sweet perfume of the servant began to seep through his nostrils, and her hair brushed lightly over his shoulders. His sword began to rise.

Dass das Zeug kreativ wäre, das sie hier zu übersetzen hatte, konnte man nicht behaupten. Andererseits, einfache und klischeehafte Darstellungen waren leichter ins Deutsche zu bringen. Manchmal allerdings konnte sie der Versuchung nicht widerstehen, holprig dargestellte Sexszenen wenigstens um die billigsten Bilder und schwülstigsten Adjektive zu erleichtern. Und was noch erstaunlicher war – manchmal versetzten sie die Texte sogar in Stimmung. Ein paarmal hatte sie Anton schon nach nächtlicher Übersetzungsarbeit verführt. Die ewig gleichen Fesselungsspiele und flotten Dreier allerdings, die in den Büchern die Hauptrolle zu spielen schienen, hingen ihr allmählich zum Hals heraus. Ein Wunder, dass es den Leserinnen nicht ebenso ging – denn wenn man der Marktforschung glauben durfte, wurden diese Werke vornehmlich von Frauen gelesen. Ein wenig Stolz empfand sie dann doch bei dem Wissen, dass Hunderttausende das lesen würden, was sie geschrieben hatte, zumindest in ihrer Sprache. Erfahren würden das die Leserinnen allerdings nicht – als Übersetzerin dieser Werke gebrauchte sie ein Pseudonym.

Mehr als drei Seiten waren aber nicht mehr drinnen, ihr drohten schon die Augen zuzufallen. Manchmal dachte sie, es wäre Zeit, ein erotisches Wörterbuch zu schreiben – wenn es auch dünn ausfallen würde, der Wortschatz, den Autoren zur Beschreibung aller nur denkbaren sexuellen Vorgänge benutzten, schien äußerst begrenzt zu sein, egal, ob die Szenen im Mittelalter oder in einem Raumschiff angesiedelt waren.

Es war bereits elf. Von Anton keine Spur, kein Anruf. Sie ging zu Bett, nahm sich das Buch vor, das sie zu ihrem Vergnügen gerade las, überflog eine Seite, merkte, dass sie nichts mitbekommen hatte, weil ihre Gedanken schon bei der Organisation des morgigen Tages waren, las die Seite nochmals, bekam wieder nichts mit, legte das Buch beiseite und schlief ein.

II

Ich mache Spaghetti. Mama und Walter sind mit Papa auf den Wiesen, Heu machen, und ich habe schon Ferien. Heute Morgen hat es schon wieder Streit gegeben. Walter war frech, „Scheißheu“ und „Scheißbauernhof“ hat er geschrien. Er ist davongelaufen, um sich zu verstecken, aber Papa ist ihm nachgerannt. Nach kurzer Zeit ist er mit ihm zurückgekommen, am Ohr hat er ihn hinter sich hergezerrt. Und als sie in die Küche gekommen sind, hat Papa ihn losgelassen und ihm ein paar kräftige Ohrfeigen verpasst, bis er geheult hat.

Während die Spaghettisoße einkocht, lese ich die Zeitung. Im Lokalteil steht, dass in der Steiermark ein Bauer in seiner Jauchegrube ertrunken ist. Er hat noch gelebt, nachdem er in die Grube gestürzt war, steht da. Die giftigen Gase haben ihn das Leben gekostet. Gefunden worden ist er von seiner Frau. Die Bauernkammer warnt vor den Gefahren, die von unzulänglich abgedeckten Gruben ausgehen. Drei Kinder haben ihren Vater verloren. Drei Kinder. So wie wir. Wir haben auch eine Jauchegrube. Und mein Papa, der ist sehr unvorsichtig und schlampig. Ich glaube, ich könnte gar nicht weinen, wenn ihm so ein Unfall passieren würde.

Ich bin froh, dass alle weg sind. Bis auf Mama, natürlich. Spaghetti koche ich gerne, es geht leicht, und ich kann nicht viel falsch machen. Wenn mir allerdings etwas misslingt, ist es gescheiter, ich bin nicht am Esstisch, wenn Papa kostet. Denn dann verbringe ich wieder ein paar Stunden in der Speisekammer. Tobi liegt auf dem Boden und zeichnet. Immer wieder das Gleiche. Riesige Ritter in Rüstungen, die wie Konservenbüchsen aussehen. Mit ebenso riesigen Schwertern. Eigentlich sollte er in seinem Alter schon besser zeichnen können. Die Ritter sehen alle gleich aus. Sie haben einen eckigen Leib, den er mit schwarzem Stift vollkritzelt. Der Kopf ist auch schwarz vollgekritzelt, nur oben auf dem Kopf erkennt man einen Helm. In der Rechten halten sie eine Art Hellebarde, die sie auf dem Boden abstützen, und in der Linken ihr Schwert. Das malt Tobi fast immer blutrot an, manchmal aber auch schwarz. Er verbraucht viel Schwarz. Außerdem stehen die Beine der Ritter zu weit auseinander. Und seine Helme sind einfach nur Halbkreise, man erkennt keine Einzelheiten. Ich habe in seinem Alter schon Menschen gezeichnet, die die Gelenke dort hatten, wo sie wirklich hingehören. Vielleicht ärgert es Tobi, dass ich so gut zeichnen kann. Wenn ich Tiere zeichne oder Menschen, sehen die genau wie in Wirklichkeit aus. Ich muss mich darum nicht besonders bemühen, es ist einfach so. Frau Liebscher sagt immer, ich bin sehr begabt. Und dass ich vielleicht einmal eine Künstlerin werden könnte. Ich glaube aber nicht, dass ich das will. Künstlerinnen verdienen nämlich sehr wenig Geld, habe ich gehört. Und ich brauche Geld, um von hier wegzukommen, in eine eigene Wohnung und mit meinem eigenen Essen und alles. Das müsste ich eigentlich schaffen, denn Frau Liebscher sagt auch, dass ich erstaunlich reif und klug bin für mein Alter. Nur ein bisschen zu ernst. Ich soll mehr lachen, meint sie. Aber es gibt so wenig, über das ich lachen kann.

Es ist halb eins, aber noch keine Spur von Mama und Papa. Eigentlich sollten sie längst zurück sein. Ich weiß nicht, ob ich die Nudeln schon ins Wasser tun soll. Wenn sie zu weich sind, regt sich Papa auf, aber wenn sie noch nicht fertig sind, wenn er sich zum Tisch setzt, dann auch. Ich rühre in der Tomatensoße und lasse das Wasser einstweilen noch ohne Nudeln kochen.

Da fällt mir ein, dass Mama gesagt hat, ich soll noch Tobis Bettwäsche aus der Waschmaschine nehmen und aufhängen. Tobi hat wieder einmal ins Bett gemacht. Gott sei Dank hat Papa nichts davon gemerkt. Mama hat die Wäsche heimlich in die Maschine gesteckt. Es ist oft schon sehr anstrengend, wenn Mama und ich alles tun müssen, ohne dass Papa es merkt. Manches müssen wir auch vor Walter geheim halten, denn der drischt sofort auf Tobi los, wenn der wieder einmal ins Bett gemacht hat. Oder er verspottet ihn. Bettpisser, Hosenbrunzer, Windelscheißer. Walter ist da sehr kreativ, wenn er auch die gleichen vier oder fünf Schimpfwörter ständig wiederholt, stundenlang. Manchmal wünsche ich mir, mit Mama und Tobi ganz allein zu sein. Wir wären eine richtig glückliche Familie.

Ich stelle die Herdplatten ab und gehe ins Bad zur Waschmaschine. Mama hat gleich drei Garnituren Bettwäsche in die Maschine geräumt, damit es nicht so auffällt. Der Wäschekorb ist schwer, und die Leine ist für mich ziemlich hoch. Natürlich plumpst mir gleich einmal ein Bettbezug ins Gras, aber der Boden ist trocken, keine grünen Flecken auf der frisch gewaschenen Wäsche. Es weht ein bisschen Wind, das Bettzeug wird nicht lange zum Trocknen brauchen. Allerdings sind auf der Wetterseite auch ein paar dunkle Wolken aufgetaucht. Hoffentlich wird alles trocken, bevor der Regen kommt.

Sie sind noch immer nicht da. Wahrscheinlich ist irgendwas dazwischengekommen. Oder Papa hat, wegen der dunklen Wolken, die Mittagspause ausfallen lassen. Ich setze mich zu Tobi auf den Boden. „Warum zeichnest du immer die gleichen Ritter? Und immer schwarz? Du könntest doch auch einmal eine von unseren Katzen zeichnen oder ein Huhn. Huhn geht leicht!“, ermuntere ich ihn. Tobis Hand krampft um den schwarzen Stift, den er mit wilden Strichen über dem Bauch eines Ritters auf und ab führt. „Der Ritter muss kämpfen!“, ächzt Tobi, und der Stift gerät aus dem Bauch des Ritters hinaus, dorthin, wo er nichts zu schwärzen hat. Ich seufze. Tobi muss immer kämpfen. Wahrscheinlich auch, wenn er träumt. Vielleicht macht er deswegen ins Bett. Wenn er einen Kampf verliert, im Traum.

Tobi redet nie viel, und er hat sich auch sehr schwergetan, in der ersten Klasse das Schreiben und das Lesen zu lernen. „Du könntest zum Beispiel die Namen der Ritter dazuschreiben“, ermuntere ich ihn. „Wie heißen sie denn?“ „Ritter!“, grunzt Tobi. Seine Finger sind angeschwollen und rot, weil er den Stift so krampfhaft festhält. Mir fällt auf, dass der schwarze Stift schon ganz kurz ist, zahllose Male gespitzt. Ein Blick in seinen Buntstiftkasten verrät mir, dass der rote zur Hälfte aufgebraucht ist, der Rest kaum benutzt. Rosa, Gelb, Hellgrün, Lila: Die Stifte scheint er überhaupt noch nie verwendet zu haben. Ich nehme ein Zeichenblatt zur Hand und beginne, eine Blume zu malen. Vielleicht gefällt Tobi das ja. Ich male eine mit orangen und gelben Blüten und lila Blättern an einem grünen Stängel. Natürlich gibt es so eine gar nicht, in Wirklichkeit. Sie sieht einer Sonnenblume ähnlich, aber mit ganz anderen Farben. Dahinter eine gelbe Sonne mit einem orangen Gesicht und rosa Strahlen, die hinter der Blume auf dem Boden auftreffen. Eine ganze Blumenwiese werde ich malen. Da höre ich auf dem Hof das Rattern des Traktors. Ich habe auf die Nudeln vergessen.

Schnell werfe ich sie ins Wasser. Die Hälfte davon ist schon verdampft. Schnell gieße ich Wasser nach, doch jetzt ist es natürlich viel zu kalt. Die Nudeln werden verklumpen und verkleben. Ich höre sie schon an der

Haustür. Tobi schnappt sich die Decke, auf der er gelegen hat, und flüchtet. Gerade noch rechtzeitig. „Essen fertig?“, brummt Papa. „Ich habe ja nicht gewusst, wann ihr kommt!“, versuche ich mich zu rechtfertigen. „Die Nudeln brauchen noch ein bisschen!“ Papa grunzt, kommt auf mich zu, ich habe Angst, dass er mich am Arm packen und in die Speisekammer sperren wird. Doch er geht an mir vorüber, ohne mich anzusehen, verschwindet in der Speisekammer und kehrt mit einem Stück Wurst zurück. „Geh weg!“, sagt er grob, legt die Wurst auf die Anrichte, schnappt sich ein Messer und schneidet drei dicke Scheiben herunter. Das Messer wirft er achtlos in die Abwasch, während er sich die erste Scheibe in den Mund schiebt. Ich sehe Papa nicht gerne mit einem Messer.

Ich rühre die Nudeln um, die Tomatensoße. Beides hat eben wieder zu blubbern begonnen. Es ist gerade noch einmal alles gut gegangen. Mama kommt herein. „Danke, dass du für uns gekocht hast. Du bist so eine Brave!“ Sie streicht mir über die Haare. „Eine dumme Kuh ist sie!“, schimpft Papa mit vollem Mund. „Sie hätte sich ja denken können, dass wir draußen bleiben, wenn schlechtes Wetter kommt. Und vor zehn Minuten hat es zu regnen angefangen. Da hätten die Nudeln hineingehört!“

„Sei doch nicht so grob zu ihr! Sie ist doch noch ein Kind!“ Papa brüllt. „Na und? Was glaubst du, was ich als Kind arbeiten habe müssen? Und wenn wir aufgemuckt haben, hat’s was hinter die Ohren gegeben! Wo sind denn überhaupt die Buben? Walter! Tobi!“ Ich rühre und schaue in meine Töpfe, so kann ich wenigstens so tun, als würde ich ihn nicht hören.

Mama verzichtet auf eine Entgegnung, die seinen Zorn ohnehin nur anheizen würde. Sie stellt Teller auf den Tisch, legt das Besteck daneben. „Was willst du denn trinken?" „Meinst nicht, dass ich mir ein Bier verdient hab?" Papas Stimme klingt lauernd, berechnend, so, als wartete er nur auf Widerspruch. „Hol die Buben!", flüstert mir Mama zu. „Ich mach das fertig!" Sie nimmt den Topf mit den Nudeln von der Herdplatte.

Ich gehe über die Stiege hinauf zu Tobi. „Essen kommen!" Tobi ist zunächst gar nicht zu sehen, nur ein Hügel unter seiner Bettdecke verrät ihn. Nicht einmal sein Kopf ist zu sehen. „Will nicht!" Ich seufze. „Ist dir lieber, wenn der Papa heraufkommt und dich an den Haaren zum Tisch zerrt?" Tobi fängt an zu wimmern. Ich setze mich zu ihm aufs Bett und ziehe die Decke weg. „Zehn Sekunden!", sage ich zu ihm. „Sonst haben wir beide Ärger!" Er wischt sich Tränen aus dem Gesicht, steht wortlos auf und hängt sich an meine Hand.

Bevor ich hinuntergehe, klopfe ich an Walters Tür. „Essen!" „Du kannst dir dein Scheißessen sonst wohin stecken!", brüllt er durch die geschlossene Tür. Ich seufze und steige mit Tobi, der meine Hand immer fester umklammert, die Stiege hinunter. Am Tisch sitzen meine Eltern schweigend. Papa schaufelt die Spaghetti in sich hinein, Mama stochert in den Nudeln auf ihrem Teller herum und blickt ängstlich von einem zum anderen. Ein kurzer Blick zeigt mir, dass Papa sein erstes Bier schon fast geleert hat. Er nimmt neuerlich einen Zug aus der Flasche und stellt sie demonstrativ und lautstark direkt neben Mamas Teller ab. Die springt sofort auf, nimmt die leere Flasche und holt eine neue aus dem Kühlschrank, während sich Tobi wortlos auf seinen Platz schiebt, so weit von Papa entfernt wie möglich. Ich hole ihm eine Portion Spaghetti aus dem Topf und gieße ein wenig Tomatensoße darüber. Ich weiß, er mag sie nicht besonders. Tobi starrt in seine Nudeln,

Mama stellt das Bier vor Papa hin, ich fange an zu essen. Am besten ist es, so wie Tobi in den eigenen Teller zu starren, da kann man wenig falsch machen.

„Wo ist denn der Walter? Hast du ihm nicht gesagt, dass wir essen?“ Ich nicke. „Schon.“ „Und warum kommt er dann nicht?“, herrscht Papa mich an. Ich zucke mit den Schultern. „Dass du mir nicht frech wirst!“ Papa holt mit der flachen Hand hinter seine Schulter aus, doch es bleibt bei der Drohung. Es ist unhöflich, mit den Schultern zu zucken. Ich muss in ganzen Sätzen antworten. „Alle haben beim Essen da zu sein!“ „Dem Walter ist schlecht“, sage ich als Entschuldigung.

Auf einmal scheint Papa mehr Interesse an seinem Bier als an Walter zu haben und nimmt einen großen Schluck aus der Flasche. Mama steht auf und verschwindet, ich höre ihre Schritte auf den Stufen. Doch auch sie kommt ohne Walter wieder zurück. „Er wird schon wieder!“, sagt sie. „Vielleicht ein bisschen zu viel Sonne erwischt.“ Sie nimmt Walter in Schutz, doch ich bin mir sicher, er hat auch sie beschimpft, anstatt sie ins Zimmer zu lassen. Mama wehrt sich gar nicht mehr dagegen.

„Nicht schlecht gemacht!“, sagt Papa plötzlich. Sein Blick ist etwas unstet, als er mir einen Finger unter das Kinn schiebt, damit ich zu ihm aufzusehen muss. „Du machst das ja schon richtig gut, du bist ja schon eine richtige kleine Hausfrau geworden!“ Der Ton scheint Mama nicht zu gefallen, sie blickt bestürzt zwischen mir und Papa hin und her, während Tobi versonnen versucht, eine einzelne Nudel auf seine Gabel zu drehen.

Ich weiß nicht, was Mama so irritiert. Papa lässt wieder los und schiebt seinen Teller zur Nudelschüssel. Es ist selbstverständlich, dass Mama oder ich Nudeln nachfüllen müssen, er ist ja schließlich der Hausherr.

Er ist noch nie auf die Idee gekommen, sich bei Tisch selbst zu bedienen. Und dass er der Erste ist, der etwas bekommen muss, das ist sowieso selbstverständlich. Ich habe erst drei oder vier Gabeln mit Nudeln gegessen, aber ich kann nicht mehr. Irgendwas schnürt mir die Kehle zu. Vielleicht esse ich noch was, wenn Papa wieder weg ist.

2

Sie wurde von einem Knall wach. Knall? Sie schrak hoch, setzte sich auf und rieb sich die Augen. Durch die Vorhänge drang gedämpft das Sonnenlicht des frühen Morgens. Anton saß ihr gegenüber. Im Anzug? Und er hatte gerade eine Sektflasche geöffnet? Was war los? Hatte sie Geburtstag? Hochzeitstag? „Champagner!", rief Anton, stand auf und näherte sich ihr. Er stand auf wackeligen Füßen und schwankte. Hatte er etwa die Nacht durchgezecht? Bei einem Kundentermin? Sie ließ sich zurück aufs Bett sinken. „Wie spät ist es? Was willst du?"

„Hoch mit dir!" Er griff unter ihren Rücken und versuchte sie hochzuschieben. Gleichzeitig setzte er ihr die Champagnerflasche an die Lippen. Weder zielte er gut, noch war sie bereit zu trinken. Der Champagner floss ihr über das Kinn, rann zwischen ihren Brüsten hinab. „Was ist denn mit dir los?" Ärger kam hoch. Sie wollte schlafen. Ihr Tag würde anstrengend werden, seiner anscheinend nicht. Warum konnte er sie nicht einfach in Ruhe lassen? „Verschwinde!", zischte sie. „Und schlaf deinen Rausch in deinem Arbeitszimmer aus!"

„Heute wird nicht gearbeitet, mein Schatz! Heute wird gefeiert!" Er nahm noch einen Schluck aus der Flasche. Sie ließ sich auf ihr Polster zurücksinken. „Weck wenigstens die Kinder nicht auf!" Ihr Nachthemd war völlig durchnässt. Sie fror. Hoffentlich würde er sich bald beruhigen und das Licht wieder ausschalten.

„Was feierst du eigentlich?" „Ich hatte schon gedacht, du fragst nie!" Die Flasche in der einen Hand haltend, tanzte Anton durchs Zimmer, in einem etwas wackeligen Sirtaki-Schritt. Dabei zählte er. „Eins, zwei, drei und vier und fünf und sechs, sieben!“ Alexandra beobachtete ihn stirnrunzelnd. Drehte er durch, oder gab es wirklich etwas zu feiern? Er hielt bei 24 inne. „24 Millionen!“, hauchte er. „24 Millionen Euro! Ich habe 24 Millionen Euro gewonnen! Wir haben gewonnen! Bei den Euromillionen! 24 Millionen Euro!“ Er kniete am Bettrand nieder, zog die Decke von ihren Füßen und nahm die kleine Zehe zwischen zwei Finger. „Eine Million für die Zehe“, rief er, „und eine Million für die nächste!“ „Lass das!“, stöhnte Alexandra. Wer konnte wissen, was er sich in seinem Suff zusammenphantasierte. 24 Millionen gewann man nicht einfach so.

„Du spinnst ja. Lass mich schlafen. Und geh auf das Sofa in dein Arbeitszimmer, ich bin müde.“ Sie drehte sich zur Seite und zog die Decke über den Kopf. 24 Millionen. Was für ein Unsinn. Sie hasste seine dummen Scherze.

„Nein, Schatz, es ist wahr!“ Die Decke wurde ihr weggezogen. „Fünf Zahlen – zwei Sterne!“ Er zog einen ausgedruckten Beleg aus der Innentasche seines Sakkos und entfaltete ihn. „Fünf Zahlen – zwei Sterne! Jackpot! 24 Millionen!“ Er reichte ihr den Beleg, nahm einen weiteren Schluck und tanzte neuerlich durchs Zimmer. Sie besah sich, nun doch neugierig geworden, den Zettel. Es war tatsächlich ein Lotterie-Beleg. Sie wusste zwar, dass Anton regelmäßig Geld in diese Form des Glücksspiels investierte, hatte sich aber kein einziges Mal eine Ziehung mit ihm angesehen. Sie hatte für Lotto und dergleichen nichts übrig, sie hielt das für eine schlechte Angewohnheit der Unterschicht, die ihr mageres Einkommen weiter beschnitt, indem sie es hoffnungslosem Glücksspiel in den Rachen warf. Anton aber hatte ihr immer wieder vorgeschwärmt, was man mit einer Million alles machen könnte. Und dabei hatte er immer von einer, genau einer Million gesprochen. Jetzt sollte er 24 Millionen gewonnen haben? Wahrscheinlich hatte sich Anton getäuscht, er war wohl schon während der Ziehung angetrunken gewesen. Niemand gewann 24 Millionen Euro, schon gar nicht mit einem einzigen Schein. Wahrscheinlich waren es 24.000 oder so.

Sie zog einen Bademantel über und setzte sich vor ihren Laptop. Die Gewinnzahlen konnte man mit Sicherheit im Internet nachlesen. Wenige Minuten später hatte sie die gewünschte Antwort. Die Zahlen, die gezogen worden waren, stimmten mit einer der Zahlenreihen auf ihrem Beleg überein. Anton hatte die entsprechende Kolonne mit Textmarker gekennzeichnet. Aber von einer Gewinnsumme stand da nichts.

Sie kehrte ins Schlafzimmer zurück. „Die Zahlen stimmen. Aber da steht keine Gewinnsumme." Sie runzelte die Stirn. „Ein Anruf! Ich hab einen Anruf bekommen! Und natürlich die ganze Nacht kein Auge zugemacht! 24 Millionen!"

Alexandra war verwirrt. Was war in einer derartigen Situation zu tun? Hinlegen und schlafen, am besten, aber ob sie jetzt noch einschlafen konnte? 24 Millionen? Was machte man mit 24 Millionen? Wenn es denn stimmte. Anton hatte etwas von einem Anruf gesagt. Er konnte auch auf einen Scherz hereingefallen sein. Anton war inzwischen samt Anzug neben ihr in das Bett gesunken und hatte zu singen aufgehört. Sie schaltete das Licht ab. Vorläufig, so sagte sie sich, würde alles weitergehen wie bisher. Vor allem, solange alles derartig ungewiss war. Sie würde morgen natürlich pünktlich im Büro erscheinen, sie wollte keinesfalls als unzuverlässige Mitarbeiterin dastehen, die wegen ein bisschen Geld gleich den Kopf verlor. Ebenso würden die Kinder in die Schule gehen, die sollten vorläufig am besten überhaupt nichts von dem Gewinn erfahren.

Anton lag auf dem Bauch, den Kopf zur Seite gedreht. Anscheinend war er soeben eingeschlafen. Leises Schnarchen verriet ihr, dass er auch nicht so schnell wieder aufwachen würde. Die Champagnerflasche hatte er nicht losgelassen, sie hing an seinem Arm über den Bettrand. Alexandra löste sie aus seinen Fingern. Es musste nicht auch noch der Boden überschwemmt werden, wenn er losließ. Sie besah die Flasche. Etwa ein Viertel war noch drinnen. Schnell nahm sie einen Schluck, stellte die Flasche beiseite und sah auf die Uhr. Viel Zeit blieb nicht mehr, bis der Wecker läutete, sie brauchte sich erst gar nicht bemühen, noch einmal einzuschlafen, legte sich wieder neben Anton und wartete, bis sie die Kinder wecken musste.

Erst als sich Max beschwerte, dass der Kakao zu wenig süß war, wurde ihr bewusst, dass sie das Frühstück der Kinder völlig in Gedanken versunken zubereitet hatte. Was war als Nächstes zu tun? Jausenbrote herrichten. Wie viele Jausenbrote konnte man für 24 Millionen Euro kaufen? Ihr wurde schwindelig bei dem Gedanken. Millionen hin oder her, rief sie sich zur Ordnung. Die Kinder mussten zur Schule, und die Jausenbrote mussten in die Schultaschen.

„Wo ist denn Papa?“ Annika rümpfte misstrauisch die Nase. „Er ...“ Alexandra zögerte. „Er hat in der Nacht lange gearbeitet. Er geht heute später ins Büro.“ „Und wer bringt mich dann ...“ Max begann bereits, ein weinerliches Gesicht zu ziehen. So weit war es also schon gekommen – wenn er fünf Minuten zu Fuß gehen sollte, fühlte er sich bereits zurückgesetzt und glaubte, wenn er ein bisschen Theater machte, würden automatisch seine Ansprüche erfüllt. „Du gehst heute zu Fuß. Und wenn dir das nicht passt, kannst du gerne Papa aufwecken. Der wird eine Riesenfreude haben!“ Das war jetzt etwas zu scharf gekommen. Max’ Mundwinkel zuckten, wanderten nach unten, und er begann bereits, in Vorbereitung eines Heulkonzerts, Rotz aufzuziehen. Schnell setzte sich Alexandra neben ihn, hielt ihm ein Taschentuch unter die Nase und strich ihm übers Haar. „Schau, Max. Die fünf Minuten zu Fuß, das tut dir gut! Heute ist schönes Wetter, und ein bisschen Bewegung vor der Schule, das macht dich munter!“ Max schniefte immer noch. Es ging wohl nicht um den kurzen Fußweg, sondern einfach darum, dass er seine Ansprüche durchsetzen wollte. Alexandra seufzte. Dieses Problem konnte man jedenfalls nicht mit Geld lösen, im Gegensatz zu einer kaputten Dachrinne, zum Beispiel. Wenn der Kleine mitbekam, dass sie nun reich waren, viel zu reich, was für Ansprüche würde er dann wohl erheben? Sie stellte ernüchtert fest, dass sie jetzt zumindest eine Sorge mehr hatte. Ob es auf der anderen Seite vielleicht eine Sorge weniger werden würde, war abzuwarten.

Als die Kinder endlich weg waren, hatte sie sich natürlich mit jeweils einem Euro für eine Süßigkeit erpressen lassen, damit endlich Schluss mit dem Geraunze war. Sollte sie Anton jetzt wecken oder ihn einfach in Ruhe seinen Rausch ausschlafen lassen? Sie entschied sich für einen Mittelweg, ging ins Schlafzimmer und suchte sich eine Bluse, einen Rock und frische Unterwäsche aus dem Kasten, ohne besonders darauf zu achten, leise zu sein. An Antons gleichmäßigen Atemzügen hörte sie jedoch, dass er tief schlief. Sollte sie ihn zudecken? Nein. So würde er wenigstens irgendwann zu frieren beginnen und wieder aufwachen.

Sie legte vor dem Badezimmerspiegel eine Halskette um, die, so erinnerte sie sich, weniger als 50 Euro gekostet hatte, und ertappte sich bei dem wohligen Gedanken an den echten, wertvollen Schmuck, den sie nun kaufen würde können. Zunichte allerdings wurde der wohlige Gedanke bei der Vorstellung, von ihren Kolleginnen im Verlag wegen der teuren Neuanschaffungen argwöhnisch gemustert zu werden.

Sie seufzte, als Antons Handy läutete. Sie fand es in seiner Sakkotasche auf dem Boden des Schlafzimmers, ohne dass Anton aufgewacht wäre. Es war Mirko, ein Kollege aus seinem Büro. „Du, Alexandra? Was ist mit Anton? Wir hätten einen Termin zusammen, in einer Stunde. Wir müssten jetzt gleich wegfahren!" Mirko klang ungeduldig. Er war nicht nur Antons bester Freund und Kollege, auch als Paar verstanden sie sich gut mit ihm, sie alle kannten sich seit ihrer Studienzeit. Oft waren sie zu viert ausgegangen – sie mit Anton, Mirko mit einer seiner häufig wechselnden Bekanntschaften. Die hatten meist glamourös, aber gelangweilt gewirkt. Manchmal hatte ihr Mirko während dieser Zusammenkünfte Blicke zugeworfen, die ihr verrieten, dass er an ihr mehr als nur oberflächlich interessiert war.

Alexandra verließ das Schlafzimmer und antwortete leise: „Es geht ihm nicht gut. Er wird wohl heute nicht ins Büro kommen, zumindest am Vormittag nicht." „Kannst du ihn mir geben?" Alexandra zögerte. Sie wollte nicht verraten, dass Anton betrunken eingeschlafen war. „Er hat irgendwas eingenommen und schläft jetzt." Mirko seufzte. „Richt ihm bitte wenigstens aus, dass er sich sofort melden soll, wenn er wach wird. Es wäre dringend." „Okay, mach ich!" Sie legte auf, stellte den Klingelton lauter und deponierte das

Handy auf Antons Nachttisch. Beim nächsten Klingeln würde er selber drangehen müssen.

Ein neues Rad, das wäre schon etwas. Alexandra fuhr gerne Rad, wann immer sie Gelegenheit dazu fand. Ein Rad fürs Büro, eines für die Straße und eines für das Gelände. Momentan erledigte sie alles mit demselben nicht ganz taufrischen Mountainbike. Wie viele Räder konnte man für 24 Millionen kaufen? Sie überschlug im Kopf die Zahlen, während sie in einer leichten Brise am Fluss entlangradelte. Sie kam zu dem Schluss, dass es selbst bei teuren Geräten für 12.000 oder mehr Räder reichen würde. 12.000 Räder, das konnte man sich nicht einmal vorstellen. Ob 12.000 Räder auf einem Fußballfeld Platz hatten?

„Hallo, Alexandra!" Sophie saß schon auf ihrem Platz und lächelte ihr zu. „Wie geht's?" „Ja, äh ..." Nicht einmal darauf fiel ihr heute spontan eine passende Antwort ein. „Super, eigentlich!" Das konnte nicht überzeugend geklungen haben. Sophie zog die Augenbrauen hoch. „Ist was?" Sie hatte ein Gespür dafür, wenn etwas anders war als sonst, das hatte sie schon mehrfach bewiesen. Alexandra bemühte sich um eine möglichst glaubwürdige Ausrede. „Die Mama, du weißt ja. Sie ist wieder ..." „Oh Gott!" Sophie nickte verständnisvoll und drang nicht weiter in sie. Oft genug hatten sie sich schon über die labile Psyche von Alexandras Mutter unterhalten. Sie verfiel immer wieder in tiefe Depressionen, musste manchmal Tage oder sogar Wochen in einer psychiatrischen Klinik verbringen und meist starke Medikamente einnehmen. Sophie hatte sicher Verständnis dafür, dass sie jetzt, am Beginn eines Arbeitstages, nicht darüber sprechen wollte. Dabei ging es ihrer Mutter in Wirklichkeit seit drei, vier Monaten überraschend gut.

Großartig war das, dachte Alexandra bei sich. Sie war jetzt zwar reich, dafür aber musste sie gleich in der Früh ihre Freundin hinters Licht führen. Ganz zu schweigen von den Kindern, denen hatte sie nämlich auch ein Märchen aufgetischt – die angebliche Nachtarbeit von Anton. Würde sie jetzt zur notorischen Lügnerin werden, nur um einen Millionengewinn geheim zu halten? Sie dachte an Sophies Eigentumswohnung. Sie konnte deren Schulden mit ein paar Mausklicks begleichen, sobald das Geld auf dem Konto eingegangen war. Sollte sie das tun, konnte man so etwas tun? Würde sich Sophie darüber überhaupt freuen?

Nach einer Stunde merkte sie, dass ihre Arbeit am Manuskript oberflächlich und unkonzentriert gewesen war. Am besten, sie fing noch einmal dort an, wo sie gestern aufgehört hatte. Ihre Leistung, so entschied sie, durfte keinesfalls unter dem Lottogewinn leiden. Obwohl, eigentlich hatte sie es jetzt gar nicht mehr nötig zu arbeiten, überlegte sie. Ob es nicht auch Spaß machen würde, den Tag mit Shoppen und im Kaffeehaus zu verbringen? Sie schob den Gedanken beiseite.

Der Vormittag verlief mühsam, die Konzentration auf ihre Arbeit fiel ihr weiterhin schwer. Sie überlegte schon, ob sie sich nachmittags freinehmen sollte, als ihr Handy summte. Anton. War er doch noch einmal aufgewacht. „Willst du nicht mit mir feiern? Wir müssen doch feiern!“, rief er so laut ins Telefon, dass Alexandra das Gerät unwillkürlich etwas von ihrem Ohr entfernte. Sophie hob interessiert den Kopf. Sie musste mitbekommen haben, was Anton gesagt hatte. Alexandra aber war nicht nach Feiern, eine ihr sonst kaum bekannte Beklemmung hatte sich um ihre Brust gelegt. Sie konnte sich nicht freuen, oder zumindest noch nicht. Sie seufzte und antwortete leise: „Ich frage, ob ich nachmittags freibekomme." Es musste ja nicht die gesamte Belegschaft darüber informiert werden, worüber sie redeten.

Anton jedoch dachte gar nicht daran, seine Stimme zu dämpfen. „Was heißt fragen? Du brauchst nie mehr jemanden zu fragen, du kannst tun, was du willst!" Er hatte sicher recht, so konnte man ihre Situation natürlich auch sehen, aber es gelang ihr eben im Moment nicht, so geradlinig wie er zu denken. Anton hatte anscheinend schon wieder getrunken, man konnte es an seinem undeutlichen Sprechen hören.

„Was will er denn feiern?" Sophie war, natürlich, hellhörig geworden. Laut genug war Anton ja gewesen, sie hatte gar keine Möglichkeit gehabt, etwas zu überhören. Alexandra entschloss sich spontan, das Lügen sein zu lassen. Sie würde es ohnehin nicht durchhalten können. „Er hat Geld gewonnen, in einer Lotterie. Ich weiß nicht, wie viel." Schon wieder eine Lüge. „Na ja", lächelte Sophie. „Viel wird's nicht gewesen sein. Das wär ja mehr als unwahrscheinlich. Ist wenigstens ein neues Rad für dich drin?" Alexandra nickte schuldbewusst und hoffte, dass sie nicht rot geworden war. Es würde mühsam werden, dachte Alexandra, Sophie zu erklären, warum sie nicht gleich mit der Wahrheit herausgerückt war. Und wenn sie Sophie Geld gab, musste sie dann nicht auch den anderen Kolleginnen ... Am Ende war es doch das Beste, sich nachmittags freizunehmen, um einen klaren Kopf zu bekommen. „Ja, ich werde mich bemühen. Gehen wir irgendwohin essen. Reservier was. Ich kümmere mich." Sie legte auf.

„Lieber wäre mir, das Manuskript endlich zu Ende zu bringen. Was ich jetzt nicht schaffe, muss ich dann am Abend machen." Alexandra schüttelte den Kopf. „Mach dir keinen Stress!", beruhigte Sophie. „Es wird schon werden. Ich wär froh, wenn ich einen Mann hätte, der mal spontan feiern will!“ Alexandra runzelte die Stirn. „Ist was mit Leo?“ Sophie winkte ab. „Nein, nein! Nur, du weißt ja, er muss immer alles mindestens drei Monate im Voraus planen. Und Essenszeiten müssen eingehalten werden und so ...“ Sie ließ ihren Satz ausklingen. Alexandra wusste, dass Sophies Freund ein wenig zur Pedanterie neigte und eigentlich zu konservativ für Sophie war. Dazu kam, dass er religiös war, sie aber mit einem Kirchenaustritt liebäugelte. Vielleicht hatte sie es mit Anton doch ganz gut erwischt. Wenn er sich auch im Moment ein wenig kindisch aufführte.

Ihr Handy läutete wieder. Der Installateur. „Frau Heidegger ...“ Seine Stimme hatte einen klagenden Unterton. Er würde auch heute den Rohrbruch nicht reparieren. Doch diesmal hatte Alexandra genug. „Wissen Sie was, Herr Hofmann? Wir planen eine umfangreiche Renovierung unseres Hauses, wir haben uns endlich dazu durchgerungen. Neue Bäder, Heizung, alles. Und wenn Sie auch nur den Funken einer Chance haben wollen, diesen Auftrag zu bekommen, dann ist die Reparatur heute Abend erledigt!“ Sie drückte die rote Taste. Für etwas musste das viele Geld doch gut sein. Das mit der Renovierung war ihr ganz spontan eingefallen. Aber es war auch irgendwie naheliegend: Wann, wenn nicht jetzt, sollten sie das Haus gründlich renovieren? Sie hatten jahrelang schon darüber geredet und auch dafür gespart, jetzt war das alles kein Problem mehr.

„Martin, könntest du mir heute Nachmittag freigeben? Mein Mann hat gerade angerufen ... Er hat einen ...“ Sie überlegte, wie sie die Neuigkeit am besten formulieren sollte. „Einen Gewinn hat er gemacht, und er möchte mit mir ein bisschen feiern. Ich mach dann das Manuskript heute Abend fertig.“ Martin runzelte die Stirn, nickte aber. „Ich kann mich darauf verlassen? Was hat er denn gewonnen? Ein Kochbuch vielleicht? Oder eine Gewürzmühle?“ Das war ein Scherz, den nur Insider verstehen konnten – ein bekannter Koch, der auch in ihrem Verlag ein Kochbuch herausgebracht hatte, moderierte jetzt eine Quizshow, und als Preis für die richtige Antwort konnte man dort eine Gewürzmühle gewinnen. Oder eben das Kochbuch. Alexandra lächelte. „Hoffentlich!“ Sie ließ im Unklaren, worauf sie hoffte.

Auf dem Weg zum Restaurant gingen ihr so viele Gedanken durch den Kopf, dass sie einmal eine rote Ampel überfuhr und schließlich abstieg und das Rad schob, um sich nicht selbst zu gefährden. Wie sie den Gewinn ihrer Familie beibringen konnte? Ihre Mutter, so vermutete sie, würde es nicht wichtig nehmen, sie hatte keine Bedürfnisse, die mit Geld befriedigt werden konnten. Sie bezweifelte, ob sie überhaupt aus ihrer kleinen, etwas schäbigen Wohnung ausziehen würde, wenn sie ihr etwas viel Schöneres in Aussicht stellen konnte. Mutter lebte in einer spartanisch eingerichteten Zweizimmerwohnung, die auf Alexandra so kalt wirkte, dass sie es nie lange dort aushielt. Neue Möbel, eine schöne Aussicht oder überhaupt eine Gestaltung ihrer Umgebung interessierten ihre Mutter nicht. Oder nicht mehr. Wichtig war ihr, dass alles blieb, wie es immer gewesen war. Und das war schwierig genug, wenn man ihre gesundheitliche Situation nüchtern betrachtete.

Zu ihrem Bruder Walter hatte sie vor Jahren schon den Kontakt verloren. Er hatte die Familie früh verlassen, war unstet herumgezogen. Von einer Berufsausbildung oder einem Arbeitsplatz wusste Alexandra nichts. Auch nicht von einer Familie. Kaum hatte sie eine Adresse oder eine Telefonnummer von ihm, war sie auch schon nicht mehr aktuell. Nicht einmal über das Internet und soziale Netzwerke war es ihr in den letzten Jahren gelungen, mit Walter Kontakt aufzunehmen. Was aber, wenn er erfuhr, dass sie nun reich war? Walter war der Typ Mensch, der von Geld angezogen wurde wie die Motten vom Licht. Leider hatte er sich dabei schon mehr als einmal die Finger gründlich verbrannt.

Tobi würde etwas Geld dringend brauchen können. Er arbeitete in einer Einrichtung, die psychisch Kranke betreute, jedoch nur als Teilzeitkraft, mehr traute er sich nicht zu. Für Alexandra war es nur eine Frage der Zeit, bis er in seiner Einrichtung auf die Seite der Klienten wechselte, er klagte sowohl über Leistungsdruck während der Arbeit als auch über Einsamkeit in seiner Freizeit. Er hatte sich selbst aufgegeben, ließ sich hängen und litt – ähnlich wie ihre Mutter – gelegentlich unter Depressionen. Sie fragte sich, ob ihrer Familie mit Geld wirklich zu helfen war. Sie war bisher schon die Einzige gewesen, die es zu einem einigermaßen stabilen Familienleben mit einem ausreichenden Einkommen gebracht hatte, und sie war auch die Einzige mit einer guten Ausbildung. Das Geld, so sagte sie sich, bedeutete jetzt auch mehr Verantwortung ihrer Familie gegenüber.

Das Mittagessen verlief unharmonisch. Anton war überdreht, zu laut, lobte das Menü in den höchsten Tönen und trank zu viel Alkohol. Was Alexandra besonders missfiel, war, dass er möglichst teuren Wein und Champagner bestellte. Guter Wein war ihr zwar wichtig, doch im Restaurant achtete sie darauf, eine eher bescheidene Auswahl zu treffen, damit der Geschmack nicht den der Speisen übertönte oder zunichtemachte. Sie hasste angeberische Trinker, die allein durch die Wahl der Weine ihren Status darstellen mussten. Darüber war mit Anton zu reden, und zwar bald. Es konnte nicht angehen, dass er zum protzigen Angeber mutierte. Sie hing so sehr ihren Gedanken nach, dass sie das gute Essen kaum wahrnahm und gedankenlos in sich hineinschaufelte.

„Wir müssen auch mit den Kindern reden", warf sie ein, als das Dessert serviert wurde. Natürlich musste Anton dazu einen sündteuren Süßwein serviert bekommen. „Haben Sie einen Sauternes?", fragte er die Kellnerin, die seinen Heiterkeitsausbrüchen amüsiert lächelnd standgehalten hatte. „Natürlich, der Herr!" Wahrscheinlich hoffte sie auf ein üppiges Trinkgeld. Ein ebenso üppiges, wie ihr Dekolleté war, dachte Alexandra gehässig. „Für dich auch, Schatz?" Sie schüttelte den Kopf. Merkte er nicht, dass sie überhaupt nicht in der richtigen Stimmung für ein ausgelassenes Gourmetmenü war?

„Was sagen wir den Kindern?", wiederholte sie, als sie merkte, dass Anton ihre Frage entweder ignoriert oder überhört hatte. Er wedelte mit der Dessertgabel in der Luft herum. „Du machst dir über alles viel zu viele Gedanken, Schätzchen!" Außerdem sprach er zu laut, fand sie. „Kommt Zeit, kommt Rat! Sie werden sicher nicht schwer leiden müssen, wegen dem ... du weißt schon!" Er zwinkerte ihr verschwörerisch zu, ohne zu merken, dass sie immer schweigsamer wurde.

Er ging ihr auf die Nerven. Kein ernstes Wort war seit heute früh mit ihm zu wechseln gewesen, er merkte nicht, wie es ihr ging, und schien ihre Sorgen nicht zu verstehen. Von seinem trockenen Humor war heute nichts zu merken. Sie nahm einen Löffel Zitronensorbet und zerdrückte es zwischen Zunge und Gaumen.

Morgen. Morgen würde man wieder vernünftig mit ihm reden können. Es musste ja auch ihm klar sein, dass diese gewaltige Summe eine unglaubliche Verantwortung bedeutete. „Und den alten Kasten, den verkaufen wir! Ich bau uns ein neues Haus, in der besten Lage, und bis es fertig ist, mieten wir uns ein Penthouse!“ Sie verzichtete auf eine Entgegnung und dachte an Herrn Hofmann, der hoffentlich schon in ihrer Toilette an der Arbeit war.

III

Papas eigenartige Bemerkung mit der kleinen Hausfrau und Mamas bestürzte Blicke haben mir zu denken gegeben. Ob das etwas damit zu tun hat, dass meine Brüste zu wachsen beginnen? Ich habe es selber erst gemerkt, als ich manchmal ein wenig Ziehen in der Brust gespürt habe und die Brustwarzen immer wieder recht empfindlich geworden sind. Und zwischen den Beinen beginnen auch Haare zu wachsen. Ich bin ja nicht blöd, ich habe mich schon genau über den Ablauf der Pubertät informiert. Sogar bei uns zu Hause gibt es ein Buch, wo etwas darüber drinnen steht. Es ist sogar von der katholischen Kirche, meine Eltern haben es zur Hochzeit vom Pfarrer geschenkt bekommen. Das steht vorn drin. Über die körperlichen und die seelischen Veränderungen während der Pubertät kann man da drinnen etwas nachlesen. Natürlich wird nichts direkt angesprochen, man muss zwischen den Zeilen lesen können. Mama wagt es nicht, mit mir über Sexualität zu sprechen. Obwohl sie es ja beim Umziehen oder beim Waschen manchmal sehen muss, dass ich erwachsen werde. Aber über komische Blicke und ein paar Seufzer ist sie noch nicht hinausgekommen. Ich bin gespannt, wie sie reagiert, wenn ich ihr sagen muss, dass ich meine Periode bekommen habe. Denn dann muss sie was tun. Ich kann mir die Binden oder die Tampons schließlich nicht von dem Taschengeld kaufen, das ich viel zu selten bekomme.

Tobi springt auf und hält sich die Hand vor den Mund. Das Übliche. Oft isst er nur ein paar Löffel voll und rennt aufs Klo, um es wieder herauszukotzen. Mama war schon ein-, zweimal beim Arzt mit ihm, nicht nur deswegen, vor allem auch wegen dem Bettnässen.

Aber was der Doktor sagt, das erfahre ich nicht. „Kann sich der Bub nicht benehmen?“, schreit Papa. „Der hat bei Tisch zu sitzen, solange ich esse!“

„Wär's dir lieber, wenn er auf den Tisch kotzt?“ Ich habe mich nicht beherrschen können. Papa springt auf, kommt um den Tisch herum und packt mich fest am Oberarm. Es tut weh. „Nicht!“, schreit Mama. „Nicht schlagen!“ Papa aber weiß, wo die Grenzen sind, so betrunken ist er noch nicht. Er zerrt mich grob von meinem Sessel hoch. Es geht aber nicht Richtung Speisekammer, sondern zum Mostkeller. Er stößt die Tür auf. „Dir werd ich auch noch Respekt beibringen, du Gfrast!“, schreit er. Gott sei Dank gibt er mir keinen Schubs, sonst würde ich die Treppe hinunterfallen. „Runter!“, schreit er. Ich weiß, dass Widerspruch zwecklos ist. Ich steige ein paar Stufen hinunter, die Tür kracht zu, und der Schlüssel knirscht im Schloss. Respekt werde ich vor ihm nie haben, nur Angst. Papa kennt anscheinend den Unterschied nicht.

Im Keller ist es kühl, ganz unten sogar richtig kalt. Trotz des warmen Sommertags draußen. Wenig Licht dringt in das Treppenhaus, feucht und modrig riecht die Luft. Farbe und Putz blättern von den Wänden. Ich bohre mit dem Finger in einem Spalt zwischen Ziegelmauer und Verputz. Ein Brocken bricht ab, klatscht zu Boden, zerbirst in kleine Stücke. Ich steige die Treppe ganz hinunter, in den Raum, wo die Mostfässer in zwei Reihen entlang den Wänden stehen. Nur ein oder zwei Fässer sind noch voll, der Rest wartet auf die neue Ernte. Das meiste hat Papa getrunken, den kleineren Anteil hat Mama sich bemüht zu verkaufen. Unser Mostobst ist gut, der Most auch. Mama klebt selbst entworfene Etiketten auf die Flaschen. Es ist nicht so leicht, sagt sie, aus einer Landwirtschaft auch genug Geld herauszuholen für drei Kinder. Ein guter Most kommt da gerade recht. Papa ist es egal, wie der Most schmeckt. Und einen Computer zum Etiketten-Drucken kann sich die Mama abschminken, das findet er lächerlich und viel zu teuer. Papa soll nicht so viel trinken, finde ich.

Ich öffne den Hahn an einem der Fässer. Wenn der Most ausläuft, kann er ihn nicht trinken. Ich weiß nicht, warum ich in dem Moment nicht daran denke, dass Mama den Most ja auch verkaufen könnte. Ich hasse den Most einfach. Dunkel ist es hier, und Spinnweben streichen über mein Gesicht. Aber wenigstens ist es ruhig. Hoffentlich kommen nicht Walter oder Papa, um mir wieder aufzusperren. Der Most plätschert auf den Boden und rinnt in die hintere Ecke des Kellers, es geht leicht bergab dorthin. Ich halte die offenen Hände unter den Hahn und schlürfe ein wenig von dem Getränk, ich habe Durst. Es ist sauer wie Essig. Damit kann man keinen Durst löschen, denke ich.

Ich richte mich wieder auf. Hinten an der Mauer staut sich der Most und steht bereits mehrere Zentimeter hoch. In einer Ecke liegen ein paar Holzscheite. Damit kann man den Mostfluss umleiten, sodass er Kurven auf dem Kellerboden macht. Ich reiße dünne Fasern von einem Holzscheit ab und lege sie direkt unter dem Hahn in den Mostfluss. Dann sehe ich zu, wie sie die Kurven hinunterschwimmen, bis sie im Mostsee ganz hinten in der Ecke des Kellers landen.

Ich weiß nicht, was Papa mit mir machen wird, wenn er merkt, was ich getan habe. Mama hat versprochen, wenn er mich schlägt, dann geht sie mit uns weg. Hoffentlich schlägt er mich endlich einmal, und Mama hält ihr Versprechen. Dann können wir hier weg. Aber ich traue ihr nicht ganz. Der Most rinnt und rinnt. Ich steige ein paar Stufen die Treppe hinauf, um nicht nass zu werden.

Papa hat mich nicht geschlagen. Ich habe aber so lange im Mostkeller bleiben müssen, bis ich alles, was ausgelaufen war, in Kübel geschöpft, hinaufgetragen und ausgeleert hatte. Dann hat er mich aufwischen lassen. „Muss ich dich in deinem Zimmer anhängen?“, hat er geschrien. Ich habe einmal einen Artikel gelesen, über einen Buben, den sie zu Hause angehängt haben, weil er so schlimm war. Bin ich auch so schlimm, dass man mich anhängen muss? Bin ich ein so schlechter Mensch?

Ich weiß, das tut man einfach nicht, dass man der Mutter den Obstsaft wegtrinkt und den Most auslaufen lässt. Ich glaube, das ist sogar eine Sünde. Vielleicht werde ich es beichten. Aber wenn ich eingesperrt werde, dann bin ich anders, da denke ich anders, da habe ich so viel Zeit, und da fällt mir so vieles ein, und da packen mich Wünsche und Gier und Verlangen. Zum Beispiel das Verlangen, dass Papa weg ist, einfach weg. Manchmal wünsche ich mir dann, dass er tot ist. Gleichzeitig weiß ich, dass man sich das nicht wünschen darf, aber es wäre so schön ohne ihn, es wäre ein richtiges Leben. Nicht jede Minute müsste man sich überlegen, was man tun muss, damit er nicht über einen herfällt.

3

He smelled some expensive, sweet perfume on the servant's fingers. She giggled, while she put the blindfold over his eyes. He wondered if she was naked like him. She had appeared behind him out of nowhere. He could not help but feel that his sword was rising. Suddenly the servant stopped giggling. He could hear a dark voice in front of him. „I am here, Lancelot. Right before you. I do not wear any clothes, like you." It was, he now registered, the voice of his queen.

Schon kühn, dachte sie, aus den Artus-Epen einen Softporno zu stricken. Aber nicht ganz ohne Charme. Heute allerdings verfehlten die Geschichten der englischen Autorin ihren Zweck, sie erregten sie kein bisschen, denn es kostete sie fast übermenschliche Anstrengung, sich auf den Text zu konzentrieren. Noch dazu, wo Anton immer wieder herüberkam und sie störte. Sonst respektierte er, dass sie während der Übersetzungsarbeit nicht gestört werden durfte. Aber heute anscheinend war ihm das Herz so voll, dass sein Mund ständig überging. Ihr dagegen lag der Gewinn wie ein Stein im Magen. Sie hatten mit den Kindern noch nicht gesprochen, nicht einmal geklärt, was sie ihnen sagen würden. Ihre Mutter, der Verleger, die Kolleginnen – mit allen waren Gespräche zu führen, vor denen ihr graute.

„Schatz, ich schau gerade nach Grundstücken! Da hätte ich was!" Er hielt ihr sein Tablet vor die Nase. „Stadtrandlage", las sie. „Unverbaubarer Gebirgsblick." Sie suchte nach einem Preis. „Was soll es denn kosten?", fragte sie, weil sie keinen finden konnte. „400.000 Euro!", rief Anton. „Ein Klacks!" „Damit könnten wir aber auch das Haus hier ganz toll renovieren!", warf sie ein. „Wo ist das denn eigentlich?“ „Nur fünfzehn Autominuten vom Stadtzentrum entfernt!“ Anton war geradezu euphorisch. „Aber, ich fahr doch gerne mit dem Rad in den Verlag ...“ „Unsinn!“, unterbrach Anton sie. „Du kannst dir ein Cabrio kaufen oder von mir aus ein E-Bike, was du willst!“ Alexandra schüttelte den Kopf. „Und die Kinder, wegen der Schule ...“ Doch kein Einwand schien bei Anton zu verfangen. Mit einer wegwerfenden Handbewegung verschwand er aus dem Arbeitszimmer. „Du kannst einem aber auch alles vermiesen!“, murmelte er noch vor sich hin.

Tat sie das tatsächlich? Ihm alles vermiesen? Was sprach eigentlich gegen ein neues Haus? Man konnte einen Pool einbauen, dafür hatten sie jetzt genug Geld. Sogar einen mit Überdachung, eigentlich hatte sie immer von so etwas geschwärmt. Oft hatte sie sehnsüchtig Traumhäuser in Fernsehmagazinen und Katalogen betrachtet und sich über den alten Kasten geärgert, den ihnen Antons Eltern hinterlassen hatten. Die lebten jetzt in einer feinen Dachwohnung mit Rundblick, die ihnen Anton ausgebaut hatte. Warum eigentlich war sie so negativ eingestellt? Wahrscheinlich hatte Anton recht, sie musste erst lernen, mit der neuen Situation zurechtzukommen. Es dauerte bei ihr halt länger als bei ihm. Sie blickte aus dem Fenster. Für einen Pool war eigentlich auch hier genug Platz. Sogar mit einem Whirlpool dazu ...

Am Samstag wachte Alexandra ungewöhnlich früh auf. Die Sonne schien durch die Ritzen der Jalousie, und sie horchte in sich hinein. Fühlte sie sich schon wohler bei dem Gedanken, um 24 Millionen Euro reicher zu sein? Ihr Bauch gab ihr keine Antwort. Gestern Nacht war Anton beim wöchentlichen Sex ebenso euphorisch gewesen wie beim Suchen nach Grundstücken, er hatte an ihr herumgezerrt und -geleckt, wie er es schon seit Jahren nicht mehr getan hatte. Sogar Champagner hatte er über ihren Körper geschüttet, und nach Anlaufschwierigkeiten war es ihr gelungen, seiner Begeisterung zu folgen, und auch sie war gekommen, gleich zweimal. Aber jetzt ... Sie musste Anton aufwecken, bevor es Zeit war, mit den Kindern zu sprechen. Sie mussten sich eine Strategie zurechtlegen, was man ihnen sagen sollte und wie. Welche Antworten konnten sie geben, wenn die Kinder jetzt meinten, ihre unverschämtesten Wünsche müssten auf der Stelle erfüllt werden?

Einstweilen aber wollte sie noch ein paar Minuten Ruhe genießen. Draußen zwitscherten die Vögel, und das wenige Sonnenlicht, das durch die Jalousie fiel, flackerte durch die Äste, die sich vor dem Fenster im Wind bewegten. Sollte sie ihre Arbeit hinschmeißen? Aufhören, seltsame erotische Romane zu übersetzen? Unbegabte, übergewichtige Krimiautoren und von ihrer Genialität eingenommene spindeldürre Lyrikerinnen hinter sich lassen? Was würde sie den ganzen Tag tun? Schuhe und Taschen kaufen? Beides tat sie nicht ungern. Wenn sie sich auch eingestehen musste – das Stöbern nach interessanten Schnäppchen war der größere Genuss als das Besitzen. Würde es ihr tatsächlich Spaß machen, einfach etwas auszusuchen, was ihr gefiel, darauf zu zeigen, es einpacken zu lassen und nach Hause zu schleppen, ohne überhaupt auf den Preis zu sehen? Oder würde es ihr vielleicht Spaß machen, einen eigenen Verlag zu gründen? Am Ende doch zu viel Verantwortung. Mit unbedachten Geschäften konnte man sogar Millionen sehr schnell verlieren. Sie erinnerte sich an eine Fernsehdoku, in der Millionengewinner vorgestellt worden waren, die nach wenigen Jahren weniger als zuvor besaßen.

Die ganze Situation bedeutete zu viel Stress, zu viel Verantwortung, zu viele Entscheidungen und, vor allem, zu viele Lügen. Bis gestern war ihr klar gewesen: Familie, Haus, Job, Mutter und Tobi, das war alles schon Aufgabe genug, sie konnte und wollte nicht mehr bewältigen. Jetzt aber schien es, dass sie sich neue Lasten aufgeladen hatte, um die sie nicht gebeten hatte.

„Krieg ich dann ein Pferd?" Mit dieser Frage hatte Alexandra gerechnet. „Warum nicht?" Anton biss in sein Marmeladebrot. Natürlich hielt er sich nicht an die gerade noch getroffenen Vereinbarungen. Keine voreiligen Versprechungen, hatten sie abgemacht. Alexandra stöhnte. „Juhu! Ein Pferd!" Sie warf Anton einen vernichtenden Blick zu. Natürlich war es jetzt wieder an ihr, die verfrühten Hoffnungen zu dämpfen. „Wir werden weiterhin leben wie bisher, Annika." Sie musste sich räuspern. „Und solche Entscheidungen müssen überlegt und gemeinsam getroffen werden. Ein Pferd bedeutet nicht nur Kosten, sondern auch Verantwortung und Arbeit." Sie runzelte die Stirn. Wie kam sie dazu, jetzt die Kassandra zu spielen, die den Kindern jede Freude verdarb?

Prompt kam Antons Konter. „Lass ihr doch die Freude. Natürlich nicht gleich. Später mal." Annika verschränkte die Arme vor der Brust und zog eine Grimasse. „Aber du hast doch gesagt ..." „Ja, dann sag ich halt nichts mehr, wenn hier jedes Wort auf die Goldwaage gelegt wird!", rief Anton, plötzlich zornig. Etliche Marmeladebröckchen aus seinem Mund landeten auf Alexandras Pullover, während er zur Bekräftigung seiner Entscheidung noch mit der flachen Hand auf den Tisch schlug.

„Und ich will ein Schlagzeug! Und eine Playstation!“ Max musste natürlich beim Konsumwettbewerb in der ersten Reihe dabei sein. „Darüber reden wir ein anderes Mal!“ Eigentlich hatte sie etwas ganz anderes besprechen wollen als eine exklusive Einkaufstour. „Es gibt viel wichtigere Dinge, die ihr verstehen müsst“, erklärte Alexandra in möglichst beruhigendem Ton und legte beiden Kindern eine Hand auf die Unterarme. „Ihr sollt möglichst wenig darüber sprechen, dass wir Geld gewonnen haben. Am besten mit gar niemandem. Und vor allem sollt ihr keine Summen nennen. Und gegenüber niemandem angeben damit, dass wir jetzt mehr Geld haben als früher.“ Sie hoffte, dass die Botschaft angekommen war. Zumindest für Max würde sie aber noch zahllose Male wiederholt werden müssen.

„Du sagst immer, man soll die Wahrheit sagen!“, maulte Annika, die die Hoffnung auf ihr eigenes Pferd entschwinden sah. „Manchmal kann man den Leuten nicht die ganze Wahrheit zumuten“, mischte Anton sich ein. „Was glaubst du, was los ist, wenn die Leute erfahren, wie viel Geld wir haben?“ „Ist doch egal!“, plärrte Max. „Wir können uns alles kaufen!“ „Freunde nicht“, warnte Alexandra. „Im Gegenteil, das kann ganz schnell gehen. Deine Freunde merken, dass wir viel Geld haben. Sie erwarten, dass du ihnen was davon abgibst, Geschenke machst, große Partys veranstaltest.“ „Können wir ja dann auch!“, strahlte Annika. „Du wirst gar nicht glauben, wie viele falsche Freunde du dann hast. Die nur an deinem Geld interessiert sind. Mama hat schon recht!“ Endlich waren sie einmal einer Meinung. Was selten vorgekommen war seit der Nachricht von dem Gewinn.

Anton fasste die Kinder an den Händen. „Wir sind uns also einig? Großes Ehrenwort! Großes Geheimnis!" „Großes Geheimnis!", stimmten sie im Chor ein. „Und was ist mit Opa und den Omas?", fragte Annika. „Mit meiner Mutter rede ich, und Papa wird mit seinen Eltern reden", entschied Alexandra. „Ihr haltet den Schnabel, bis wir den Großeltern erklärt haben, was los ist."

Antons Handy läutete. „Ja? Ach so. Möchten Sie? Ich weiß aber nicht, ob ich möchte. Ich glaube ..." Alexandra wurde nicht schlau aus dem Gespräch, von dem sie nichts weiter mitbekam, weil Anton aus der Küche auf die Terrasse trat. „Was ist jetzt mit der Playstation?" Max zog sie am Pulloverärmel. „Wenn, dann zum Geburtstag. Da hat sich nichts geändert, da muss darüber geredet werden. Du sitzt ja jetzt schon zu lange vor dem Bildschirm!" Max starrte auf sein Frühstücksbrot. Ihm schien langsam zu dämmern, dass der unverhoffte Reichtum der Familie ihm nicht unmittelbar zugutekommen würde. Annika flüsterte: „Und wegen dem Schminkset?" Alexandra seufzte.

„Wer war denn dran?" „Ach, nur der Gewinnbetreuer der Lotteriegesellschaft. Sie haben da so Berater für Leute, die große Gewinne gemacht haben. Er wollte uns besuchen. Brauch ich aber nicht." Alexandra schüttelte den Kopf. „Aber vielleicht ich? Ich würde gern einmal mit jemandem reden, der Erfahrung mit einer solchen Situation hat!" „Quatsch! Das weiß ich schon selber, wie man mit Geld umgeht!" Anton schien richtiggehend verärgert und zog sich mit seinem Tablet auf das Wohnzimmersofa zurück.

„Ich geh raus!", kündigte Max an. „Jonas kommt auch." Jonas war der Sohn der Nachbarn, ein halbes Jahr älter als Max. „Vielleicht gehen wir ins Baumhaus." Er schien die Debatten um den Gewinn schon vergessen zu haben und verschwand im Vorraum. Bevor die

Haustür ins Schloss fiel, klirrte noch der Schuhlöffel auf dem Fliesenboden.

„Wie viel ist es denn genau?“ Sie hatten den Kindern noch keine Summe genannt, doch Annika schien mit allgemeinen Auskünften nicht zufrieden zu sein. „Wir haben vereinbart, euch das nicht zu sagen. Erst müssen wir sehen, dass ihr wirklich dichthaltet.“ Annika zog schon wieder ein beleidigtes Gesicht. „Max vielleicht, ich doch nicht! Ich bin doch keine Tratschtante!“ „Es bleibt dabei!“, ließ sich Anton vom Sofa aus vernehmen. Annika sprang auf und ließ nach einigen Sekunden, die sie brauchte, um die Stiegen hinaufzutrampeln, ihre Zimmertür knallen. Ein bereits gewohntes Geräusch, dachte Alexandra.

„Gibst du mir mal dein Handy? Ich möchte den Herrn von der Lotteriegesellschaft zurückrufen.“ „Wieso?“ Anton sah kurz auf. „Ich möchte beraten werden, und ich sehe nicht ein, warum ich mich in dieser Frage nach deinen Wünschen richten soll.“ „Na, vielleicht, weil ich gewonnen habe? Du hast dich ja standhaft geweigert, jemals einen Schein auszufüllen!“ „Red nicht so blöd daher! Das ist eine Familienangelegenheit!“, zischte sie.

Als Anton ihr widerwillig das Handy reichte, sah sie, dass er auf seinem Tablet gerade die Homepage eines Herstellers von Luxus-Pkw geöffnet hatte. Mitten auf der Seite prangte das Bild eines weißen Cabrios.

IV

Die Polizei ist da, wegen Walter. Sie haben ihn in der Nacht erwischt, bei einer Schlägerei vor einem Bierzelt. Erstens hätte er gar nicht dort sein dürfen, weil er erst dreizehn ist, und zweitens hat er getrunken und anscheinend grundlos jemanden angegriffen. Ich müsste eigentlich in meinem Zimmer bleiben, aber ich schleiche mich auf die Stiege und lausche. Hören kann man allerdings nur Papa und Walter, die beiden schreien nämlich, die Polizisten reden nur normal, und ich kann sie nicht verstehen. Und Mama schluchzt. „Ich erschlag ihn!", schreit Papa immer wieder, und die Polizisten fragen ihn, ob er getrunken hat, und versuchen ihn zu beruhigen. „Das ist auch keine Lösung, Herr Lahnsteiner, geschlagen ist schon genug worden!", sagt der eine Polizist. „Die haben angefangen!", brüllt Walter immer wieder. „Ich hab überhaupt nichts getan!" Länger geht das hin und her, aber die Polizisten bekommen nichts Vernünftiges aus Walter heraus. Dann macht einer die Stubentür auf, und ich verstehe genau, was er sagt. „Nächstes Mal verständigen wir das Jugendamt, Frau Lahnsteiner. Wenn er vierzehn wäre, dann würden wir ihn ohnehin gleich mitnehmen. Ein bisschen Jugendarrest hat so einem noch nie geschadet!"

Mama heult weiter, und Papa macht ihr Vorwürfe. Dass sie die Kinder nicht erziehen kann. Seine Kinder. Er hat ihr die Kinder geschenkt, und sie kann sie nicht erziehen. Viel zu weich ist sie, und keine Konsequenz gibt es in dieser Erziehung. Da gehören andere Saiten aufgezogen. Wenn er nur Zeit hätte, dann würden die Gfraster schon spuren. Er wird immer lauter und brüllt mit sich überschlagender Stimme, und schließlich höre ich es laut klatschen, und Mama schreit auf.

Und es klatscht noch einmal, und dann rumpelt es in der Küche. Ich laufe weg, hinauf über die Stiege, in mein Bett, werfe mir die Decke über den Kopf. Kurz danach höre ich Papa noch an Walters Tür rütteln. „Ich erschlag ihn!", schreit er immer wieder, schon völlig außer Atem.

Wir sind eine Familie von lauter schlechten Menschen, denke ich mir. Ausgenommen Tobi und Mama, die sind eigentlich nur arm. Aber ich selber bin hinterlistig und gemein, auch wenn die Polizei das nicht weiß. Ich überlege mir, ob ich beichten gehen soll. Eigentlich müsste ich das. Dass ich Saft stehle und Most ausrinnen lasse, das sind sicher Sünden. Ob es schwere oder leichte sind, das weiß ich nicht. Aber eine schwere Sünde habe ich sicher schon begangen. Ich habe in der Nacht unter der Bettdecke zwischen meinen Beinen herumgetastet. Und ich habe mich ganz komisch gefühlt dabei und habe gar nicht mehr aufhören wollen. Die Religionslehrerin hat gesagt, dass man da nur beim Waschen hinfassen darf, und das nur ganz kurz. Alles andere ist Unkeuschheit, hat sie gesagt.

Ich schaue in unserem Religionsbuch nach, wegen den Geboten und den Sünden und der Beichte. Und wegen der Unkeuschheit. Gegen die ersten drei Gebote verstoße ich andauernd, denke ich mir. Dass es einen Gott geben kann, das kann ich mir gar nicht vorstellen, sonst hätte er uns schon von Papa erlöst. Und gegen das zweite Gebot verstößt man schon, wenn man nur „Um Gottes willen" sagt. Zumindest behauptet das die Religionslehrerin. Und gegen das dritte verstoße ich, weil ich nicht jeden Sonntag in die Kirche gehe. Papa sagt immer, auf die Kerzerlschluckerei können wir verzichten, und wenn Mama dann doch einmal in die Kirche geht, gibt es wieder stundenlanges Geschrei. Und wenn ich einmal bei einer Messe bin, sind meine Gedanken ganz woanders, das machen die Musik und der Weihrauch. Meine Mutter ehre ich zwar, aber meinen Vater ganz sicher nicht. Bisher habe ich noch niemanden getötet, aber es ist sicher auch eine Sünde, wenn man sich wünscht, dass jemand stirbt. Und gegen das sechste Gebot verstoße ich, weil ich die Hand länger zwischen meinen Beinen lasse, als es nötig ist. Das ist die Unkeuschheit. Gelogen und gestohlen habe ich auch schon, und wenn es auch nur der Saft von Mama ist. Bleiben nur die letzten zwei Gebote, gegen die ich wenigstens noch nicht verstoßen habe.

Ich muss ein schlechter Mensch sein, ein ganz schlechter. Das ist wahrscheinlich auch der Grund dafür, dass ich zu ernst bin. Mama sagt immer, ich soll fröhlich sein, herumrennen und lachen wie andere Kinder. Aber ich habe nicht viel zu lachen, worüber denn? Die Fernsehsendungen für Kinder finde ich total albern, über so was kann ich nicht lachen. Und was mich wirklich interessiert, zum Beispiel das Weltraum-Buch von Walter, das ist zwar spannend, aber auch nichts zum Lachen.

Später am Nachmittag gehe ich über den Hof, und ich merke, die Ferkel sind unruhig. Sonst machen sie doch auch keinen solchen Lärm, oder höchstens, wenn es Zeit ist zum Füttern. Als ich durch die Stalltür spähe, sehe ich Walter. Er hat einen Stock in der Hand, einen langen. Damit schlägt er auf die Ferkel ein, die quieken wie verrückt, wenn sie getroffen werden. Nein, es ist kein Stock, es ist eine Peitsche. Wo er die wohl gefunden hat? Ich trau mich nicht näher zu Walter hin, wer weiß, was er mit mir macht, wenn ich ihn erwische. Er stöhnt, wenn er zuschlägt. Ich möchte den Ferkeln helfen, aber mir klopft das Herz vor Angst bis zum Hals. Ich muss Mama erzählen, dass Walter die Ferkel quält. Ich drehe mich um und renne, doch dabei rutsche ich aus, falle hin und kreische auf. Trotzdem bin ich schnell bei der Tür draußen. Ich renne zu meinem Schaukelbaum, um mich dahinter zu verstecken. Walter ist auch schon aus dem Stall heraußen. „Du blöde Kuh!“, schreit er mir nach. Gleich darauf ist er bei mir und reißt mich hinter dem Schaukelbaum zu Boden.

Er liegt schwer auf mir und drückt seinen Unterleib gegen mich. Ich möchte gar nicht wissen, was er da an mir reibt. „Hör auf!“ Ich lache. Wenn ich so tue, als wäre es ein Spaß, vielleicht hört er dann auf. Wie im Schraubstock hält er meine Oberarme fest. Ich schlage mit meinen Beinen aus und treffe ihn schmerzhaft, sodass er aufstöhnt. „Blöde Kuh!“, keucht er, löst sich von mir und schlägt mich mit der offenen Hand in den Nacken. Plötzlich ist er weg.

Ich rapple mich auf. Mein Kleid hat er hochgeschoben, meine Unterhose ist zerrissen. Sonst ist aber nichts passiert, außer, dass ich mich schmutzig fühle. Ins Haus will ich nicht, kann ich nicht. Ich laufe den Bach aufwärts, fünf Minuten, zehn Minuten. Dort ist eine Stelle, an der ich schon öfters gebadet habe. Ich ziehe meine Unterhose aus, steige ins Wasser und schrubbe mich mit den Händen ab, dort, wo Walter mich berührt hat. An den Oberschenkeln, am Hintern, zwischen den Beinen. Ich schrubbe und schrubbe, und das kalte Wasser tut gut, aber der Dreck bleibt an mir kleben. Diesmal fühle ich mich nicht komisch, nur schmutzig.

Es wäre so schön, wenn Papa weg wäre. Und Walter. Nur Tobi, Mama und ich. In einer kleinen Wohnung mit einer dicken Tür mit Schlössern dran, dass Papa und Walter nicht hereinkönnen. Und unter uns wohnen Nachbarn, man braucht nur fest mit dem Besenstiel auf den Boden zu schlagen, dann kommen sie und helfen uns, wenn Papa oder Walter an der Tür rütteln.

4

Alexandra verstand sich auf Anhieb mit der Betreuerin für Großgewinner. Als sie die Nummer, die sie von Antons Handy abgelesen hatte, in ihr Handy eingab, meldete sich eine Frauenstimme. „Hallo, Heidegger hier. Mein Mann hat vorhin einen Anruf ..." Die Frau lachte. „Ja, ich weiß schon, wer Sie sind. Wir hatten noch nie einen so großen Gewinn, Ihr Name ist hier bei uns bekannt. Der Anruf vorhin kam von einem Kollegen. Allerdings hat Ihr Mann einen Kontakt mit uns abgelehnt." „Ich aber nicht!", sagte Alexandra. Sie klang ein wenig zu heftig, fast beleidigt. Die Dame am anderen Ende zögerte kurz. Sie hatte sicherlich schnell gemerkt, dass es in ihrer Familie Meinungsverschiedenheiten in Bezug auf den Gewinn gab. „Ja, wollen Sie sich dann mit mir treffen?" Alexandra fand die Stimme sympathisch. „Ja, gerne. Am besten so bald wie möglich." „Gut. Mein Name ist Barbara, Barbara Ferny."

Sie hatte mit der Beraterin schließlich einen Termin nach der Arbeit vereinbart. Alexandra musste eine Ausrede erfinden, denn Anton wollte sie keinesfalls von dem Treffen erzählen, zumindest jetzt noch nicht. Schon wieder gelogen, schon wieder Heimlichkeiten. All das nahm in erschreckendem Ausmaß zu, seit sie den Gewinn gemacht hatten.

„Hier sollten wir keinesfalls reden!", warnte Frau Ferny, als sie an einem Cafétisch Platz nahmen. „Es gehört zu unseren Grundregeln, Gespräche nur an einem Ort zu führen, wo man nicht belauscht werden kann. Sie würden gar nicht glauben, wie viele Wände Ohren haben!" Sie lächelte. Frau Ferny war etwa im gleichen Alter wie Alexandra, trug ihre dunklen Haare schulterlang und schob alle paar Sekunden ihre ebenfalls dunkle Brille ein Stück die Nase hinauf. Obwohl sie dazwischen nicht herunterrutschte.

Alexandra nickte. „Wie war die Fahrt?", fragte sie, um ein unverfängliches Gesprächsthema zu wählen. „Ein wenig abenteuerlich. Ich habe vergessen, einen Platz zu reservieren, und der Zug war total voll. Und im selben Waggon eine Gesellschaft etwas angetrunkener, sehr lauter Männer. Anscheinend gibt es hier heute ein äußerst wichtiges Fußballspiel." „Das tut mir leid!"

Nachdem der Kaffee getrunken war, setzten sie sich auf eine Bank in einem kleinen Park am Nordufer des Flusses. Ein Brunnen plätscherte sanft, und zwei Bänke weiter lagen zwei Japanerinnen auf ihren Rucksäcken und dösten vor sich hin. Sonst war der Park leer.

„Erste Regel: Sagen Sie niemandem, wie viel Sie gewonnen haben. Geben Sie etwa zehn Prozent der Gewinnsumme zu. In Ihrem Fall ist natürlich auch das noch sehr viel." Alexandra nickte. „Mir fällt es allerdings schwer, die Heimlichtuerei. Vor allem mit den Kindern ist es ein Problem." Frau Ferny nickte. „Haben Sie Ihren Kindern von dem Gewinn erzählt?" „Ja", antwortete Alexandra. „Wie hätten wir es verheimlichen sollen? Ich habe ja schon gesagt, mir fällt es schwer, wichtige Ereignisse einfach so zu verschweigen, zu lügen." „Wir empfehlen normalerweise, Kinder, auch Halbwüchsige, nicht zu informieren. Sie können das nicht für sich behalten, in den meisten Fällen." „Aber wie sollte man so etwas auf Dauer geheim halten? Es hat ja Auswirkungen auf uns alle!" Alexandra fuchtelte ratlos mit den Händen in der Luft herum. „Na ja, nun ist es ohnehin schon zu spät. Dennoch würde ich Ihnen raten, nicht sofort Ihren Lebensstil zu ändern. Vor allem im Interesse Ihrer Kinder." „Das haben wir auch so besprochen." Alexandra verschwieg, dass Anton in diesem Punkt nicht ganz die vereinbarte Linie einzuhalten bereit schien.

„Generell habe ich nicht ausschließlich gute Nachrichten für Sie. Sehr viele Großgewinner sind nach wenigen Jahren schlechter dran als vorher. Vor allem Männer investieren oft hohe Summen in Luxusgüter, viele geben ihren Beruf auf und versuchen, in große Geschäfte einzusteigen. Da sind allerdings auch 24 Millionen schnell weg. Bedenken Sie nur – Sie kaufen vielleicht ein Hotel, renovieren es gründlich und gehen dann pleite. Weg ist das Geld, und zwar das ganze. Vor solchen Experimenten möchte ich Sie warnen."

Alexandra stützte den Kopf in ihre Hände. Ihre Schuhe waren vom Kies unter der Bank grau gesprenkelt. „Genau das befürchte ich bei meinem Mann. Es sind noch keine zwei Tage vergangen, und wir diskutieren schon über teure Grundstücke und Luxuslimousinen." Frau Ferny runzelte die Stirn. „Wenigstens versteht er von Grundstücken und Häusern was, er ist Architekt", schränkte Alexandra ein.

„Sie müssen sich einfach klar darüber werden, dass sich Ihr Leben ab jetzt ändern wird. Sie haben es allerdings selbst in der Hand, in welche Richtung. Zum Beispiel müssen Sie sich auch eine Strategie zurechtlegen, wie Sie mit Verwandten und Freunden umgehen. Sie werden in Versuchung geraten, manchen mit Geld unter die Arme zu greifen. Tun Sie es nicht!" Alexandra sah erstaunt auf. Frau Ferny erklärte: „Ganz egal, wem Sie wie viel Geld geben – einige werden sich immer ungerecht behandelt vorkommen, Gerüchte werden die Runde machen, und am Schluss haben Sie keine Freunde mehr! Beziehungsweise die falschen. Sie glauben gar nicht, wie viele Menschen sich an Sie erinnern werden, sobald die Neuigkeit die Runde macht. Und alle werden es bedauern, dass sie den Kontakt zu Ihnen haben abreißen lassen." Alexandra schüttelte den Kopf. „Und wenn ich niemandem etwas gebe, habe ich auch keine Freunde mehr!"

Frau Ferny schwieg und schien zu überlegen. „Eigentlich könnten wir uns duzen", schlug sie dann vor. „Es ist zwar gegen unseren Kodex, aber ... Ich heiße Barbara!" „Alexandra." Barbara streckte ihren Kopf mit gespitztem Mund vor, und sie tauschten zwei Wangenküsse aus. „Ich habe das Gefühl, ich habe jetzt mehr Probleme als vorher", klagte Alexandra. „Eigentlich will ich das Geld gar nicht. Gibt es irgendeine Möglichkeit, den Gewinn abzulehnen? Oder nur einen Teil zu behalten?" Barbara schüttelte den Kopf. „Zurückgeben geht nicht. Ihr könntet allenfalls eine Stiftung einrichten, für einen bestimmten Zweck. Aber dafür ist es jetzt noch zu früh. Vor allem müsst ihr euch da einig sein!" Zwei dunkelhäutige Kinder kamen herangelaufen und stellten sich an den Brunnenrand. Der Junge griff nach dem Wasserspeier, der aus einem Fischkopf herausragte, und drückte seinen Zeigefinger hinein. Sofort spritzten scharfe Wasserstrahlen in alle Richtungen, vor allem auf seine Schwester, aber auch auf Alexandra und Barbara. „Verschwinde!", drohte sie lachend, „Sonst ..." Kichernd verschwand das Duo, gefolgt von einer Frau mit Kopftuch und Kinderwagen.

„Ich habe gleich bei unserem Telefongespräch gespürt, dass zwischen dir und deinem Mann etwas nicht stimmt, dass ihr euch uneinig über den Umgang mit dem Geld seid." Alexandra nickte. „Ich glaube, er hat genau das vor, wovor du mich gewarnt hast." Gemeinsam starrten sie wortlos in die Wasserstrahlen des Brunnens, die in der Abendsonne zu leuchten begannen. „Ihr müsst euch ohnehin noch einmal offiziell mit mir treffen: Dein Mann muss mir, als Vertreterin der Lotterien, seinen Gewinnbeleg übergeben, bevor ihr Anspruch auf das Geld habt. Vielleicht ist ja bei dieser Gelegenheit auch ein Gespräch mit ihm möglich."

Auf dem Heimweg ließ sich Alexandra Barbaras Ratschläge noch einmal durch den Kopf gehen. Es klang ja alles sehr vernünftig – aber doch auch ziemlich theoretisch. Wie sollte man praktisch vorgehen, ohne dass man den Tag mit Heimlichkeiten und Lügen zubrachte? Ohne dass man dauernd überlegen musste, mit wem wie zu reden war?

Einmal wollte sie es zumindest ausprobieren. Sich etwas Extravagantes leisten, etwas, wonach sie im Internet gesucht, was sie insgeheim in Auslagen bewundert hatte. Schöne Schuhe waren eine Schwäche von ihr, aber keine, die sie bisher ausgelebt hatte. Am Ende kam sie doch immer wieder mit fahrradtauglichen Tretern nach Hause, in denen man zur Not auch ein paar Kilometer Gehsteig mit Anstand hinter sich bringen konnte. Vorsichtig schlich sie am Schaufenster vorbei, niemand sollte merken, dass sie die ausgestellten Schuhe genauer begutachten, sogar welche kaufen wollte. Konnte sie mit Sportschuhen überhaupt in so ein Geschäft? Sie konnte! Die Verkäuferinnen würden froh sein, Schuhe um ein paar Hundert Euro loszuwerden.

Tatsächlich allerdings maß die Verkäuferin Alexandra mit argwöhnischen Blicken, als sie das Geschäft betrat. Sie kam sich gemustert vor, von oben bis unten. Die Verkäuferin trug ein blaues Kostüm mit einem sehr kurzen Rock, engelsgleiche blonde Locken und, natürlich, ein paar von diesen sündhaft teuren Pumps. Die sind wahrscheinlich ohnehin nur geliehen, dachte Alexandra, schließlich ist sie nur eine kleine Verkäuferin und verdient weniger als ich selbst. Entschlossen zeigte sie auf die strassbesetzten graubraunen Pumps, die sie im Schaufenster gesehen hatte. Salvatore Ferragamo. Die Verkäuferin zog die Augenbrauen hoch. „Denken Sie ..." Alexandra holte tief Luft. Mit solchen arroganten Ziegen musste man Klartext reden. „Was ich denke, überlassen Sie lieber mir. Größe 38." Sie atmete tief aus, doch die Verkäuferin hatte die Botschaft verstanden und trippelte davon.

Wenig später zog sie den rechten Schuh aus dem Karton. Alexandra nahm den Schuhlöffel zu Hilfe, um in den Schuh hineinzugleiten. Es war tatsächlich ein ganz anderes Gefühl als in einem billigen Schuh. Trotz der Zierlichkeit des Schuhs schmiegte sich das Leder angenehm kühl an ihre Füße. „Den linken auch, bitte!" Die Verkäuferin gehorchte wortlos. Ihr Rock war durch das Niederknien so weit hochgerutscht, dass Alexandra ihre Unterwäsche hätte sehen können, hätte sie Interesse daran gezeigt. Sie richtete sich auf. Die Verkäuferin würde sich wundern – vielleicht hatte sie geglaubt, einen Bauerntrampel vor sich zu haben, doch nicht umsonst hatte Alexandra während ihres Studiums zwar viel zu spät, aber dennoch mit Begeisterung jahrelang Ballett trainiert. Sie wusste sehr wohl, wie man auf High Heels eine gute Figur machte.

Und tatsächlich – als sie auf ihr Spiegelbild zuging, fühlte sie sich erhöht, nicht nur im wörtlichen, sondern auch im übertragenen Sinn. Sogar der Verkäuferin entschlüpfte angesichts ihres Gangs ein „Wow!". Über einen großen Wortschatz schien sie nicht zu verfügen. Um sie ein wenig zu beschäftigen, gab sich Alexandra zickig. „Hinten rutsche ich raus. Eine halbe Nummer kleiner, bitte!" Schließlich stand sie dann doch mit den ursprünglich probierten Schuhen vor der Tür des Ladens und war um 310 Euro ärmer.

War es ein gutes Gefühl? Ja, das war es. Sie würde Freude daran haben, diese Schuhe zu tragen. Immer wieder. Am Ende war es vielleicht doch keine so schlechte Idee, reich zu sein.

V

Der Winter ist gekommen. Meine Brüste sind weiter gewachsen, ich werde bald einen BH brauchen. Die Haare zwischen den Schenkeln sind dichter geworden, aber noch immer habe ich meine Periode nicht bekommen. Mama spricht nicht mit mir darüber, alles, was sie für mich übrig hat, wenn sie mich im Bad nackt sieht, sind sorgenvolle Blicke und Seufzer.

Ich sperre jetzt ab, wenn ich bade oder dusche. Nicht nur wegen Papa, auch wegen Walter. Vor beiden habe ich Angst, beide werfen mir seltsame Blicke zu, die ich nicht zu deuten weiß.

Am liebsten bin ich in der Schule. Dort fühle ich mich sicher, obwohl manche mich wegen meiner billigen Kleider und Schuhe verspotten. Aber gegen die kann ich mich wehren, das habe ich durch Walter gelernt. Und ich bin schnell und groß – schneller als die meisten Buben in meiner Klasse und größer sowieso. Meine beste Waffe allerdings ist mein Mund. Ich weiß auf jede Gemeinheit eine Antwort und habe die Lacher auf meiner Seite. Nein, in der Schule bin ich sicher. Und es macht mir Freude, meine Hefte vollzuschreiben und das, was ich geschrieben habe, zu Hause durchzulesen. Lernen und üben muss ich nicht, es bleibt wie selbstverständlich in meinem Gedächtnis haften.

Ich weiß auch nicht, wie das möglich ist, dass die anderen dauernd alles vergessen. Manchen muss die Frau Professor Ellert fünfmal erklären, was man tun muss, um Zentimeter in Meter umzuwandeln. Das habe ich schon vor der Volksschule gekonnt, man braucht sich ja nur ein Maßband anzusehen, dann weiß man das. Aber in der Schule rede ich über solche Sachen nicht, auch nicht darüber, dass ich schon vor der ersten Klasse lesen konnte. Zuerst die großen Aufschriften über den Geschäften, bald danach alle Plakate und dann Bücher. Viele gibt es ja nicht bei uns zu Hause, aber es gibt eine Bücherei im Ort. In der ersten Klasse habe ich das ganze Regal mit den Büchern gelesen, die für Kinder bis zehn sind. Die Bibliothekarin hat geseufzt, als ich sie gefragt habe, was ich jetzt lesen soll.

Frau Professor Marinkovic, mein Klassenvorstand, weiß natürlich, dass bei uns zu Hause etwas nicht stimmt. Sie hat sicher auf Umwegen gehört, dass meine Brüder große Probleme in der Schule haben, beziehungsweise verursachen. Walter zettelt ständig Prügeleien an, Tobi dagegen ist ein Opfer der stärkeren Jungen. Ich lasse mir meist Zeit mit dem Nachhausegehen. Wenn dann zufällig die Frau Professor noch in der Klasse ist, während ich zusammenpacke, setzt sie sich manchmal neben mich und seufzt. Genau wie Mama. Der Unterschied ist nur, dass sie nicht nur seufzt, sondern auch mit mir redet und, vor allem, zuhört. Obwohl ich wenig zu sagen habe. Was sollte sie schon tun, wenn ich ihr erzähle, dass ich vor meinem Vater und meinem Bruder Angst habe?

„Wenn du über irgendwas reden willst, Alexandra, bei mir ist es in guten Händen. Ich behalte es bei mir, das solltest du wissen." Ich nicke. „Es gibt aber keine Probleme", sage ich. Sie seufzt. „Das sagst du so. Aber es spricht sich ja herum, dass ... dein Vater ..." Sie spricht den Satz nicht zu Ende. Ich zucke mit den Schultern. „Ich komme schon zurecht", antworte ich und versuche, freundlich zu lächeln. Frau Professor Marinkovic seufzt. „Wenn du meinst ... Aber versprich mir, wenn es jemals Probleme gibt, rede mit mir. Oder mit jemandem, dem du vertraust. Ich hab das Gefühl, du vertraust niemandem. Und weißt du, so hoch begabte Kinder wie du, die haben es in ihrer Umgebung oft nicht leicht. Nicht einmal, wenn …" Sie lässt den Satz unvollendet.

Ich nicke, murmle einen Gruß und verdrücke mich aus dem Klassenzimmer. Warum soll ich ihr das Herz schwer machen mit meinen Sorgen? Glaubt sie, dass sie meinem Papa nur mit dem Finger drohen muss, und alles ist in Ordnung? Ganz im Gegenteil, wenn er mitkriegt, dass ich mit jemandem über die Familie gesprochen habe, dreht er durch. Und wer weiß, was dann passiert.

Wenn morgen meine Hausübung picobello in Ordnung ist, wird mir die Frau Professor schon verzeihen, dass ich so einsilbig war. Vertrauen. Ich weiß gar nicht recht, was das ist. Wie fühlt man sich, wenn man mit jemandem zusammen ist, dem man vertraut? Vielleicht hängt es mit Anspannung zusammen, und Angst. Zu Hause bin ich immer angespannt. Ist Papa in der Nähe? Was hat Walter vor? Will mir Mama wieder was vorseufzen oder herumjammern? Tobi, ja, dem vertraue ich. Aber er ist schwach, und gerade in seiner Nähe muss man besonders aufpassen, wenn Papa oder Walter dabei sind. Oft genug lassen sie ihren Zorn an ihm aus, und ich kann ihm nicht helfen.

Ich stehe in der Badewanne und lasse mir warmes Wasser über den Körper laufe, um die Seife abzuspülen. Jemand drückt die Türschnalle hinunter, rüttelt an der altersschwachen Holztür. „Was soll denn das, das Zusperren! Das ist mein Haus, da dulde ich so was nicht!" Papa brüllt. Ich beeile mich, aber das Wasser ist jetzt zu heiß. Es dauert eine Zeit lang, bis ich die richtige Temperatur eingestellt habe. An der Tür höre ich etwas schaben. Was macht Papa da? Versucht er, die Tür irgendwie aufzukriegen? Ich verstehe nicht, warum er mich nackt sehen will, was hat er davon?

Plötzlich fängt Mama draußen zu schreien an. „Du Drecksau!", schreit sie. „Was fällt dir ein! Du lässt mir das Madl in Ruhe! Sonst ..." Ich höre Mama keuchen, und es klingt so, als würde sie Papa mit irgendetwas schlagen. Etwas poltert gegen die Tür. Ich drehe das Wasser ab, greife nach einem Handtuch, schlinge es um meinen Körper. „Was glaubst denn!", schreit Papa zurück. „Einsperren gibt's nicht! Das wär ja noch schöner!" Mama heult und schimpft weiter, doch beider Stimmen entfernen sich. Der Streit ist jedoch noch nicht zu Ende, eine Tür schlägt zu, und ich höre ihre Stimmen gedämpft. Plötzlich schreit Mama auf, und dann ist alles still.

Ich trockne mich hastig ab, ziehe meine Unterwäsche über die noch feuchte Haut, darüber Jeans und Pullover, und haste in die Küche. Mama steht an der Abwasch und tut so, als ob nichts wäre. Sie wäscht Kartoffeln. Doch als ich näher komme, höre ich, dass sie leise vor sich hin wimmert. Die Haare hängen ihr ins Gesicht. „Geh!", herrscht sie mich an. „Geh! Bist eh schuld an allem!" Ich glaube, Mama ist verrückt geworden. An was soll ich denn schuld sein? Dass Papa durchs Schlüsselloch schaut, weil er mich nackt sehen will? „Soll ich dir helfen, beim Kochen?", frage ich trotzdem. „Geh!", schreit sie noch einmal, und ich gehe.

Gefühle darf ich mir in diesem Haus nicht mehr erlauben, sonst gehe ich verloren, denke ich. Ich packe meine Schultasche aus und hole mein Geografiebuch heraus. Über Wüsten und Polargebiete lese ich da, Oasen und tropische Regenwälder. Wir lernen gerade über die Klimazonen der Erde. Und ich stelle mir das alles ganz genau vor: wie ich mit einem Hundeschlitten durch die Weite des grönländischen Inlandeises ziehe, immer auf den Nordpol zu. Ich kann mich auf die Hunde verlassen, niemand sonst ist in der Nähe. Niemand, mit dem man Streit anfangen könnte. Die Hunde lecken mir dankbar die Hände, wenn ich ihnen gefrorene Fleischbrocken hinwerfe, und bei Nacht kuschle ich mich zwischen ihre warmen Flanken. Dunkel wird es nicht, denn es ist Sommer, die tief stehende Sonne wirft glutrote Strahlen über uns. Und ich schlafe zwischen meinen Hunden ein.

Oder ich ziehe mit einer Machete durch den Regenwald. Angst muss ich nicht haben, denn auch die gefährlichen Tiere sind berechenbar: Sie greifen mich nur an, wenn sie sich selbst oder ihr Territorium verteidigen wollen. Ich baue mir nahe einer Lichtung ein Baumhaus, wie Robinson Crusoe. Ich habe das Buch vier- oder fünfmal gelesen. Robinson hatte auch nur sich selbst, zumindest bis Freitag zu ihm kam. An dieser Stelle höre ich immer zu lesen auf, mich interessiert nur der Teil, in dem Robinson ganz allein ist. Da ist niemand, vor dem er Angst haben muss. Er braucht auch niemandem zu vertrauen außer sich selbst. So möchte ich auch sein. Am liebsten wäre ich ganz allein. Tobi könnte ich mit mir nehmen, er braucht jemanden, der für ihn da ist. Dann wird er ganz ruhig werden, die bösen Träume werden verschwinden, und er wird nicht mehr ins Bett machen. Und mir vertrauen.

Am allerliebsten aber würde ich nach Amerika fahren und bei den Indianern leben. In einem Tipi oder einem Pueblo. Die Indianer leben mit der Natur, nehmen sich nur, was sie zum Überleben brauchen, und geben ihr alles zurück, was sie braucht. Harmonie nennt man das. Das ist etwas, das ich mir auch wünsche, sehnlich. Ich habe einen Kalender unter dem Bett, mit Bildern von Canyons und Felslandschaften, alles ist in orangerotes Licht getaucht. Auf zwei Bildern sieht man Indianer, die ganz ruhig, gelassen in die Ferne blicken. Sie sehen nicht aus wie die Indianer aus den Westernfilmen, die Frau trägt ein weißes T-Shirt, Jeans und Silberschmuck in den Ohren. Der Mann ist dick, hat ein rundes Gesicht und lächelt sanft. Sie haben keine Angst. Ich bin mir sicher, dort finde auch ich die Stille, die Ruhe, nach der ich mich so sehne. Hier bestimmt nicht, je weiter weg, desto besser.

Aber ich begreife, dass mir meine Fantasien nicht helfen. Ich werde nicht nach Amerika kommen, wenn ich nicht selber etwas dafür tue. Deshalb werde ich jetzt den Spieß umdrehen. Anstatt mich von Papa beobachten zu lassen, werde ich ihn beobachten. Seine Schwachstellen kenne ich ja, immerhin ist er die halbe Zeit betrunken. Und eine Landwirtschaft, das ist ein gefährlicher Arbeitsplatz, da passieren viele Unfälle.

5

Es dauerte nur Tage, bis Alexandras positive Stimmung wieder mehrere Dämpfer versetzt bekam. Es begann mit Max. Mittwochs machte seine Klasse früher Schluss, und die letzten beiden Stunden waren Werken. Max baute in der Regel Fahrzeuge, Bagger oder Schubraupen zum Beispiel. Ganz egal, wie das Objekt aussah, ob es aus Pappe zusammengeleimt oder aus Holz genagelt war, fast immer schob er etwas auf dem Küchentisch herum und gab dazu brummende Geräusche von sich, wenn Alexandra etwa eine halbe Stunde nach ihm nach Hause kam.

Diesmal aber kein Max. Alexandra legte die Einkäufe auf die Küchenplatte und rief nach ihm. Er war wohl in sein Zimmer gegangen. „Max?“ Kein Geräusch. Unruhig geworden, stürmte sie die Treppe hinauf. Auch dort kein Max, weder in seinem noch in einem der beiden anderen Schlafzimmer. Garage, Keller, kein Max. Alexandras Herz begann zu rasen. Anton anrufen? Schule anrufen? Krankenhäuser? Schulweg kontrollieren? Schulweg! Sie raste aus dem Haus.

Keine drei Minuten später stand sie abgehetzt vor dem Schultor. Nachfragen? Natürlich! Sie klopfte am Lehrerzimmer. Da kam niemand! War denn das möglich? Neuerliches Klopfen, energischer. Endlich öffnete sich die Tür. „Sie müssen ja nicht gleich die Tür einschlagen!“, brummte die Lehrerin unwirsch, die öffnete. „Ich muss unbedingt Frau Tannhauser sprechen. Ist sie noch da?“ „Was gibt es denn Eiliges?“ Die Frau machte keine Anstalten, sich zu bewegen. „Mein Sohn ist nicht nach Hause gekommen!“, brach es aus Alexandra heraus, obwohl sie das eigentlich nur Frau Tannhauser hatte mitteilen wollen.

Die Lehrerin maß Alexandra mit skeptischen Blicken. „Da muss doch nicht gleich etwas passiert sein. Schauen Sie doch noch einmal ..." Alexandra verkrampfte sich. „Frau Tannhauser! Bitte!" „Ich werde mich bemühen!" Ein eisiger Blick traf Alexandra. Sie war sich dessen bewusst, dass die Lehrerin sie für eine hysterische Helikoptermutter halten musste. Sie machte sich selbst oft über Frauen lustig, die ihren Kindern jede Selbstständigkeit absprachen. Aber Max war noch nie mittwochs zu spät gekommen! Schulterzuckend kehrte ihr die Lehrerin den Rücken zu und schlenderte in aller Ruhe den Gang hinunter.

„Ja?" Mit besorgter Miene kam Frau Tannhauser auf sie zu. Max' Klassenlehrerin. Jung, aber mit kräftiger Stimme und einer allzeit bereiten senkrechten Falte auf der Stirn. „Max ist nicht nach Hause gekommen!", stotterte Alexandra atemlos und schämte sich selber dafür, dass sie so hysterisch reagierte. Schließlich war Max schon fast neun Jahre alt und normalerweise zuverlässig. „Kommen Sie!" Frau Tannhauser fasste sie an der Schulter und schob sie vor sich her. „Wir fragen seine Werklehrerin!" Wenig später standen sie vor dem Werkraum, aus dem ohrenbetäubendes Hämmern dröhnte, selbst durch die geschlossene Tür. „Warten Sie einen Moment!" Frau Tannhauser schlüpfte durch die Tür. Für einen Moment schwoll das Gehämmer auf Infernolautstärke an.

„Er war im Werkunterricht und ist am Ende der Stunde wie immer gegangen." Alexandra schämte sich ihrer Tränen, die bereits in den Augenhöhlen brannten und drohten, hervorzuquellen und die Wangen hinunterzulaufen. „Wo kann er nur sein?" Das war schon mehr Flennen als Reden. Frau Tannhauser legte ihr beschwichtigend den Arm um die Schultern. „Sie wissen doch, Kinder verbummeln sich oft einmal auf dem Heimweg. Vielleicht ist er auch mit einem Freund mitgegangen und hat noch keine Gelegenheit gehabt, sich bei Ihnen zu melden." „Nein, nein!" Ihre Stimme musste hysterisch klingen. „Das macht er nie, das ist komplett ungewöhnlich!" Frau Tannhauser nahm Alexandras Rechte in beide Hände. „Wissen Sie was? Ich muss jetzt zurück in die Klasse. Sobald die Stunde aus ist, rufe ich Sie an. Inzwischen kontrollieren Sie noch einmal den Schulweg. Auch mit Um- und Abwegen!" Alexandra nickte. Sie wollte ohnehin nichts als raus hier, denn wo Max nicht war, hatte auch sie nichts verloren.

Um- und Abwege? Plötzlich erinnerte sie sich daran, dass es tatsächlich einen Umweg gab, den Max manchmal nahm. Es gab da einen Elektroladen, der oft laufende Fernseher in die Schaufenster stellte. Es kam vor, dass Max vor der Auslage stand, in den Fernseher guckte und alles um sich herum vergaß. Warum hatte sie nicht früher daran gedacht? Sie hastete durch die Straßen, bemerkte aber schon von Weitem, dass kein Kind gebannt ins Schaufenster starrte.

Sobald sie zu Hause ankam, würde sie Anton anrufen. Sie mussten gemeinsam nach Max suchen. Sie drehte den Schlüssel im Schloss und hörte jemanden schniefen. „Max?" Keine Antwort. Lauteres Schniefen. Sie stürmte die Treppe hinauf. Hatte er sich womöglich verletzt?

In der Küche saß Max mit verquollenem Gesicht am Tisch. Als er Alexandra sah, legte er den Kopf auf die verschränkten Arme, sein Rücken zuckte, er atmete stoßweise. „Max! Ich hab mir solche Sorgen gemacht! Wo warst du?" Sie versuchte, seinen Kopf anzuheben, um ihm in die Augen zu blicken, doch Max wehrte sich.

„Komm, lass mich sehen!“ Noch bevor sie ihm ins Gesicht schauen konnte, bemerkte sie, dass seine Jeans über und über mit braunen Farbspritzern bekleckert waren. Endlich wandte er sich ihr zu, nur um gleich wieder seinen Kopf an ihrer Brust zu vergraben. Sie schob ihn von sich. „Um Gottes willen!“ Über und unter dem rechten Auge war Max böse aufgeschürft, ein wenig Blut quoll aus den Wunden. Seine Oberlippe war dick angeschwollen, und auch das Kinn war zerkratzt. „Was ist denn passiert?“ Sie drückte ihn an sich, Max wurde von seinen Tränen durchgeschüttelt, gab aber keine Antwort.

„Komm ins Bad. Wir bringen das in Ordnung.“ Sie strich ihm begütigend über den Rücken, und langsam ebbte das Schluchzen ab. Max stand auf. Erst jetzt erkannte Alexandra die ganze Bescherung. Das gesamte Gesäß von Max’ Hose war von brauner Farbe durchtränkt, auch der Küchenstuhl hatte einiges abbekommen. Was war da passiert? Sie beschloss, zuerst einmal Max zu beruhigen. Sonst war ohnehin nichts aus ihm herauszubekommen. „Wir müssen die Hose ausziehen!“ Folgsam ließ sich Max Gürtel, Knopf und Reißverschluss öffnen. Die Farbe war bis auf die Unterhose durchgedrungen. Alexandra seufzte. „Komm ins Bad!“

Es dauerte etwas, bis sie Max in der Badewanne stehen hatte. Keines seiner Kleidungsstücke war von der braunen Farbe verschont geblieben, nicht einmal Socken und Schuhe. Zuerst wollte sie die Sachen gleich in die Waschmaschine stecken, doch dann überlegte sie kurz. Wenn das kein Unfall gewesen war, sondern ... Sie räumte die schmutzigen Sachen beiseite. „Wart einmal kurz!“ Sie holte ihr Handy aus der Handtasche. Als Max mitbekam, dass er fotografiert werden sollte, begann er wieder zu brüllen und hielt sich die Hände vor das

Gesicht. Alexandra wartete ab. „Max, wir kriegen den, der dir das angetan hat. Und jetzt müssen wir Beweise sichern. Dazu muss ich dich fotografieren. So, wie du nach Hause gekommen bist.“ „Hat niemand getan! Bin in den Kübel gefallen! Ganz allein!“

Es bedurfte langwieriger Verhandlungen, bis Max die Hände vom Gesicht nahm. Die Wunden waren nun noch weiter angeschwollen. Sie würde mit ihm zum Arzt gehen, sobald er gewaschen und erstversorgt war. Während sie mit der Rechten einen Waschlappen hielt und vorsichtig über seine farbverkrustete Nase fuhr, drängte sie mit der Linken seinen Arm zur Seite, hielt ihm das Handy vors Gesicht und drückte ab, bevor er sich abwenden konnte. Wutgeheul war die Folge. Man konnte von einem Achtjährigen auch nicht erwarten, gestand sich Alexandra ein, dass er etwas von Beweissicherung verstand. Aber sie selbst hatte aus den Krimis gelernt, die sie seit Jahren lektorierte. Sogar ein paar True-Crime-Titel waren dabei gewesen, da bekam man mit, was im Fall eines Verbrechens zu tun war.

„Max, wer war das? Was ist genau passiert? Und wo?“ Max war endlich frisch angezogen und schob ein Modellauto auf dem Tisch hin und her. Dazu erklangen die üblichen Brummgeräusche, er schien sein schlimmes Erlebnis bereits vergessen zu haben. Alexandra musste noch einmal nachfragen, bevor sie eine Antwort bekam. „Ich bin auf die Baustelle geschlichen. Da war ein Eimer mit Farbe.“ Max tat desinteressiert. „Was gibt es zu essen?“ „Max!“, insistierte Alexandra. „Schau mich an! Welche Baustelle?“ „Um die Ecke. In der Kranzlstraße.“ Die hieß eigentlich Rosenkranzstraße, trug aber seit Menschengedenken diesen Spitznamen. „Was hast du auf einer Baustelle verloren? Kannst du nicht lesen?

Da darf man nicht rein!" Max zuckte mit den Achseln. „Bin halt rein." „Und?" „Weiß nicht." So kamen sie nicht weiter. Sie musste zu einem Arzt. Und Anton anrufen.

„Mach doch wegen so einer Kleinigkeit kein solches Theater! Jungen raufen eben!" Sie hätte es sich denken können, dass Anton alles verharmlosen würde. Er nahm ihre Sorgen einfach nicht ernst. „Er ist da nicht selber rein und in einen Farbkübel gefallen. Da hat ihn jemand angegriffen!" „Gerangelt werden sie halt haben!" Sie konnte seinen väterlich-begütigenden Ton nicht länger ertragen und legte auf. So redete man mit einer Irren. Er hatte Max ja nicht gesehen. „Wir fahren jetzt zu deinem Kinderarzt!" Doktor Jelinek würde sie ernst nehmen, dessen war sie sich sicher. Der hatte sogar schon im Fernsehen darüber gesprochen, dass Anzeichen von Gewalt, egal ob häuslich oder nicht, an Kindern auf jeden Fall ernst genommen werden müssten.

Blieb nur noch die schwierige Aufgabe, Max zu überzeugen, dass ein Arztbesuch unabdingbar war. „Max, wir fahren jetzt zu Doktor Jelinek." „Will aber nicht!" Wie konnte man sich einem blöden Spielzeugauto nur mit solcher Konzentration widmen? In Alexandra stieg Zorn hoch. Sie hatte ja schließlich etwas anderes auch noch zu tun. Essen kochen, beispielsweise. Und dann, wahrscheinlich schon übermüdet, mit einer Kanne Kaffee vor dem PC den nächsten Sexualakt übersetzen.

„Du kriegst auch ..." Schon tat es ihr leid, dass sie die Erpressungskeule schwingen musste. „Die Playstation?" Er sah zu ihr auf. Seine Lippen waren noch mehr angeschwollen als zuvor. Sie mussten dringend zum Doktor. „Das nicht ... aber eine Belohnung, ganz sicher. Hängt davon ab, wie du dich beim Doktor aufführst!" Max stand maulend auf, ließ sich aber folgsam eine Jacke überstreifen und im Auto festschnallen.

„Das hier sieht nicht wie eine Sturzverletzung aus!" Doktor Jelinek hatte Max' Blessuren nochmals fotografiert, gereinigt und verbunden. Und zwar ohne große Widerstände. Ein Arzt, dachte sich Alexandra, war eben doch eine Autorität. Sogar für ihre Kinder. „Du bist ganz sicher in den Farbkübel gefallen?" Max nickte. „Und wobei hast du dich dann an der Oberlippe verletzt?" Max zögerte. „Umgefallen. Und da draufgefallen!" Er zeigte auf seine Oberlippe. „Und das Kinn?" Max' Augen sprangen zwischen Alexandra und Doktor Jelinek hin und her. „Zuerst da drauf." Er zeigte auf seine Oberlippe. „Und dann hierher!" Sein Daumen wies auf das Kinn. Alexandra und der Arzt warfen sich vielsagende Blicke zu. Es war klar, dass Max log. Er hatte sich das alles zusammengereimt. „Kannst du mal kurz draußen warten? Du kennst ja das Spielzimmer?" Max nickte, rutschte vom Behandlungstisch und war wenige Sekunden später verschwunden.

„Der junge Mann ist eindeutig verprügelt worden! Und die Täter haben ihn dann in einen Farbkübel gesetzt. Danach wahrscheinlich noch mit irgendeinem Werkzeug, einem Stock oder einem Brett, das sie in Farbe getaucht haben, geschlagen." Alexandra seufzte. „Die Frage ist nur, warum er das nicht zugibt." Doktor Jelinek legte die Hand ans Kinn und kraulte seinen kurz geschorenen grauen Bart. „Er steht unter Druck. Jemand hat ihm gedroht, ihm noch etwas Ärgeres anzutun, wenn er redet. Diese Strategie funktioniert bei Kindern in seinem Alter noch recht gut." „Aber er war bisher noch nie ein Mobbing-Opfer. Warum jetzt?" Doktor Jelinek nahm seine Brille ab und wischte mit einem Putztuch daran herum. Er zuckte mit den Schultern. „Keine Ahnung. Vielleicht redet er ja morgen. Gab es in Ihrer Familie irgendeine dramatische

Veränderung? Ein Todesfall vielleicht?“ Alexandra war wie vom Blitz getroffen. „Kein Todesfall!“ Sie schnappte nach Luft, Doktor Jelinek zog die Augenbrauen hoch. Natürlich hatte es eine dramatische Veränderung gegeben, und sie hatten von Max verlangt, sie geheim zu halten. Aber er hatte sich wahrscheinlich verplappert, dafür Prügel bezogen und traute sich nun nicht, ihr die Wahrheit einzugestehen. So musste es sein.

Der Arzt drang nicht weiter in Alexandra und erhob sich. „Jedenfalls sollten Sie die Kleidung nicht waschen, da müssten Spuren der Schläge drauf sein. Das ist immerhin der Tatbestand der Körperverletzung, ich würde das anzeigen. Eigentlich sollte ich das selber tun, aber ich möchte Ihrer Entscheidung nicht vorgreifen ...“

Vor dem Einsteigen ins Auto kniete sich Alexandra hin und betrachtete Max’ Gesicht. Er sah wirklich zum Fürchten aus. „Du hast jemand von dem Lottogewinn erzählt, und dann bist du verprügelt worden, weil du angegeben hast, stimmt’s?“ Max schüttelte den Kopf, aber in seinen Augen konnte Alexandra sehen, dass sie ins Schwarze getroffen hatte.

Anstatt nach Hause zu fahren, hielt Alexandra nochmals vor Max’ Schule. Dass sie den Parkplatz für Lehrerinnen benutzte, war ihr in diesem Fall egal. Sie hoffte, wenigstens die Direktorin noch anzutreffen. Die Sache, fand sie, war gleich zu klären und duldete keinen Aufschub.

Ihr Handy dudelte. Sie hatte völlig auf Annika vergessen. „Ja, bitte mach dir selber was Einfaches zu essen. Ich bin mit Max unterwegs, es hat da ein kleines Problem gegeben.“ Sie wimmelte die Fragen Annikas ab, legte auf und klopfte am Direktionsbüro, während Max an ihrer Hand zerrte. „Nicht! Ich will heim!“ Doch ihre

Hand schloss sich fest um die seine. Es kam gar nicht infrage, jetzt unverrichteter Dinge wieder nach Hause zu fahren.

„Ja?“ Wintersteller hieß die Direktorin, das konnte Alexandra schnell noch von einem Schild ablesen, bevor sie eintrat. „Oh Gott!“, rief die, als sie Max erblickte. „Darf ich aus Ihrem Besuch und dem Aussehen Ihres Sohnes schließen, dass da Gewalt im Spiel war?“ Schwer von Begriff war die Frau Direktorin nicht. Alexandra war erleichtert. „Nehmen Sie bitte Platz. Was kann ich für Sie tun?“ Alexandra begann zu erzählen.

„Und das Problem ist, dass wir von den Kindern verlangt haben, nicht über den Gewinn zu sprechen. Wahrscheinlich hat sich Max verplappert, das war einfach zu viel verlangt von ihm.“ Sie strich ihm durch die Haare. Max schien das Gespräch unangenehm zu sein. Er hatte ein winziges Spielzeugauto aus einer Hosentasche gezogen und fuhr damit unter Brummgeräuschen auf dem Schreibtisch der Direktorin herum. Rund um den Radiergummi.

Frau Wintersteller nickte und legte einen Finger an die Lippen. „Tolles Auto, Max. Hast du noch mehr davon?“ Max nickte, ohne aufzusehen. „Weißt du, Max, so etwas kommt leider oft vor. Dass einer von Älteren verprügelt wird. Und die drohen dann. Sie sagen zum Beispiel, dass sie dir dein Handy wegnehmen und es in den Fluss werfen, wenn du zu Hause was erzählst.“ „Hab kein Handy!“ Max schob weiter sein Auto. Die Direktorin lächelte und nickte Alexandra zu. „Oder sie sagen, dass sie dich einsperren und windelweich prügeln. Oder sie verlangen, dass du ihnen dein Taschengeld gibst.“ Beim letzten Satz horchte Max auf. Alexandra wartete gespannt. Plötzlich schüttelte Max den Kopf. „Hat Basti nicht getan!“ Das Auto umrundete ein weiteres Mal den Radiergummi, während die Direktorin und Alexandra einander in die Augen sahen. Frau Wintersteller ließ sich zu einem siegesgewissen Lächeln verleiten. „Was genau hat Basti nicht getan?"

Ein paar Minuten später kannten sie die ganze Geschichte. Sebastian, ein Schüler aus der vierten Klasse, hatte Max abgepasst. „Sebastian ist groß und kräftig, fast ein Jahr älter als seine Mitschüler, er war in der Vorschule", erklärte Frau Wintersteller. Zwei weitere Burschen aus seiner Klasse hatten ihm Rückendeckung gegeben. Dann hatten sie Geld gefordert. Max sei reich, er habe Millionen gewonnen.

„Warum hast du denn erzählt, dass ihr jetzt viel Geld habt?", fragte Frau Wintersteller ruhig. Max zuckte mit den Schultern. „Der Flo hat so angegeben. Dass sich sein Vater einen Porsche kauft und so. Und einen Pool und alles. Und dass er eine Riesenparty schmeißt, zu seinem Geburtstag. Und da hab ich gesagt ..." Schon begann er zu schluchzen. Alexandra nahm ihn in den Arm. „... dass wir auch ganz viel Geld haben. Hundert Milliarden oder so. Hat Papa in der Lotterie gewonnen." „Hundert Milliarden?", fragte Alexandra erstaunt nach. Max schluchzte. „Weil doch der Flo gesagt hat, dass sein Papa ein Millionär ist und ..." Max heulte und barg sein Gesicht in Alexandras Schoß. „Und weil du ein kluger Bursche bist und weißt, dass eine Milliarde mehr ist als eine Million ..." Frau Wintersteller lächelte. Max nickte, ohne den Kopf anzuheben. Alexandra streichelte ihm Haar und Rücken.

Sie hatten Max auf die Baustelle gedrängt und gefordert, er müsse ihnen am nächsten Tag hundert Euro bringen, sonst würden sie ihn von der Eisenbahnbrücke werfen. Dann hatten sie ihn mit Faustschlägen zu dem Farbeimer gedrängt, der auf der Baustelle zufällig herumgestanden war. Nachdem sie ihn hineingeschubst hatte, hatten sie selbst noch herumliegende Bretter in die Farbe getaucht und Max damit geschlagen.

„Max, kannst du kurz einmal draußen warten?“ Max sah auf. Die Aussicht, dem unangenehmen Gespräch zu entkommen, schien ihm zu gefallen. „Und vergiss das Auto nicht!“ Er griff rasch danach, sprang von seinem Stuhl und verließ das Direktionszimmer.

Als die Tür zufiel, seufzte die Direktorin. „Sebastian also. Wir haben gerade erst eine Klassenkonferenz hinter uns, in der wir überlegt haben, das Jugendamt einzuschalten. Extrem schlechte Arbeitshaltung, keine Schulsachen, keine Hausübungen, Gewaltausbrüche, mangelhafte Konzentration. Kein Kontakt mit den Eltern herzustellen. Selbst Anrufe bringen nichts – sie versprechen, demnächst zu kommen, tauchen aber nicht auf. Soziale Verwahrlosung.“

„Max hat von dem Kind nie etwas erzählt ...“, warf Alexandra ein. „Er ist auch nicht in Max’ Klasse. Wahrscheinlich hat er irgendwie mitbekommen, dass Sie viel Geld gewonnen haben, so was spricht sich ja rasch herum.“ „Aber die Summe ...?“, bemerkte Alexandra. „Da machen Sie sich einmal keine Gedanken!“ Frau Wintersteller machte eine wegwerfende Handbewegung. „Kinder sind fürchterliche Klatschbasen, hören nicht genau zu und übertreiben beim Weitererzählen, dass sich die Balken biegen. Nur, damit sie die Aufmerksamkeit der anderen möglichst lange halten können. Tatsachen spielen dabei keine Rolle.“ Alexandra hatte den Eindruck, dass die Direktorin wusste, wovon sie sprach.

„Ich denke, dieses Mal werden wir nicht umhinkommen, dem Jugendamt Meldung zu erstatten. Allerdings wird es für Max in den nächsten Wochen dennoch nicht leicht werden. Sorgen Sie bitte dafür, dass er keine teuren Konsumartikel bekommt oder in die Schule mitbringt. Und, auch wenn es möglicherweise Ihren Prinzipien widerspricht – reden Sie nochmals mit ihm. Es wäre wirklich besser, wenn er den Gewinn nicht mehr erwähnt." Alexandra traten schon wieder die Tränen in die Augen. War sie etwa eine Heulsuse geworden? „Ich will, ich wollte das Geld gar nicht!", winselte sie. „Am liebsten wäre es mir, wenn wir es zurückgeben könnten. Mein Mann ..." Sie brach ab, als ihr Frau Wintersteller beruhigend die Hand auf den Unterarm legte.

Da war aber noch etwas, das sie mit der Direktorin besprechen wollte. „Eigentlich wollte ich sofort zur Polizei, um den Überfall anzuzeigen. Denn das war es ja. Ein Überfall." Frau Wintersteller legte ihr Kinn in die linke Hand. „Hm. Überlegen Sie sich das noch einmal. Strafmündig ist der Basti ja ohnehin nicht, und wenn die Polizei bei ihm zu Hause auftaucht, bezieht er wahrscheinlich wieder Prügel von seinen Eltern. Gewaltspirale." Alexandra brauste auf. „Soll der denn völlig ungeschoren davonkommen?" Das sah sie nicht ein. Frau Wintersteller schüttelte den Kopf. „Wenn wir das Jugendamt einschalten, hat die Familie genug Ärger am Hals. Mehr erreichen wir mit der Polizei auch nicht. Außer, es geht Ihnen um Schadenersatz oder Schmerzensgeld." Alexandra schämte sich plötzlich. Um Geld konnte, durfte es nicht gehen. Hatte sie in den Augen der Direktorin diesen Eindruck erweckt? Andererseits – wer viel Geld hatte, durfte keinen Ersatz für erlittenen Schaden verlangen? Sie war, wie so oft in den letzten Tagen, völlig verunsichert.

„Guten Morgen!" Alexandra legte ihre Handtasche auf dem Schreibtisch ab, als sie ein eiskalter Blick von Sophie traf. „Morgen!", murmelte die, um sofort wieder auf ihren Monitor zu starren. „Ist was?“ Alexandra war ratlos. Was war nur in Sophie gefahren? Konnte es sein, dass sie auch ... „Was ist los?“, fragte sie noch einmal. Am besten war es, das Problem sofort und direkt anzusprechen. „Nichts!“ Sophie wandte keinen Blick von ihrem Bildschirm ab. „Nur, dass ich gedacht habe, wir wären Freundinnen!“, zischte sie, als Alexandra ihr gegenüber vor ihrem Bildschirm Platz genommen hatte. „Sind wir auch!“ Alexandra rückte ein Stück nach links, um Sophie in die Augen sehen zu können. „Einer Freundin erzählt man aber, wenn etwas Wichtiges passiert!“

Alexandra seufzte und stützte sich mit den Ellbogen auf ihre Schreibtischplatte. „Du hast von unserem Gewinn gehört?“ „Wer nicht?“, gab Sophie giftig zurück. Noch immer hatte sie ihre Blicke stur auf den Monitor geheftet. „Sophie ...“, begann sie, doch sie konnte nicht weiter. Was sollte sie ihrer Freundin erklären und wie? Dass sie selbst nur Ärger gehabt hatte, seit die Gewinnnachricht ins Haus getrudelt war? Dass man Max verprügelt hatte, nur wegen des Geldes? Dass sie das ganze Geld am liebsten zurückgeben würde? Kein Mensch würde ihr glauben, auch nicht Sophie.

„Ich wollte es dir ja sagen, ich wusste nur nicht, wann und wie. Ich hab einfach noch keine passende Gelegenheit dazu gefunden. Ich bin ja selber noch ganz durcheinander!“ „Anscheinend nicht so durcheinander, dass du nicht die halbe Stadt darüber informieren hast können. Man hört, du kaufst sämtliche Designerläden leer!“ „Sophie ...!“ Es war sinnlos, diese Debatte jetzt zu führen. Vielleicht konnte sie in aller Ruhe einmal mit Sophie darüber reden, wie es ihr in den letzten Tagen ergangen war. Aber wann hatten sie diese Ruhe, und vor allem, würde Sophie ihr zuhören und dann auch noch glauben?

Resigniert machte sie sich an ihre Arbeit, doch mit der Konzentration war es nicht weiter her als an den letzten Tagen. Die Texte perlten an ihr ab, sodass sie jede Seite mehrmals lesen musste, ohne danach brauchbare Änderungs- oder Streichungsvorschläge machen zu können. Dabei war ihre Arbeit das, was ihr noch am meisten Halt bot, weil sich daran nichts geändert hatte. Nur alles andere ...

In Gedanken rekapitulierte sie. Was hatte sie bis jetzt von dem Gewinn gehabt? Ein Paar schöne Schuhe, die sie nicht anzuziehen wagte, weil jedem, zumindest jeder Frau, auffallen musste, dass sie wesentlich teurer waren als die Schuhe, die sie gewöhnlich trug. Das allein hatte schon genügt, um Gerüchte über ihren Kaufrausch in Umlauf zu setzen. Nun würde man natürlich genau darauf achten, was sie in Zukunft trug. Weitere Folgen des Gewinns waren: schlaflose Nächte, ein Mann, der sich nur mehr für kostspielige Konsumwünsche interessierte, ein verprügeltes Kind, miserable Arbeitsleistung, schlaflose Nächte und eine Freundin weniger. Ach ja, eins hatte sie auf der Haben-Seite vergessen: Das Klo war repariert worden. Wenigstens was.

„Kommst du bitte einmal zu mir ins Büro?" Martins Miene war ernst. Was war jetzt schon wieder los? Sie setzte sich in den Stuhl gegenüber seinem Schreibtisch. „Alexandra, zum einen: Du wirkst in den letzten Tagen sehr unkonzentriert. Wenn man dich anspricht, weichst du aus, du flatterst hektisch herum. Ist dir das nicht selbst aufgefallen?" Alexandra nickte. Ihr kamen schon wieder die Tränen. „Könnte das alles mit eurem Lottogewinn zu tun haben?" Martin faltete die Hände über seinen aufgestützten Ellbogen ähnlich wie die deutsche Bundeskanzlerin. Wieder nickte sie, die Tränen begannen zu fließen. „Ich halt es nicht mehr aus!", hauchte sie. Und dann erzählte sie, ohne dass Martin sie unterbrach, was in den letzten paar Tagen alles schiefgelaufen war. Sie ließ nichts aus, und Martin unterbrach sie nicht. Seine Miene blieb ernst.

„Eigentlich wollte ich dir ja gratulieren, jetzt, wo ich weiß, dass ihr mehr gewonnen habt als bloß eine Gewürzmühle", sagte er schließlich. „Aber es hört sich nicht so an, als ob du dafür empfänglich wärst." Alexandra wischte sich die Tränen aus dem Gesicht. Martin reichte ihr ein Taschentuch. „Danke. Aber warum hast du mich eigentlich hergeholt?" Er seufzte. „Erstens müssen wir reinen Tisch machen. Du musst mich und alle anderen Mitarbeiter korrekt informieren, allein schon, damit die Gerüchte aufhören zu blühen." „Aber die Beraterin hat gemeint, ich solle das nicht tun!", wehrte sich Alexandra. Martin zuckte mit den Schultern. „Ich halte das für das Betriebsklima für unerlässlich. Außerdem könnte ich verstehen, wenn du angesichts der Umstände eine gewisse Auszeit ..." Das Wort war noch nicht verklungen, als Alexandra aufsprang. „Du willst mir meinen Job wegnehmen? Weil ich jetzt Geld habe?" Sie sank wieder auf den Stuhl und begann, diesmal hemmungslos, zu schluchzen. „Die Arbeit ist das Einzige, was mich noch aufrecht hält! Das, was noch normal ist in meinem Leben! Und jetzt ziehst du mir den Boden unter den Füßen weg. Du und Sophie! Dabei hab ich doch nur versucht, alles richtig zu machen!"

Heulend floh sie aus Martins Büro, schnappte ihre Handtasche, ohne zu Sophie aufzusehen, und stürmte hinaus. „Alex!", schrie ihr Sophie noch hinterher. Aber sie konnte jetzt nicht umkehren, jetzt nicht.

VI

Heute Nacht habe ich geträumt, ich wäre allein mit Mama. Wir waren in der Stadt, sie hat mich an der Hand genommen, wir sind über Zebrastreifen gegangen, Rolltreppen hinunter und wieder hinauf. Und im Traum war ich mir ganz sicher, dass wir auch allein sein werden, wenn wir wieder nach Hause kommen. Ich bin mir ganz sicher, dass es in meinem Traum keinen Papa gab. Mir war ganz leicht zumute, ohne Sorgen, ich kann es gar nicht näher beschreiben. Und dann, als ich wach wurde, war es wie ein Schock für mich, dass ich mich in meinem Zimmer fand, Papa nur durch eine Wand von mir getrennt. Ich habe vor Wut geheult und mir die Decke wieder über den Kopf gezogen. Wie schön es ohne Papa wäre.

Ich beobachte Papa jetzt regelmäßig. Was er tut, wohin er geht, welche Wege er benutzt, welche Geräte. Wie viel er trinkt. Und es dauert nicht lang, bis mir gute Ideen kommen. Papa ist nicht besonders vorsichtig. Genauer gesagt, er missachtet so ziemlich alle Sicherheitsvorschriften, die man sich vorstellen kann. Ich lese die nämlich. An jeder Maschine steht genau, was man tun darf und welche Schutzkleidung man braucht und so weiter.

Zuerst denke ich an die Jauchegrube. Viele Bauern sind schon in die Jauchegrube gefallen und ertrunken, vor einiger Zeit erst habe ich darüber in der Zeitung gelesen. Bei uns in der Nähe ist letzte Woche ein Pferd in eine Jauchegrube gefallen, und es hat Stunden gedauert, bis die Feuerwehr es daraus befreien hat können. Ich habe selbst bei der Befreiung zugeschaut, zuerst musste die Besitzerin das Tier beruhigen, dann erst konnte ihm der Tierarzt eine Betäubungsspritze setzen. Und als es schließlich ganz apathisch war, sind Feuerwehrleute hineingeklettert und haben ihm ein Geschirr angelegt. Danach hat man es mit der Seilwinde herausgezogen.

Unsere Jauchegrube war früher mit einem Gitter abgedeckt, aber da ist mir ein Zufall zu Hilfe gekommen. Papa ist nämlich vor einiger Zeit mit dem Traktor drübergefahren, und der war zu schwer, deshalb ist das Gitter eingedrückt worden, sodass man gar nicht mehr darüberfahren konnte. Jetzt liegen nur mehr Holzbretter drüber. Papa hat stundenlang geflucht, weil ihm ein neues Gitter zu teuer ist. Und schuld war natürlich nicht er selbst, sondern Mama, die ihm das Gitter eingeredet hat, obwohl er es nicht wollte. Und natürlich der Verkäufer, der ihm das falsche, aber viel zu teure Gitter aufgeschwatzt hat. Und danach die Landwirtschaftskammer, der Bauernbund und zuletzt die Regierung, weil sie sich ständig so blöde Vorschriften ausdenken wie gesicherte Gitter über der Jauchegrube.

Wenn ich also gegen Abend, wenn Papa schon einiges getrunken hat, die Bretter ein wenig beiseiteschiebe, sodass sie nur noch auf einer Seite aufliegen, ohne dass man das wirklich merkt, dann könnte Papa in die Jauchegrube abstürzen. Allerdings könnte das auch Walter oder Tobi oder Mama passieren. Das wäre das Risiko dabei. Und das zweite Risiko ist, dass Papa womöglich noch schreien könnte, bevor er untergeht. Dass ihm jemand heraushilft, wie dem Pferd, oder dass zu wenig Jauche drinnen ist und er stehen kann. Man müsste also den Zeitpunkt genau abpassen. Also beobachte ich Papa und die Jauchegrube. Tatsächlich steigt er auf dem Weg in den Stall oder heraus meistens auf die Abdeckbretter. Obwohl er auch bequem daran vorbeigehen könnte, aber er tut es nicht. Außerdem stelle ich fest, dass Papa, wenn er sich abends auf den Weg in den Stall macht, oft schon schwankt. Er ist nicht mehr so sicher auf den Beinen und unaufmerksam. Man müsste sich also einen Abend aussuchen, an dem die Grube gut gefüllt ist. Und dafür sorgen, dass er vielleicht ein wenig mehr als sonst trinkt. Aber dann bleibt immer noch das Problem, dass auch jemand anderer auf die gelockerten Bretter treten könnte. Ich beschließe, noch einige Zeit über die Idee nachzudenken und Papa weiterhin zu beobachten.

Natürlich ist mir klar, dass das nur Fantasien sind. Fantasien eines bösen Menschen, der seinen Vater loswerden will. An so etwas darf man eigentlich gar nicht denken. Aber ich kann es nicht verhindern, dass sich mein Kopf ständig ein Leben ohne Papa ausmalt. Und darüber nachdenkt, was man anstellen müsste, damit Papa tatsächlich nicht mehr da ist. Ich weiß, dass es verboten ist, dass es nie geschehen wird, aber ich kann meinem Kopf das Denken nicht verbieten. Immer, wenn ich es versuche, denkt er sogar noch mehr.

Schön langsam beginne ich auch zu begreifen, warum Papa ins Bad wollte, als ich drin war, und warum Walter sich an mir gerieben hat. Geahnt habe ich es natürlich, aber die Ahnung ist nun zur Gewissheit geworden. Wir haben nämlich in der Schule Sexualkundeunterricht. Ich muss fürchterlich aufpassen, denn wenn die Biologielehrerin uns die Wandbilder mit den Geschlechtsteilen zeigt, werde ich feuerrot im Gesicht, ohne dass ich eine Chance habe, das zu kontrollieren. Für eine Stunde in der Woche werden Buben und Mädchen in diesem Unterricht getrennt, und da fällt es mir etwas leichter, mich zu entspannen. Obwohl ich nicht verstehen kann, wie die anderen Mädchen es anstellen, völlig frei über ihre Periode zu sprechen oder Fragen zu stellen, wie das mit dem Geschlechtsverkehr oder der

Selbstbefriedigung geht. Ich halte mich dann einfach zurück und passe auf.

Und ich bin ja nicht blöd. Ich sehe mir jetzt auch die Zeitung genauer an. Da ist immer wieder von Kinderschändern die Rede und von Kindesmissbrauch. Mehrmals in der Woche sogar. Es scheint nicht ungewöhnlich zu sein, dass Väter und Brüder ihre Töchter und Schwestern missbrauchen wollen oder es sogar tun. Es heißt immer, dass die Männer die Mädchen „missbrauchen" oder „sich vergehen" an ihnen. Nie steht genau dort, was damit gemeint ist. Aber ich glaube, es geht darum, dass Walter und Papa ihren Penis in meine Scheide stecken wollen.

Nachts schlafe ich jetzt oft schlecht. Obwohl ich schon so viel darüber gelesen habe, kann ich mir das immer noch nicht vorstellen. Erstens bringe ich doch gerade einmal einen Finger hinein, und das tut schon weh. Ist ein Penis nicht dicker als ein Finger? Und zweitens, warum sollten sie das wollen? Wenn man dabei erwischt wird, kommt man ins Gefängnis, das steht in der Zeitung, drei Jahre, fünf Jahre. Warum sollten sie etwas tun wollen, das sie ins Gefängnis bringt?

Es gibt vieles, das ich nicht verstehe, doch ich nehme mir vor, mich noch mehr vor den beiden in Acht zu nehmen. Außerdem ziehe ich jetzt nur mehr Hosen an, die ich oben fest mit einem Gürtel verschließe. In einem Rock oder einem Kleid fühle ich mich nicht mehr wohl, seit ich das alles weiß. Und Mama hat immer noch kein Wort über diese Sache mit mir gesprochen. Ich verstehe sie nicht. Was ist bloß mit ihr los? Immer nur diese Blicke, und die werden immer misstrauischer.

6

Die Heimfahrt mit dem Fahrrad verlief riskant. Alexandra konnte durch die Tränen nur verschwommen sehen. Dennoch trat sie so kräftig in die Pedale, wie sie nur konnte. Einmal gelang es ihr erst in letzter Sekunde, einem Kinderwagen auszuweichen, den eine junge Mutter seelenruhig mitten auf dem Radweg dahinschob. Sie musste nach Hause, überlegen, durchatmen. Ordnung in ihre Gedanken bringen, das Chaos aus ihrem Alltag schaffen.

Als sie zu Hause ankam, hatte sie sich, wohl durch die Anstrengung, etwas beruhigt. Bewegung tat gut, Sport war das Beste überhaupt. War man völlig außer Atem, blieb zum Grübeln keine Energie mehr. Gut so. Sie sah auf die Uhr. Noch mehr als zwei Stunden, bis Max nach Hause kommen würde. Das reichte für eine reinigende Tour mit dem Mountainbike. Rasch holte sie ihr Raddress aus dem Kasten, schnappte sich Helm und Handschuhe und füllte eine Wasserflasche. Drohte Regen? Keine Rede davon.

Eine Viertelstunde später saß sie wieder auf ihrem Mountainbike und radelte einem Bachbett entlang im schattigen Wald der Alm entgegen. Das dichte Blätterdach über ihr tauchte die Forststraße in dunkelgrünes Dämmerlicht. Schon in der Vergangenheit hatte sie festgestellt, dass ihr beim Radfahren immer die besten Ideen kamen. Langsam begann die Steigung, die ersten Kehren tauchten auf, das Bachbett sank immer tiefer in die Schlucht hinab, sie begann zu schwitzen. Dass sie das Geld gewonnen hatten und darüber verfügen konnten, war eine Tatsache. Darüber war nicht mehr zu diskutieren, man konnte sich 24 Millionen nicht einfach wegwünschen. Sie musste einfach nur ihre Vernunft wiederfinden, ihre Coolness einschalten, die ihr in den letzten Tagen abhandengekommen war. Mit der Heulerei musste Schluss sein.

Der Gewinn ließ sich auch nicht mehr geheim halten, ganz im Gegenteil. Sie hatte schon eine Freundin verloren, weil sie nicht gleich offen und ehrlich mit dem unverhofften Reichtum umgegangen war. Außerdem musste sie mit Anton reden, und zwar Klartext. Sie wollte keine Luxusvilla irgendwo oben am Hang, sie wollte in ihrem Haus bleiben. Es vielleicht großzügig renovieren, aber nicht so, dass sie am Ende in einem protzigen Schlösschen wohnten, das mit dem alten Haus der Schwiegereltern nichts mehr zu tun hatte. Anton musste einfach verstehen, dass weder ihr noch den Kindern ein luxuriöser Lebensstil guttat. Ob sie die Ferragamo-Schuhe wohl zurückgeben konnte? Noch hatte sie sie nur einmal zu Hause vor dem Spiegel getragen. Diese Art von Luxus war nichts für sie. Und schon gar kein Interesse hatte sie daran, sich in anderen Gesellschaftsschichten, unter den sogenannten Reichen und Berühmten, zu bewegen, wo sie mit solchen Schuhen nicht auffiel. Nie im Leben. Das waren doch alles nur gelangweilte, blasierte Existenzen, denen es an einem sinnvollen Lebensinhalt fehlte.

Sollte er sich ihretwegen einen Sportwagen leisten, warum nicht? Aber wenn, dann musste es ein Cabrio sein, in dem man auch auf den Rücksitzen bequem Platz hatte. So etwas würde es ja wohl auch geben. Anton musste einsehen, dass ein sinnloser Kaufrausch weder ihn noch die Kinder oder gar sie selbst glücklich machen würde. Nicht, dass Max auch so ein Früchtchen werden würde, das es nötig hatte, in der Schule mit dem Auto der Eltern zu prahlen.

Der Weg wurde steiler, und sie musste in den niedrigsten Gang zurückschalten. Wie gut das tat, sich richtig auszupumpen. Und wie frei das Gehirn dadurch wurde. Sie konnte richtig fühlen, wie die Mühlsteine, die ihr im Magen lagen, sich auflösten und als Schweißtropfen aus ihrem Körper flohen. Nur mehr zwei Kilometer bis zur Alm.

Um Annika hatte sie sich bisher am wenigsten gekümmert, auch mit ihr musste sie sich noch einmal gründlich auseinandersetzen. Sie konnte sicher schon verstehen, dass sie sich als Familie jetzt in einer völlig veränderten Lebenssituation befanden, die andere Probleme mit sich brachte und andere Entscheidungen verlangte. Und dass diese Entscheidungen durch das viele Geld nicht leichter wurden.

Außerdem war da noch Mirko. Er war schließlich Antons bester Freund, und das seit Jahrzehnten. Sie mussten klären, wie viel sie ihm verrieten und ob Anton ihm am Ende etwas von seinem Gewinn abgeben wollte. Sie standen sich so nahe, dass Alexandra das nicht ausschließen konnte. Wahrscheinlich wusste Mirko ohnehin schon alles, Anton hatte mit Geheimnissen ihm gegenüber niemals hinter dem Berg halten können.

Die Straße führte nun aus dem Wald heraus, gleich hinter der nächsten Kuppe lag die Alm. Nach einer letzten Kraftanstrengung rollte sie die letzten Meter zur Hütte hinunter, lehnte ihr Mountainbike gegen den Zaun und trat durch das Gatter. Niemand war auf der Terrasse zu sehen. Sie trat durch die Eingangstür und konnte, aus dem hellen Sonnenlicht kommend, im Dunklen nichts erkennen. „Grüß euch! Ist jemand da?“

„Ich bin schon da!“ Die Frau musste die Mutter, vielleicht sogar die Großmutter der Wirtin sein. „Ist schon offen?“, fragte Alexandra. „Eigentlich noch nicht!“, krächzte die Alte. „Aber willst was trinken?“ Alexandra nickte. „Hast einen Radler?“ Nun nickte die Alte. „Freilich! Magst dich draußen hinsetzen?“ „Gern!“

Wenige Minuten später nahm Alexandra einen ersten großen Schluck aus dem Glas, streckte ihre Beine unter den Tisch und blickte ins Tal hinunter. Ja, sie musste die Herausforderung, die das Geld bedeutete, annehmen. Wie Barbara schon gesagt hatte: Sie hatten es in der Hand, was aus dem Gewinn wurde. Das Leben konnte besser werden, aber auch den Bach hinuntergehen. Und neben den anderen Maßnahmen, die sie sich schon überlegt hatte, musste sie Anton davon überzeugen, die Beratung anzunehmen, die ihm angeboten worden war. Vielleicht konnten sie gleich ein Gespräch mit Barbara führen, wenn sie den Gewinnbeleg bei ihr abgaben.

Eine dringende Sache gab es allerdings, um die sie sich vor allen anderen kümmern musste: Dieser Basti würde Max keinesfalls noch einmal etwas antun. Dafür würde sie sorgen. Pädagogik hin, Jugendamt her: Strafe musste sein. Sie würde diesem Rowdy einheizen.

Sie trank ihren Radler aus und machte sich, ein wenig erleichtert und voller Tatendrang, an die Abfahrt. Was für ein Genuss es war, die Wege und Schotterstraßen hinunterzuschießen, erst im letzten Moment vor Kehren zu bremsen. Alles, was sie brauchte, war ein neues Rad mit noch besseren Bremsen. Dazu brauchte man keinen Lottogewinn, echt nicht.

Nach dem Essen war die Gelegenheit günstig. Zum Glück verfügte Max’ Schule über eine Homepage, auf der die Klassenfotos aus dem vergangenen Schuljahr online standen. Alexandra hielt das zwar für extrem leichtsinnig – potentielle Kinderschänder mussten sich nur ein Kind im Internet aussuchen und vor der Schule warten, aber das war eine andere Geschichte. Wenn der Knabe jetzt in der Vierten war, musste sie sich die Fotos der dritten Klassen vornehmen, die zum Abschluss des vorigen Schuljahres gemacht worden waren. Es gab drei dritte Klassen, eine war gänzlich ohne Sebastian, eine verfügte über einen, die letzte Klasse über zwei. Unter den Fotos standen fein säuberlich die vollständigen Namen aller Kinder, von links nach rechts, von unten nach oben. Sie konnte sich gar nicht erinnern, von der Schule um Erlaubnis gefragt worden zu sein, ob Fotos der Kinder samt Namen veröffentlicht werden durften.

Max würde ihr helfen müssen, den richtigen Sebastian zu identifizieren. „Max!“, rief sie. „Kommst du mal kurz her?“ Keine Reaktion. Er musste wohl aus dem Kinderzimmer abgeholt werden. Nein, sie sah ihn im Garten auf der Schaukel. „Max, ich brauch dich kurz!“ „Ich kann aber nicht!“

Wenige Minuten später konnte er doch. Alexandra hatte es nicht an Deutlichkeit fehlen lassen. „Max, zeigst du mir bitte den Basti, der dich in den Farbkübel gestoßen hat? Keine Angst, ich will ihm nichts tun, ich möchte nur wissen, wie er aussieht. Kriegst auch ein Eis, dann.“ Max starrte mit düsterer Miene auf den Bildschirm. „Der hier?“ Alexandra zeigte auf den einzigen Sebastian in der 3B. Zweite Reihe rechts. Max schüttelte den Kopf. Sie wechselte zum Foto der 3C. Max’ Finger schnellte nach vorn. „Basti! Der da!“ Sein Finger hinterließ einen fettigen Abdruck auf der Stirn eines brünetten Jungen. Alexandra sah sich das Foto genau an. Fröhlich sah das Kind nicht aus, es war eines der wenigen, die nicht in die Kamera lächelten. Sein Blick ging daran vorbei. Sebastian Klotz. Die Adresse würde sich herausfinden lassen. „Danke, Max! Hol dir dein Eis aus dem Gefrierschrank.“ Wortlos sauste er davon.

Klotz gab es in der Stadt leider viele, mehr als vierzig. Sie engte die Suche auf die Gegend ein, von der sie annahm, dass die Kinder Max' Schule besuchten. Immer noch sechs. Blieb nichts anderes übrig, als die Nummern anzurufen. Man konnte nur hoffen, dass diese Familie Kotz überhaupt noch über einen Telefonbucheintrag verfügte, war ja heutzutage nicht mehr selbstverständlich. Sie versuchte es mit einer quietschenden Kinderstimme. Ob man ihr die abnahm? Sie wollte es zumindest versuchen.

Die ersten zwei Anrufe waren Nullnummern. Es gab dort keinen Sebastian. Bei der dritten Nummer gab es einen. „Du klingst aber jung? Was willst du denn vom Sebastian?" Eine etwas belustigte Stimme klang aus dem Hörer. „Aber der Sebastian ist doch bei uns in der Volksschule ..." Die Frau lachte. „Nein, da bist du ganz falsch. Der Sebastian ist siebzehn, der geht in die HTL. Und jetzt hat er noch Unterricht." Schnell legte Alexandra auf.

Die vierte Nummer war dann ein Volltreffer. Das Handy war auf eine Sylvia Klotz registriert. Eine verschlafene Stimme meldete sich. „Der Basti? Der ist draußen beim Fußball. Keine Ahnung, wo genau. Wer bist denn du?" Obwohl Alexandra nach einem Sebastian gefragt hatte, hatte die Frau von einem Basti gesprochen. Undeutlich und rau war die Stimme. Das musste Bastis Mutter gewesen sein. Sympathisch hatte die nicht geklungen, der Junge hatte wohl nicht gerade das große Los gezogen.

Alexandras erster Eindruck bestätigte sich, als sie den Hof des Hauses betrat. Ein in die Jahre gekommener Wohnblock mit einem Hof, in dem außer Mülltonnen, Wäschespinnen und geparkten Autos nicht viel zu sehen war. Sowohl Wäsche als auch Autos verrieten ihr, dass hier nicht unbedingt die oberen Zehntausend wohnten. Wie konnte sie jetzt diesen Basti finden? Ganz einfach – Kinderlärm nachgehen, fragen. Basti war ja angeblich draußen beim Fußballspielen.

Aus dem Durchgang zwischen zwei Wohnblöcken drang entsprechender Lärm. Tatsächlich stieß sie auf einer staubigen Wiese dahinter auf ein paar fußballspielende Kinder, alles Jungen. Sie musste diesen Basti irgendwie allein sprechen, unter vier Augen. Wie konnte sie ihn aus der Gruppe herausholen?

Sie überlegte kurz, trat dann aus dem Schatten des Wohnblocks und lehnte sich an eine Mauer. Die Jungen warfen ihr, obwohl sie in ihr Spiel vertieft waren, verstohlene Blicke zu. Es kam wohl nicht oft vor, dass sie von Erwachsenen beobachtet wurden, die sie nicht kannten. Alexandra erschauerte ob der ordinären Ausdrücke, mit denen die Jungen sowohl Gelingen als auch Misslingen ihrer Spielzüge kommentierten. Von ihren Kindern hatte sie solche Ausdrücke noch nie gehört.

Bald erkannte sie Basti. Er war einer der schnelleren, aber auch aggressiveren Spieler. Seine brünetten Haare fielen ihm immer wieder in die Stirn, sodass er sie mit raschen Handbewegungen aus den Augen streichen musste. Gelegentlich fuhr er sich auch, anstatt sich zu schnäuzen, mit dem Ärmel seines T-Shirts über die Nase. Der Hellste war dieser Basti sicher nicht. Sie musste einfach probieren, ihn zu übertölpeln.

Nach einigen Minuten, die die Kinder deutlich verunsichert hatten, fing Alexandra einen Ball ab, der in ihre Richtung gerollt war. Sie nahm ihn auf und ging auf die Kinder zu. „Du!“ Sie warf Bast den Ball zu, der ihn geschickt fing, ihren Blick misstrauisch erwiderte und dann versuchte davonzulaufen. „Nein, nicht wegrennen! Ich habe dir ein Angebot zu machen. Komm mit!“ Sie versuchte sich in einer möglichst lässigen Kopfbewegung, die Basti dazu auffordern sollte, ihr zu folgen. Erst sah er unsicher um sich, dann siegte die Neugier. Er löste sich aus dem Kreis der Mitspieler und folgte ihr.

„Gehen wir da nach hinten!“ Sie zeigte auf eine Gruppe von Büschen, hinter denen sie sowohl vor den Blicken der Kinder als auch den Fenstern des Wohnblocks geschützt waren. „Talentescout!“, flüsterte sie Basti ins Ohr. „Wir suchen guten Nachwuchs für den FC!“ Basti strahlte von einem Ohr zum anderen, ohne irgendeinen Verdacht zu schöpfen. Sie hatte seine Intelligenz richtig eingeschätzt.

Alexandra blickte um sich. Niemand war zu sehen. Vernünftig mit ihm zu reden hielt sie für hoffnungslos, außerdem fehlte ihr dazu die Zeit. Deswegen legte sie blitzschnell Basti einen Arm um den Hals und presste seinen Kopf an sich. „Keinen Mucks!“, zischte sie. „Sonst bist du tot!“ Eine solche Sprache, hoffte sie, würde der kleine Mobber verstehen. Der Junge verkrallte sich zwar in ihren Unterarm, ein bisschen mehr Druck ließ ihn aber schnell wieder loslassen. „Hör zu!“, flüsterte sie. „Ich bin die Mutter vom Max, den du in die Farbe gestoßen hast! Und ich will, dass du in Zukunft deine Finger von Max lässt. Hast du mich verstanden?“ Der Junge nickte, und sie lockerte ihren Griff. „Du hältst dich von ihm fern und sprichst ihn auch nicht an?“ Keine Reaktion. Sie drückte wieder fester zu. Der Junge begann zu schluchzen. Sein Mut reichte wohl nur aus, um Kleinere zu verdreschen. „Du wirst auch niemanden gegen ihn aufhetzen?“ Wieder ein Nicken. Der Junge flennte jetzt hemmungslos. „Ich habe zwei Brüder und einen scharfen Hund. Kannst du dir vorstellen, was die mit dir machen, wenn du keine Ruhe gibst?" Ein neuerliches Nicken. Alexandra ließ schwer atmend los. „Und jetzt wirst du ganz sicher nicht zu Mutti laufen, um ihr in den Schoß zu heulen. Wenn du die Klappe nicht hältst, bekommst du es noch einmal mit uns zu tun!" Der Junge zögerte. Konnte er jetzt weglaufen? Er stand ihr ebenso atemlos gegenüber, wagte nicht, sie anzusehen. „Verschwinde!" Er nahm seine Beine in die Hand und schoss los, an Alexandra vorbei, zurück zu den Fußballspielern.

Sie hatte kein Vergnügen daran gehabt, den Jungen so unter Druck zu setzen, aber wenn jemand ihre Familie angriff, musste er mit Gegenwind rechnen. Mit scharfem Gegenwind. Stundenlanges pädagogisches Gequatsche brachte bei so einem gar nichts, dessen war sie sich sicher. Dafür war es in diesem Alter zu spät. Sie überlegte, ob sie auch noch ein Wörtchen mit der Mutter des Jungen reden sollte, entschied sich aber dagegen. Erstens hatte die Direktorin ohnehin versprochen, das Jugendamt einzuschalten, und zweitens hielt sie es für besser, wenn die Mutter ihr Gesicht nicht kannte. Und jetzt war es Zeit, das nächste Problem in Angriff zu nehmen.

„Ich bleibe in diesem Haus, Anton!" Alexandra hatte diesen Satz bereits mehrere Male wiederholen müssen, jetzt klopfte sie dazu noch auf den Tisch, um ihre Entschlossenheit zu unterstreichen. Die Debatte zog sich nun schon eine geraume Weile hin und schien ihr zunehmend sinnlos. Wie oft musste sie Anton etwas erklären, bis er es verstand? „Ich werde aus diesem Haus nicht ausziehen. Mir gefällt es hier. Ich will nirgends anders wohnen. Wenn du dich mit einem Designerhaus verwirklichen willst, bau es für jemand anderen.

Wenn du es für dich baust, wirst du alleine drinnen wohnen!" Anton starrte zum Fenster hinaus. „Ich hab es doch nur gut gemeint!" Alexandra konnte diese Phrase nicht mehr hören. Immer, wenn es jemand gut meinte, war es eine Ausrede dafür, andere mit voreiligen Entscheidungen zu überfahren.

Auf die Frage, was für Argumente er denn habe für ein neues, teures Haus außerhalb der Stadt, hatte er wenig Sinnvolles geäußert, ihr lediglich von dem Luxus vorgeschwärmt, den das Haus bieten werde, von technischen Raffinessen gefaselt, die ihr das Leben unglaublich erleichtern würden, doch all das hatte sie nicht überzeugt. Was für technische Raffinessen brauchte sie? Anton hatte von Lichtsystemen geschwafelt, die sich dem Bewegungs- und Nutzungsprofil der Bewohner automatisch anpassen würden. Ihr reichte es, wenn man in einem Raum Licht ein- und ausschalten konnte und wenn es dorthin leuchtete, wo es gebraucht wurde.

„Und, übrigens: Wenn du schon ein Cabrio kaufst, dann gefälligst eines mit vier Sitzen, wir sind schließlich zu viert. Und denk daran, dass unsere Kinder in wenigen Jahren erwachsene Ausmaße annehmen!" „Aber wir haben ja auch noch ein anderes Auto! Und wenn sie groß sind, fahren sie ohnehin nicht mehr mit uns fort!", beklagte sich Anton, und Alexandra wurde klar, dass er eher an einen schnittigen Zweisitzer gedacht hatte. „Wozu soll der Sportwagen denn dienen?", höhnte sie. „Zur Ausfahrt mit der Geliebten?" Das, so gestand sie sich ein, war ein Untergriff. In all den Jahren hatte ihr Anton keinen Anlass zur Eifersucht gegeben, und sie glaubte auch nicht, dass er jetzt nur wegen des Geldes fremdgehen würde. Doch was wusste man? Männern war alles zuzutrauen.

Anton stand immer noch am Fenster. „Du kannst einem wirklich alles vermiesen!“, flüsterte er kopfschüttelnd. „Ich erkenne dich nicht wieder!“ Er drehte sich zu ihr um. Alexandra dachte, sie höre nicht recht. „Du bist es, der nicht wiederzuerkennen ist! Merkst du nicht, dass dir die Unzufriedenheit aus jeder Pore dringt? Dass du völlig verändert bist, seit du das Geld gewonnen hast? Davor warst du immer mit dem zufrieden, was wir hatten!“ Er drehte sich wieder zum Fenster. „Aber ich hatte Träume!“, flüsterte er. „Und die könnten jetzt wahr werden!“

Alexandra warf die Tür hinter sich zu und lief ins Schlafzimmer hinauf. Das Gespräch war nicht so gelaufen, wie sie sich das vorgestellt hatte. Kühl und sachlich hatte sie ihre Standpunkte präsentieren wollen, stattdessen hatten sie einander nach nicht einmal fünf Minuten schon angeschrien. Kompromisse schienen in weiter Ferne. Sollte sie noch einmal mit Anton reden? Er konnte seine verdammten Lichtsysteme ja auch hier einbauen! Ihretwegen konnten sie sich während der Renovierung gerne auch eine Wohnung nehmen, sodass sie es während der Arbeiten bequemer hatten. Sie warf sich aufs Bett.

Oder war sie einfach zu stur? Es gab doch Tausende, die sich ein Haus im Speckgürtel außerhalb der Städte bauten, wenn sie sich das leisten konnten. Waren die alle dumm? Warum bestand sie darauf, weiterhin in diesem Haus zu wohnen? War es vielleicht nur Bockigkeit, mangelnde Flexibilität, sonst nichts? Sie konnte sich diese Fragen selbst nicht beantworten.

Aber sie wusste: Wenn die Klarstellungen, die sie sich vorgenommen hatte, weiter in dieser Art verliefen, würde es ihr kaum gelingen, die Herausforderung des Gewinns anzunehmen, so, wie sie sich das vorgenommen hatte. Genau genommen hatte sie ja auch keine konstruktiven Vorschläge gemacht. Das musste sich ändern. Und zwar bald. Vielleicht sollte sie sich selbst einmal darüber klar werden, was sie eigentlich wollte.

VII

Die Idee mit der Jauchegrube verfolge ich momentan nicht weiter. Zumindest so lange nicht, bis mir eine Idee gekommen ist, bei der Mama und Tobi nicht in Gefahr geraten. Es ist seltsam: Seit ich mich entschlossen habe, etwas zu tun, habe ich weniger Angst. Papa ist jetzt der Beobachtete, der Verfolgte. Obwohl, ich muss verdammt vor ihm auf der Hut sein. Mama hat behauptet, für mein Zimmer gebe es keinen Schlüssel. Also habe ich mir in der Werkstatt ein Vorhängeschloss besorgt und es innen an meiner Tür montiert, samt Beschlägen. Das war gar nicht so einfach, denn erstens musste ich aufpassen, dass ich bei dieser Arbeit allein war, und zweitens bin ich nicht so sattelfest im Umgang mit Werkzeug. Sie haben mich ja gezwungen, mich für den Handarbeitsunterricht anzumelden, Werkunterricht, das sei etwas für Buben. Da habe ich alle gegen mich gehabt, auch Mama. „Du kannst ja nicht einmal einen Nagel einschlagen!“, hat Walter gehöhnt, als ich meinen Wunsch geäußert habe.

Natürlich hat es ein Theater gegeben, als Mama das erste Mal in mein Zimmer wollte und ich zuerst das Schloss öffnen musste. Sie fand gar kein Ende, so ausgiebig wurde geseufzt und der Kopf geschüttelt. Natürlich hat sie genau gewusst, warum ich das getan habe. Und ich habe mir gedacht, wenn sie nicht redet, dann muss ich reden, es bleibt mir ja nichts anderes übrig. „Wenn ihr das Schloss wieder abschraubt“, habe ich ihr gesagt, „dann muss ich mit jemandem reden. Dann muss ich der Frau Professor erzählen, dass ich mich ständig vor Papa in Acht nehmen muss. Und auch vor Walter.“ Natürlich hat mir das Herz bis zum Hals geklopft, aber Mama hat nur zu weinen begonnen und den Kopf geschüttelt. Dann ist sie weggelaufen, und ständig habe ich sie jammern gehört. „Oh Gott, oh Gott!" Mindestens eine halbe Stunde lang.

Also schlafe ich jetzt hinter verriegelter Tür. Papa ist natürlich auch drauf gekommen, er hat einmal an der Tür gerüttelt und gleich wieder zu toben angefangen, dass er das nicht duldet, und daraufhin hat es einen Streit zwischen ihm und Mama gegeben, von dem ich aber kaum etwas mitbekommen habe außer einigen Schreien und Türenknallen. Dann war Ruhe.

Heute beim Frühstück bin ich hellhörig geworden. Papa möchte nachmittags mit der Kreissäge Holz schneiden, vom Dachdecken ist ein ganzer Haufen Bauholz übrig geblieben, den will er im Winter verheizen. Die Kreissäge, habe ich mir gedacht, das wäre auch eine Möglichkeit, vielleicht sogar eine bessere als die Jauchegrube. Sogar Opa hat sich einmal fast einen Finger abgeschnitten, und der war immer nüchtern und sehr vorsichtig.

Zu Mittag hole ich Papa einen Krug Most aus dem Keller. Damit er besser wirkt, schütte ich ein wenig Schnaps aus der Obstlerflasche hinzu, die auf einem Regal im Keller steht. Er wird es nicht merken, denn er hat sicher vormittags schon ein paar Flaschen Bier getrunken. Den Obstler verberge ich hinter den Marmeladegläsern, damit niemand merkt, dass in der Flasche etwas fehlt.

Natürlich bin ich beim Essen ziemlich aufgeregt und beobachte Papa bei jedem Schluck. Gott sei Dank merkt er nichts. Er lobt den Most sogar. Der sei ihm besonders gut gelungen, dieses Jahr. Und wie schade es sei, dass er bald zu Ende sei. „Musst ja nicht jeden Tag so viel davon trinken!" Mama kann sich eine Ermahnung nicht verkneifen, und Papa nimmt jeden Strohhalm dankbar an, an dem sich ein Streit entzünden kann. „In meinem eigenen Haus!“, beginnt er zu schreien. Und dann erklärt er uns, lautstark und mit der Faust auf den Tisch schlagend, was er in diesem Haus, in seinem Haus, alles tun darf, weil er der Hausherr ist. Und dass er es sich niemals nehmen lassen wird, in diesem Haus anzuschaffen. Und dass man ihm gar nicht mit einer Gleichberechtigung kommen braucht. Denn gleichberechtigt, das ist in diesem Haus nur er. Weil er es von seinem Vater geerbt hat. Es ist immer die gleiche Leier.

Trotzdem zucke ich zusammen, wie immer, wenn er zu brüllen beginnt. Ich merke Papa an, dass er schon undeutlich spricht. Hoffentlich schläft er jetzt nicht ein, denn dann wird heute nichts mehr aus dem Holzschneiden. Doch Mama ist mir eine große Hilfe. „Du hast schon getrunken, Jakob. Vielleicht verschiebst du das mit dem Holz auf morgen ...“ Mehr braucht es nicht. Wenn Mama meint, dass er etwas nicht tun soll, dann beginnt er in der Regel sofort damit. Dass Mama das noch nicht durchschaut hat, wundert mich. Hätte sie ihm gesagt, dass er jetzt endlich Holz schneiden gehen soll, dass das lange schon erledigt hätte werden sollen, dann wäre die Chance recht gut gewesen, ihn davon abzubringen.

Papa also stemmt sich hoch, schwankt ein bisschen, als er zur Tür geht, und lässt sie lautstark ins Schloss fallen. Mich durchzuckt etwas, das ich zuvor nicht bedacht hatte: Was ist, wenn er sich verletzt, und Mama hilft ihm rechtzeitig? Was, wenn es nur einen Finger erwischt? Doch meine Stoßgebete werden, heute ausnahmsweise einmal, erhört. „Ich muss zur Sitzung der Ortsbäuerinnen. Passt du ein wenig auf Papa auf?“ Immer öfter frage ich mich, wie naiv Mama sein kann. Sie sollte mich nicht mit Papa allein lassen, und wenn hier aufgepasst werden muss, dann bin ich es, die auf sich aufpassen muss. Mama scheint die Realität vor sich selber gut verbergen zu können.

Schließlich bin ich alleine in meinem Zimmer und höre nur Tobi gegenüber leise vor sich hin singen. Wahrscheinlich steckt er wieder mit seinen Legofiguren unter einer Decke. Walter ist nicht zu Hause, er verdrückt sich meist gleich nach dem Essen. Besteht ja die Gefahr, dass er von Papa zu irgendeiner Arbeit eingeteilt wird, und da sorgt er vor, indem er einfach verschwindet. Auf seinem Moped, das er eigentlich noch gar nicht fahren darf. Ich wünsche ihm, dass er einmal erwischt wird und sie ihm das Gefährt beschlagnahmen. Es ist ja ohnehin so laut, dass man es im halben Ort hören kann, weil er irgendwas aus dem Auspuff herausgenommen hat. Mich wundert, dass die Polizei noch nicht auf ihn aufmerksam geworden ist.

Ich schreibe eine Hausübung. Sachtextanalyse. Mir fällt es ziemlich leicht, denn ich bin mit dem Thema gut vertraut. Es geht um Bioeier, um Biomilch und um den Schutz der Bienen. Das sind Sachen, mit denen ich Papa nicht kommen darf. Wenn er „Bio“ nur hört, fängt er schon an zu toben. Alles Spinner, aus seiner Sicht. Wenn er vom Bauernbund eine Einladung bekommt zu einem Vortrag von einem Biobauern, dann fängt er gleich zu fluchen an über diese Idioten. Und zerreißt die Einladung und steckt sie in den Ofen. Dann gibt es einen langen Vortrag über die ganzen Trottel, vom Landwirtschaftsminister abwärts bis zum Bürgermeister. Alle gehören sie verjagt oder erschlagen, ausnahmslos. Und die Lehrer, die die Kinder über dieses Biozeug lesen lassen: Linksterroristen. Bei der letzten Wahl hat er Mama sogar gedroht, wenn er ihr draufkommt, dass sie die Grünen wählt, dann würde es etwas geben!

Es ist immer noch still im Haus, obwohl schon eine Stunde vorüber ist. Nur draußen, weit entfernt, das monotone Singen der Kreissäge: eine Zeit lang im Leerlauf, dann wieder das laute, hohe Kreischen, wenn ein Stück Holz durchgeschoben wird. Plötzlich fällt mir auf, dass es fehlt, das Kreischen. Nur mehr Leerlauf. Ist Papa schon fertig, oder ...? Ich kann mir das nicht vorstellen. War ja alles nur Fantasie, alles nur Einbildung, dass ich uns von ihm befreien kann. Wahrscheinlich ist er sich ein Bier holen gegangen.

Zehn Minuten später. Monotones Singen, leise Selbstgespräche von Tobi aus dem Nachbarzimmer. Ich halte die Anspannung nicht mehr aus und schleiche mich aus dem Haus, hinüber zum Schuppen, in dem die Kreissäge steht. Vorsichtig luge ich um die Ecke.

Die Kreissäge singt. Aber wenn ich die Ohren spitze, höre ich noch etwas. Jemand stöhnt. Das muss Papa sein. Ich bleibe stehen. Will ich sehen, was passiert ist? Jetzt noch nicht. Womöglich wird mir schlecht. Ich muss da nicht hingehen. Ich muss ihn nicht hören. Ich hätte ja genauso gut in meinem Zimmer bleiben können, um Geografie zu lernen. Dennoch horche ich aufmerksam. Ächzen. Röcheln. Einmal leise „Helft's mir!“ Das Stöhnen wird, so kommt mir vor, leiser.

Ich wage mich ein paar Schritte vor. Ich sehe einen Fuß. Der zittert. Noch ein paar Schritte, er liegt hinter der Kreissäge, die immer noch vor sich hin summt. Ist das Blut, da, auf der blanken Metallplatte?

Jetzt sehe ich Papa. Hinter der Säge liegt er, inmitten von viel Blut. Er stöhnt. Jetzt hebt er den Kopf, er hat mich erblickt und sieht mich an. Seine Augen flackern. Er sagt nichts. Er liegt auf dem Rücken und lässt den Kopf wieder sinken. Der fällt kraftlos zur Seite, wie bei einer Handpuppe, aus der man den Finger zieht. Er hat mich immer noch im Blick. Schweigt. Atmet röchelnd.

Aus seinem rechten Arm schießt pulsierend Blut, helles rotes Blut. Die Hand fehlt. Papa liegt in einer großen roten Lache. Er sieht mich an und bewegt die Lippen. Ich kann nichts verstehen, die Kreissäge ist lauter als seine Stimme. Vielleicht flüstert er so etwas wie „Rettung“, kann sein. Er sieht mich an und hebt den blutenden Armstumpf. Zweifelnd. Flehend. Ich sehe ihn an. Ich werde ihm nicht helfen. Ich werde ihn nicht anrühren und keine Hilfe holen. Ich denke daran, wie es sein wird, wenn er für immer weg ist.

Sein Armstumpf sinkt zu Boden, mir kommt vor, der Blutstrahl wird schwächer. Seine Augen werden trüb, er verdreht sie. Wahrscheinlich kann er mich nicht mehr sehen. Er atmet flach, hastig. Ich achte darauf, nicht in die Blutspur zu treten, die er hinterlassen hat, als er versucht hat, Hilfe zu holen. Weit ist er nicht gekommen. Hinter ihm auf dem Boden sehe ich, wie Minka an etwas schnuppert. Es ist die Hand. Auch dort ein großer Blutfleck.

Ich glaube, es ist besser, ich gehe jetzt wieder ins Haus. Ich muss mich um Tobi kümmern, es wäre nicht gut, wenn er seinen Vater so sieht. Bevor ich den Schuppen verlasse, nähere ich mich Papa noch einmal. Seine Augen sind offen, aber starr, und er atmet noch ganz flach, aber ich glaube nicht, dass er mich noch sehen kann. Die Blutung ist fast zum Stillstand gekommen.

Es tut mir leid, dass Mama es ist, die ihn finden muss, aber es geht nicht anders. Von Tobi ist nichts zu hören, als die Haustür knarrt. „Alex?“, ruft Mama. „Wo ist der Walter? Und Papa?“ Dass Tobi in seinem Zimmer steckt, das weiß sie, ohne fragen zu müssen. Walter steckt wahrscheinlich mit seinen Freunden in dem baufälligen

Jägerstand in der Au, dort treffen sie sich immer zum Wodkatrinken. Jedes Mal ist ein anderer dran, der eine Flasche stehlen muss.

„Ich mach Hausübung!“, schreie ich durch die geschlossene Tür. Dann lege ich mich ins Bett und ziehe die Decke über den Kopf. So kann ich auch das Singen der Kreissäge nicht mehr hören. Es dauert lange, bis ich Mama hysterisch kreischen höre. Sie schreit nicht, keine Worte, die man verstehen kann, sie kreischt nur. Zum Glück ruft sie nicht nach mir. Dann wird ihr Geschrei leiser. Holt sie jetzt die Rettung? Ob Papa noch lebt? Ich stecke den Kopf unter die Decke und halte mir die Ohren zu. Ich bekomme nur wenig Luft. Dennoch schlafe ich ein.

Aufgeschreckt werde ich durch das Folgetonhorn der Rettung. Schlaftrunken rapple ich mich hoch, komme auf die Beine, wanke zum Fenster. Zum Schuppen hin kann ich nicht sehen, aber einen blauen, zuckenden Lichtschein im Dämmerlicht des Hofes. Anscheinend ist der Rettungswagen vor dem Schuppen stehen geblieben. Das Singen der Kreissäge hört auf, wahrscheinlich hat sie einer der Sanitäter ausgeschaltet.

Mama kommt mit einem Mann in roter Uniform durch den Hof. Sie wimmert, er hat sich ihren Arm um die Schultern geschlungen und schleppt sie zum Hintereingang. „Wir dürfen ihn nicht mitnehmen, Frau Lahnsteiner, wir dürfen nur Verletzte transportieren, keine Toten.“ Mama heult auf. Ich frage mich, warum sie noch nicht gekommen ist, um nach mir zu sehen. Das Rettungsauto schaltet die blauen Lichter ab, fährt davon.

Wenig später fährt ein schwarzes Auto durch den Hof. Der Leichenwagen. Kurz darauf zucken wieder Blaulichter. Ein Polizeiauto hält neben dem Leichenwagen, zwei Polizisten steigen aus. Sind sie gekommen, um mich zu holen? Mir wird übel. Wahrscheinlich bin ich blass vor lauter Angst. Aber was könnten sie mir vorwerfen? Ich bin ja noch ein Kind.

Noch später kommt der Pfarrer. Er trägt eine schwarze Soutane und hat die Hände vor seinem enormen Bauch gefaltet. Auch er verschwindet im Haus.

Ob ich hinuntergehen soll? Mama wird sich sicherlich fragen, wo ich bleibe. Was ich hier heroben mache. Warum ich nicht bei ihr sein möchte. Auf zittrigen Knien steige ich die Stiege hinunter.

Ich trete in die Stube. Mama sitzt zusammengesunken auf dem Sofa, nimmt mich nicht einmal wahr, redet mich nicht an. Herr Draskovits, der Bestatter, steht mitten im Raum, die Hände vor dem Hosenschlitz gefaltet. Der Pfarrer ist schon wieder gegangen, dafür sitzen die beiden Polizisten am Esstisch, jeder einen Schnaps vor sich. Niemand sagt etwas. Herr Draskovits trägt einen schwarzen Anzug, weißes Hemd, schwarze Krawatte. Er wendet sich mir zu, nimmt meine rechte Hand in beide Hände und schüttelt sie vorsichtig. „Mein aufrichtiges Beileid“, murmelt er. Die Polizisten nicken, murmeln etwas Ähnliches vor sich hin und trinken ihren Schnaps aus. Herr Draskovits macht ein so betrübtes Gesicht, als müsste er jeden Moment zu weinen beginnen.

Ich kann nicht weinen. Brauche nicht zu weinen. Ich setze mich zu Mama auf das Sofa, kuschle mich an sie. „Wo warst du?“, fragt sie endlich. Sie bekommt keine Antwort. Die beiden Polizisten stehen auf. „Eh alles klar, oder?“, fragt der eine den Bestatter. Herr Draskovits nickt. „Wir warten noch auf den Doktor, wegen dem Totenschein.“ Die Polizisten nicken. „Also, mein Beileid nochmals, Frau Lahnsteiner“, sagt der eine und setzt seine Mütze auf. „Kommen'S einmal vorbei, auf dem Posten, wegen dem Protokoll. Hat aber Zeit bis nach der Beerdigung." Der andere nickt und greift ebenfalls nach seiner Mütze. „Danke für den Schnaps." Die Tür fällt hinter ihnen ins Schloss.

7

Sie hatten sich mit Mirko und seiner neuen Freundin auf der Terrasse eines wunderbaren Restaurants getroffen, hoch über der Stadt. Die Dämmerung war schon hereingebrochen, und die Lichter unten waren angegangen. Es war eine laue, fast schwüle Nacht, ungewöhnlich für den Juni. Alexandra fühlte sich entspannt, streckte sich wohlig in ihrem Stuhl, als Mirko ihr augenzwinkernd nachschenken wollte. Wie viele Drinks hatte sie schon gehabt? Einen Aperitif und mindestens zwei Gläser Weißwein, wenn ihr nicht zwischendurch jemand nachgeschenkt hatte, ohne dass es ihr aufgefallen wäre. „Danke! Aber ich weiß nicht, ob ich nicht schon genug habe.“ Sie lächelte Mirko zu, der auch seiner Freundin einschenken wollte. Die aber hielt ihre perfekt manikürte Hand über das Glas. „Mir nicht mehr. Ich möchte schließlich einen klaren Kopf bewahren.“ Sie lächelte Alexandra zu, in einer, wie sie es empfand, schnippischen Art. Viel hatte Alexandra noch nicht über sie erfahren. Ruth hieß sie, sehr blond war sie, trug viel und in Alexandras Augen viel zu buntes Make-up und ein tief ausgeschnittenes Kleid. Kein Wunder, dass Anton sich so angeregt mit ihr unterhielt, dass er fast keine Augen für Alexandra mehr hatte. Ein Café, so hatte sie mitbekommen, besaß die Dame.

Eigentlich hatten sie sich hier getroffen, um über den Gewinn zu reden – aber sie konnte sich nicht entschließen, Mirkos neuer Freundin zu trauen. Sie hatte weder das fantastische Essen noch den Wein gelobt und den Großteil der Zeit blasiert und gelangweilt an ihrem Kleid herumgezupft. Mirko, so fand sie, hatte kein Glück mit den Frauen. Oder einfach einen schlechten Geschmack.

Da Anton nunmehr in ein Gespräch über Architektur mit der Dame vertieft schien und das Dessert immer noch nicht kam, nahm Alexandra einen Schluck, sah auf zu Mirko und fragte ihn: „Wo hast du deine, wie soll ich sagen ...?“ Sie nickte in Richtung seiner Begleiterin, die gerade ihr Haar in einem gekonnten Schwung zurückwarf. „Freundin, darfst du sagen!“, flüsterte Mirko. „Sie ist eine Kundin, sie möchte sich ein Haus bauen lassen.“ Ruth wandte sich ihm zu. „Ist von mir die Rede?“ Mirko grinste. „Warum nicht? Ich habe gerade erzählt, dass du ein Haus brauchst.“ Ruth seufzte gekünstelt. „Und ich kann mich nicht entscheiden, welchen Stil ich haben möchte. Die beiden Herren haben mir ja schon ein paar Entwürfe gemacht, aber ...“ Sie lächelte zuerst Anton, dann Mirko zu. So war das also. Auch Anton kannte die Dame schon länger. Und sie hatte Geld und wollte sich ein Haus bauen lassen. Hoffentlich, so dachte Alexandra, war das die einzige Dienstleitung, die sie von Anton wollte. Ruth war ihr unsympathisch, doch Anton schien förmlich an ihren Lippen zu hängen. Oder an ihrem Busen, den sie ihm entgegenstreckte.

Das Dessert kam, und Alexandra fand es ebenso fantastisch wie die Gänge zuvor. Süß-säuerlich, cremig, mit intensivem Fruchtgeschmack. Großartig. Ruth kicherte. „Die Kalorien!“ Sie schob den Teller von sich. Wollte sie dieses Kunstwerk etwa zurückgehen lassen? Wie zickig konnte man denn nur sein? „Möchtest du es, Schatz?“ Mirko grinste übers ganze Gesicht, nahm ihre Hand in beide Hände und küsste sie. „Wir werden das schon irgendwie hinkriegen.“ Er stach einen kleinen Löffel von ihrer Portion ab. „Mund auf!“ Ruth öffnete gehorsam den Mund, streckte ihre Zunge heraus und ließ den Löffel darauf in ihren Mund gleiten. Eine äußerst beeindruckende Vorstellung, dachte Alexandra, aber dennoch unbeschreiblich dämlich. Sie konnte sich nicht vorstellen, dass heute noch über den Gewinn geredet werden würde.

Anton aber bewies wieder einmal, dass ihm jedes Taktgefühl fehlte. Er flüsterte dem Kellner etwas zu, der daraufhin eine Flasche Champagner in einem Eiskübel brachte. Als er sie herausholte, konnte Alexandra sehen, dass es eine sehr teure Marke war. „Wir haben was zu feiern!“, rief Anton etwas zu laut, als der Kellner die Flasche entkorkt hatte. Alexandra stieß ihn mit ihrem Knie. „Geht’s noch lauter?“ Antons Artikulation war bereits etwas undeutlich. Hatte es wirklich noch eine Flasche sein müssen?

Nachdem der Kellner eingeschenkt und sich entfernt hatte, prostete Anton ihnen zu. Wieder schien sich sein Blick etwas zu tief in Ruths Augen zu verlieren. „Ich habe es dir ja schon angedeutet, lieber Mirko. Dass ich endlich einmal erfolgreich war, im Lotto. Genauer gesagt, bei den Euromillionen.“ Mirko nickte. Er schien zu ahnen, was jetzt kam. „Und es sind nicht nur ein paar Hunderttausend!“, flüsterte Anton jetzt. „Es sind, ihr werdet es nicht glauben, ein paar Milliönchen! Und das wird jetzt gefeiert!“ Anton kicherte etwas zu laut, Mirko grinste und leerte sein Glas, Ruth sah interessiert und gleichzeitig distanziert in die Runde. Alexandra war die Situation peinlich. Was wollte Anton eigentlich mit diesem Geständnis?

„Und!“ Er stützte die Ellenbogen auf den Tisch, beugte sich nach vor und deutete mit dem ausgestreckten Zeigefinger auf Mirko. „Du sollst auch etwas davon haben. Wünsch dir was. Eine Kreuzfahrt oder eine Almhütte oder von mir aus ein eigenes Büro mit mir als Partner. Alles ist möglich.“ Wieder kicherte er. Es war, fand Alexandra, eindeutig der falsche Zeitpunkt für ein so ernstes Thema.

Mirko schien überrascht, er suchte nach Worten. „Das ist …“ Ruth lächelte Anton plötzlich noch viel freundlicher zu als zuvor. „Das ist wirklich überraschend. Aber darüber sollten wir …“ Mirko geriet ins Stottern. „Ich meine, wenn wir nüchtern sind … Alexandra muss ja auch …“ Er blickte etwas hilflos zwischen Alexandra und Ruth hin und her. Vielleicht bildete sie sich das nur ein, aber Alexandra sah in Ruth plötzlich etwas Raubvogelartiges. Wie ein Geier, der sich im nächsten Moment auf die Beute stürzen würde. Aber wahrscheinlich war es nur hysterische Eifersucht. Sie hätte nicht so viel trinken sollen.

„Heute sollten wir keine großen Pläne mehr schmieden!“ Sie hatte sich von Mirko angesprochen gefühlt. „Meint ihr nicht?“ Mirko nickte rasch. „Schenk uns lieber nach!“ Alexandra stieß Anton lächelnd in die Rippen. Sie wollte so schnell wie möglich zu einem anderen Thema wechseln.

Am nächsten Vormittag rief Mirko sie im Büro an. Sie ging auf die Terrasse, um ungestört mit ihm sprechen zu können. „Was hältst du von der ganzen Sache?“, wollte Mirko wissen. „Du weißt schon, mit den Angeboten von Anton. Er hat sie heute wiederholt, und mir ist das Ganze, ehrlich gesagt, ein bisschen peinlich. Ich will wissen, was du denkst.“ Alexandra atmete tief durch. Was sollte sie sagen? Dass sie selbst das Geld gar nicht wollte? „Ich hab echt keine Ahnung“, antwortete sie stattdessen. „Was für Bedenken hast du denn?“ Mirko seufzte. „Wenn ich es mir genau überlege, möchte ich mir das, was ich habe, selber erarbeiten. Ich brauche keine großzügigen Geschenke. Aber andererseits möchte ich Anton nicht kränken.“ „Ja.“ Sie schwieg. Mirko ebenfalls. „Ich brauch Zeit zum Nachdenken. So wie du. Was meint eigentlich deine neue Eroberung?“ Sie fragte sich, ob Mirko die sanfte Ironie in ihrer Frage gespürt hatte. Mirko stieß lautstark die Luft aus. „Ach die!“, meinte er wegwerfend. Die Liebe schien also doch nicht so groß zu sein. „Das ist nichts Festes. Nichts Dauerhaftes. Wir sind uns halt über den Weg gelaufen, jeder Single, jeder Lust auf ein bisschen ...“ Er brach ab. „Aber dir kann sie nicht das Wasser reichen!“ „Danke für das Kompliment.“ Mirko hatte, seit sie sich kannten, immer wieder Phasen gehabt, in denen er ihr begehrliche Blicke zugeworfen und besondere Aufmerksamkeit zukommen hatte lassen. Dass er eine heimliche Beziehung zu ihr anstrebte, das hatte sie nie geglaubt. Aber manchmal hatte er früher schon durchblicken lassen, dass seine häufig wechselnden Bekanntschaften darauf zurückzuführen waren, dass er eine suchte wie sie.

„Mirko, ich hab eigentlich auch niemanden, mit dem ich ernsthaft über das Geld reden kann. Ich will es nämlich im Grunde auch nicht, genau wie du. Ich brauche es nicht. Es hat nur Probleme verursacht, bisher. Nur Zwietracht gesät. Und wenn du jetzt mit Anton Streit hast, weil du kein Geld annehmen willst und er beleidigt ist, dann ist das nur ein weiterer Mosaikstein. Das viele Geld macht uns allen nur Probleme. Und zwar sogar denen, die es nicht haben!“ Sie hatte zu laut geredet. Womöglich konnte man sie drinnen im Büro hören. „Wir könnten uns einmal aussprechen. Unter vier Augen, ohne Anton“, schlug Mirko vor. Alexandra zögerte. Sie war sich nicht sicher, ob sie sich selbst trauen durfte, wenn sie mit Mirko allein war. Aber vielleicht war es doch eine gute Idee. „Sicher!“, sagte sie nur. „Ich muss jetzt wieder rein. Pause vorbei.“ Sie legte auf. Nein. Sie würde Mirko nicht treffen. Das fehlte gerade noch, dass sie jetzt eine Beziehungskrise heraufbeschwor. Wenn jemand sie sah und es Anton erzählte … Man musste vorsichtig sein, sehr vorsichtig.

Widerwillig, fast trotzig hatte Anton schließlich doch einem Treffen mit Barbara Ferny zugestimmt, der Beraterin für Großgewinner. Alexandra hatte Barbara allerdings darum gebeten, nichts von ihrem ersten Treffen zu sagen.

Das Büro der Lotteriegesellschaft machte einen luxuriösen Eindruck. Alexandra staunte. So edel und vornehm ging es im Verlag nicht zu. Auch nicht in Antons Büro. „Bitte!“ Barbara führte sie in einen zum Gang hin verglasten Raum, in dem sich außer einem Besprechungstisch aus Massivholz mit entsprechenden Stühlen nur ein außerordentlich großer Flachbildschirm befand. Die gegenüberliegende Wand war mit grünem Stoff bespannt, vier hochformatige Bilder von Pflanzen in Graugrüntönen bildeten den Wandschmuck. In den Ecken standen hohe Vasen mit irgendwelchen dekorativen Pflanzen. Sollte wohl irgendwie asiatisch-beruhigend wirken. Brauchten Gewinner Beruhigung?

Alexandra fiel auf, dass Barbara wesentlich eleganter gekleidet war als bei ihrem ersten Treffen. Schwarzes Kostüm, weiße Bluse, hochhackige Schuhe. War das das Outfit, das man für die Beratung von männlichen Gewinnern brauchte? Sie war verunsichert. Als sie sich hinsetzten und Barbara die Beine übereinanderschlug, rutschte ihr Rock ziemlich weit die Oberschenkel hinauf. Alexandra fühlte sich im Vergleich zu ihr schäbig. Außerdem schien Barbara nur Augen für Anton zu haben.

„Zunächst einmal möchte ich Sie nochmals ganz herzlich bei uns begrüßen, Frau und Herr Heidegger, und Ihnen gratulieren. Und bevor wir noch einen Kaffee kommen lassen und dann zum eigentlichen Thema unseres Gesprächs kommen, möchte ich Sie bitten, mir die Quittung Ihres Euromillionen-Scheins zu überreichen!“ Sie strahlte übers ganze Gesicht, als Anton aus der Innentasche seines Sakkos die Klarsichthülle mit dem wertvollen Beleg holte. Anton strahlte zurück, Alexandras Herz klopfte. „Herzlichen Dank! Ich überreiche Ihnen hiermit eine Übernahmebestätigung. Von nun an übernimmt die Lotteriegesellschaft die Haftung für Ihren Gewinn, und er kann ausbezahlt werden.“ Anton hielt Alexandra grinsend die Übernahmebestätigung vor die Augen. Zu nahe, als dass sie etwas lesen hätte können.

Eine andere Dame, nicht weniger elegant, schob die Schiebetür auf, die zum Gang führte. Sie brachte ein Tablett mit drei Gläsern und drei Kaffeetassen. „Herzlichen Glückwunsch!“, strahlte auch diese, zur Abwechslung blonde, Dame. „Wir erlauben uns, Sie auf ein Glas Champagner einzuladen!“ Barbara erhob sich, und als sie sich alle ein Glas vom Tablett genommen hatten, prostete man einander zu. Alexandra nahm einen großen Schluck und begann sich zu entspannen. Sie setzte sich wieder hin und leerte ein Säckchen Zucker in ihren Kaffee.

„Wie geht es Ihnen mit Ihrem Gewinn?“, fragte Barbara, deutlich an Anton gewandt. Der zuckte mit den Schultern und grinste. „Wie soll es uns gehen? Fantastisch, oder?“ Er sah Alexandra von der Seite an. Sie antwortete nicht. Barbara warf auch ihr einen fragenden Blick zu. „Ja, ganz cool!“ Überzeugend hatte das nicht einmal für sie selbst geklungen. „Haben Sie Pläne? Ich meine, in Bezug auf Ihre zukünftige berufliche Laufbahn? Ich frage das deswegen, weil manche Lottogewinner überstürzt ihren Beruf aufgeben, weil sie sich ...", sie zögerte etwas, „... anders orientieren wollen." Anton schüttelte den Kopf. „Eigentlich nicht. Ich bin gerne Architekt, nur sehe ich eben auch die Chance ..." Auch er zögerte, warf Alexandra wieder einen unsicheren Blick zu und fuhr dann, an Barbara gewandt, fort: „... die Chance, Projekte zu verwirklichen, von denen ich bisher nur geträumt habe."

Davon wusste Alexandra noch nichts. Oder meinte er damit das geplante Luxushaus am Hang außerhalb der Stadt? Sie zog zweifelnd die Augenbrauen hoch, was Barbara nicht entging. „Und Sie, Frau Heidegger?" „Ich möchte auf jeden Fall im Verlagswesen bleiben!", sagte sie, vielleicht mit etwas mehr Nachdruck als nötig. Sie musste an die unangenehmen Szenen denken, die sich im Verlag abgespielt hatten. Sophie hatte sie geschnitten, und Martin hatte ihr eine Auszeit nahelegen wollen. Seither hatte sie mit kaum jemandem im Verlag mehr als die paar Sätze gewechselt, die für die Arbeit nötig gewesen waren. „Vielleicht etwas weniger arbeiten ...", setzte sie unsicher hinzu. „Und die blöden Übersetzungen, die kannst du ja jetzt sein lassen!" Anton legte ihr begütigend die Hand auf den Unterarm. Sie fand diese väterliche Geste unnötig, fast beleidigend. Der Patriarch entscheidet, was das Weibchen tun darf. „Die Übersetzungen machen mir Spaß!", begehrte sie auf und schüttelte seine Hand unwillig ab.

Jetzt war es an Barbara, die Brauen zu heben. Dass zwischen ihnen beiden keine Einigkeit herrschte, was den Umgang mit dem Gewinn anbelangte, musste ihr spätestens jetzt klar sein. „Nun!" Barbara räusperte sich. „Ihren Ausführungen entnehme ich, dass Sie ohnehin nicht planen, alles hinzuschmeißen. Nehmen Sie sich Zeit. Überlegen Sie, wenn es sein muss, ein Jahr lang. Allerdings würde ich Ihnen, um Zeit zum Nachdenken und Innehalten zu bekommen, einen Urlaub, eine gemeinsame Reise empfehlen. Das klärt den Kopf, die Gedanken." Anton nickte. Alexandra hatte prinzipiell nichts gegen eine Reise einzuwenden und schloss sich dem Nicken an.

Barbara wechselte die Seiten und schlug nun das rechte Bein über das linke. Antons Blicke schienen sich in ihren glitzernden Strümpfen zu verfangen. „Nun zum zweiten großen Thema. Informationspolitik. Wem sagen Sie was? Wer erfährt von Ihrem Gewinn und seiner wahren Höhe?" Anton gestikulierte unsicher. „Da ist ... anscheinend ... schon was passiert. Unser Sohn hat ..." Barbara unterbrach ihn. „Wie alt ist Ihr Sohn, Herr Heidegger?" „Äh, Max ist acht. Achteinhalb." „Und was genau hat er von Ihnen erfahren?" Max zuckte mit den Schultern. „Dass wir einen großen Gewinn gemacht haben. Mehr nicht."

Langsam ging es Alexandra auf die Nerven, dass Barbara nur Anton ansprach. So, als wäre sie ein unbedeutendes Anhängsel. Dabei hatte sie bei ihrem ersten Treffen den Eindruck gehabt, sie verstünden sich hervorragend. Zudem waren Antons unbeholfene und einsilbige Antworten peinlich. Bevor er noch Atem holen konnte, meldete sie sich daher zu Wort: „Wir haben den Kindern von dem Gewinn erzählt, weil ich Heimlichtuerei und Unehrlichkeit hasse. Es hätte sich mit der Zeit ohnehin nicht verbergen lassen." Barbara nickte. „Da haben Sie allerdings recht." „Max ist auch deswegen schon gemobbt worden. Er hat den Mund nicht halten können, hat von hundert Milliarden Euro erzählt." Barbara lächelte. „Ja, das können wir jetzt nicht mehr ungeschehen machen. Und wie haben Sie es bis jetzt mit Freunden, Verwandten, Kollegen gehalten?“ Anton hob abwehrend die Hände. „Gar nichts. Völlig dichtgehalten. Obwohl natürlich schon Gerüchte ...“ Er brach ab.

„Ist klar“, sagte Barbara. „Mein Vorschlag: Laden Sie Ihre Kollegen zu einem Umtrunk mit Buffet ein. Seien Sie nicht knauserig, aber auch nicht verschwenderisch. Gestehen Sie bei dieser Gelegenheit zehn Prozent des tatsächlichen Gewinns ein. Dann haben Sie an dieser Front wenigstens reinen Tisch gemacht.“ Alexandra nickte. Das hörte sich gut an, nur war es dafür, was sie betraf, wohl schon zu spät. Und außerdem war es natürlich eine neuerliche Lüge. Dann fiel ihr ein, dass sie ihrer Mama und ihren Brüdern auch noch von dem Gewinn erzählen musste, mit ihnen hatte sie seither keinen Kontakt gehabt.

„Noch ein Glas Champagner?“ Die blonde Dame stand mit der geöffneten Flasche wieder in der Schiebetür und strich sich kokett eine Haarsträhne hinter das Ohr zurück. Anton nickte und hob sein Glas, während Alexandra den Kopf schüttelte. Um einzuschenken, beugte sich die Blonde vor und gewährte ihnen tiefe Einblicke. Anton schien das zu genießen.

Als sie wieder allein waren, sagte Barbara: „Wenn Sie mir ein offenes Wort erlauben – Sie scheinen sich, was den Umgang mit dem Geld betrifft, nicht so ganz einig zu sein.“ Alexandra blieb still, während Anton abwehrend die Hände hob. „Nein, nein! Das ist nur ein Eindruck, wir sind uns völlig einig, völlig!“ Barbara verzog das Gesicht zu einer spöttischen Miene. Das glaubst du wohl selber nicht, schien sie damit zu sagen.

Alexandra reichte es jetzt. „Natürlich sind wir nicht einer Meinung, warum versuchst du das zu vertuschen?“ Anton wand sich. „Das gehört doch nicht hierher, wenn wir ..." „Natürlich gehört das hierher!", zischte Alexandra. „Wohin sonst?" Das durfte ja wohl nicht wahr sein. Anton wurde tatsächlich rot. Schämte er sich etwa wegen ihres Streits? „Sie müssen entschuldigen ...", stotterte er, doch Barbara unterbrach ihn lachend. „Glauben Sie mir, ich habe in diesem Raum schon wesentlich heftigere Auseinandersetzungen erlebt, das ging bis zu Handgreiflichkeiten. Ein hoher Gewinn versetzt Menschen in eine Ausnahmesituation. Die meisten sind zunächst völlig überfordert. Ich hatte schon Leute hier, die Damen mit unglaublich teurem, neu gekauftem Schmuck, der überhaupt nicht zu ihrer Garderobe passte, die Herren mit einer neuen Rolex, die sie mir ununterbrochen vor die Nase hielten. Glauben Sie mir, Sie haben sich bisher prima gehalten. Sie müssen nur lernen, Kompromisse einzugehen. Keiner von Ihnen sollte jetzt einfach seinen Standpunkt beinhart durchsetzen, nur weil das Geld dazu vorhanden ist."

„Kompromisse!" Alexandra atmete auf. Das war genau, was sie wollte, und sie war auch bereit dazu. Sie warf Anton einen Blick zu. Er schien zu überlegen. „Sie meinen etwa, wenn ich mir ein Cabrio kaufen will, dann wenigstens eines, in dem die ganze Familie Platz hat?" Barbara nickte. „Etwa so, ja. Haben Sie schon was Konkretes im Sinn?" Antons Augen leuchteten auf. „Ja, ja!" Bevor die Diskussion abdriftete, mischte Alexandra sich ein. „Ich möchte zum Beispiel in unserem Haus bleiben und es renovieren, Anton will ein neues." Barbara lächelte. „Wie ich schon sagte: Kompromisse! Sie werden sich schon zusammenraufen, da bin ich mir sicher." Ihr Optimismus tat Alexandra gut, dennoch zweifelte sie daran, ob es reichte, einfach auf das Beste zu hoffen. Anton verstand darunter letztlich doch nur, dass sie nachgeben sollte.

Unwillkürlich musste sie an ihre Kindheit zurückdenken. Dauernd hatte jemand über sie bestimmt, jeder hatte gemeint, er wüsste am besten, was gut für sie sei. Wozu hatte sie sich aus diesem Elend befreit, wenn es nun in der gleichen Tonart weiterging? Anscheinend war Anton Gleichberechtigung nur so lange wichtig gewesen, solange sie auf ihr Einkommen angewiesen waren.

Barbara wandte sich nun Details zu, die die Überweisung und Veranlagung der Gewinnsumme behandelten. Alexandra schaltete ab, diese Einzelheiten langweilten sie. Ob Anton vielleicht doch zu Kompromissen fähig war? Angedeutet hatte er es ja. Was war ihr Angebot, das Haus betreffend? Sie wunderte sich, dass er so leichtfertig sein Elternhaus aufgeben wollte, in dem er seine gesamte Kindheit und Jugend verbracht hatte. Sie hatten doch alles, was man sich wünschen konnte – und wenn das Ganze saniert war, eigentlich noch viel mehr. Genug Platz, einen Garten, Zentrumsnähe. Was konnte da der Kompromiss sein?

Am meisten Sorge allerdings bereitete ihr der Verlag. Sie musste sich darum bemühen, wieder ein solides Verhältnis mit Sophie herzustellen, sie war ihre wichtigste Freundin. Und Martin vielleicht klarmachen, dass ihr viel an der Arbeit lag. Vielleicht konnte sie sogar stille Teilhaberin werden? Welcher Verlag würde sich nicht über eine kleine Finanzspritze freuen? Allerdings, wenn sie dadurch praktisch zur Chefin ihrer Kolleginnen werden würde, und das noch dazu im Geheimen – das war auch nicht richtig.

„Oh, ich hatte noch ein Kapitel vergessen: Falsche Freunde und Schnorrer. Die werden sich jetzt zuhauf bei Ihnen melden. Wie gehen Sie damit um?“ Alexandra unterbrach ihre Gedankengänge und versuchte, sich zu konzentrieren.

„Wie meinen Sie das?“, fragte Anton. „Leute, die Sie flüchtig kennen, die Sie früher gekannt haben, oder auch völlig Fremde werden sich bei Ihnen melden, um die alte Freundschaft aufzufrischen. Natürlich in der Hoffnung, Geld von Ihnen zu bekommen.“ „Na, da geraten sie bei mir aber an den Falschen!“, lachte Anton. „Ich möchte aber gerne Geld hergeben. Ich möchte auch etwas davon spenden“, mischte sich Alexandra ein. „Auch etwas, worüber Sie sich einig werden sollten. Oder Sie überlegen, wie viel Geld jeder von Ihnen in eine karitative Aktion seiner Wahl investiert.“ Anton sah Alexandra mit großen Augen an. Offenbar hatte er nicht vorgehabt, von dem Geld etwas abzugeben. „Sie sollten es sich jedenfalls gut überlegen, wem Sie Geld überlassen. Meist sind etablierte, große Organisationen wie die Caritas oder das Rote Kreuz ...“

Alexandra unterbrach sie. „Ich möchte Geld in Frauenhäuser investieren. Ich möchte Gewaltopfern helfen, Frauen und Kindern, die von ihren Ehemännern und Vätern bedroht und geschlagen werden.“ Darüber hatte sie schon oft nachgedacht. Sie kam immer wieder am Frauenhaus vorbei, hatte etliche Male auch geduckte, ängstliche Gestalten wahrgenommen, die sich vorsichtig umsahen, wenn sie den Gehsteig betraten. Und wenn es große Katastrophen gab, so hatte sie einmal im Fernsehen gehört, spendeten die Leute lieber dafür, und das karge Rinnsal an Spenden, auf das Frauenhäuser angewiesen waren, versiegte oft gänzlich. Sie selbst, erinnerte sie sich, hatte Glück gehabt, mit ihrer Mutter nicht an einem solchen Ort zu landen, damals. Obwohl – hatte es Frauenhäuser damals überhaupt schon gegeben? Mehrmals hatte sie sich vorgenommen, Deutschunterricht oder Vorlesestunden im Frauenhaus anzubieten, hatte das Vorhaben aber immer wieder aufgeschoben – entweder weil sie zu viel um die Ohren hatte oder weil sie sich scheute, an der Tür zu klingeln und ihr Angebot zu erklären. Womöglich würde man sie nur auslachen. „Auch eine gute Idee!“, gestand Barbara zu. Antons Miene drückte dagegen deutliche Zweifel aus.

Dennoch verließ Alexandra das Büro der Lotterie an Antons Seite ein wenig beruhigt und gelassener als zuvor. Anton nahm sie an der Hand, sie ließ die ihre in seiner ruhen. Sicher und warm. „Das mit dem Frauenhaus ist vielleicht gar keine so schlechte Idee.“ Er drückte ihre Hand fester. Anscheinend hatte die Besprechung auch ihn versöhnlich gestimmt. „Wolltest du alles für dich behalten, gar nichts ... Sinnvolles damit machen?“, fragte Alexandra. Er ließ ihre Hand los. „Also, bitte ... Ich habe auch genügend sinnvolle Ideen, wirklich!“ „Ich hab's anders gemeint.“ Sie wollte nicht schon wieder Streit. „Sinnvoll im Sinne von Hilfe für Leute, die es nötig haben.“ Anton nickte. „Und jetzt fahren wir das Cabrio abholen!“ Er strahlte über das ganze Gesicht.

Für den Kompromiss bei seinem neuen Auto, stellte Alexandra erleichtert fest, hatte er sich offenbar schon vor der Besprechung entschieden gehabt. Ein ziemlich großer weißer Wagen stand im Abendlicht vor dem Autohaus. Das Verdeck war geschlossen. „Es ist ein Viersitzer. Nicht einmal neu, ein Jahreswagen. Du siehst, ich war vernünftig!“ „Wie viel genau ist vernünftig?“ Anton zögerte. „Nicht schwindeln!“, mahnte Alexandra. „60.000“, gestand Anton. „Zu viel?“ Alexandra zuckte mit den Schultern. „Wenn dir ein Auto das wert ist. Und wie kommen wir jetzt nach Hause? Soll ich deinen alten Wagen fahren?“ „Der bleibt hier, sie verkaufen ihn für mich!“ Damit hatte sie nicht gerechnet. Im alten Auto war ihr Schirm, sicher noch ein paar andere Sachen, auch Müll. „Den müssen wir zuerst putzen!“, protestierte sie, doch Anton winkte ab. „Das machen die hier schon selber!“ Er zog einen silbrig glänzenden Schlüssel aus der Hosentasche, drückte eine Taste, und das Verdeck öffnete sich surrend. „Womit hast du ihn bezahlt?“, fragte Alexandra, während sie sich auf das kühle Leder der Sitze niederließ.“ Anton grinste. „Wenn man der Bank klarmacht, dass eine sehr viel größere Summe unterwegs ist, ist das alles kein Problem!“ Also hatte er auch auf der Bank schon mit seinem Gewinn geprahlt. Und, nebenbei, auch noch Schulden gemacht, wenn auch nur kurzfristig.

Dann erinnerte sie sich an ihren Vorsatz, den Gewinn als Herausforderung anzunehmen und das zu genießen, was er an Angenehmem für sie bereithielt, und sie schwang sich auf den Beifahrersitz. Sie war tatsächlich noch nie in einem Auto gesessen, das eine so angenehme Atmosphäre ausstrahlte. Eigentlich, so stellte sie fest, saß sie gar nicht wirklich im Freien, denn die Windschutzscheibe war so weit nach hinten gezogen, dass sie fast über ihrem Kopf endete. Auch der Fahrtwind war nicht so spürbar, wie sie befürchtet hatte. Sie stützte sich mit dem Ellbogen an der Tür ab und ließ ihre rechte Hand in den Fahrtwind baumeln. Die Ledersitze fühlten sich angenehm an. Sie schloss die Augen und nahm sich fest vor, die Fahrt zu genießen. „Sieh her, das ist Automatik! Nur Gas geben und bremsen!“ Anton strahlte wie ein Dreijähriger unter dem Christbaum nach dem Auspacken der Geschenke. Männer, fand sie, waren irgendwie einfach gestrickt. Wenn sie sich ihre materiellen Wünsche erfüllen konnten und gelegentlich ein bisschen Sex dazubekamen, war das alles, was sie brauchten. Ja, und Bier, Wein und Whisky durfte man natürlich nicht vergessen.

Die Reaktion der Kinder war gemischt, als sie mit dem neuen Auto in die Einfahrt bogen. Während Max freudestrahlend über die Kühlerhaube strich, sogar vor Begeisterung rund um das Cabrio hüpfte, rümpfte Annika die Nase über das angeberische „Altherrenauto". In so etwas, meinte sie, wolle sie nicht gesehen werden. „Ein Mini oder so wäre viel cooler!" Max allerdings war nicht zu bremsen. „Fahren wir eine Runde, bitte!" „Es ist eigentlich schon zu kühl für eine Fahrt mit offenem Dach", meinte Alexandra, doch Max und Anton steckten sie mit ihrer Begeisterung an. „Fahren wir noch eine Runde über die Höhenstraße! Wir können ja dann beim Nachhausefahren eine Pizza mitnehmen!"

Annika saß mit verschränkten Armen am Tisch und schob die Unterlippe vor. „Papa bekommt ein Auto, aber ich bekomme kein Pferd! Das ist ungerecht!" Als Alexandra sich ihr näherte und ihr die Wange streichelte, wandte sie sich ab. „Ihr könnt alleine fahren!" „Dann eben ohne die Madame!" Alexandra zuckte mit den Schultern. Annika würde schon nichts passieren, wenn sie eine Stunde alleine zu Hause war. Sie erinnerte sich an ihren Vorsatz, den Gewinn als Herausforderung anzunehmen und das zu genießen, was er an Angenehmem für sie bereithielt.

Entschlossen drehte Alexandra den Schlüssel in der Haustür von außen um und schwang sich wieder auf den Beifahrersitz. Es dauerte, bis sie aus der Stadt kamen, und das Warten an Ampeln in den Abgasen der anderen Fahrzeuge war nicht gerade angenehm. Alexandra fiel auf, dass fast alle Fahrer ihnen Blicke zuwarfen. Oder dem Auto. Nur Männer allerdings. Frauen schienen für ihren Auftritt kein Interesse zu haben.

Auf der Höhenstraße, hoch über der Stadt, in den Kehren und Kurven, konnte auch sie die Ausfahrt genießen. Zufrieden stellte sie fest, dass Anton sanft und gleichmäßig fuhr, obwohl man auf den Steilstücken schon spürte, dass der Wagen einen starken Motor besaß. Leichter Fahrtwind zerzauste ihr die Haare, die ihr immer wieder ins Gesicht geweht wurden. Besser, man setzte eine Mütze auf oder band sich die Haare zusammen. Dennoch: Alexandra entspannte sich zunehmend. Das hier, so sagte sie sich, war angenehm, schön und friedlich. Man konnte es genießen. Umweltfreundlich, so ermahnte sie sich sofort, allerdings nicht.

„Wollen wir kurz auf einen Drink einkehren?“ Sie näherten sich einem bekannten Ausflugslokal. Alexandra nickte. „Aber nur ein Getränk, wir müssen Annika bald etwas zu essen bringen.“ Max allerdings wurde quengelig, als er an einem Nebentisch ein Kind hinter einem Teller Pommes frites erspähte. Alexandra wollte es auf keinen Streit ankommen lassen und bestellte ihm eine Portion.

Als Max die ersten gelben Stäbchen zuerst ins Ketchup und dann in den Mund steckte, läutete ihr Handy. Eine unbekannte Nummer. Vorsichtig meldete sie sich. „Ja?“ „Hallo, bist du es, Alex?“ Die Frauenstimme kam ihr völlig unbekannt vor. „Wer spricht denn, bitte?“ „Na, ich bin’s, die Carmen! Erinnerst du dich nicht mehr an mich? Wir sind doch zusammen zur Schule gegangen, in die Unterstufe, bis zur Vierten!“ Alexandra konnte sich an keine Carmen erinnern. „Ja, äh, ich weiß im Moment nicht ...“ War es unhöflich, sich nicht an alle Schulkameradinnen sofort zu erinnern? Doch Carmen plapperte gleich weiter. „Komm, du musst dich erinnern! In der vierten Klasse hat mich Professor Seliger nach Hause geschickt, weil ihm mein Rock zu kurz war!“ „Ja, doch!“ Bei Alexandra war der Groschen gefallen. Carmen hatte nicht zu ihren Freundinnen gehört, sie hatte sie damals ordinär gefunden, mit ihrer dicken Schminke, den grellbunt lackierten Fingernägeln und den auffälligen Kleidern. Außerdem hatte sich Carmen, wenn sie sich recht erinnerte, mehr für Burschen interessiert, die Mopeds oder Autos besaßen, als für ihre Mitschülerinnen.

„Und warum rufst du an?", wollte Alexandra wissen. „Ach, nur so, ich wollte einfach mal wissen, wie es dir geht!" „Nach 25 Jahren?" Alexandra schöpfte Verdacht. „Wir könnten uns ja einmal auf einen Kaffee treffen!" Carmen schien überdreht und sprach viel zu laut. Alexandra stellte ihr Handy ein wenig leiser. „Weißt du, ich hab momentan viel um die Ohren, und ..." Carmen unterbrach sie. „Versteh ich, versteh ich. Ich doch auch! Aber eine Viertelstunde ..." „Woher hast du eigentlich meine Nummer?" Alexandra entschloss sich, vorerst auf Distanz zu bleiben. „Ach, die hat mir ein kleines Vögelchen zugezwitschert!" Sie hatte genug. „Du, ich kann jetzt nicht weiterreden, ich melde mich mal! Tschüs!" Sie legte auf.

„Wer war denn das?" Anton war gerade dabei, Max ein paar Pommes zu stibitzen. Alexandra zuckte mit den Schultern. „Eine Carmen. Ist mal mit mir in die Schule gegangen. Konnte mich kaum an sie erinnern." Anton flüsterte: „Die hat garantiert von unserem ... du weißt schon!" Er blickte sich verschwörerisch um, ob auch niemand an den Nachbartischen lauschte. „... gehört. Und jetzt will sie dich ausnehmen wie eine Weihnachtsgans!" Alexandra winkte ab. „Das wird ihr nicht gelingen, selbst wenn sie von unserem Gewinn erfahren hat." War es tatsächlich möglich, dass die falschen Freunde, vor denen Barbara sie gewarnt hatte, jetzt schon aus ihren Löchern krochen?

Auf der Rückfahrt erinnerte sich Alexandra an ihr Versprechen, Pizza mitzubringen. „Was für eine Pizza hättest du denn gerne, Annika?“ Alexandra versuchte, am Telefon einen möglichst versöhnlichen Tonfall anzuschlagen. Doch mit Annika war nicht zu reden. „Ihr könnt euch eure Pizza sonst wohin schieben!“, trotzte sie. Diesen Ton wollte sich Alexandra nicht bieten lassen. „So redest du nicht mit mir! Vor allem, wo du absolut keinen Grund hast, sauer auf uns zu sein!“ Sie war lauter geworden, als sie sich vorgenommen hatte. „Annika?“ Doch die hatte aufgelegt. Alexandra seufzte. Anton hatte, ein Nachteil des Cabrios, von dem Gespräch wegen des Lärms nichts mitbekommen.

Trotzig klappte Annika ihren Pizzakarton auf. Sie war immer noch nahe am Heulen. „Ihr kauft euch alles!“, maulte sie. „Und ich …“ Der Rest ging in Schluchzen unter. Alexandra nahm sich fest vor, erst wieder mit ihr zu reden, wenn sie sich beruhigt hatte. Anton sah ratlos von seiner Tochter zu ihr und wieder zurück. „Vielleicht …“ Er kam nicht über ein Wort hinaus. „Nein!“ Alexandra schüttelte warnend den erhobenen Zeigefinger vor seinen Augen. „Ein Pferd bedeutet nicht nur Kosten, sondern auch Arbeit und Verantwortung. Das habe ich schon mehrmals gesagt, obwohl es hier anscheinend niemand hören will. Und solange die junge Dame nicht Vernunft annimmt, brauchen wir gar nicht darüber zu reden!“ Anton strich Annika über die Haare. „Aber …!“ Er sah zu Alexandra auf. Anton würde weich werden, das sah sie kommen. Warum musste immer sie diejenige sein, die den anderen den Spaß verdarb? Sie hatte diese Rolle gründlich satt. Warum bedachten weder Anton noch Annika, dass ein Pferd einen unglaublichen Zeitaufwand bedeutete – es wollte geritten und gepflegt werden, man musste Zeit für Hin- und Rückweg aufwenden, den Tierarzt bestellen –, für all das war Annika noch viel zu jung. Und an wem würde dann alles hängen bleiben? Natürlich an ihr!

Die Pizza war bereits kalt geworden, als Annika sich dazu bequemte, doch noch ein Stück zu essen. Ihr bemüht vorwurfsvoller Blick war schon beinahe komisch. Alexandra rang um Beherrschung, musste aber dennoch lächeln. „Du bist ja so was von gemein!" Annika sprang auf und warf den Pizzarest in den Karton. Wenige Sekunden später war das übliche Türenknallen zu hören. Anton erhob sich ebenfalls, warf Alexandra einen ebenso vorwurfsvollen Blick zu wie Annika zuvor und folgte seiner Tochter. Wahrscheinlich, dachte Alexandra, um ihr alle möglichen Versprechungen zu machen, um deren Umsetzung sie sich dann zu kümmern hatte.

„Und ich krieg dann aber meine Playstation!" Max, der die ganze Zeit friedlich gekaut hatte und nun mit von Tomatensoße verschmierten Backen neben ihr saß, musste sich natürlich auch zu Wort melden. Waren denn alle in dieser Familie vom Kaufrausch erfasst worden? Morgen würde sie die teuren Schuhe zurückgeben.

„Na?", fragte sie, als Anton wieder herunterkam und sich an den Tisch setzte. Er zuckte mit den Schultern. „Ich habe ihr versprochen, dass wir über das Pferd noch reden, später. Nach den Schulferien. Oder im Frühjahr. Aber ich finde, sie könnte doch wenigstens Reitstunden ..." Er beendete seinen Satz nicht. „Du hast ihr also Reitstunden versprochen?" „Ich wärme mir noch ein Stück auf!" Um einer Antwort auszuweichen, trug Anton ein Stück Thunfischpizza zur Mikrowelle und schaltete sie ein. „Was hast du ihr versprochen?", beharrte Alexandra. „Na ja, das mit den Reitstunden wäre ja keine so schlechte Idee", meinte er. Alexandra spürte seine Unsicherheit. „Und vielleicht merkt sie dann ja auch bald, dass sie das Ganze doch nicht so interessiert, und sie schlägt sich die Sache wieder aus dem Kopf!“ „Und wer, wenn ich fragen darf, bringt sie zu den Reitstunden hin? Und wer holt sie wieder ab? Und wer steht am Zaun und bewundert die Prinzessin auf ihrem stolzen Rappen? Du vielleicht?“ Sie konnte es nicht fassen. Ohne jede Absprache, ohne einen Gedanken an den Zeitaufwand zu verschwenden, hatte er voreilige Versprechungen abgegeben. „Du weiß ja, wie das bei mir ist, ich bin oft lange im Büro, und ...“ „Und die dämliche Ehefrau wird das Problem schon lösen!“

Anton kam mit seinem Stück Thunfischpizza wieder an den Tisch. „Au! Heiß!“ Er wedelte mit der Hand vor dem offenen Mund, um den verbrannten Gaumen zu kühlen. „Ich habe mir gedacht, dass du vielleicht auch ...?“ „Dass ich auch reiten möchte? Als ‚Denken‘ würde ich das nicht bezeichnen, Anton. Schon eher als Gedankenlosigkeit. Und was du nicht zu begreifen scheinst, ist, dass man vielleicht ein Pferd mit Geld kaufen kann, aber nicht die Zeit und Verantwortungsgefühl und Vertrauen und ...“ Sie wollte es nicht aussprechen. „Liebe“ hatte sie noch hinzufügen wollen.

Sie stand auf und machte sich auf den Weg in ihr Arbeitszimmer. Hoffentlich hatte Anton wenigstens so viel Anstand, den Esstisch abzuräumen. Am Nachmittag hatte sie wirklich Hoffnung geschöpft, dass doch noch alles gut gehen würde. Aber mit Anton waren Absprachen und Kompromisse offenbar nicht machbar. Sie fragte sich, ob sie nicht ohne ihn besser dran wäre, und schaltete ihren Computer ein.

„But, Sire, you cannot make yourself common with a person like me!” The black-haired maid had wonderful, big green eyes. Not to speak of her full, round orbs. She

looked up at him, fearful, but he could see her breasts heaving, her heart seemed to be beating faster and faster. He had to have this girl. She was by far the most beautiful of the maids that made themselves busy around the courtyard by the dozen. „I love you, Morgan", he insisted. „Let's take a walk!" „I cannot!", the maid begged. „The lady ...!" „Just for a few minutes! I must see you outside the castle, in the woods!"

Sie brauchte keine Fantasie, um sich vorzustellen, was im Wald zwischen der Magd und dem Ritter geschehen würde.

VIII

Wenn man dem Pfarrer zuhört, könnte man glauben, mein Vater wäre ein guter Mensch gewesen. Was der da redet von aufopferungsvoller Familienvater, liebevoller Gatte, respektiertes Mitglied der Gemeinde und so weiter. Warum sagt er nicht die Wahrheit? Dass mein Vater ein gewalttätiger Säufer war, das muss er ja nicht unbedingt erwähnen. Aber zu lügen braucht er auch nicht. Oder hat Mama ihm das alles erzählt? Mama heult. Ich frage mich, weswegen. Ich finde, sie sollte eigentlich froh sein, dass ich sie befreit habe. Wir müssen nie mehr Angst vor Papa haben, nie mehr werden wir wegen seines Gebrülls zusammenzucken und uns die Ohren zuhalten, Tobi wird nie mehr geschlagen werden.

Sie singen. Großer Gott, wir loben dich. Von der Empore oben blasen die Jagdhörner. Die Jägerkollegen von Papa sind alle da, gramgebeugt haben sie uns begrüßt, vor der Kirche, mit einem Tannenzweig an den Hüten. Die Orgel spielt, und der Obmann tritt an das Rednerpult und redet. Ein ehrlicher und zuverlässiger Jagdkamerad war mein Vater, sagt er. Dabei hat Papa gerade über ihn immer wieder geschimpft und geflucht, wenn ihm irgendwas bei der Jagd nicht gepasst hat. Eine widerliche Drecksau ist der, das hat Papa gesagt. Und dann kommt noch der Obmann vom Bezirksbauernbund, und noch ein dritter. Der ist so fett und so rot im Gesicht, dass ich mir denke, der stirbt auch bald. Wenn er redet, muss er immer wieder Pausen machen, weil er so schnaufen muss. Mit dem Taschentuch wischt er sich über die verschwitzte Stirn. Mindestens der Bundespräsident muss mein Vater gewesen sein, wenn man alles glaubt, was die drei erzählen. Soll ich mich auch ans Rednerpult stellen und ihnen erzählen, dass Papa mich in den Mostkeller gesperrt hat und dass er immer wieder versucht hat, durchs Schlüsselloch ins Badezimmer zu schauen, damit er mich nackt sieht?

Als alle drei und der Pfarrer fertig sind, geht die Messe weiter, von der ich nicht viel mitbekomme. Am Schluss müssen wir direkt hinter dem Sarg auf den Kirchhof marschieren, wo das Grab schon ausgehoben ist. Unter vielen Gebeten und Musikbegleitung verschwindet der Sarg, und mit ihm Papa. Mama schiebt mich zur Grube nach vorn. Ihr Blumenstrauß fällt klatschend auf die Holzkiste. Mama weint immer noch. Dann nimmt sie eine Schaufel Erde aus der Kiste, die vor dem Grab angebracht ist, und lässt sie auf den Sarg poltern. Walter tut es ihr gleich, doch man merkt ihm den Widerwillen an. Mama hat mir eine Rose in die Hand gedrückt. Aber warum soll ich eine Rose auf seinen Sarg werfen? Dafür, dass ich mich in meinem Zimmer einsperren musste? Ich lasse sie fallen und schließe dabei die Augen. Dann laufe ich weg vom Grab. Niemand kann mir böse sein, dass ich nicht auch noch Erde auf Papa schaufle.

Ob sie die Hand mit in den Sarg gelegt haben, frage ich mich. Und ob Papa es gemerkt hat, dass ich bei ihm war und keine Hilfe geholt habe? Hoffentlich hat er wenigstens noch ein paar Sekunden klar denken können, um zu begreifen, warum ich so gehandelt habe. Das würde ich ihm wirklich wünschen, dass er verstanden hat, warum er hat sterben müssen. Ich gehe zurück und stelle mich neben Mama. Ich will sie doch nicht allein lassen.

Wenn es das alles wirklich gibt, was sie uns im Religionsunterricht und in der Kirche erzählen, dann kommt Papa gar nicht erst ins Fegefeuer, sondern direkt in die Hölle. Hoffentlich erklärt ihm der Teufel dann auch, warum er dort ist und warum er ihn auf dem Rost braten muss, jeden Tag und jede Nacht. Damit er es auch begreift. Aber ich glaube, für Papa wäre es schon Strafe genug, wenn er jeden Tag Kakao trinken müsste und sie ihm kein Bier und keinen Most geben würden. Aber wahrscheinlich hat die Kirche die Hölle nur für solche Dummköpfe wie mich erfunden, die wirklich daran glauben, dass dort unten jemand für das bestraft wird, was er auf der Erde angestellt hat. Wenn es sie allerdings gibt, dann komme ich auch dorthin. Ich hätte Papa nicht verbluten lassen dürfen, egal, was er getan hat. Aber solange ich auch in mir herumbohre, ich finde nur Erleichterung, kein Bedauern, keine Reue. Anscheinend stimmt auch mit mir etwas nicht, nicht nur mit Papa.

Tobi scheint von alldem noch nichts begriffen zu haben. Er sieht so geistesabwesend aus wie immer, und die Hände hat er in den Manteltaschen vergraben, wo er seine Legomännchen fest umklammert hält. Die Leute aus dem Ort ziehen an uns vorüber, murmeln ein paar Worte, manche, vor allem die älteren Frauen, streichen mir über den Kopf. Ich hasse das und versuche jedes Mal, den Kopf ein wenig einzuziehen. Eine nennt mich sogar ein armes Waisenkind.

Walter starrt trotzig vor sich hin. Nach einiger Zeit steckt er seine Fäuste in die Manteltaschen und dreht sich um, um niemandem mehr die Hand schütteln zu müssen. „Er wird halt noch nicht fertig damit, der arme vaterlose Bub!“, flüstert eine Nachbarin meiner Mama zu. Walter war nie ein armer Bub. Der ist fast genauso schlimm wie Papa, und wenn er erst erwachsen ist, wird er noch schlimmer sein. Solange er bei uns ist, werden wir keine friedliche Familie sein können.

8

Alexandra hatte sich Barbaras Empfehlung zu Herzen genommen. Eine kleine Feier im Verlag, nicht zu knauserig, nicht zu protzig, anlässlich der Fertigstellung ihrer Herbstvorschau. Sie hatte lange überlegt: Was war passend? Wie viel durften Wein und Sekt kosten, um einen Mittelweg zu halten zwischen Geiz und Angeberei? Sollte man Champagner, Markensekt oder österreichischen Winzersekt nehmen? Sollte das Buffet von einer gewöhnlichen Catering-Firma oder einem Haubenkoch stammen?

Als es dann so weit war, hoffte sie, alles richtig gemacht zu haben. Und dass man es ihr nicht als hochmütige Geste auslegen würde, dass sie für alle ihre Kolleginnen und Kollegen einen Gutschein für ein Wellnesswochenende als Geschenk vorbereitet hatte. Die reich gewordene Kollegin beschenkt die armen Schlucker. Aber es war schwierig, das richtige Maß zu finden, mehr als schwierig.

Natürlich würde sie auch eine kleine Rede halten müssen. Und lügen, denn die 24 Millionen zuzugeben, davon hatte ihr Barbara mehrmals und dringend abgeraten. Und dann musste sie noch mit Martin wegen ihres Arbeitsplatzes und mit Sophie wegen ihrer Freundschaft sprechen.

„Liebe Kolleginnen und Kollegen, liebe Freunde!“ Sie schluckte. Wäre der Tag doch nur schon vorbei. „Ihr habt in den letzten Tagen viele Gerüchte gehört, über den Gewinn, den mein Mann gemacht hat. Ich habe bisher nichts dazu gesagt, weil ich ...“ Sie musste sich räuspern, nahm einen Schluck. Christoph schrie „Prost!“ „... weil ich völlig durch den Wind war. Ich konnte mich nicht richtig freuen, und ich war völlig verunsichert, wie es weitergeht. Wisst ihr, ich will mein Leben gar nicht ändern, habe aber begriffen, dass das nicht so einfach geht. Vor allem möchte ich euch weiter als Freunde haben ..." An dieser Stelle begann sie zu zucken, zu schlucken und schließlich zu weinen. „Und ...", schluchzte sie, „ich wollte das alles gar nicht, und ich möchte mich entschuldigen, dass ich euch nicht gleich ..." Weiter kam sie nicht. Sie wurde von Weinkrämpfen geschüttelt. Souverän und vernünftig hatte sie die Herausforderung des Gewinns annehmen wollen, und was war dabei herausgekommen? Ein Bündel heulenden Elends. Schon wieder. Sie hatte wahrscheinlich in den letzten zehn Jahren vor dem Gewinn zusammen nicht so viele Tränen vergossen wie in den letzten paar Tagen.

Sie nahm einen neuen Anlauf. „Bitte stoßt jetzt einfach mit mir an und versucht, euch mit mir zu freuen. Ich habe jedem von euch noch ein kleines Geschenk ins Postfach gelegt. Bitte fasst es nicht als Hochmut auf, ich ... ich ..." Sophie trat zu ihr. „Prost! Du brauchst jetzt einen Schluck! Ex!" Alexandra stürzte das ganze Glas Sekt in einem Zug hinunter. Musste sie halt später mit dem Taxi heimfahren, war ja egal. Alle anderen drängten sich um sie, stießen mit ihr an, lächelten. Plötzlich war es wie bei einem Geburtstag. Niemand schien neidisch.

„Tut mir leid!", flüsterte Sophie. „Ich hab mich dieser Tage blöd verhalten. Ich habe halt gedacht, du vertraust mir so wenig, dass du mir nichts von der Sache erzählst. Deswegen war ich beleidigt. Nicht, weil du jetzt reich bist und ich ..." Alexandra wischte sich Tränen aus den Augenwinkeln. „Am ersten Tag, da habe ich gedacht ... Es war mir so peinlich, dass wir so viel Geld bekommen, und du ... wegen der Wohnung ... ich habe echt überlegt, ob ..." Sophie schüttelte den Kopf. „Kommt gar nicht infrage, dass du meine Schulden bezahlst! Denk nur mal, was passieren würde, wenn das rauskäme! Alle wären neidisch, und die ganz Unverfrorenen würden natürlich erwarten, dass du ihnen auch unter die Arme greifst! Denk nicht einmal daran!“ Alexandra schenkte sich noch ein Glas ein. Ein bisschen beruhigt hatte sie der Alkohol schon. „Glaubst du, es war blöd ... Ich habe jedem von euch ein Wellnesswochenende spendiert, im Brandnerhof ...“ „Echt?“ Sophies Miene hellte sich auf. „Super!“ Sie umarmte Alexandra und küsste sie auf die Wange. „Da wollte ich schon immer mal hin! Fahren wir zusammen?“ Alexandra nickte. „Gern. Glaubst du, dass die anderen auch ...?“ Sophie zuckte mit den Schultern. „Natürlich musst du damit rechnen, dass ein paar auch blöd reden werden. Es wird ein paar Männer geben, du weißt, wen ich meine, die werden maulen, dass du einem Familienvater den Arbeitsplatz wegnimmst, obwohl du es gar nicht mehr nötig hättest zu arbeiten.“ Sie kicherte. „Aber zeig mir den Familienvater, der dich ersetzen könnte!“ Mit einer weiten Geste umfasste sie glucksend die gesamte Belegschaft. Alexandra stimmte in ihr Gelächter ein und schenkte sich nochmals nach. Endlich konnte sie wieder einmal lachen. Fast hatte sie geglaubt, sie hätte es verlernt. „Und natürlich werden es die einen großspurig finden, dass du sie in ein Wellnesshotel einlädst, und die anderen werden finden, dass es auch eine Villa in der Toskana hätte sein können. Und wenn du gar nichts gemacht hättest, wäre es erst recht vielen sauer aufgestoßen. In deiner Situation hast du nur die Wahl, wenige oder alle zu verprellen.“

Alexandra seufzte. Wie machten andere reiche Leute das? Wahrscheinlich arbeiteten sie nicht in normalen Büros unter normalen Menschen, sondern zogen sich auf riesige Grundstücke zurück, kommandierten ihr Personal herum und bewegten sich in ihren internationalen Konzernen nur auf der verglasten obersten Etage im Wolkenkratzer. Nichts für sie. Aber wie waren ihre Welt und das viele Geld zusammenzubringen, ohne dass es dabei Scherben gab?

„Prost! Und das Buffet – echt ein Wahnsinn!“ Johanna lächelte ihr zu. Sie schien es ehrlich zu meinen. Über jedes freundliche Gesicht freute sich Alexandra nun viel mehr als früher. Vor dem Gewinn war sie Menschen viel unbefangener begegnet, jetzt interpretierte sie jedes Wort, jede Geste, jeden Gesichtsausdruck. Meint man mich, oder meint man mein Geld? Ist das Lächeln offen und freundlich oder bloß Berechnung? Es fiel ihr schwer, in den Gesichtern ihrer Mitmenschen zu lesen, was sie wirklich dachten, bisher hatte sie das auch nie nötig gehabt. Doch jetzt musste sie dringend mit Martin sprechen, bevor sie sich endgültig sinnlos betrank.

„500.000?“ Martin zog überrascht die Brauen hoch. Alexandra nickte. „Ich will hier auch keinesfalls die Chefin spielen. Und meine Bedingung wäre, dass niemand davon erfährt.“ Sie hatte doch schon zu viel getrunken, konnte sich nicht genau auf Martin konzentrieren und befürchtete, auch schon undeutlich zu sprechen. „Da müsst ihr aber mehr als zweieinhalb Millionen gewonnen haben, wenn du so viel ...“ Alexandra unterbrach ihn. „Auch da musst du mir Vertraulichkeit zusichern. Du darfst nichts darüber durchsickern lassen, dass es vielleicht mehr war.“ Martin strich sich mit Daumen und Zeigefinger übers Kinn. „Natürlich könnte der Verlag das Kapital gebrauchen, das ist gar keine Frage“, murmelte er. „Aber über die Bedingungen der Einlage, da müssten wir schon ausführlicher verhandeln. Ein Vertrag, der Rechte und Pflichten aller Seiten regelt." Alexandra nickte. „Das muss ja nicht heute sein. Ich wollte es nur prinzipiell klären, ob du Interesse hast."

Martin lehnte sich zurück. „Aber warum? Warum willst du ausgerechnet hier investieren? Ein paar Immobilien wären als Anlage doch weitaus interessanter!" Alexandra holte Atem. „Erstens, weil ich meinen Arbeitsplatz behalten will. Ich möchte genau das tun, was ich bisher getan habe: Manuskripte lektorieren, mit Autoren arbeiten. Mich freuen, wenn uns ein Erfolg gelingt. Übersetzen. Das ist es, was ich machen will. Ich bin nicht der Typ, der vormittags shoppen geht und nachmittags mit einem Hündchen auf dem Schoß am Pool liegt." Martin nickte. „Seh ich ein. Du bist auch eine unserer Besten!" „Danke! Und zweitens möchte ich in etwas Sinnvolles investieren. Anlageimmobilien sind, mit Verlaub gesagt, ein Betrug an den Menschen, die gar nichts haben – sie müssen immer höhere Mieten bezahlen, weil ein paar Millionäre die Preise künstlich in die Höhe treiben und den Wohnraum dann leer stehen lassen. So etwas finde ich eine maßlose Sauerei!" Anton hatte mit seinem Büro schon öfter für solche Investoren gearbeitet, und nicht nur einmal hatte es deshalb Streit zwischen ihnen gegeben. „Wir müssen jeden Auftrag annehmen, um überleben zu können. So viel Moral wie ihr im Verlag können wir uns nicht leisten!", hatte Anton ihr stets entgegengehalten.

Martin nickte. „Wir werden uns einmal bei meinem Steuerberater treffen müssen, mit deinem Mann. Es ist schließlich auch sein Geld." Alexandra nickte. Lieber wäre es ihr allerdings gewesen, ohne Anton zu verhandeln. Vielleicht konnte sie ihn dazu überreden, ihr eine Vollmacht auszustellen, sodass sie allein über das Geld verfügen konnte.

„Und du hast wirklich überhaupt kein Interesse, an Unternehmensentscheidungen mitzuwirken?“ Alexandra winkte ab. „Wir besprechen doch sowieso alles in Konferenzen! Oder hast du das Gefühl, alles im Alleingang zu entscheiden, was den Verlag betrifft?“ Martin lachte auf. „In inhaltlicher Hinsicht natürlich nicht. Aber in kaufmännischer schon eher!“ „Das Kaufmännische interessiert mich nicht!“, entgegnete Alexandra. „Das können wir im Vertrag ja wohl so regeln, dass ich da keine Entscheidungsbefugnis habe?“ „Sicherlich!“

Martin nickte, lockerte seinen Krawattenknoten und beugte sich vor. „Aber sag einmal, nur interessehalber: Hast du denn Träume, die du dir jetzt verwirklichen willst? Du musst doch auch von irgendwas träumen, das du jetzt mit dem Geld machen kannst. Irgendwas, das du immer schon haben wolltest?“ Alexandra überlegte. Weder hatte sie sich darüber Gedanken gemacht, noch hatte sie jemand danach gefragt. Ob sie Träume hatte? Träume, die man mit Geld erfüllen könnte? Ihr fiel wenig ein. Reisen vielleicht? Aber die paar Ziele, die sie wirklich gerne sehen wollte, hätten sie sich auch ohne den Gewinn leisten können. Luxusartikel, das hatte sie schon ausprobiert – nichts für sie. Es kam ihr lächerlich vor, Martin gegenüber zu erklären, ihr einziger Wunsch sei, das Haus gründlich zu renovieren, in dem sie ohnehin wohnten. „Noch ein Kind, vielleicht?“ Martin lächelte. Wie hatte sie nur auf die Idee mit einem dritten Kind kommen können? Sie hatte nie über eine weitere Schwangerschaft nachgedacht, immerhin war sie schon vierzig. Und ausgerechnet ihrem Chef gegenüber plapperte sie so dämliches Zeug daher! „Nein!“, schwächte sie ab. „Dafür bin ich schon zu alt. Aber das Studium und die Zukunft der Kinder absichern ...“ Sie zuckte mit den Schultern.

„Trinken wir noch eins!“ Martin stand auf und holte eine bereits angebrochene Flasche Sekt aus seinem Kühlschrank. „Ich sollte eigentlich nicht mehr ...“, protestierte Alexandra. „Ach was! Fährst du eben mit dem Taxi!“ Er schenkte sich und ihr großzügig ein. „Prost!“ Sie nahm einen kleinen Schluck. Es war wirklich genug, schon zu viel. Wahrscheinlich hatte sie deswegen so dummes Zeug dahergeplappert. „Weder bist du zu alt, noch halte ich das für eine blöde Idee. Aber deine Träume, finde ich, sind so ...“ Martin zögerte kurz. „Vernünftig. Fast zu vernünftig.“ Martin lehnte sich zurück und schlug die Beine übereinander. Wahrscheinlich hatte er recht. Das waren keine Träume, das waren reine Vernunftentscheidungen. Vielleicht auch die Träume eines ängstlichen, fantasielosen Menschen. War ja möglich.

„Aber es ist irgendwie auch typisch für dich, dass dir nur Dinge einfallen, die nicht direkt was mit Geld zu tun haben ... Ein drittes Kind kostet ja nichts, zumindest zunächst nicht. Reizen dich Luxusgüter denn gar nicht?“ Er lächelte. Alexandra nickte. „Doch. Ich hab’s mit teuren Schuhen probiert. Aber es hat nicht funktioniert. Ich habe sie noch nie getragen und werde sie zurückgeben.“ Martin schüttelte den Kopf. „Man kann’s auch ein bisschen übertreiben! Aber ich mache einen Termin bei meinem Steuerberater. Ich freue mich auf eine ergiebige Partnerschaft!“ Er streckte ihr die Hand hin und drückte sie kräftig. Auf Martin, so schien ihr, war mehr Verlass als auf Anton. Er schien sie sogar besser zu kennen. Er hatte erkannt, dass ihr materieller Besitz wenig bedeutete, während Anton das bisher völlig ignorierte. Sie waren sich fremder, als sie sich das bisher eingestanden hatte.

Noch am selben Abend aber wurde sie eines Besseren belehrt. Anton kam zu ihr aufs Sofa, als die Kinder endlich im Bett waren, und sie überlegte, ob sie vielleicht, um besser einschlafen zu können, etwas fernsehen sollte. „Die Dame von den Lotterien ...", begann Anton. „Frau Ferny", half Alexandra aus. „Ja, die. Die hat doch gemeint, wir sollten uns eine Auszeit genehmigen. Einen Urlaub machen. Und da habe ich gedacht ..." Alexandra runzelte die Stirn. Was würde jetzt kommen? Fünf-Sterne-Luxus auf den Malediven? Yacht-Charter in Indonesien? „Was hast du gedacht?" „Na, dass wir das machen könnten, was du dir schon so lang wünschst. Der Wilde Westen." Alexandra staunte. Tatsächlich hatte sie Anton immer wieder von den Canyons, Mesas und Buttes im Westen der USA vorgeschwärmt. Die Leidenschaft kam noch aus ihrer Studienzeit, in der sie sich für ein Semester intensiv mit den amerikanischen Ureinwohnern auseinandergesetzt hatte. Seit damals war es ein Wunschtraum, einmal die Heimat der Navajo, der Hopi, und wie sie alle hießen, mit eigenen Augen zu sehen. Anton hatte bisher immer skeptisch darauf reagiert. Wüsten, Hitze und Besichtigungstouren waren so gar nicht nach seinem Geschmack.

„Wie kommst du jetzt ausgerechnet darauf?", fragte sie. „Davon schwärmst du doch schon, seit wir uns kennen!" Es gab, stellte Alexandra fest, also doch noch einen Hoffnungsschimmer. Er begann sich wieder dafür zu interessieren, was sie wollte. Immerhin ein Anfang.

„Was würdest du denn dort am liebsten sehen?" Sie begann aufzuzählen: „Die Hopi-Mesas natürlich, in Arizona, den Antelope-Canyon, den Arches National Park, den Bryce Canyon und natürlich den Grand Canyon." Die Finger einer Hand, die sie zum Aufzählen benutzt hatte, waren aufgebraucht. „Könntest du selber eine Reiseroute zusammenstellen? So, für zwei Wochen, etwa? Länger will ich in der momentanen Situation das

Büro nicht alleine lassen." „Klar!" Alexandra nickte. Es schien, als hätte auch Anton eingesehen, dass sie zumindest vorläufig einfach so weiterleben sollten, wie sie es gewohnt waren, mit ein paar nicht allzu auffälligen Ausnahmen zwischendurch. „Aber ganz normale Hotels!", warnte sie mit erhobenem Zeigefinger. „Ohne übertriebenen Luxus, da würde ich mich nicht wohlfühlen, vor allem wegen der Leute!" In ihrer Vorstellung waren Luxushotels von arroganten Snobs bevölkert, die jeden anderen Gast auf seine Zugehörigkeit zur Oberschicht hin taxierten, von oben bis unten, vom Auto bis zur Frisur. „Schon klar!" Anton nickte und lächelte. Alexandras Vorbehalte wichen einer vorsichtigen Zuversicht.

„Und was ist mit den Kindern? Sollen die mit?" Anton schien zu überlegen. „Was meinst du?" „Ich finde, Max ist noch zu klein. Wenn ich zum Beispiel an längere Wanderungen in der Hitze denke, das passt nicht." „Sie könnten zu meinen Eltern. Die würden sie gerne nach Grado mitnehmen, was meinst du?" Anscheinend hatte Anton schon vorausgeplant, wie ihre Reise zu organisieren sein würde. „Wir könnten ihnen dafür zum Ferienende noch ein paar Tage Eurodisney versprechen." Davon hatte Annika schon jahrelang geschwärmt, und auch Max würde begeistert sein.

Ganz so verlief der Familienrat dann aber doch nicht, wie Alexandra sich das vorgestellt hatte. „Ihr wollt ohne mich nach Amerika?" Annika schien entsetzt. Anton beschwichtigte. „Ich verspreche euch, sobald Max ein bisschen älter ist, elf oder zwölf, fahren wir mal alle zusammen nach New York. Stellt euch vor, New York! Das ist für euch auch viel interessanter als die Wüsten und die Hitze im Westen." Annika schob trotzig die Unterlippe vor. „Und Grado! Mit den Großeltern!" „Gibt's dort einen Sandstrand?“ Alexandra nickte. Max hatte offenbar vergessen, dass sie mindestens schon dreimal mit den Großeltern in Grado gewesen waren. Von Mangel an Sand konnte dort wirklich nicht die Rede sein. „Yippie! Sandstrand!“ Max war leichter zu befriedigen als Annika.

Den Trumpf hielten sie bis zum Schluss zurück. „Und als Draufgabe fahren wir alle zusammen ins Eurodisney, bevor die Schule wieder anfängt!“ Max sprang auf und hüpfte, kreischend vor Freude, um den Tisch, während Annika sich nichts anmerken ließ. „Puh! Das ist ja was für Babys!“ Offen zugeben konnte man als Zwölfjährige natürlich nicht, dass man große Lust aufs Disneyland hatte. Alexandra aber spürte, dass ihr Widerstand zu bröckeln begann.

Sie freute sich auf die gemeinsamen Tage mit Anton, bis zu denen es allerdings noch acht Wochen dauern würde, denn die Urlaubspläne in ihren Firmen waren längst ausgearbeitet und besiegelt, und man konnte sich nicht einfach nach Lust und Laune davonmachen. Auf dieser Reise würde dann wohl auch Zeit sein, vernünftig miteinander zu reden, wie denn das Leben nun weitergehen sollte. Dass es ein anderes werden würde, damit hatte sie sich mittlerweile abgefunden. Auch das Gespräch über die Beteiligung am Verlag würde sie bis zu der Reise aufschieben. Auf den endlos langen Autofahrten über schnurgerade Highways würden sie schon ins Gespräch kommen, dessen war sie sich sicher.

Als sie zu Bett ging, saß Anton noch unten in seinem Arbeitszimmer vor dem Computer. Er hatte erklärt, er werde sich auch selbst ein wenig über Routen und Angebote in den USA informieren, die endgültigen Entscheidungen aber ihr überlassen. Die neue Nachgiebigkeit, die so plötzlich gekommen war, ließ hoffen, dass

Anton doch lernfähig war. Aber sie beunruhigte Alexandra auch ein wenig. Gab es womöglich einen Grund für seinen Kurswechsel, den er vor ihr geheim zu halten versuchte? Fast hätte sie sich selbst geohrfeigt. Es war schon ein richtiggehend neurotisches Verhalten, wenn Anton endlich das tat, was sie sich von ihm wünschte – und sie dann automatisch annahm, dass er es aus unlauteren Gründen tat. Sie nahm einen Reiseführer zur Hand, den sie sich schon vor Jahren gekauft und durchgeackert hatte. Viele Stellen hatte sie sogar mit buntem Textmarker gekennzeichnet, so, als ob eine Reise unmittelbar bevorstünde. Wahrscheinlich war das Buch längst veraltet, gleich morgen würde sie ein neues besorgen.

„Hast du eigentlich einen Traum, den du dir mit dem Geld verwirklichen möchtest?“ Seltsam. Anton stellte ihr die gleiche Frage wie Martin am Vortag, und das schon beim Frühstück. Die Kinder lagen noch im Bett, sie saßen im Morgenlicht auf ihrer Terrasse, Anton hatte sich ein Frühstück draußen gewünscht. „Hatten wir heuer noch nie!“ Alexandra fröstelte. Manchmal waren Junimorgen in ihren Breiten eben doch ein bisschen kühl, selbst wenn man in der Sonne saß. Vor allem, wenn man sich barfuß und nur im Pyjama ins Freie wagte. Alexandra rieb ihre Zehen aneinander und biss in einen Schinkentoast.

„Das Leben wird schön!“, meinte Anton, ohne ihre Antwort abzuwarten, und blinzelte der Sonne entgegen. „Das Gleiche hat mich schon Martin gefragt, gestern.“ „Und? Was hast du ihm geantwortet?“ „Willst du das wirklich wissen?“ Anton nickte mit vollem Mund und holte den Rest seines weichen Eis aus der Schale. Alexandra überlegte, ob sie die spontane Idee von gestern, ein drittes Kind, wirklich mit Anton teilen sollte. Aber wenn sie es Martin schon gesagt hatte, gab es keinen Grund, es vor Anton zu verbergen. Sie hatte heute Nacht sogar davon geträumt, ein Baby im Arm zu halten. Anscheinend hatte es nur Martins Frage bedurft, um diesen Wunsch in ihr zu festigen. Sie atmete tief durch. „Ich hätte gern noch ein Kind!“ Anton sah verblüfft zu ihr auf, vergaß aufs Kauen und starrte sie mit dicken Backen so entgeistert an, dass Alexandra lachen musste. „Pass auf, dass dir das Ei nicht aus dem Mund rinnt!“

„Darüber muss ich erst, das muss ich, davon hatte ich ja keine ...“, stotterte er. „Du hast mich nach meinen Träumen gefragt. Ein Traum ist ja noch kein festes Vorhaben, also beruhig dich!“ Seine fast entsetzte Miene verunsicherte sie ein wenig. „Das würde ja bedeuten, alles noch einmal von vorn. Schwimmen lernen, Radfahren lernen, Schule, Skifahren lernen ... jetzt, wo wir uns endlich was leisten könnten!“ Anton schwang seinen Eierlöffel wie ein Dirigent durch die Luft, um seine Rede zu untermalen. „Ja, all das würde ich gerne noch einmal erleben. Vor allem jetzt, wo wir es uns leisten können!“, trotzte Alexandra. Mit 24 Millionen im Hintergrund konnte es ja wohl kein Problem sein, ein weiteres Kind aufzuziehen. „Du könntest natürlich dann ganz zu Hause bleiben ...“, versuchte Anton einzulenken. „Daran denke ich gar nicht! Ich möchte im Verlag bleiben, Teilhaberin werden, vielleicht, investieren!“ Anton verschluckte sich fast an seinem Orangensaft. „In einen Verlag? So ein Hungerleidergeschäft? Wenn, dann in Immobilien!“, polterte er. „Verdammt noch einmal, du hast mich nach meinen Träumen gefragt!“ Jetzt wurde auch Alexandra lauter.

„Ist ja schon gut. Ich weiß.“ So nachgiebig hatte Alexandra ihren Mann noch selten erlebt. Wenn er von etwas überzeugt war, hörte er oft so lange nicht auf, auf sie einzureden, bis sie nachgab, zumindest zum Schein. Sonst war er nicht zum Schweigen zu bringen. Erst am nächsten Tag, nachdem er Zeit zum Überlegen gehabt hatte, ging er dann manchmal doch auf ihre Vorstellungen ein. Jetzt knickte er nach einem lauten Wort ein? Das kam ihr verdächtig vor. Entweder er hatte etwas zu verbergen ... oder er hatte mit einem Psychologen gesprochen. Allein bei der Vorstellung musste Alexandra schmunzeln. Anton war keiner, der von sich aus Rat suchte oder ihn bereitwillig annahm.

Er stand auf und schnappte sich die leeren Teller. „Wenn es dein Traum ist, dann müssen wir eben darüber nachdenken", murmelte er. „Wir könnten uns dann zum Beispiel leicht ein Kindermädchen leisten!" Die Idee war Alexandra gerade erst gekommen und schien ihr vernünftig. Beide könnten sie dann berufstätig bleiben, und auch Annika und Max würden davon profitieren, dass ständig jemand zu Hause war und sich um sie kümmern konnte. Es musste ja nicht immer die Frau sein, aus deren Gebärmutter sie geschlüpft waren. Es könnte, so dachte sie weiter, auch ein Kinderjunge sein – Hauspersonal musste nicht automatisch weiblich sein. Mal sehen. Anton machte sich in der Zwischenzeit nützlich, indem er ein Tablett aus der Küche brachte und das restliche Frühstücksgeschirr darauf türmte. So, fand Alexandra, ließ es sich leben.

„Alex!" Sie war gerade dabei gewesen, die Blumen zu gießen. „Komm mal ins Arbeitszimmer!" Anton saß vor seinem Computer und bedeutete ihr mit einem Fingerzeig, auf den Bildschirm zu schauen. Alexandra sah ein Foto von einem uralten Fachwerkhaus, an dessen Fassade das Schild eines Pubs hing. Irgendwoher kam ihr das Gebäude bekannt vor. Sie begann etwas zu ahnen.

„Jetzt werde ich dir einmal über einen Traum von mir erzählen!“ Anton atmete tief durch. Er ahnte wohl, dass sie nicht ganz mit seinen Träumen einverstanden sein würde. „Das ist das ‚Pilgrim's Rest‘ in Battle, ein Pub aus dem 15. Jahrhundert. Genauer gesagt, eigentlich aus dem 12., aber 1420 abgebrannt und wieder aufgebaut.“ „Und?“ Alexandra war etwas ratlos. „Willst du das vielleicht kaufen?“ Anton schüttelte den Kopf. „Ich möchte eine exakte Kopie davon bei uns bauen, ein Pub eröffnen, genau so, wie es in England betrieben wird. Kinderfreundlich allerdings, mit einem riesigen Spielplatz! Was sagst du dazu?“ Sie hatte keine Ahnung, was sie dazu sagen sollte. „Ich erinnere mich an das Gebäude, wir waren damals bei unserem England-Urlaub dort. Ich weiß allerdings nicht mehr, wie es innen ausschaut.“ Mehr fiel ihr im Moment nicht ein. Außer, dass dieses Projekt einen beträchtlichen Teil der 24 Millionen verschlingen würde, mit Sicherheit.

„Es ist ja vorläufig nur ein Traum, ich habe keine konkreten Pläne, das wirklich zu machen. Ich möchte nur darüber nachdenken, mich mit Experten für Gastro-Bau zusammensetzen, Hirngespinste verfolgen. Mehr nicht. Du brauchst dich nicht zu sorgen – ich würde nichts tun, ohne es mit dir abzustimmen.“ Das, dessen war sie sich sicher, würde sie allerdings Nerven kosten, mehr, als sie vielleicht hatte. Ein Pub in den Alpen! Wo doch die Österreicher ohnehin nichts anderes als ihr Standardbier tranken und jede Änderung übellaunig verwarfen, bevor sie sich noch wirklich damit auseinandergesetzt hatten. Von abwechslungsreicher Gastronomie hielt der Österreicher bekanntlich nichts. Hauptsache, das Schnitzel hing über den Tellerrand und es gab Bier, das überall vom selben Konzern kam und immer gleich langweilig schmeckte. Doch darüber mit Anton zu diskutieren hatte jetzt keinen Sinn. Sie hatte sich schließlich selbst darüber geärgert, dass er ihren Träumen nicht einfach zuhören konnte, ohne gleich Gegenargumente aufzufahren.

„Hab ich dir übrigens schon erzählt, wie Mirko reagiert hat?" Alexandra schüttelte den Kopf, hütete sich aber, von ihrem Telefongespräch mit Antons Freund zu erzählen. „Er will kein Geld von mir! Keinen Urlaub, keine Almhütte, kein Auto. Kein gar nichts. Er will sich sein Geld selbst verdienen, sagt er." Anton klang enttäuscht. Alexandra wusste wieder nicht recht, wie sie reagieren sollte. „Habt ihr gestritten?" „Ach was!" Anton wies diese Vorstellung mit einer heftigen Geste von sich. „Jeder, wie er will! Aber er soll mir ja nichts mehr vorschwärmen, von seinen Träumen, die er sich erfüllen will, wenn er einmal richtig viel verdient! Dauernd labert er von einem Porsche oder eben von der Hütte in den Bergen, und wenn man dann ..." Er brach ab. Die Freundschaft hatte also schon Risse bekommen. Nahm Mirko kein Geld an, durfte er mit Anton nicht mehr über seine Träume reden. Wirklich, sie hatten es weit gebracht. Lottospielen, dachte Alexandra, sollte eigentlich verboten werden.

IX

Ich habe nicht aufgehört, mein Zimmer abzusperren. Meist ist Walter ohnehin nicht zu Hause, aber wenn er da ist, muss ich aufpassen. Mehr als einmal ist es ihm schon gelungen, mich irgendwo im Haus oder draußen abzupassen. Dann drückt er mich gegen eine Mauer, reibt an meinen Brüsten herum oder versucht mir zwischen die Beine zu greifen. Dabei flüstert er mir noch ganz ordinäre Worte ins Ohr. Und er vergisst natürlich niemals, mir zu drohen, falls ich auf die Idee käme, jemandem etwas von seinen Attacken zu erzählen. „Sonst!“, sagt er immer und zieht seinen Zeigefinger grinsend über die Kehle. „Sonst“, sagt er. Ich muss mir aber selber überlegen, was sonst passiert, denn so kann es nicht weitergehen. Irgendwie muss ich mich gegen Walter wehren, und zwar so, dass dauerhaft Ruhe ist.

Ich überlege, ob ich mich bewaffnen sollte. Mit einem Messer oder so. Aber schließlich will ich ja nicht im Gefängnis landen oder das Risiko eingehen, dass er mir das Messer wegnimmt und auf dumme Gedanken kommt. Nein, ich muss meinen Verstand benutzen, um mich zu wehren. So wie ich es auch bei Papa getan habe.

Wenn Mama in der Nähe ist, genügt es momentan noch, dass ich laut schreie, wenn Walter mir zu nahe kommt. Aber auf Mama ist kein Verlass, sie unternimmt nichts gegen ihn. Obwohl es immer schlimmer mit ihm wird, alle zwei oder drei Wochen muss sie wegen ihm in die Schule. Sie redet mit mir nicht darüber, was er angestellt hat, aber ich bekomme natürlich auf Umwegen doch etwas mit, vor allem, wenn sie ihn einmal erwischt und mit ihm schimpft. Letzte Woche hat er auf dem Schulweg jüngere Schüler zusammengeschlagen, ihnen das Geld, ihre Taschenmesser und ihre Mützen weggenommen. Die Mützen hat er nicht einmal für sich behalten, sondern weggeworfen.

Wenn Mama von so einem Gespräch nach Hause kommt, setzt sie sich an den Küchentisch, legt den Kopf auf die Arme und heult. Manchmal spricht sie auch mit sich selbst. „Was soll ich nur tun? Was soll ich nur machen mit dem Buben?“, jammert sie. „Wenn doch der Vater noch da wäre!“ Ich verstehe Mama nicht. Begreift sie nicht, dass alles noch viel schlimmer wäre, wenn Papa leben würde? Ich müsste mich dann gegen zwei Männer wehren, die viel stärker sind als ich. Und Walter hat sie wenigstens bis jetzt noch nicht geschlagen. Wie soll man das als vernünftiger Mensch verstehen?

Wenn Mama mit ihm schimpft oder ihm etwas wegnimmt oder verbietet, lässt Walter seine Wut an Tobi aus, und ich kann ihm nicht helfen. Ich schaffe es ja gerade, mich selber zu wehren. Walter ist viel zu stark für mich. Bald sicher auch für Mama. Deswegen muss ich etwas unternehmen. Papa sind wir schon losgeworden, wenn Walter auch noch aus unserer Familie verschwindet, wird alles gut.

Nach der sechsten Stunde bleibe ich wieder einmal sitzen, um umständlich meine Sachen aufzuräumen. Frau Professor Marinkovic klappt ihren Aktenkoffer zu, stellt ihn auf den Lehrertisch und seufzt. „Wie läuft es denn jetzt, ohne euren Vater?“, fragt sie, in ihrem zarten, mitfühlenden Ton. Sie legt mir eine Hand auf die Schulter, die ist leicht wie eine Feder. Ich seufze ebenfalls, sage aber nichts. „Du weißt, wenn du mit mir über etwas reden willst ...“ Ich nicke, starre auf meine Tischplatte und bleibe sitzen. „Ist was?“, fragt die Frau Professor und setzt sich neben mich. Sie hat einen weißen Rock aus Leinen an, der ist schön. Ich hätte so einen auch gerne. Sie duftet auch sehr gut. Es wäre wunderbar, mit ihr gemeinsam in einer netten, kleinen Wohnung zu leben, denke ich mir. Ich starre weiter auf meine Tischplatte.

„Es ist wegen meinem Bruder …", beginne ich zaghaft. Ich muss sehr vorsichtig sein, um den Eindruck zu erwecken, sie müsste jede Information aus mir herausziehen. Keinesfalls darf sie darauf kommen, dass ich dieses Gespräch geplant habe.

Die Frau Professor seufzt wieder. „Ich habe davon gehört. Es ist ziemlich schlimm mit ihm, meine Cousine unterrichtet an seiner Schule. Man weiß sich kaum zu helfen." „Es ist auch zu Hause sehr schlimm mit ihm", flüstere ich, auf die Tischplatte starrend. Ich werfe der Frau Professor einen kurzen Blick zu. Sie scheint etwas zu ahnen. „Was für Probleme gibt es denn? Kannst du mir was darüber erzählen?" Ich starre weiter auf die Tischplatte und schüttle den Kopf. „Hat er dich bedroht, dass dir etwas passiert, falls du redest?" Ich warte noch ein paar Momente, dann nicke ich, packe meinen Rucksack und stehe auf. Ich halte den Kopf gesenkt, deshalb kann ich nur den Rock und die Schuhe der Frau Professor sehen. Sie hat auch schöne weiße Schuhe. Alles an ihr ist so sauber, so rein, so ruhig und ungefährlich. Am liebsten würde ich sie umarmen, festhalten und nie mehr loslassen.

Ich wende mich zum Gehen, doch die Frau Professor ist schneller. Sie stellt sich vor die Tür. „Ich werde dich nicht daran hindern zu gehen", sagt sie. „Aber da stimmt doch etwas gewaltig nicht. Entweder schlägt dich dein Bruder, oder er missbraucht dich. Du weißt doch, was ich mit Missbrauch meine?" Ich sehe die Frau Professor ratlos an, beginne zu zucken, und schon fließen die Tränen. Sie legt ihren Arm um meine Schulter und führt mich zu meinem Platz zurück. Ich schluchze haltlos.

„Alexandra, du bist nicht dumm, ganz im Gegenteil, du bist außerordentlich klug und begabt. Und wir haben über Missbrauch auch im Unterricht schon gesprochen. Ist es so, dass dein Bruder dich an den Geschlechtsteilen und an den Brüsten berührt, gegen deinen Willen?“ Ich schluchze weiter und nicke. Bis jetzt habe ich nicht einmal lügen müssen, aber es wird ein wenig mehr brauchen, um Walter wirklich loszuwerden.

„Ist es ...“ Jetzt zögert auch die Frau Professor. Ich merke, wie schwer es ihr fällt, weiterzusprechen. „Hat er ...“ Sie räuspert sich. „Hat er dir seinen aufgerichteten Penis gezeigt?“ Ihre Stimme ist heiser. Ich merke, wie peinlich es ihr ist, das auszusprechen. Ich nicke zaghaft, ohne sie anzusehen. „Ist es ... hat er seinen Penis in deine Scheide gesteckt? Oder es versucht?“ Sie hat sichtlich Mühe gehabt, den Satz neutral und sachlich zu formulieren, und atmet tief aus. Ich schüttle den Kopf. „Aber ...“, beginne ich. „Aber was?“ Die Frau Professor nimmt meine Hand zwischen ihre und streichelt sanft meinen Handrücken. „Er stößt mich in die Speisekammer oder in mein Zimmer.“ Ich schluchze wieder ein wenig. „Dann sperrt er ab und holt sein, seinen ...“ Ich stocke. „Er holt seinen Penis heraus“, sagt die Frau Professor. Ihr Druck auf meine Hand wird stärker, ich merke, wie aufgeregt auch sie ist. „Und ...“ Weiter komme ich nicht. Ich öffne meinen Mund und zeige mit dem Finger zwischen die geöffneten Lippen.

„Um Gottes willen!“, entfährt es der Frau Professor. Sie lässt meine Hand los. „Alexandra“, sagt sie mit zitternder Stimme. „Du weißt, dass ich dir nur helfen kann, wenn du auch vor den zuständigen Behörden diese ... Aussage wiederholst. Also bei der Polizei. Und es wäre auch für deinen Bruder wichtig, dass er behandelt wird. Das ist nämlich krank, pathologisch, was er tut.“

Ich schüttle den Kopf, obwohl das Gespräch genau die Richtung nimmt, die ich beabsichtigt hatte. „Ich sage das nur Ihnen, nur Ihnen! Sie dürfen das nicht weitersagen!“ Die Frau Professor schüttelt den Kopf. Sie hat ganz nasse Augen, und eine Träne löst sich aus ihrem Augenwinkel. „Was ist mit deiner Mutter? Hast du dich ihr anvertraut?“ Ich erschrecke. Mama darf da nicht hineingezogen werden, sonst landen auch Tobi und ich im Heim. Ich schüttle deshalb energisch den Kopf. „Sie weiß nichts davon. Walter passt gut auf, dass sie nicht im Haus ist, wenn ... Sie muss ja die ganze Landwirtschaft, mit dem Traktor, und so ...“ Ich breche meinen Satz ab. Hoffentlich ist der Frau Professor jetzt klar, dass Mama keine Schuld trifft, dass sie nicht ständig auf uns aufpassen kann.

„Überleg dir das noch einmal“, sagt die Frau Professor. „Ich verspreche dir jetzt, dass ich niemandem etwas sage. Und du versprichst mir im Gegenzug dafür, dass du mich darüber informierst, wie die Sache weitergeht. Ob es zu weiteren Übergriffen kommt. Und was genau Walter mit dir macht. Versuch einfach, auch einmal Widerstand zu leisten. Es klingt zwar grauenhaft, aber wenn du dich wehrst und er dich dann schlagen würde und du sichtbare Wunden ...“ Sie kann nicht weitersprechen. Tränen glitzern in ihren Augenwinkeln.

Ich habe mich natürlich nicht so weit verrannt zu behaupten, Walter hätte mich zum Sex gezwungen, denn ich weiß, so etwas kann man nachweisen, mit einer medizinischen Untersuchung. Aber mit dem Mund ... Ich habe das selber gar nicht glauben können, als ich es gelesen habe. Mama hat so ein altes Ehebuch, von der katholischen Kirche. Da steht drin, dass es eine schwere Sünde ist, wenn ein Geschlechtsakt nicht so vollzogen wird, dass dabei Kinder entstehen können.

Und als Beispiel war auch das mit dem Mund angeführt, sehr umständlich und mit vielen Worten, ohne dass die Sache tatsächlich beim Namen genannt wird. Aber ich hab es trotzdem verstanden.

Ein paar Tage später ist es dann so weit. Ich lasse mir nach der letzten Stunde wieder genauso viel Zeit wie zuletzt, bis ich mit der Frau Professor alleine bin. Sie kommt zu meinem Pult, geht in die Knie und sieht mir ins Gesicht. „Nun?“, fragt sie nur. Ich warte zunächst ab, dann nicke ich. Die Frau Professor richtet sich erleichtert auf und streicht mir über den Kopf.

Die Befragung bei der Polizei ist harmlos, eine junge Beamtin ohne Uniform geht sehr freundlich mit mir um. Sie gibt mir eine Puppe, an der ich zeigen soll, was zwischen Walter und mir vorgefallen ist. Ich lehne ab und erkläre, ich könne das auch in Worten ausdrücken. Am Ende des Interviews fragt mich die Beamtin, ob ich jemanden hätte, bei dem ich vorübergehend unterkommen könnte. Denn jetzt werde die Polizei zu uns nach Hause fahren, mit meiner Mutter sprechen und wahrscheinlich Walter mitnehmen. Ob er in Untersuchungshaft komme oder in eine entsprechende Institution, das könne sie nicht sagen. Er sei vierzehn und damit strafmündig. Ich, so sagt sie, solle, wenn möglich, nicht dabei sein.

„Die Frau Professor ...“, sage ich zaghaft und nicke zur Tür hin. „Wir fragen sie!“ Die Beamtin steht auf und öffnet die Tür. Frau Professor Marinkovic springt von einem der unbequemen Plastiksessel auf. „Könnte das Mädchen kurzfristig, für einen Tag vielleicht, bei Ihnen unterkommen?“ Die Frau Professor nickt, Tränen strömen über ihre Wangen. Die ganze Angelegenheit hat auch sie mitgenommen, vielleicht sogar mehr als mich. Denn ich bin fast am Ziel meiner Träume. Ein Leben ohne Papa und Walter. Mama, Tobi und ich. Und noch dazu eine Nacht zu Hause bei der Frau Professor.

Am Abend schlafe ich in einem warmen Zimmer in blütenweißer, duftender Bettwäsche ein. Die Frau Professor hat mehrmals mit Mama telefoniert, dabei sind viele Tränen geflossen. Mama hat geschrien und geheult. Die Frau Professor hat ihr zu erklären versucht, dass sie auch mich verlieren wird und vielleicht sogar Tobi, wenn sie nicht versteht, dass ich das Opfer bin, Walter aber der Täter ist. Mich müsse sie unterstützen und mir vertrauen, sagt die Frau Professor immer wieder, und nicht mir die Schuld für Walters Taten aufbürden. Schließlich scheint Mama verstanden zu haben, denn die Frau Professor beruhigt mich vor dem Einschlafen. „Das mit deiner Mama kommt schon wieder in Ordnung."

9

Antons Nachgiebigkeit wurde immer deutlicher spürbar. Das teure Grundstück am Hang erwähnte er nicht mehr, und als sie nachfragte, winkte er lässig ab. Auch beim Einkauf von Luxusartikeln hielt er sich vornehm zurück, lediglich die Reitstunden für Annika waren Realität geworden. Und sogar da hatte er sich bereit erklärt, Annika zu begleiten, wenn die Reitstunden abends oder am Samstag stattfanden. Das hatte organisiert werden können.

Alexandra war nicht so naiv zu glauben, dass er tatsächlich von seinen Plänen ablassen würde – wahrscheinlich hatte er lediglich eingesehen, dass er sie nicht ständig mit neuen, gewagten Projekten konfrontieren durfte. Sie hingegen wollte die Renovierung des Hauses nicht mehr auf die lange Bank schieben, zumal der Gewinn nun ausbezahlt und auf verschiedenen Konten bei mehreren Banken deponiert worden war. Anton hatte ihr zwar seine Veranlagungsstrategie zu erklären versucht, sie hatte jedoch nur mit halbem Ohr hingehört und nichts davon wirklich aufgenommen. Sie wusste lediglich, wo, im Notfall, die entsprechenden Unterlagen aufzufinden waren.

Anton wiederum hörte nur mit halbem Ohr hin, wenn sie ihm auseinandersetzte, wie das Haus renoviert werden sollte. Je mehr sie sich damit beschäftigte, desto größer wurden ihre Pläne für einen Umbau. Das alte Haus hatte zu viele Türen, zu wenig offene Räume, zu wenig Licht und Luft. Man würde nach Süden hin großzügig öffnen müssen, mehr Fensterfläche, größere Türen zu Terrassen und Balkonen. Ihr schwebte auch ein Wintergarten vor. Langsam füllten sich Skizzenbücher mit ihren Entwürfen.

Alexandra sah auf die Uhr. Anton kam immer öfter sehr spät nach Hause. Das war an sich kein Grund zur Beunruhigung, er hatte immer schon die Abendstunden für die konzentrierte Arbeit vorgezogen, wenn das Büro fast leer und ruhig war. Doch heute war es schon fast neun. Sie stellte das letzte Glas in den Geschirrspüler und schaltete ein. „Zeit fürs Bett!" Annika lag noch immer vor dem Fernseher. „Immerhin ist morgen noch Schule! Marsch!" „So kurz vor den Ferien tun wir doch eh nichts mehr!", maulte Annika. „Ich möchte das noch sehen!" Sie deutete auf den Bildschirm. „Meine Lieblingsserie!" „Wie lang dauert das noch?" „Bis um ..." Annika zögerte. „Zehn?" „Keine Chance. Schau's dir morgen in der Mediathek an, wenn's unbedingt sein muss." Entschlossen griff Alexandra nach der Fernbedienung. Der Bildschirm wurde schwarz, und ganz gegen ihre Erwartungen stemmte sich Annika mühsam vom Sofa hoch und schlurfte nach oben. Wahrscheinlich war sie doch schon müde gewesen.

Auf dem Treppenabsatz allerdings drehte sie sich noch einmal um. „Kann ich nicht wenigstens einen eigenen Fernseher haben? Alle in unserer Klasse ..." „Darüber haben wir schon gesprochen, und zwar auch auf dem Elternabend. Es ist keineswegs so, dass alle einen Fernseher im Zimmer haben. Nicht einmal ein eigenes Zimmer haben alle. Es bleibt dabei: Ein Fernseher ist bei uns ein Maturageschenk, wenn du überhaupt bestehst." Annika schien heute keine Energie mehr übrig zu haben, um die Stiegen hinaufzustampfen und die Tür zuzuwerfen. Sie beließ es bei einem halbherzigen Murren.

Immer noch kein Anton. Ob sie noch einen Kaffee trinken konnte, so spät? Da plötzlich hörte sie Motorengeräusch und kurz danach das Klappern des Garagentors. Das würde, so hatte sie sich vorgenommen, auch erneuert werden und einen elektrischen Antrieb bekommen. Wenig später stand Anton in der Tür, mit einem Blumenstrauß im Arm. Grinsend überreichte er ihn ihr samt Einwickelpapier. „Aus welchem Anlass?" Alexandra war verblüfft. Anton hatte ihr selten Blumen geschenkt, sehr selten. Sie seien nutzlos und würden in wenigen Tagen nur noch stinken, war sein Argument gewesen. Und jetzt plötzlich ein so üppiger Strauß? Alexandra runzelte die Stirn. „Magst du auch einen Espresso?" Anton nickte. „Kein Zucker, bitte!" In seiner Stimme war eine Unsicherheit, die sie nicht zuordnen konnte. Verbarg er etwas vor ihr?

„Ich hab mich einfach erinnert, dass du Blumen so liebst. Und du sollst haben, was du liebst!" Nun gut. Mit dieser Erklärung konnte sie leben. Würde von jetzt an wöchentlich ein Strauß kommen? Immer donnerstags, oder so? Während der Espresso in die Tassen floss, riss sie das Papier herunter, suchte eine geeignete Vase und stellte den Strauß auf den Esstisch und zupfte ihn noch ein wenig zurecht.

Anton hatte es sich inzwischen mit einer Flasche Bier auf dem Sofa gemütlich gemacht. „Die stinkenden Socken müssen aber nicht unbedingt auf den Couchtisch ...", bemerkte sie, und Anton zog sofort die Füße ein, um sie unter den Tisch zu stellen. So viel Rücksicht war ungewöhnlich. Sie stellte ihre Kaffeetassen auf dem Couchtisch ab und nahm einen Schluck. „Ich finde, du solltest auch ein neues Auto haben!", meinte er, als sie sich neben ihm niederließ. Alexandra zog die Brauen hoch. „Aber meines ist doch noch ganz gut, und ..." Anton winkte ab. „Es ist sechs Jahre alt, und da kommen langsam die Reparaturen. Außerdem ist es versaut, vor allem auf dem Rücksitz. Und jetzt sind die

Kinder schon so weit, dass sie nicht mehr alles vollbröseln. Außerdem, die Technik hat sich auch weiterentwickelt!" Er schob ihr sein Tablet hin. Es zeigte das Bild eines großen weißen Kombis. Der Preis stand in fetten Lettern unter dem Bild, 45.000 Euro. „Ich weiß nicht", sagte Alexandra. „Ich hab mich schon so an den alten gewöhnt, ich brauch kein so großes und teures Auto. Wozu denn? Zum Einkaufen?" „Na ja", wandte Anton ein. „Als Familienkutsche, für den Urlaub und zum Skifahren, da ist mein Cabrio doch nicht ganz das Wahre." Daher also wehte der Wind. Der Herr wollte auch ohne sein Cabrio standesgemäß unterwegs sein. Und mit den Blumen sollte sie bestochen werden.

Alexandra konnte lange nicht einschlafen. Dass Anton ihr ein neues Auto einreden wollte, war nicht der Grund dafür. Er hatte sich seltsam verhalten, aber auf eine Art, die sie nicht deuten konnte. Und Blumen – war da etwa eine andere Frau im Spiel? Sollte sie mit einem neuen Auto ruhiggestellt werden? Immer, wenn sie nicht schlafen konnte, kamen ihr so blöde Ideen in den Sinn. Wer, so überlegte sie, kam dafür infrage? Gab es jemanden in seinem Büro, war da irgendeine Frau? Und wenn es eine gab, was sollte sie tun? Unsinn. Haltlose Spekulationen. Sie sah überall Gespenster, ihre Welt war plötzlich voller eingebildeter Bedrohungen.

Schließlich schlief sie doch ein. Nicht, ohne sich die Zukunft ihrer Kinder in düsteren Farben ausgemalt zu haben. Was sollte bloß aus ihnen werden, wenn sie glaubten, vom Reichtum der Familie allein leben zu können und nie arbeiten zu müssen?

Ein Blumenstrauß kam in den nächsten Tagen nicht mehr, das neue Auto allerdings kam. Plötzlich stand es vor der Tür. „Alexandra!", rief Anton. Als sie zum Fenster hinausblickte, war kein Anton zu sehen, allerdings ein glänzender weißer Kombi. „Tatam!“, schrie er, als sie vor das Haus trat. Er musste sich irgendwo versteckt haben. „Anton?“ Plötzlich schoss er hinter dem Auto empor, so wie ein Harlekin auf einer Stahlfeder aus seiner Schachtel. „Na, was sagst du?” „Zuerst einmal gar nichts. Wo sind die Sachen aus meinem Auto? Und wo ist mein Auto?“ „Alles da drin! Höchstpersönlich umgeräumt!“ Es half nichts. Sie würde sich mit dem neuen Wagen anfreunden müssen.

Womit sie sich allerdings nicht anfreunden konnte, waren die Gedanken, die sie nunmehr jede Nacht vor dem Einschlafen quälten. Hatte Anton eine Geliebte? Und wenn ja, wer war sie? Und wann trafen sie sich? Sie musste Nachforschungen anstellen. Wann gab es eine Möglichkeit, sein Auto unauffällig zu durchsuchen? Vielleicht wenn er Rad fahren oder laufen war?

Bei der nächstbesten Gelegenheit schnappte sie sich den Schlüssel. Wo war der Knopf zum Aufsperren? Sie hatte den Wagen noch nie selber gefahren, nicht einmal aufgesperrt oder gar das Verdeck geöffnet. Sie probierte der Reihe nach alle Tasten der Fernbedienung aus. Plötzlich klickte es, die Blinker gingen kurz an. Alexandra öffnete die Tür, setzte sich auf den Fahrersitz und strich prüfend mit der Hand über den Beifahrersitz. Leuchtete mit ihrer Taschenlampe in die Ritzen. War irgendwo ein langes Haar? Womöglich eines, das nicht ihrer eigenen Haarfarbe entsprach? Sie schnüffelte an den Lederpolstern der Beifahrerseite. Roch das nur nach Leder? Oder nahm sie da Spuren eines Parfums wahr? Das nicht das ihre war? Konnte es noch von den Vorbesitzern stammen? Das roch doch eindeutig nach ...

Sie richtete sich wieder auf. War sie paranoid geworden? Da war nichts am oder im Auto, was auf eine fremde Frau hindeutete. Und wenn – gelegentlich suchte Anton gemeinsam mit einer Kollegin einen Kunden oder eine Baustelle auf. Sie schüttelte den Kopf. Im Handschuhfach? Nichts. In den Ablagefächern? Im Fach in der Beifahrertür entdeckte sie ein Taschentuch. Es war eingetrocknet und verklebt, war offensichtlich benutzt worden. Sie ekelte sich ein wenig, zog es aber dennoch auseinander. Rot. Waren das Spuren von Lippenstift? Sie steckte das Taschentuch ein und begann zu zittern.

Für einen Moment war Anton verunsichert, als sie ihm das Taschentuch entgegenhielt. Sie hatte nicht lange mit der Unsicherheit leben wollen, nicht können, am besten war es, gleich die Konfrontation zu suchen. „Wo soll das her sein?“ Anstatt zu antworten, schleuderte sie ihm ihre Anklage ins Gesicht. „Da war eine Frau in deinem Auto! Da ist Lippenstift drauf!“ Sie war schon wieder knapp davor, in Tränen auszubrechen. Anton hatte sich dagegen schnell wieder gefangen und zuckte mit den Schultern. „Sauerei, das einfach liegen zu lassen. Und das war in meinem Auto?“ Er gab sich unschuldig. Alexandra nickte. „Und ich möchte wissen, wer das dort gelassen hat!“, forderte sie. „Du schnüffelst in meinem Auto herum? Warum, wenn ich fragen darf?“ Er klang kühl, distanziert, überlegen. Sie hingegen hatte sich von ihren Gefühlen hinreißen lassen und steckte somit in der Defensive fest.

Anton nahm sie in den Arm, sie ließ es überrascht geschehen. Er führte sie zum Sofa. „Schau, du bist ein bisschen neben der Spur“, flüsterte er. „Die Karin, die Anja, die Leopoldine – die fahren natürlich gelegentlich mit mir zu einer Baustelle oder zu einer Behörde. Warum sollten wir auch mit zwei Autos fahren?“ Er strich ihr über den Rücken. Alexandra kam sich blöd vor, saublöd. Natürlich konnte er recht haben. Wahrscheinlich stimmte, was er behauptete. Und dennoch ... „Ich glaub, jetzt erinnere ich mich! Die Karin war verschnupft, letztens, und sie wollte unbedingt offen fahren. Dass sie aber das Taschentuch einfach ... Das ist wirklich eine Sauerei, echt!" Die Karin wollte also offen fahren. Wie es schien, herrschte ein regelrechter Konkurrenzkampf darum, welche der Damen Anton im Cabrio zu Terminen begleiten durfte. Diesmal hatte Alexandra alles falsch gemacht. Aber sie würde daraus lernen. In Zukunft würde sie Beweise sammeln, bis ihre Anklage hieb- und stichfest war. Und wenn sich tatsächlich herausstellen sollte, dass ... Sie konnte auch ohne ihn leben. Und ohne das Geld. Sie konnte auf ihn verzichten.

Planmäßig vorgehen. Antons Aktenkoffer. Sie hatte ungefähr vierzig Minuten Zeit, wenn er seine übliche Runde lief. Zunächst einmal einprägen, welche Dinge wo lagen, in welcher Reihenfolge. Der Koffer musste wieder genauso eingeräumt werden, wie sie ihn vorgefunden hatte. Zeichnungen, Pläne. Warum bewahrte er die in zerfledderten Pappmappen auf? War nicht ihr Problem, sie suchte nach ganz anderen Dingen. Schreibutensilien, Visitenkarten, eigene, in einem anderen Fach die von Geschäftspartnern. Und Partnerinnen. Sie suchte nach Frauennamen. Elisabeth Marschner. Diplomingenieur. Aufschreiben dauerte zu lange, sie fotografierte alle Visitenkarten, die von Frauen stammten. Es waren nur drei. Außer Marschner gab es noch eine Patricia Promberger und eine Sabine Zwickl. Alles Firmenkontakte. Ein Exemplar der „Yacht-Revue". Wollte er jetzt womöglich auch noch ein Boot kaufen? Plante er, mit seiner Affäre zu verschwinden? Sie suchte nach einer abgegriffenen Stelle am Rand des Magazins, um mehrmals aufgeschlagene Seiten zu finden. Nichts. Das Magazin schien wie neu.

Belege, in einem kleinen Seitenfach. Tankstellen, Autobahnraststätten. Autobahnraststätten? Ein Beleg über 140 Euro? Was konnte man auf einer Autobahnraststätte für 140 Euro tun? Übernachten! Der Beleg wurde fotografiert, sie würde sich später überlegen, was er zu bedeuten hatte. Ein anonymer Fick auf einer Autobahnraststätte? War Anton so etwas zuzutrauen? Sie rümpfte die Nase. Gaststätten, Restaurants, Zugtickets, ein Beleg aus einem Drogeriemarkt. Neununddreißig neunzig für einen Posten namens „Donna Ka."? Donna Karan? Hatte er seiner kleinen Freundin Parfum gekauft? Ihr Handy klickte, und der Beleg kam wieder auf den Stapel.

Ein Strafbescheid. Anton war zu schnell gefahren. Sie sah auf ihre Uhr. Wenn er seine Laufstrecke abkürzte? Besser war, schnell alles wieder einzuräumen. Den Strafbescheid noch schnell fotografieren. Wann er wo zu schnell gefahren war, konnte sie auch später herausfinden. Mit klopfendem Herzen stellte sie den Aktenkoffer zurück an seinen Platz. Wenn Anton nur nichts merken würde.

„No! Please, Sire, no!" He had her pressed against the tree trunk. Her breasts were heaving, she was breathing rapidly. His lips found hers, another „No!", whispered, this time. A „No" that meant „Perhaps", or even „Please". He closed his lips on hers and started to explore, soon meeting her twirling tongue. He started rubbing his manhood against her thigh, going further down with his lips, finding her cleavage, exploring it with his tongue. His hand found a way through her skirts, up her thigh. „No, Sire!"

Sie klappte den Laptop zu. Ihre Augen brannten, sie hatte sich heute überfordert. Was für ein Schwachsinn. Das Nein, das in Wirklichkeit Ja bedeutete. Und das noch dazu von einer Frau geschrieben. Sprachlich war sie ja ganz begabt, und auch die Darstellungsweise war, verglichen mit anderen derartigen Texten, weniger plump. Aber sie sollte sich wirklich um anspruchsvollere Texte bemühen, die es zu übersetzen galt.

Anton schlief bereits. Trotz ihrer Müdigkeit – sie musste sich über die Fotos der verdächtigen Belege hermachen, die sie in seinem Koffer gefunden hatte.

Als Erstes der Strafbescheid. Sie nahm ihn unter die Lupe. Das Datum allerdings schaffte Klarheit – er stammte noch aus der Zeit vor dem Gewinn. Was aber nicht gänzlich ausschloss, überlegte sie, dass er damals auch ... Sie verwarf den Gedanken. Sie durfte sich nicht mit haltlosen Verdächtigungen verrückt machen. Warum er ihr aber nicht erzählt hatte, dass er eine Strafe wegen zu schnellen Fahrens erhalten hatte? Wo war das gleich noch mal gewesen? Auf der Stadtautobahn, nicht einmal zehn Kilometer entfernt. Da kam er sicher oft vorbei, das war wenig verdächtig.

Problematischer war schon der Beleg aus dem Drogeriemarkt. Er hatte also ein Produkt von Donna Karan gekauft. Natürlich für eine Frau. Oder gab es Donna Karan auch für Männer? Sie musste gleich im Bad in seinem Schränkchen nachsehen – auffällig geduftet allerdings hatte Anton in den letzten Wochen nie. Sie zog die oberste Schublade auf. Tatsächlich. Da stand ein apfelförmiger Flakon. Sie schnupperte daran. Roch gut. Warum hatte er das gekauft und vor ihr verheimlicht? Und warum roch er nie danach? Alexandra fand das verdächtig, höchst verdächtig. Sie untersuchte den Flakon genauer. Er war geöffnet, also bereits benutzt worden. Offenbar aber auswärts. Es war zwar nur ein Indiz, aber immerhin.

Dann blieb noch der Beleg von der Autobahnraststätte. Sie sah sich das Foto genau an. Keine Auskunft darüber, wofür er die 140 Euro ausgegeben hatte. Am 16. Juni war das gewesen. Sie musste nachsehen, wo diese Raststätte war und ob man dort übernachten konnte. Während ihr Tablet noch die Suchanfrage bearbeitete, überlegte sie. 16. Juni? Das war ein Donnerstag gewesen. War er da nachts zu Hause gewesen oder nicht? Es kam öfter vor, dass Anton nach Baustellenterminen weit außerhalb in einem Hotel übernachtete, das war weiter nichts Ungewöhnliches. Sie befragte ihren eigenen Terminkalender. Am 16. Juni gab es keinen Eintrag. Halt, wenn der Beleg am 16. ausgestellt worden war, dann hatte er am 15. eingecheckt, wenn er wirklich auswärts übernachtet hatte. Am 15. allerdings gab es einen Eintrag: Sie hatte abends gemeinsam mit Martin einen Autor zum Essen ausgeführt. Ein entsetzlicher Langweiler und noch dazu ein Angeber. In ihrem Terminkalender war vermerkt, dass sie Manuela, die Tochter einer Nachbarin, als Babysitter engagiert hatte. Aber jetzt erinnerte sie sich – Anton war tatsächlich nicht da gewesen, als sie nach Hause gekommen war. Er musste ihr doch ein SMS geschickt haben ... Da war es! „Abendessen spät, lange, bleibe über Nacht, Küsse“, hatte er um halb elf getextet. Da war er womöglich schon mit seiner Tussi im Hotelbett gelegen! Sie hatte die Webseite der Raststätte nun auf dem Bildschirm. Tatsächlich wurden da „Komfortzimmer“ angeboten, sogar mit Balkon und allem Drum und Dran. Irgendwas stimmte da nicht – nach einem feuchtfröhlichen Geschäftsessen wäre er doch nicht noch ein Stück auf die Autobahn gefahren, um ausgerechnet in einer Raststätte zu übernachten.

Was für ein Schuft! Sie wollte Anton gar nicht mehr sehen. Er musste weg aus ihrem Leben. Einfach weg, samt seinem Geld.

Aber sofort begann sie an ihrem Verdacht zu zweifeln. Was, wenn sie sich alles nur einbildete? War es nicht möglich, dass es zum Beispiel um den Umbau der Raststätte ging? Dann wäre es doch logisch, die Besprechung dort abzuhalten. Und das Parfum? Sie selbst hatte ihn immer wieder gelöchert, er solle doch einmal einen Herrenduft verwenden. Und wenn er dann einen kaufte, wurde sie misstrauisch. Vielleicht hatte er bloß noch nicht daran gedacht, ihn zu Hause zu verwenden, oder davor zurückgescheut, gerade weil er fürchtete, sich dadurch verdächtig zu machen. Die Gedanken schwirrten planlos in ihrem Kopf herum. Warum fragte sie ihn nicht einfach nach einer Erklärung? Dann musste sie aber zugeben, in seinem Aktenkoffer herumgestöbert zu haben. Konnte sie das?

Fast fielen ihr die Augen zu, bevor sie ihr Handy ans Ladegerät anschloss und das Tablet ausschaltete. Dennoch fiel es ihr wieder einmal schwer einzuschlafen. Die Gedanken jagten einander. Anton mit einer fremden Frau im Bett. Anton mit Patricia Promberger. Sicher schlank und blond. Anton mit ... Lange nach Mitternacht fiel sie in unruhigen Schlaf.

Sie musste sich dringend ums Abendessen kümmern. Die Kinder waren hungrig, sie hatte sie in der Zwischenzeit vor dem Fernseher deponiert. Da läutete es auch noch an der Tür. Anton konnte das nicht sein, der würde einfach reinkommen, er hatte ja einen Schlüssel. Als sie öffnete, standen zwei unbekannte Frauen vor der Tür. „Hallo!“, rief die eine und öffnete ihre Arme, als wollte sie Alexandra umarmen. „Ich bin die Carmen! Kennst du mich nicht mehr?“ Alexandra hatte keine Ahnung, wie sie reagieren sollte. Es musste die Carmen sein, die vor ein paar Tagen angerufen hatte und sich unbedingt mit ihr treffen wollte. Was machte die da? Sie sah ordinär aus, viel zu stark geschminkt, mit einer seltsamen rüschigen Bluse und Hot Pants. Und klapperdürr war sie, ganz im Gegensatz zu ihrer Freundin, deren füllige Oberschenkel aus einem zu kurzen Rock ragten. Sie sah etwas betreten drein. „Das ist die Heidi!“, stellte Carmen sie vor. „Du weißt doch, wir wollten uns ja mal treffen, und da haben wir gedacht, schauen wir doch einfach vorbei! Wir haben dir sogar was mitgebracht!“ Carmen streckte ihr eine Flasche Prosecco entgegen. „Ja, ich hab aber jetzt eigentlich gar keine Zeit …“, versuchte Alexandra, den Angriff abzuwehren. Carmen aber drängte sich praktisch an ihr vorbei ins Haus. „Er ist gekühlt! Hab ich gerade gekauft! Ein paar Gläser wirst du ja wohl haben!“

Ehe sich Alexandra besinnen konnte, hatte Carmen den Prosecco schon geöffnet, während Heidi verschämt kicherte. „Wo sind die Gläser?“ Sie fand weder Worte noch Taten, um die beiden abzuwehren. Hilflos öffnete sie den Schrank und stellte drei Sektgläser auf die Küchenanrichte. „Aber nur ein Glas! Ich muss Abendessen kochen!“ „Prost!“, schrie Carmen, den Einwand Alexandras völlig ignorierend. Irgendwie musste diese Hyäne spitzgekriegt haben, dass sie Geld gewonnen hatte. Nur, woher? Barbara hatte sie vor solchen falschen Freunden gewarnt. War denn schon die ganze Stadt informiert?

„Es freut mich so, dass wir unsere Freundschaft jetzt erneuern können!“ In ihrer überschwänglichen, übermäßig heiteren Art machte Carmen den Eindruck, als wäre sie auf Drogen. Diese anlasslose Fröhlichkeit, dieses Gegackere, ständig. Die dicke Heidi prustete gelegentlich hinter vorgehaltener Hand und trug sonst wenig zur Unterhaltung bei. Annika streckte ihren Kopf durch die Tür. „Wann gibt's Essen?" „Gleich!" Alexandra scheuchte sie vor den Fernseher zurück. Pflichtschuldig stieß sie mit den beiden an und trank einen Schluck. Der tat ihr gut, sie fasste sich wieder. Sie musste die beiden loswerden, und zwar möglichst, bevor Anton kam.

„So, meine Damen. Jetzt mal Klartext. Ich kann mich nicht erinnern, dass wir befreundet gewesen wären. Und zu einer Erneuerung einer Freundschaft, die es nie gegeben hat, sehe ich keinen Anlass. Herzlichen Dank für den Prosecco, aber ich habe zu arbeiten." Sie trat an die Anrichte und befreite die Zucchini aus ihrer Plastikverpackung. Carmen knickte ein und ließ die Mundwinkel hängen. Alexandra warf die Verpackung in den Müll, trat zur Tür und lud die Damen mit einer eindeutigen Handbewegung dazu ein, die Küche zu verlassen. Doch Carmen ließ sich noch nicht entmutigen. „Ich versteh ja, dass ..."

In diesem Moment kam Anton zur Haustür herein. „Du hast Besuch?" Er sah gut aus, trug Anzug und Krawatte. Sosehr sie ihn vor wenigen Minuten noch verwünscht hatte, so sehr kam Alexandra jetzt entgegen, dass er heimkam. „Die Damen möchten gehen!" Ihr Blick musste ihm klarmachen, dass sie die beiden Frauen dringend loswerden wollte. Anton jedoch warf ihnen wohlwollende Blicke zu und verweilte, wie Alexandra fand, mit seinen Augen etwas zu lange auf den Brüsten von Carmen, die von keinem BH festgehalten wurden. „Wir haben uns doch noch gar nicht kennengelernt!"

Im Vorzimmer war es etwas eng, und Alexandra hatte genug von diesem Getue, wie auch von Anton. Sie zog sich in die Küche zurück und warf die Türe zu. Der Prosecco kam ihr gerade recht. Sie nahm einen tiefen Schluck aus der Flasche, holte nun die Frühlingszwiebeln aus dem Einkaufskorb und begann, wütend auf sie einzuhacken. Irgendwo musste der Ärger schließlich heraus, und wenn es das Gemüse war, das draufzahlte. Noch mehrmals hörte sie Gekicher aus dem Vorzimmer, bis es schließlich ruhig wurde und Anton in Socken in die Küche trat. Alexandra warf ihm einen verächtlichen Blick zu, den er aber offenbar nicht richtig zu deuten wusste. Er lächelte.

„Wer waren denn die beiden? Ich wusste gar nicht, was du für Freundinnen hast!" „Offensichtlich waren sie interessant genug, um ihnen in den Ausschnitt zu starren und ihr Gegacker amüsant zu finden!", fauchte Alexandra. Anton trat hinter sie und legte ihr eine Hand auf die Schulter, während sie wieder zum Küchenmesser griff, um die Zucchini zu schneiden. Es wäre klüger, ihr fernzubleiben, wenn sie ein Messer in der Hand hatte, dachte sie. Was sollte die Hand auf der Schulter? Musste sie beruhigt werden wie ein Kleinkind?

Sie fuhr herum, das Messer immer noch in der Rechten. „Wo warst du denn am 15. Juni?", schoss es aus ihr heraus, ohne dass sie diese Attacke wirklich geplant hatte. Sie fuchtelte mit dem Messer vor Antons Brust herum, der einen Schritt zurücktrat und ihr abwehrend die Hände entgegenstreckte.

„Leg doch mal das Messer weg! Ich, am 15. Juni? Keine Ahnung. Im Büro, wahrscheinlich. Und dann zu Hause. Wer will das wissen?" „Ich!" zischte Alexandra. Sie drehte sich wieder um, um weiter zu schneiden. Wie kam sie bloß dazu, sich so dramatisch aufzuführen? Sie hatte doch immer über die Frauen gelächelt, die es nötig hatten, ihren Männern Szenen zu machen.

Plötzlich war alle Energie aus ihr gewichen. Sie legte das Messer weg, sank auf einen Küchenstuhl und schlug die Hände vor ihr Gesicht. Anton sollte nicht sehen, dass ihr schon wieder die Tränen kamen. Ob vor Wut über den unerwünschten Besuch, über Antons Verhalten oder über sich selbst, das konnte sie in diesem Moment nicht entscheiden.

Anton war klug genug, es nicht wieder mit einer begütigenden Geste zu versuchen. Stattdessen setzte er sich ihr gegenüber hin und wartete ab. Es war zu spät, fand Alexandra, um so zu tun, als wäre nichts passiert. Sie sah zu Anton auf. „Ich habe deinen Aktenkoffer durchsucht. Weil ich den Verdacht hatte, dass du mich betrügst. Und dabei habe ich einen Übernachtungsbeleg vom 16. Juni gefunden. Kannst du mir erklären, warum du damals auf einer Autobahnraststätte übernachtet hast?“ Gerade einen Moment zu lange brauchte Anton, um zu antworten, eine winzige Handbewegung und ein unsteter Blick an ihr vorbei verrieten seine Unsicherheit. „Ach das!“, rief er schließlich und schien erleichtert. Wahrscheinlich hatte er die paar Augenblicke gebraucht, um sich eine Ausrede zurechtzulegen. „Das war wegen dem Umbau. Die wollen die Raststätte umbauen, und wir haben den Auftrag. Wir haben mit dem Geschäftsführer gegessen, natürlich im Lokal an der Autobahn. War nicht einmal schlecht. Es hat ...“ Anton schien sich gefangen zu haben, schwang den erhobenen Zeigefinger dozierend in der Luft und wollte gar nicht mehr zu reden aufhören.

„Wer, wir?“, unterbrach ihn Alexandra scharf. Noch einmal dieses Zögern, diese Unsicherheit. Er kratzte sich am Kopf. „Seit wann machst du mir eigentlich Eifersuchtsszenen? Du weißt doch, dass ich auch mit Frauen zusammenarbeite. Wir haben natürlich in zwei

Einzelzimmern geschlafen.“ Alexandra war sich sicher, dass er etwas vor ihr verbarg, gleichzeitig kam sie sich nach wie vor lächerlich vor. Sie drehte sich wieder um, holte eine Pfanne aus dem Geschirrschrank, schaltete die Herdplatte ein, goss Öl in die Pfanne und warf das Gemüse dazu. Sie war neben der Spur, eindeutig, seit sie dieses verdammte Geld gewonnen hatten. Den Ehemann kontrollieren, ihm Eifersuchtsszenen liefern! Wie kam sie eigentlich dazu? Allerdings hatte Anton ihr nicht verraten, mit wem er in der bewussten Nacht unterwegs gewesen war. Warum wohl nicht? Zu allem Überfluss stand ihr morgen noch ein Gespräch bevor, vor dem ihr jetzt schon graute. Sie hatte ihren Gewinn bisher ihrer Mutter und ihrem Bruder Tobias verschwiegen. Morgen wollten sie sich mittags zum Essen treffen, da musste sie ihnen alles erklären.

Erst, als sie das Fleisch dem Gemüse hinterherwarf, bequemte sich Anton zu einer genaueren Auskunft. Sie hatte nicht einmal bemerkt, dass er immer noch hinter ihr auf einem Küchenstuhl saß. „Patricia war mit mir dort, Patricia Promberger. Du hast sie schon einmal kennengelernt, auf dem Geburtstag vom Chef. Erinnerst du dich?“ Alexandra schüttelte den Kopf, gleichzeitig schob sie die Pfanne ruckartig über den Herd, um das Gemüse zu wenden. „Ich mache dort die Projektleitung, Patricia ist meine Assistentin. Ich habe nichts mit ihr, sie gefällt mir gar nicht, sie kann dir nicht das Wasser reichen!“ Was sollte das? Versuchte er jetzt mühsam, sich zu rechtfertigen? „Seit wann muss Männern eine Frau gefallen, damit sie mit ihr ins Bett gehen? Euch ist doch jede Gelegenheit recht!“ Anton stöhnte auf, kurz danach knallte die Küchentür. Sie war ungerecht gewesen, hatte in ihrem Zorn völlig überzogene Anschuldigungen vorgebracht. Auch etwas, das sie von sich selbst nicht kannte. Erst, seit das verdammte Geld ins Haus geflattert war.

Sie hatte Tobias und Mama vorgeschlagen, sich zu Mittag in einem Lokal zu treffen, und bereute es, sobald sie das Restaurant betrat. Mama würde der Ansicht sein, sie wäre nicht gut genug, um zu Alexandra nach Hause eingeladen zu werden. Und beide würden sich von oben herab behandelt vorkommen, wenn Alexandra die Rechnung bezahlte. Aber es war höchste Zeit gewesen, mit ihnen zu reden, und ihr fehlte die Zeit, zu Hause für sie aufzukochen. Außerdem wollte sie mit ihnen alleine sprechen, ohne Anton, ohne die Kinder.

Beide sahen nicht gut aus. Ihre Mutter war blass, hatte tiefe Ringe unter den Augen. Tobias tauchte mit ungepflegtem Haar und Bart auf. Alexandra meinte, etwas Mundgeruch zu verspüren, als sie ihn flüchtig auf die stacheligen Wangen küsste. „Ich hab wieder einmal so schlecht geschlafen“, jammerte er. „Warum lädst du uns eigentlich ausgerechnet hierher ein?“ Alexandra seufzte. „Weil es in der Nähe von meinem Büro ist. Ich hab nämlich keine so lange Mittagspause. „Du nimmst dir also keine Zeit für uns“, stellte ihre Mutter fest, um danach einen kritischen Blick in die Speisekarte zu werfen. „Hier gibt's fast nichts für Vegetarier!“, beklagte Tobias sich. Die Haare fielen ihm über die Augen, außerdem neigte er den Kopf, um ihrem Blick auszuweichen.

Alexandra beschloss, es möglichst kurz zu machen. Zuvor allerdings wollte sie das Essen über die Bühne bringen. „Was nimmst denn du?“, fragte ihre Mutter. „Den norwegischen Salat, mit Lachs und Shrimps.“ Es war ihr Standardgericht, wenn sie mittags in dieses Lokal ging. „Das ist kein ordentliches Essen!“, kritisierte ihre Mutter. „Zu Mittag braucht der Mensch etwas Warmes!“ „Mama, ich bin erwachsen. Ich kann selbst entscheiden, was ich esse!“ „Ja natürlich. Die Frau Doktor weiß wie immer alles besser.“ „Ich habe keinen Doktor!“, verteidigte sich Alexandra ebenso sinn- wie hilflos. Wenige Sätze nur, und sie bewegten sich auf eine Konfrontation zu. Das wenigstens war etwas, das vor dem Gewinn genauso gewesen war, dachte Alexandra. Die Unterhaltung zog sich nach dem schlechten Start mühsam, gelegentlich in fast feindseligem Ton hin, ohne dass wirklich ein Gespräch zustande kam.

Nachdem Tobias seine Gemüselaibchen, Mama ihr Schollenfilet – dessen fettige Panier sie ausgiebig kritisierte – und sie ihren Salat gegessen hatten, fasste sich Alexandra ein Herz. „Mama, Tobias, ich muss euch etwas sagen. Anton hat einen Gewinn gemacht. Einen sehr großen Gewinn. Wir haben jetzt viel Geld.“ Sie ließ das erst einmal sickern. Tobias staunte mit offenem Mund. „Wie viel?“, fragte er sofort. „Ich brauch euer Geld nicht!“, war die Reaktion der Mutter. Sie wischte sich zum wiederholten Mal mit der Serviette die Mundwinkel, obwohl dort keine Spur des Essens mehr abzutupfen war.

So, oder so ähnlich, hatte sich Alexandra das vorgestellt. Sie holte Luft. „Mehr als eine Million“, sagte sie schließlich. Wieder die bekannte Lüge. Obwohl – dass es mehr als eine Million war, stimmte ja sogar. Bevor die beiden noch zu Wort kommen konnten, fuhr sie fort. „Tobias, ich möchte dir eine Eigentumswohnung kaufen. Damit du keine Miete mehr zahlen musst und etwas Eigenes hast.“ Tobias nahm einen Schluck von seinem Apfelsaft. „Puh!“, meinte er dann. „Das kommt unerwartet.“ „Und für dich, Mama, möchte ich auch etwas tun. Ich möchte dir einen oder zwei Träume erfüllen, die du vielleicht hast. Ich weiß aber nicht recht, was das sein könnte." „Ich hab dir schon gesagt, ich brauch euer Geld nicht. Bei euch wohnen, das würde ich gern. Aber der Herr Architekt wünscht ja keine Großmutter im Haus. Er braucht ja seine Privatsphäre. Aber die Kinder ..." Alexandra unterbrach sie. „Mama, darüber haben wir schon oft genug gesprochen. Wir brauchen das Thema jetzt nicht noch einmal aufzuwärmen." Alexandra hätte sich denken können, dass Mama mit der alten Leier daherkommen würde. Aber sie selbst hätte es nicht ausgehalten, mit ihrer Mutter unter einem Dach zu leben, von Anton ganz zu schweigen. Ständig diese Missgunst, diese unausgesprochenen Vorwürfe. Nein, das kam keinesfalls infrage. Nicht einmal in einem Zubau konnte sie Mama aushalten.

„Dann geh ich jetzt." Ihre Mutter stand auf und umklammerte mit beiden Händen den Tragebügel ihrer abgewetzten schwarzen Handtasche. Alexandra schalt sich selbst. Wie hatte sie nur eine kurze Mittagspause für das Gespräch mit Mama einplanen können? Sie hätte wissen müssen, dass es Zeit und einen anderen Ort dafür gebraucht hätte. Und ihr war klar, warum sie diese Entscheidung getroffen hatte: Sie hatte tatsächlich zu viel zu tun und war außerdem davor zurückgescheut, einen Termin zu wählen, an dem sie unbegrenzt Zeit hatte. Mit ihrer Mutter zu diskutieren war immer schon mühsam und meist ergebnislos gewesen.

„Nicht so gut gelaufen!", kommentierte Tobias, als sich ihre Mutter durch das Lokal entfernte. „Hättest ja auch was sagen können!", fuhr Alexandra ihren Bruder an. Der aber zuckte nur mit den Schultern. „Entschuldige, ich wollte dich nicht anfahren!" Sie legte ihm ihre Hand auf den Arm. „Willst du jetzt die Wohnung?" Er zuckte wieder mit den Schultern. „Schön ist es nicht, wenn man von der eigenen Schwester was geschenkt bekommen muss, was man selber nicht geschafft hat.“ Er blickte auf seinen leeren Teller. „Was machst du eigentlich so? Wie geht’s in der Arbeit?“ Tobias zuckte mit den Schultern. „Ich weiß nicht. Es deprimiert mich, immer mit den Klienten zusammen zu sein. Und die anderen Betreuer ...“ Er brach den Satz ab. Alexandra brauchte nicht nachzufragen. Tobias hatte immer schon unter seinen Kollegen gelitten, es ging nicht immer fein zu in der Betreuung Behinderter. Sie fragte sich, ob er auch dort ein Mobbingopfer war. Aber dieses Thema anzusprechen, dazu hatte sie im Moment weder Zeit noch Nerven. „Komm, wir gehen jetzt zurück in die Fußgängerzone, da trinken wir zum Abschied noch einen Prosecco!“ „Wenn du meinst.“ Tobias zuckte wieder mit den Schultern, folgte aber widerspruchslos.

Tobias zündete sich sofort eine Zigarette an, nachdem sie aus dem Restaurant getreten waren. „Du rauchst immer noch?“ Tobias zuckte nur mit den Schultern. Alexandra bedauerte sofort, ihm einen versteckten Vorwurf gemacht zu habe. „Na ja, egal!“, versuchte sie ihn abzuschwächen. Sie hätte sich lieber bemühen sollen, ihren Bruder aufzuheitern. Sie nahmen an einem kleinen Tisch in einem Straßencafé Platz, Alexandra bestellte Prosecco. „Prost dann! Auf meine reiche Schwester!“, flüsterte er. „Tobias, das war Glück! Reines Glück! Wir haben dieses Geld nicht verdient, ich meine, aus eigener Kraft erworben! Und ich finde es fair, mit dir zu teilen. Du musst mein Angebot annehmen!“ Tobias nickte. „Ich werd’s mir überlegen.“ „Kommst einmal zu uns, in den nächsten Tagen?“ Wiederum nickte er. „Wirst sehen, es wird alles gut!“ Alexandra gestand sich ein, dass sie sich das selber immer wieder einreden musste. Es würde alles gut werden. Wenn sich nicht herausstellte, dass Anton sie tatsächlich betrog.

Auf dem Weg ins Büro hing sie ihren Gedanken über Mama und Tobi nach. Sie hatten es, genauso wie sie, nie leicht gehabt. Aber sie selbst war die Einzige, die sich aus dem Gefängnis dieser Kindheit befreien hatte können. Tobi und Mama hätten ihr ruhig dankbar sein können, denn sie hatte das alles damals auch für sie getan. Stattdessen hatte ihre Mutter nach Jahren immer noch dem verunglückten Vater nachgeweint und alle Probleme darauf zurückgeführt, dass er nicht mehr an ihrer Seite war. Wie dumm konnte man eigentlich sein?

X

Es ist alles genau so gekommen, wie ich es mir erträumt habe. Nur mehr Mama, Tobi und ich. Walter ist zuerst kurz in Untersuchungshaft gekommen, er hat alles abgestritten. Mein Glück war, dass meine Aussagen wesentlich glaubwürdiger waren als seine, noch dazu bei all den Dingen, die er schon angestellt hat. Anscheinend hat er auch schon andere Mädchen belästigt, aber darüber habe ich bisher nichts Genaues erfahren können. Ob und wozu er verurteilt worden ist, das habe ich weder aus Mama noch aus Frau Professor Marinkovic herausgebracht, sie weigern sich standhaft, mir etwas über die Gerichtsverhandlung zu erzählen. Ich selber war nicht dabei, meine Aussage ist auf Video aufgenommen worden, genau in dem Zimmer, in dem ich zum ersten Mal mit der Polizeibeamtin gesprochen habe.

Dann haben sie mich zur Therapie geschickt, dort bin ich aber nicht gerne hingegangen. Immer sollte ich erzählen, was Walter mit mir gemacht hat. Später hat es auch Fragen nach Papa gegeben. Ich wollte mich aber an die beiden gar nicht erinnern, ich war ja so froh, dass sie aus meinem Leben verschwunden waren. Das aber wollte ich nicht sagen, womöglich hätte die Psychologin dann Verdacht geschöpft. Und weil meine Schulleistungen nicht nachgelassen haben und weil ich auch sonst nicht auffällig geworden bin, haben sie mich schließlich in Ruhe gelassen und die Therapie für beendet erklärt.

Es ist aber leider trotzdem nicht alles so, wie ich es mir gewünscht hatte. Wir haben die Äcker und Weiden verpachtet, weil Mama die Landwirtschaft nicht allein führen kann. Die Tiere haben wir auch verkauft, die Rinder und die Schweine jedenfalls. Nur Hühner und Kaninchen haben wir noch. Um die kümmere ich mich, denn Mama sitzt die meiste Zeit am Küchentisch und heult. Am Morgen bleibt sie lange im Bett liegen und vergisst, dass sie für uns Frühstück machen oder eine Jause für die Schule herrichten sollte. Manchmal sitzt sie noch im Schlafrock herum, mit ungewaschenen Haaren, wenn ich von der Schule nach Hause komme. Und wenn sie was kocht, dann etwas, das ganz schnell geht und meistens fürchterlich schmeckt. Sie hat sogar schon Dosenravioli und Tiefkühlpizza eingekauft. Früher war das anders, sie hat gut und vor allem viel gekocht. Ihre ganze Fürsorglichkeit scheint ihr abhandengekommen zu sein. Ich verstehe das überhaupt nicht. Sie muss sich nur mehr um mich und Tobi kümmern, und wir machen ihr so wenig Schwierigkeiten wie möglich. Gut, Tobi macht zwar immer noch ins Bett, aber nicht mehr jede Nacht, kürzlich hat er eine ganze Woche durchgehalten. Und mit mir hat sie gar keine Mühe, ich nehme ihr sogar Arbeit ab.

Ich glaube, Mama hat eine Depression. Ich habe darüber gelesen, und die Symptome treffen auf Mama zu: Antriebslosigkeit, tiefe Traurigkeit, man legt keinen Wert mehr auf sein Äußeres, auf Wohnung und Umgebung. Man bricht seine Sozialkontakte ab. Mama hat nie viele Kontakte zu anderen gehabt, außer zu den Ortsbäuerinnen. „Ich bin ja jetzt keine Bäuerin mehr!“, schreit sie mich an, wenn ich sie daran erinnere, dass es der dritte Donnerstag im Monat ist, an dem immer das Treffen der Ortsbäuerinnen stattfindet. „Ich bin gar nichts mehr!“ Und dann geht das Gejammere wieder los. Und wenn sie nicht jammert, hockt sie vor dem Fernseher.

Ich habe Mama schon vorgeschlagen, dass sie sich eine Arbeit sucht, damit sie wieder ein wenig aus dem

Haus kommt. „Ich kann ja nichts!“, beklagt sie sich dann, und: „Wer soll sich dann um Tobi kümmern?“ Lächerlich. Was tut sie schon für Tobi? Hie und da die Waschmaschine mit seinen nassen und stinkenden Bettlaken füllen. Sie redet ja kaum einmal mit ihm, und Tobi sagt von sich aus auch nicht viel. Höchstens zu mir, aber ich habe auch nicht so viel Zeit für ihn, ich muss jetzt immer mehr für die Schule tun. Dass ich dort die Beste bin, das ist mein einziger Halt. Genauer gesagt, Frau Professor Marinkovic. Ich würde mir so sehr wünschen, zu ihr ziehen zu können. Auch Mama und Tobi hinter mir zu lassen, dann wäre wirklich alles wunderbar.

Die Frau Professor lebt allein, aber sie hat einen Freund, der hin und wieder bei ihr übernachtet. Wahrscheinlich ist er dagegen, dass ich bei der Frau Professor wohne. Aber immerhin darf ich jede Woche einmal zur Frau Professor, sie hat nämlich ein Klavier und gibt mir gratis Stunden, weil ich so begabt bin und wir uns das nicht leisten könnten. „Aber ich bin keine Klavierlehrerin!“, hat sie gesagt, als sie mir das Angebot gemacht hat. Damals nämlich, als ich nach der Verhaftung Walters bei ihr übernachten durfte, habe ich ganz begeistert den Klavierdeckel geöffnet und darauf herumgeklimpert. Es war das erste Mal, dass ich überhaupt so ein Instrument berührt habe, und ich war fasziniert davon. Ich wollte das unbedingt lernen und habe von da an keine Gelegenheit ausgelassen, im Fernsehen oder im Radio Klavierkonzerte anzuhören. Wir haben ja leider keinen Plattenspieler, und so bin ich aufs Radioprogramm angewiesen.

Und jetzt überlege ich mir die ganze Zeit, was ich machen könnte, dass der Freund der Frau Professor aus ihrer Wohnung verschwindet und ich dafür bei ihr einziehen kann. Der Freund ist auch ein Lehrer bei uns an der Schule, er heißt Christoph Roithner und unterrichtet Turnen und Geografie. Wahrscheinlich ist die Frau Professor mit ihm zusammen, weil er gut aussieht. Er kommt auch bei meinen Mitschülern gut an, vor allem bei den Mädchen, aber ich hasse ihn trotzdem, er steht zwischen mir und der Frau Professor. Man müsste etwas unternehmen, dass sie ihn auch hasst und hinauswirft, dann wäre der Weg für mich frei.

Hassen würde sie ihn wahrscheinlich, wenn er sie mit einer anderen Frau betrügen würde. Aber wie könnte ich ihn dazu bringen? Aber vielleicht genügt es auch, wenn ich der Frau Professor einmal erzähle, dass ich ihn mit einer anderen Frau gesehen habe?

Aber dann fällt mir noch eine ganz andere Möglichkeit ein. Ich beginne, ein Tagebuch zu schreiben. Darin kommt auch der Herr Professor Roithner vor. Nicht gleich ganz am Anfang, damit es nicht so aussieht, als wäre es Absicht. Aber Mitte der zweiten Woche erwähne ich einmal, dass der Herr Professor unabsichtlich die Tür zur Mädchenumkleide aufgemacht hat, nach der Turnstunde. Dass es unabsichtlich war und dass wir es sehr lustig gefunden haben, das hebe ich hervor, damit nicht gleich direkt ein Verdacht auf ihn fällt. Und am Ende der dritten Woche schreibe ich einfach einmal einen Wunschtraum hinein, wie schön es wäre, mit C. im Mondschein am Seeufer zu sitzen, einander die Hände zu halten und sich gegenseitig unsere Liebe zu gestehen. Ich nenne ihn absichtlich nur C., dass man eben nur ahnen kann, wer gemeint sein könnte. Und zwei Wochen später folgt ein kurzer Eintrag, in dem ich erzähle, dass er mich ein Stück weit im Auto mitgenommen hat, weil ich den Bus versäumt habe. Und er hat mir, versehentlich natürlich, beim Schalten seine Hand auf den Oberschenkel gelegt, und ich beschreibe, wie mich dabei eine Welle der Leidenschaft durchflutet hat. Hoffentlich ist das glaubwürdig, denn das habe ich nur aus Büchern, selber kenne ich solche Wellen nicht. Außer, wenn ich mich zwischen den Beinen streichle. Hoffentlich ist es nicht allzu sehr übertrieben.

Und dann kommt mir der Zufall auf ganz unglaubliche Weise zu Hilfe. Meine Klavierstunde ist zu Ende, und Frau Professor Marinkovic versucht, mir noch ein paar Einzelheiten zu entlocken, was das Zusammenleben mit Mama und Tobi betrifft. Natürlich ist es ihr nicht verborgen geblieben, dass Mama immer ungepflegter wirkt, dass sie kaum mehr in der Lage ist, sich um uns zu kümmern. Ich habe ihr auch schon mehrmals gestanden, dass ich selbst mich mehr oder weniger um den Haushalt kümmern muss, zumindest soweit es Tobi und mich betrifft.

Da läutet es, und Christoph Roithner steht vor der Tür. Die Frau Professor sieht mich an, dann ihn. Sie seufzt. „Ich möchte Alexandra jetzt noch nicht wegschicken, wir sind mitten in einem Gespräch. Ich hol uns eine Pizza, dann kann sie noch ein wenig bei uns bleiben." Sie schlüpft in ihre Schuhe. „Unterhaltet euch schön einstweilen." Sie verschwindet, und ich weiß nicht recht, was ich mit Roithner reden soll. Ich sitze immer noch auf dem Klavierhocker und knete meine Hände.

„Was kannst du schon? Kannst du mir was vorspielen?" Er lächelt. Er ist nicht unsympathisch, doch ich darf mein Ziel nicht aus den Augen verlieren: Er muss weg. Damit ich die Frau Professor für mich habe. Damit ich wenigstens irgendwann im Leben einmal jemanden ganz für mich habe.

Also spiele ich. Sehr einfache Stücke, und selbst bei denen mache ich noch jede Menge Fehler. Aber ich habe riesige Freude daran, das Instrument erklingen zu lassen, ihm Harmonien und Melodien zu entlocken. Ich vergesse Roithner. Bis er mich fragt, was für Musik ich gerne höre. „Klaviermusik!“, sage ich. Er geht zum Plattenspieler, sucht im Regal darüber nach einer passenden Platte und legt sie auf den Teller des Plattenspielers. „Kennst du das?“, fragte er mich, als die ersten Akkorde erklingen. Ich schüttle den Kopf. „Gefällt es dir?“, fragt er, vielleicht eine Minute später. Ich nicke, sitze aber immer noch steif auf dem Klavierhocker. Er hält die Plattenhülle in der Hand, dreht sie um. „Es ist ein Klavierkonzert von Mozart. Ich versteh selber nicht viel davon. Aber Mozart ist gut.“ Der Schlüssel rasselt im Schloss, die Frau Professor kommt mit den Pizzas zurück. „Habt ihr euch gut unterhalten?“ Ich nicke. „Über Mozart.“

In meinem Tagebuch steht allerdings etwas völlig anderes über die zwanzig Minuten, die ich mit Roithner alleine war. Ich habe Klavier gespielt, er hat sich über mich gebeugt. Mit der Hand in den Ausschnitt meines T-Shirts gefasst und meine Brüste massiert. Mich in den Nacken geküsst. Meine Beschreibungen sind sehr ausführlich und fantasievoll. Ich bemühe mich sehr.

Ich lasse noch ein paar Wochen vergehen, schreibe gelegentlich über Begegnungen mit C. Dann lasse ich das Tagebuch aus Versehen bei Frau Professor Marinkovic liegen.

„Du hast dein Tagebuch vergessen.“ Ihre Stimme ist schneidend. „Möchtest du vielleicht mit mir darüber reden?“ Sie setzt sich hin und schlägt die Beine übereinander. „Haben Sie es etwa gelesen?“ Ich gebe mich entsetzt. Sie nickt. „Nicht, weil ich dich ausspionieren möchte. Aber ich war mir sicher, dass es auch jetzt zu Hause bei euch schlecht läuft. Und ich habe gedacht, ich finde einen Ansatzpunkt, dir zu helfen. Aber das, was ich da gelesen habe ..." Sie wischt sich mit dem Handrücken über die Augen. „Verstehst du, ich weiß jetzt nicht, wem ... Und wenn du dir das alles ausgedacht hast!" Ich sage nichts, richte die Blicke auf meine Knie. Besser, ich lasse sie weiterreden. „Ich muss auch erst mit Christoph reden, er muss das erfahren, ich habe keine Ahnung, wem ich glauben soll. Ich habe euch beiden bisher vertraut, voll vertraut, und ..." Sie schlägt die Hände vors Gesicht, schluchzt. Ich versuche nun doch, mich zu verteidigen. „Ich wollte das nicht. Er war immer hinter mir her. Sie ..." Sie lässt mich nicht ausreden. „Ich weiß nur eins, ich kann dir nicht helfen. Momentan nicht. Geh! Verschwinde! Lass mich allein!"

Als ich die Tür hinter mir schließe, weiß ich, dass ich alles falsch gemacht habe. Ein katastrophaler Denkfehler ist mir unterlaufen. Frau Professor Marinkovic weiß nicht, soll sie mir glauben oder Christoph Roithner. Deshalb vertraut sie jetzt weder ihm noch mir. Und es ist völlig egal, ob sie sich mit ihm ausspricht oder nicht, ob die Wahrheit herauskommt oder nicht: Für mich ist diese Chance in jedem Fall vertan, aus, vorbei. Mag sein, dass sie sich von ihm trennt. Aber ich bin meinem Ziel ferner denn je.

Das erste Mal begreife ich in diesem Moment, was Vertrauen bedeutet. Denn ich habe ihr Vertrauen gehabt, und ich habe es missbraucht und verschwendet. Ich habe einen fürchterlichen Fehler gemacht, den ich, dessen bin ich mir jetzt schon sicher, bereuen werde. Bitterlich bereuen.

10

In den nächsten Tagen ereignete sich nichts, was Alexandras Argwohn neuerlich befeuert hätte. Im Gegenteil, allmählich schien ihr Leben wieder in ruhigeren Bahnen zu verlaufen. Wenn man davon absah, dass Anton und sie ihre Abende mit unterschiedlichen Fantasien verbrachten. Ihre Pläne und Ideen für den Umbau des Hauses wurden konkreter, Mappen füllten sich mit, wie sie selbst fand, immer noch recht unbeholfenen Skizzen. Anton würde sie auslachen, wenn sie sie ihm zeigte. Er dagegen verbrachte seine Abende vor dem PC, wo er seinem Traum von einem Pub im englischen Tudor-Stil konkrete Gestalt zu verleihen versuchte. Sollte er doch sein Geld in diesem Projekt versenken, ihr konnte es nur recht sein.

Sie hatte sich mittlerweile ausgerechnet, dass ihr Vermögen jeden Monat um etwa 20.000 Euro anwuchs, selbst wenn man ihnen nur ein Prozent Jahreszinsen zahlte. Den Gedanken daran, dass das weit mehr war, als sie beide in ihren Berufen verdienten, verdrängte sie. Überhaupt vergingen jetzt manchmal Stunden, ohne dass sie an das Geld denken musste. Es wurde auch nicht mehr viel darüber gesprochen, und das Leben schien in den Rhythmus zurückzufinden, der es vor dem Gewinn dominiert hatte.

„Morgen!" Alexandra schmiss ihre Tasche auf den leer geräumten Schreibtisch im Verlagsbüro. Die Arbeit mit dem Manuskript des unbegabten Krimiautors war endlich abgeschlossen. Es würde in wenigen Wochen auf den Markt kommen, man würde sehen. Sie fürchtete, dass das Buch floppen würde und Martin diesmal seine Investitionen in den Sand gesetzt hatte.

„Gehst du heute dein neues Projekt an?“ Sophie lächelte. „Endlich, ich freu mich schon drauf!“ Sie und Sophie hatten sich darauf verständigt, den Gewinn mit keinem Wort mehr zu erwähnen. Alexandra hatte in den letzten Wochen Hunderte, wenn nicht Tausende Fragen beantwortet. Alle wollten wissen, was sie mit dem Geld vorhatten. Oft hatten die Gesichter der Fragesteller vor Neid und Missgunst geglüht, sie hatte den Argwohn förmlich spüren können. Der Reiz des Neuen schien aber mittlerweile verflogen.

Sie nahm das neue Manuskript zur Hand. Diesmal etwas weitaus Erfreulicheres. Eine junge Autorin, mit einigen kleinen Preisen ausgezeichnet, hatte ihren zweiten Roman vorgelegt, Martin hatte die Rechte gegen einige Konkurrenz ergattern können und hoffte, die Autorin zu literarischem wie auch kommerziellem Erfolg führen zu können. Alexandra hatte sie schon kennengelernt: ein bisschen der Typ der hochbegabten, von den Eltern von klein auf unablässig geförderten Musterschülerin, die eine Klasse nach der anderen übersprungen hatte. Dennoch, fand Alexandra, war sie erfrischend natürlich geblieben, hatte in den letzten Jahren ihre Eltern abgeschüttelt wie eine zu klein gewordene Haut und holte jetzt ihre Pubertät nach – mit Tattoos, Dreadlocks und punkiger Kleidung. Ihr erstes Buch war eine beeindruckende Lektüre gewesen, und Alexandra freute sich ehrlich darauf, sich heute in ihr neues Werk einlesen zu dürfen. Ein wenig schmal war das Manuskript ausgefallen, das schon, aber schließlich ging’s um Qualität, nicht Quantität. Die junge Dame schrieb schließlich keine Vampir-Schmonzetten.

„Ich geh heut aufs Sofa!“, informierte sie Sophie. Die nickte. „Ich beneide dich!“ Sie hatten es sich zur Gewohnheit gemacht, die Erstlektüre eines neuen Manuskripts in ihrem „Wohnzimmer“ zu erledigen, einem gemütlich ausgestatteten Raum mit gleich mehreren Sofas, in dem man sich wirklich wohlfühlen konnte. Gesprochen durfte hier nicht werden, denn er wurde nur von jenen benutzt, die sich ausschließlich dem konzentrierten Lesen widmen wollten. Man musste einem Buch, fand Alexandra, zuerst einmal aus der Sicht des potentiellen Käufers, des Duchschnittslesers, auf die Spur kommen, ohne einen Korrekturstift in der Hand, ohne Mausklicks auf Stellen, die einem nicht passten.

Nach wenigen Seiten nahm sie das neue Manuskript gefangen. Nur selten stolperte sie über Stellen, die unrhythmisch klangen. Die Hauptperson war glaubwürdig, die Erzählstruktur komplex. Drei, zeitweise sogar vier Zeitebenen waren so ineinandergeschoben, dass es hoher Konzentration bedurfte, nicht den Faden zu verlieren. Nicht unbedingt Lektüre fürs Nachtkästchen, das musste man schon sagen. Aber trotzdem die erfreulichste Arbeit, die sie in diesem Frühjahr zu erledigen hatte.

Leise öffnete sich die Tür. „Kommst du mit, was essen?“, flüsterte Sophie. Was? War es schon Mittag? Sie sah auf ihre Uhr. Tatsächlich. Halb eins. Sie dachte kurz an die Kinder. Max sollte heute, wie jeden Montag, bei ihrer Nachbarin essen, die auch zwei andere Kinder als Tagesmutter versorgte. Annika bestand darauf, sich selbst was zu essen zu machen und alleine zu Hause bleiben zu dürfen. Mit ein wenig Bauchweh hatte sich Alexandra vor zwei, drei Monaten damit einverstanden erklärt, und es war seither auch nichts passiert.

„Es gibt da einen kleinen veganen Laden, ganz neu. Probieren wir's mal aus?“ Sophie war seit etwa zwei Jahren Vegetarierin, und bisher hatte sie sich immer auf ein Lokal einigen können, in dem meist auch Alexandra vegetarisch aß, da gab es ja mittlerweile eine ganz ordentliche Auswahl. Aber vegan? Sie rümpfte die Nase. „Ach, komm!“, redete Sophie ihr gut zu. „Einmal kannst du's ja probieren, mir zuliebe!“ „Also gut!“

Das Lokal war tatsächlich nett, zumindest hübsch eingerichtet, in Pastellfarben. Es lag in einer Seitengasse mitten in der Altstadt, Alexandra war lange nicht mehr hier vorbeigekommen. „War da nicht früher ein Mexikaner?“, fragte sie Sophie. Die nickte. „War aber ziemlich eklig, das letzte Mal, als ich hier war.“ Alexandra bestellte sich eine Topinambur-Suppe mit Topinambur-Chips und einen kleinen Salat. Sophie bekam ein Gemüsecurry. Alles schmeckte ganz leidlich, fand sie, nur die Suppe war ein wenig mehlig. Es fehlte ihr wohl doch an Sahne.

„Warum schaust du denn ständig aus dem Fenster?“ „Äh, nichts!“ Sophies Augen flackerten unruhig. Alexandra folgte ihren Blicken, doch es war durch die große, fast bis zum Boden reichende Scheibe nichts zu sehen als vorbeiflanierende Touristen und das Lokal gegenüber, ein nobler Italiener. Alexandra war mit Anton kurz nach der Eröffnung einmal dort gewesen, aber außer den Preisen hatte sie nichts beeindruckend gefunden. Sophie vertiefte sich einsilbig in die Betrachtung ihres Currys. „War da irgendwas, draußen?“, bohrte Alexandra. „Nichts, nichts!“ Sophie konnte ihr nicht in die Augen sehen. Verdammt, was war da los? „Sophie!“ Das war jetzt ein wenig laut und heftig gewesen. „Bitte schau mich an!“ Schuldbewusst hob Sophie den Blick. „Ich möchte jetzt wissen, was du da draußen gesehen hast! Du bist ja völlig verwirrt!“ „Lass mich doch in Ruhe! Nichts, was dich was angeht!“ Die Stimmung war plötzlich auf dem Nullpunkt angelangt. Die Suppe schmeckte, genau betrachtet, scheußlich. Alexandra schob sie weg, steckte die letzten Chips in den Mund, nachdem sie sie kräftig nachgesalzen hatte. Der Salat war auch aufgegessen.

Was konnte Sophie dort draußen gesehen haben? Ihren Freund vielleicht, mit einer anderen Frau womöglich? „Hast du jemanden gesehen, den du kennst?", fragte Alexandra deshalb, um die unangenehme Stille zu beenden. Sophie nickte. „Und warum regt dich das so auf?" „Ich will jetzt wirklich nicht darüber reden. Das ist eure Sache!" Alexandra hatte das Gefühl, als bliebe ihr Herz stehen. Eure Sache? Damit konnten doch nur sie und Anton gemeint sein? Oder etwa eines der Kinder? Sophie nervte. „Hast du meine Kinder da draußen gesehen? Oder Anton?" Sophie nickte. „Anton." „Lass dir doch nicht alles aus der Nase ziehen!" „Alex, ich will jetzt wirklich nicht, ich will mich da nicht einmischen!" „Hast du schon!", gab Alexandra zurück. „Wenn's was Unangenehmes ist, steckst du schon mittendrin."

Sophie seufzte. „Also, ich kann nichts dafür. Nicht meine Schuld." Sie hob abwehrend die Hände. „Aber da draußen, beim Italiener, da ist dein Mann gerade mit einer Frau rein." „Ja, und?" Anton hatte oft genug Geschäftsessen. „Er wird mit einer Kollegin zum Essen gegangen sein!", verteidigte ihn Alexandra. Sie fragte sich allerdings, warum es gleich der teuerste Italiener der Stadt sein musste. Ach ja, erinnerte sie sich. Man wurde schließlich täglich um mehr als 600 Euro reicher. Die mussten ja irgendwo hin.

„Er hat sie geküsst!", flüsterte Sophie, die dasaß wie ein Häufchen Elend. So, als ob es ihr Freund gewesen wäre, der fremde Frauen küsste. „Wie, geküsst?" Alexandra war noch damit beschäftigt, die Vorstellung von sich abzuwehren. „So normal, auf die Wangen?“ Sophie schüttelte den Kopf und war feuerrot im Gesicht. Plötzlich standen ihr die Tränen in den Augen. „Ich möchte jetzt nicht schuld sein, wenn ...“ Sie brach den Satz ab, begann zu schluchzen und holte ein Taschentuch aus ihrer Handtasche. „Bitte bezahl für mich!“

Alexandra fühlte gar nichts, konnte nichts denken. Kälte in ihrem Bauch, Leere in ihrem Kopf. Sie stand auf, verließ grußlos das Lokal, überquerte die schmale Gasse und stieß die Tür des Restaurants gegenüber auf. Das Lokal lag im ersten Stock, sie stieg die Treppe hinauf. „Signora, Sie sind allein? Einen Tisch für eine Person?“ Sie beachtete das schmierige Lächeln des Kellners am Empfang nicht einmal. „Ich werde erwartet!“ Das Lokal bestand aus mehreren kleinen Räumen, fast alle Tische waren besetzt, Besteck klapperte auf teurem Geschirr. Alexandra durchquerte den ersten Raum. Kein Anton. Auch dahinter, im zweiten, nicht. Durch eine Glasscheibe erspähte sie ihn schließlich. Man hatte es sich also im Raucherstübchen bequem gemacht! Anton saß mit dem Gesicht zu ihr, war aber offenbar völlig vertieft in die Unterhaltung mit einer Frau, von der sie nur den Rücken eines schwarzen Kleids sehen konnte. Die langen blonden Haare waren zu Engelslöckchen aufgedreht, die sich über den Großteil ihres Rückens schlängelten.

Als Alexandra die Glastür aufstieß, sah Anton auf, und ihre Blicke trafen sich. Sie sah, dass er die Hand auf jener der Frau liegen hatte. Schnell zog er sie zurück. Alexandra schnappte sich den freien Stuhl neben Anton. „Hier ist hoffentlich noch frei?“ Sie lächelte. In ihr aber schien alles tot, sie spürte weder Hass noch Angst, noch sonst irgendwas. Ihre Gefühle schienen wie eingefroren. Sie hatte die Frau ihm gegenüber sofort erkannt. Es war Ruth, Mirkos Begleiterin bei ihrem letzten Treffen. Das konnte ja wohl nicht wahr sein.

„Das ist, also …“ Anton stotterte herum. Ertappt, erwischt, eiskalt. „Deine Geliebte. Du hast sie vor dem Lokal geküsst. Vorzustellen brauchst du sie mir ja nicht mehr.“ Anton atmete heftig, er begann zu zittern, und kurz hoffte Alexandra, er würde jetzt mit einem Herzinfarkt vom Stuhl rutschen. Ruth, ihm gegenüber, war in Schockstarre verfallen, hatte ihre Hände in den Schoß gelegt und starrte Alexandra mit schwarz umrandeten Augen und rosa geschminktem Schmollmund ins Gesicht. Sie war mindestens zehn Jahre jünger als Anton.

„Deine Kundin, wie?“, höhnte Alexandra, während der Kellner an ihren Tisch trat. „Ein Gedeck für die Dame?“ Alexandra sah zu ihm auf. „Ich denke, Gedeck wird hier gar keines mehr gebraucht werden. Dem Herrn ist der Appetit vergangen.“ „Alexandra, bitte …“, bemühte sich Anton. „Erklärungen überflüssig.“ Sie wandte sich an Antons Begleiterin. „Dass er verheiratet ist, haben Sie ja gewusst. Hat er Ihnen auch erzählt, dass er zwei Kinder hat? Oder wissen Sie das schon von Mirko?“ Obwohl Alexandra sich darum bemühte, ihre Stimme zu dämpfen, waren Gäste an benachbarten Tischen bereits auf das Drama aufmerksam geworden und sahen sich verstohlen um. Ohne eine Antwort abzuwarten, fuhr Alexandra fort. „Aber vor allem wissen Sie natürlich, dass er ein paar Millionen schwer ist!“ Ruth schüttelte lediglich ungläubig den Kopf. „Bitte, mach hier keine Szene!“, zischte Anton. „Es ist nicht so, wie du denkst!“

Alexandra musterte ihn. Er hatte zu schwitzen begonnen. Im Gegensatz zu seiner Begleitung war er hochrot angelaufen. Man durfte immer noch auf eine

Herzattacke hoffen. „Das ist alles nicht so, wie es aussieht!" „Ich glaub, ich bin in einem schlechten Film!" Alexandra stand auf und verließ das Lokal. Es war aus. Mit Anton war es aus.

Als sie ins Büro zurückkam, wagte Sophie kaum aufzublicken. Es war wie verhext – kaum hatte sich die Situation einigermaßen beruhigt, kaum hatte sie ein neues, vielversprechendes Projekt in Angriff genommen, kam wieder eine Gewitterwolke daher. „Ich probier's noch mal mit dem Sofa. Ich bin noch nicht ganz durch!" Sophie nickte, vermied aber, ihr direkt in die Augen zu blicken.

Natürlich wurde es nichts mehr mit der Konzentration auf das neue Werk der begabten Jungautorin. Die hatte es leicht, dachte Alexandra. Unbeschwert, kuscheliges Elternhaus, sah gut aus, konnte sich einen aussuchen, der ihr zu Gesicht stand. Oder eine, je nachdem. Unbeschwertheit, das war es, was sie sich wünschte. Konnte man das auch mit Geld kaufen? Nicht, wenn man einen fremdgehenden Ehemann, zwei nörgelige Kinder und schwierige Geschwister hatte. Eine nicht ganz unproblematische Mutter noch dazu.

Anton würde büßen müssen, büßen für die blonden Engelslocken mit dem rosa Schmollmund. Fielen denn die Männer auf absolut jedes Barbie-Klischee herein? Waren sie wirklich so dumm, wie man sie in Weiberrunden manchmal hinstellte, um sich ein wenig Luft zu machen? Alexandra fragte sich, ob Mirko die Dame einfach an Anton weitergereicht hatte oder ob sie auch ihn hinters Licht geführt hatte. Ihr Leben, gestand sie sich ein, war ein Scherbenhaufen. Jetzt, wo sie viel Geld hatten, zeigte Anton sein wahres Gesicht. Untreu, lüstern, konsumverliebt. Infantil, insgesamt. Ein Kind, oder in der Pubertät stecken geblieben. Wie sollte man mit einem wie ihm auf Dauer zusammenleben? Kinder großziehen? Sofern er daran überhaupt noch Interesse hatte. Vielleicht hatte ihm Schmollmund schon das Haus am Stadtrand eingeredet, in unverbaubarer Hanglage. Er würde es bezahlen und sie sich mit ihm darin breitmachen.

Alexandra hatte Magenschmerzen. Wie immer, wenn es ihr seelisch schlecht ging. Diesmal aber war es keine Kleinigkeit, man konnte sich nicht mit flotten Sprüchen oder positiven Gedanken darüber hinwegretten. Ihre Ehe war kaputt.

Sie stellte ernüchtert fest, dass sie mehr als zehn Seiten im Manuskript gelesen, aber nichts davon mitbekommen hatte. Sie war zwar fast am Ende angelangt, würde aber den letzten Teil noch einmal lesen müssen. Das Handy! Richtig – sie hatte sich eine Erinnerung programmiert, Max hatte seine Schulaufführung, morgen begannen die Sommerferien. Alexandra seufzte. Sie war nicht in der Stimmung, eine Theateraufführung der zweiten Volksschulklasse genießen zu können. Aber sollte sie Max enttäuschen? Weil Anton sie enttäuscht hatte? Nein. Auf in die Volksschule. „Ich muss weg, ich hab's mit Martin abgesprochen!“ Ohne Sophie Zeit zu einer Antwort zu lassen, warf sie die Tür hinter sich zu.

Natürlich mussten Schulaufführungen mitten am Nachmittag stattfinden, man konnte sich ja schließlich unbegrenzt Zeit nehmen für Events, die Volksschullehrerinnen für nötig hielten. Und man hatte anscheinend Hausfrau zu sein, um allen diesen Ansprüchen gerecht werden zu können. Alexandra fragte sich, wie es Pendlerinnen gehen mochte, die keine Chance hatten, solche Termine einzuhalten, ohne sich einen ganzen Tag freizunehmen. Aber sie musste sich zusammenreißen. Max durfte nichts davon mitbekommen, wie schlecht es ihr ging. Contenance hatte man das früher genannt. Nur nichts anmerken lassen.

Sie war spät dran. Wie üblich waren nur mehr Plätze in der ersten Reihe frei, hinten drängten sich schon Mütter im Stehen, die vermeiden wollten, ganz vorne sitzen zu müssen. Was soll's, dachte sich Alexandra. Max will schließlich sehen, dass ich da bin.

Die gleichermaßen langweiligen wie salbungsvollen Reden der Direktorin und der Klassenlehrerin zogen sich hin, auch noch die Elternvereinsvorsitzende wurde zu einem holprigen Statement ans Podium gebeten. Als sich der Vorhang endlich öffnete, drängten zwei oder drei als Mäuse verkleidete Kinder nach vorne zu ihrer Klassenlehrerin und flüsterten ihr was zu. Daraufhin stürmten die Kinder fluchtartig aus dem Saal, während die Lehrerin sich peinlich berührt ans Publikum wandte. „Wir müssen uns noch ein wenig gedulden. Ein paar unserer kleinen Darsteller müssen wohl noch ..." Gelächter. War ja nicht anders zu erwarten gewesen, nach den ausufernden Redebeiträgen.

Endlich konnte begonnen werden. Alexandra konzentrierte sich lediglich darauf, zu applaudieren, wenn Max – ebenfalls im Mauskostüm – einen Auftritt hatte. Obwohl seine gesanglichen Darbietungen wenig überzeugten, klatschte Alexandra wie verrückt. Bis ihr die Handflächen wehtaten. Überhaupt fiel ihr auf, dass das Publikum der Aufführung kaum zu folgen schien – nur wenn das eigene Kind an der Reihe war, wurde geklatscht, ohne Rücksicht darauf, ob gesungen, gesprochen oder musiziert wurde. Eigentlich ein reines Chaos. Alexandra war glücklich, als sie, Max an der Hand, dem Ausgang zustrebte. Was hieß, glücklich. Es war ihr gelungen, nicht vor allen Leuten in Tränen auszubrechen. Mehr war heute wohl nicht drin.

„Du warst super, Max! Echt toll!“ „Krieg ich dafür auch eine Belohnung?“ Großartig. Er hatte schon gelernt: Wenn man seinen Eltern gefiel, musste man belohnt werden. Mit etwas, das möglichst viel Geld kostete. „Soll ich dir dein Lieblingsessen kochen?“ Max zog eine Grimasse. „Was ist mit der Playstation?“ Statt einer Antwort schubste Alexandra ihn auf seinen Kindersitz und zog den Gurt über seine Schultern, etwas heftiger, als es notwendig gewesen wäre. „Aua!“, beschwerte sich Max. „Lieblingsessen und Eis!“, beschied ihm Alexandra. „Oder gar nichts, wenn du unverschämt bist.“ Max, so dachte sie bei sich, war nicht unverschämt. Er fühlte sich ganz einfach nicht wohl angesichts der ständigen Spannungen zwischen Anton und ihr. Aber dass die weniger werden würden, daran war kaum zu denken. Was sollte sie nur tun? Am besten wäre es ohne Anton. Ganz ohne ihn. Dann würden sie und die Kinder wieder friedlich zusammenleben können.

Als sie die Haustür ins Schloss fallen hörte, wandte sie sich der Küchenanrichte zu und ging energisch auf die Zwiebeln für die Spaghettisoße los. Da konnte wenigstens keiner sehen, warum sie heulte. Sie hörte noch ein paar Geräusche im Vorraum, doch Anton tauchte nicht auf. Danach schlug die Tür zu seinem Arbeitszimmer zu. „Papa!“ Max rannte ihm sofort hinterher. Sie war gespannt, was Anton ihm erzählen würde.

XI

Ich bin jetzt in einer anderen Schule. Frau Professor Marinkovic hat meinen Anblick nicht mehr ertragen und ich ihren auch nicht. Und wenn ich Herrn Professor Roithner begegnet bin, hab ich immer weggeschaut. Ich weiß, er hat mir dann immer hasserfüllt nachgestarrt. Und er hat ja recht. Er ist nicht mehr mit Frau Professor Marinkovic zusammen, ich habe auch ihr Vertrauen in ihn zerstört. Er ist der Einzige, der wirklich weiß, wie sehr ich gelogen habe, und er hat allen Grund, mich zu hassen. Ich nehme mir vor, ab jetzt niemandes Vertrauen mehr zu missbrauchen, und auch, so zu sein, dass mich niemand mehr hasst.

Wir sind vom Hof weggezogen. Mama hat ja kein Einkommen mehr, und zum Schluss sind ihr sogar die Hasen und die Hühner zu viel geworden. Obwohl ich mich die meiste Zeit um sie gekümmert habe. Wir wollen den Hof verpachten oder verkaufen, aber bis jetzt hat noch niemand angebissen. Wir leben von sehr wenig Geld, und wenn ich etwas will, muss ich es mir selber kaufen. Deshalb habe ich mir sofort, nachdem ich fünfzehn geworden bin, einen Job gesucht. Freitag und Samstag arbeite ich als Kellnerin, insgesamt sechzehn Stunden. Spaß macht es mir keinen, aber ich habe jetzt eigenes Geld und bin unabhängig.

In der neuen Schule finde ich kaum Kontakt, meistens verbringe ich die Pausen alleine, auf meinem Platz oder im Schulhof. Die Mädchen, finde ich, sind alle zickig, ständig gibt es Gegacker, wenn sie ihre Köpfe zusammenstecken. Sie sind fürchterlich kindisch. Die Jungen starren mich unverhohlen an, trauen sich aber kaum, mich anzusprechen. Ich glaube, das liegt auch daran, dass ich sehr erwachsen aussehe. Ich bin größer als die meisten in meiner Klasse, trage eine Brille und habe ziemlich große Brüste bekommen. Für die ich mich allerdings nicht schäme. Es gibt noch ein zweites Mädchen mit einem ziemlich großen Busen in meiner Klasse, die geht immer bucklig und zieht nur weite Sachen an. So etwas tue ich mir nicht an. Auch wenn ich dafür angeglotzt werde. Sie werden sich schon beruhigen.

Mit Mama wird es immer schwieriger, vor allem, seit ich meine Kleider selber kaufe. Ich weiß nicht, ob ich Geschmack habe, aber in den letzten Monaten habe ich mir ein paar kurze Röcke gekauft und trage meistens schwarze Strumpfhosen dazu. Je neuer der Rock ist, desto kürzer ist er auch. Die letzten habe ich eigenhändig gekürzt. Jetzt ist endgültig Schluss mit dem braven Mädchen, das ich einmal war. Ich muss für mich alleine denken und handeln, niemand hilft mir. Aber ich schaffe das schon.

Die anderen Mädchen tragen fast alle verwaschene Jeans, und ich habe keine Lust, so auszusehen wie sie. Meine T-Shirts sind mittlerweile auch fast alle schwarz, manche mit silbernen Applikationen, auch Purpur und Rot mag ich gern. Es schmeichelt mir ein wenig, dass sich fast alle Lehrer nach mir umdrehen, wenn ich ihnen auf dem Gang begegne. Auch einige Lehrerinnen.

Beim Kellnern verzichte ich auf auffällige Kleidung, angetrunkene Männer sind auch so schon lästig genug. Aber ich habe mir bereits einen Ruf verschafft, ein paar haben sich saftige Ohrfeigen eingefangen, wenn sie mir an den Hintern oder an die Brüste gefasst haben. Ich bin nämlich nicht nur groß, sondern auch kräftig. Zu Hause habe ich ein paar Hanteln, mit denen ich regelmäßig trainiere. Zum Beispiel, während ich lese oder für Prüfungen lerne. Zuerst hat mich mein Chef gewarnt. Wenn ich Gäste nicht zuvorkommend behandle, fliege ich. „Gäste!“, habe ich ihm nur hingeworfen, mit aller Verachtung, zu der ich fähig bin. Aber er hat ziemlich schnell begriffen, dass ich verlässlich und belastbar bin und dass ich guten Umsatz mache, denn ich kann auch sehr freundlich sein. Wenn man mich ordentlich behandelt. Außerdem bleibe ich oft bis nach zwölf, wo ich eigentlich Dienstschluss habe. Und frage nicht nach der Bezahlung für die Überstunden. So habe ich einiges bei ihm gut.

Mama regt sich über meine Kleider furchtbar auf. Wie eine Hure renne ich herum, keift sie. Und dass ich ihr ja kein Bankert nach Hause bringen soll. Dass sie damit ein uneheliches Kind meint, das habe ich erst nachsehen müssen. Aber das ist ein Bereich, in dem sich bei mir gar nichts entwickelt, Mama müsste also gar keine Angst haben. Nicht nur in meinem Lokal, auch in der Schule habe ich schon den Ruf, dass ich keine Jungen an mich heranlasse. Sogar „Eiserne Jungfrau“ habe ich schon hinter meinem Rücken flüstern hören.

Was Männer betrifft, habe ich einfach Schwierigkeiten. Ich weiß nicht, wie ich das sonst nennen könnte. Ein bisschen Ekel ist dabei, ein bisschen Angst vor ihrer Gewalttätigkeit. Kein Wunder, bei allem, was mir als Kind passiert ist. Nur ganz selten glüht ein zarter Funke irgendwo in meinem Inneren auf, wenn ich einen Jungen oder einen Mann sehe, den ich wirklich attraktiv finde. Der erlischt aber meist schnell wieder. Auch die Stars geben mir nichts. Viele in meiner Klasse haben Bilder von Stars auf ihre Federschachteln geklebt, auch auf ihre Rucksäcke und Mappen. Ich wüsste nicht, warum ich so etwas tun sollte. Vielleicht fehlt mir etwas, was die anderen haben, ich weiß es nicht.

Doch, einen Star gibt es, der auch mich fasziniert. Madonna. Manchmal möchte ich sein wie sie. Sie trägt wilde Outfits, zeigt allen, dass sie vor nichts Angst hat und sich für nichts schämt. Ja, das gefällt mir. Sich für nichts schämen. Sich auch nackt hinstellen und zeigen, so bin ich. Egal, was ihr denkt. Natürlich weiß ich, dass das bei Madonna nur eine Masche ist, dass es nur ums Geld geht. Aber immerhin. Ein Plastikpüppchen, das mit sich machen lässt, was die Männer wollen, das ist sie nicht.

Ich habe mir die Ohren durchstechen lassen und mir Ohrgehänge gekauft, mit einem Totenkopf drauf. Mama hat sie nicht zu sehen bekommen, aber in der Schule haben alle hinter meinem Rücken getuschelt. Dazu schminke ich mir die Lippen jetzt immer rot. Allerdings überlege ich, ob nicht grau oder schwarz noch besser wäre. Als mich Professor Stuiber das erste Mal in diesem Outfit gesehen hat, ist sie kurz zusammengezuckt. Mehr als ein „Na!" und ein angedeutetes Kopfschütteln ist aber nicht gekommen. Wahrscheinlich kann sie mein Äußeres und mein Verhalten nicht unter einen Hut bringen – ich bin nämlich noch immer die Beste in der Klasse. Wenn ich aus dem Elend dieser Familie herauswill, dann läuft das nur über einen möglichst guten und frühen Schulabschluss – und eigene Arbeit.

Aber dann, nach den Weihnachtsferien, ist Nina in unsere Klasse gekommen. Bleich geschminkt, Augen schwarz umrandet, Haare schwarz gefärbt, schwarze Kleidung. Sie hat sich neben mich setzen müssen, denn es war der einzige freie Platz. Wir haben uns angesehen, und wir haben beide lachen müssen. Für Außenstehende musste es aussehen, als ob wir seit Jahren beste Freundinnen gewesen wären und unseren Stil ganz bewusst aneinander angeglichen haben, als ob wir seit Jahren gemeinsam shoppen.

„Gehst du mit mir was trinken?“ Noch nie hat mich das jemand nach der Schule gefragt. Ich nicke. Fast eine Stunde spazieren wir dann durch die Stadt. Ich friere ein wenig, und es wird schon dämmrig. Auf dem Weg erfahre ich mehr über sie, als ich in fast einem halben Jahr über irgendeine meiner anderen Mitschülerinnen erfahren habe. Sie lebt, wie ich, alleine mit ihrer Mutter. Allerdings hat sie keine Geschwister, der Vater hat die Familie verlassen, als sie elf war. Sie sagt nur einen Satz über ihn, aber in den legt sie ganz viel Verachtung. „Mein Vater ist tot“, erzähle ich. Aber auch, dass er ein Säufer war und gewalttätig. Nina sieht mich an. „Wir haben viel gemeinsam!“, sagt sie.

In dem Lokal, in das sie mich führt, steht der Rauch förmlich im Raum. Ich bin noch nie hier gewesen, aber Nina küsst mindestens vier oder fünf Leute auf die Wangen. Zwei davon hinter der Bar. „Das ist Alex.“ Die Leute nicken mir durch die Rauchschwaden hindurch zu, wir fallen auf ein durchgewetztes Sofa, und mir ist, als wäre ich immer schon hier gewesen. Plötzlich fällt mir süßlicher Duft auf, anscheinend wird hier auch Haschisch geraucht.

Nina bietet mir eine Zigarette an. Ich schüttle den Kopf. „Ich rauche nicht.“ Erstaunt zieht sie die Augenbrauen hoch. Ich beschließe, ihr gleich noch ein paar Sachen zu sagen, damit unsere Freundschaft nicht auf unsicherem Grund wächst. „Ich nehme auch keine Drogen und trinke keinen Alkohol. Und ich bin Vorzugsschülerin. Ich hoffe, du kannst damit leben.“ Nina lacht laut auf. „Du siehst nicht so aus.“ Ich streiche mir eine Haarsträhne hinter das Ohr zurück und greife nach meinem Totenkopf. „Ich weiß. Ich will nie aussehen, wie man sich jemand Bestimmten vorstellt. Ich will ich sein. Und mir ist jede recht, und jeder, der das akzeptiert. Und ich lass auch alle sein, wie sie sein wollen. „Ist okay so!“ Nina nimmt einen tiefen Zug aus ihrer Zigarette. Ich lehne mich zurück und beobachte die Leute um uns herum. Sie rauchen und trinken vor sich hin, gesprochen wird wenig. Die Musik ist ohnehin so laut, dass man sich nur unterhalten kann, wenn man seinem Gegenüber direkt ins Ohr schreit.

Die laute Musik und den Rauch bin ich gewohnt, ich arbeite schließlich als Kellnerin, das macht mir nichts. Aber hier ist das Publikum völlig anders als in meiner Bar. Ich weiß nicht, die sehen alle irgendwie besonders aus. Und sind sehr still. In meiner Bar reden die Männer über Fußball und Frauen, in lautem, prahlerischem Ton, mehr fällt ihnen selten ein. Und ihre Freundinnen sitzen meistens schweigsam neben ihnen und rauchen eine Zigarette nach der anderen. Manche haben ganz kleine Hunde mit dabei, und ich frage mich, wie die den Rauch aushalten. Hier reden dagegen eher die Mädchen, flüstern einander ins Ohr. Kichern. Manche starren auch nur vor sich hin.

Mir gegenüber hat sich ein junger Mann mit wirren, langen Haaren hingesetzt. Er grinst mich belustigt an. „Dich hab ich hier noch nie gesehen. Wie heißt du?“ Ich sage: „Alexandra!“ Er hält sich die Hand hinters Ohr, hat mich nicht verstanden. Schlägt die dürren Beine übereinander. Nicht nur wirres Haar hat er, auch einen strubbeligen Bart. „Alexandra!“, brülle ich. Er nickt und dämpft seine selbst gedrehte Zigarette aus. „Alexandra! Xandra! Alandra! Schöner Name!“ Er scheint schon gut drauf zu sein. „Na ja!“, sagt er. „Dann hoffen wir, dass wir dich öfter hier sehen! Deine Aura ist eine echte Bereicherung für dieses heruntergekommene Etablissement!“ Er steht auf, wankt Richtung Bar. Auch eine neue Erfahrung für mich. In meiner Bar werde ich gewöhnlich von neuen Gästen unverhohlen von oben bis unten gemustert, wobei ihre Blicke meist länger auf meinem Busen verweilen. Dann wenden sie sich ab und flüstern ihren Freunden „Geile Alte!" oder so etwas zu.

Nina hat ihren Kopf an meine Schulter gelehnt. Ich glaube, sie ist schon beim dritten Drink. Ich bin müde, mir fallen fast die Augen zu. Ich muss unbedingt noch Chemie lernen, da wird es ohnehin spät. Und außerdem muss ich morgen Abend arbeiten. ich brauche meinen Schlaf. „Ich geh jetzt!" Sanft schiebe ich Nina wieder hoch. „Jetzt schon?" „Schläfst du nie?", frage sich sie. „Doch!" Sie grinst. „Oft hier, zum Beispiel."

Unsere Nachmittage verbringen Nina und ich jetzt meistens zusammen. Oft in Parks, manchmal auf Bänken auf Bahnhöfen und an Bushaltestellen. Nina hat ein bisschen Probleme mit Stille. Sie fühlt sich wohler, wenn Verkehrslärm um sie herum tost. Meist redet sie, aber ich kann gut zuhören. Trotzdem habe ich ihr schon viel über mein Leben verraten. Ich glaube, sie versteht mich.

11

Freitag. Schulschluss. Ferienbeginn. Annika jubelte schon am Morgen. „Keine Schule mehr!“ Max brüllte mit. Obwohl ihm in der Regel schon am zweiten Ferientag langweilig wurde. Alexandra fühlte sich krank. Wahrscheinlich war es ehrlicher, wenn sie sich heute auch tatsächlich krankmeldete, anstatt vor dem Bildschirm vor sich hin zu brüten und doch nichts zustande zu bringen. Außerdem musste sie mit niemandem reden und niemanden sehen, wenn sie krank zu Hause blieb. Und das übliche Schulschlussessen mit den Kindern würde auch ausfallen müssen. Grandios.

Wenigstens würden die Kinder, solange sie und Anton noch keinen Urlaub hatten, mit den Großeltern zum Wandern in die Berge fahren. Alexandra hatte ein ungutes Gefühl dabei. Bei Max konnte man nie wissen, was ihm alles einfiel, selbst auf einer einfachen Wanderung. Und dann waren da noch die Autofahrten mit Großvater. Die Schwiegereltern waren ja doch nicht mehr die Jüngsten, und Antons Vater war in den letzten Jahren etwas eigensinnig geworden. Und dann noch alle anderen möglichen Risiken. Und das viele Eis, mit dem die Großeltern die Kinder verwöhnten. Aber vor allem mochte sie sich gar nicht vorstellen, wie sich das Zusammenleben mit Anton während dieser Zeit gestalten würde. Ihre Ehe war am Ende, das stand außer Frage. Solange die Kinder im Haus waren, konnte sie ihm zumindest noch gut aus dem Weg gehen und war abgelenkt. Aber nur mit Anton unter einem Dach, diese Vorstellung machte ihr richtiggehend Angst.

Der tauchte nun mit gesenktem Kopf zum Frühstück auf. Alexandra wandte ihre Blicke rasch ab. „Ist alles schon fertig!“ Sie knallte die Kaffeekanne auf den Tisch, ohne hinzusehen. Gott sei Dank war sie früher als er aufgestanden, sodass sie sich bisher nicht begegnet waren. Das Bett neben ihr war leer gewesen, Anton war nachts nicht ins Schlafzimmer gekommen. Aber irgendwann würden sie doch wieder miteinander reden müssen. Wer würde das Schweigen brechen? Sie konnte es noch eine Zeit lang aushalten. Er auch?

„Was ist mit Mama?" Annika hatte doch gespürt, dass Ärger in der Luft lag. „Warum?" Mehr fiel Anton nicht ein, und sie wollte auch gar nicht mehr hören. Sie ließ die drei allein frühstücken. Anton schien ja bei blendendem Appetit zu sein, ihr war er schon längst vergangen. Sollte er den Kindern erklären, was los war.

Im Schlafzimmer kramte sie ihr Handy heraus und sprach auf Martins Mailbox. Am Montag, versprach sie, würde sie wieder im Verlag sein. Und während des Wochenendes auch an der Übersetzung arbeiten, soweit es ihr Zustand zuließe. Fernseher an. Irgendein Kitschfilm aus der Werkstatt eines öffentlich-rechtlichen deutschen Senders. Zwei auf einem Segelboot, am Bodensee, anscheinend. Sie Typus blonder Engel, Korkenzieherlöckchen. Er zwanzig Jahre älter, sauertöpfische Miene. „Wann sagst du's deiner Frau?" „Das ist nicht so einfach!"

Nein, war es nicht. So etwas hatte sie gerade noch gebraucht. Teleshopping? Kinderserie? Ja, Kinderserie. Altkluge Kinder auf Verbrecherjagd. Sie hatte in der Nacht kaum ein Auge zugetan. Jetzt schlief sie nach wenigen Minuten ein.

Als sie wieder aufwachte, war sie schweißnass. Sie hatte die Balkontür offen gelassen, und der angekündigte heiße Sommertag war tatsächlich gekommen. Sie hatte Kopfschmerzen und schaltete den Fernseher ab. Im Haus war es still, alle waren ausgeflogen. Halb zehn.

Die Kinder würden bald wieder auftauchen, am Zeugnistag behielt man sie ja nicht lang in der Schule. Sie zog ihren Pyjama aus und warf einen Blick in den Spiegel. Brauchte Anton wirklich ein Betthäschen mit Korkenzieherlocken? Ihre Figur, fand sie, war doch ansehnlich. Nicht einmal „noch“, sondern ansehnlich. Störten ihn vielleicht die paar Schwangerschaftsstreifen? Oder war ihr Busen zu schlaff? Zu groß? Zu klein? Wollte er Silikonpolster rein haben? Oder sollte sie sich vielleicht die Schamhaare rasieren, wie alle jungen Frauen heutzutage? Anton hatte immer behauptet, Haare fände er erotischer. Ob sich Schmollmündchen rasierte?

Ihr Handy zeigte ein SMS an. Das konnte warten. Sie musste vorher duschen. Und sie musste wieder klare Gedanken fassen können – wie schon oft in den letzten Tagen sagte sie sich, dass es so nicht weitergehen könne. So nicht. Sie konnte und wollte Anton nicht mehr sehen, samt seinem Geld. War er weg, dann würde alles wieder so werden, wie es vorher gewesen war. Nur eben ohne Anton. Nur noch zu dritt. Sie ließ lauwarmes Wasser über ihren Körper rinnen, auf ihren Schädel prasseln. Auf die Schultern, die Brüste, den Bauch. Sie musste sich etwas überlegen. Es musste ja eine Möglichkeit geben, Anton loszuwerden.

Plötzlich fiel ihr die USA-Reise ein. War die jetzt abgesagt? Oder fuhren sie doch? Sie wollte in die USA, das war sicher. Aber mit Anton? Vielleicht kam er ja noch einmal zur Vernunft? Quatsch! Sie begann schon wieder, sich Entschuldigungen für ihn auszudenken, zu überlegen, ob mit ihm nicht doch noch alles gut werden würde. Alles gut! Das war ja lachhaft!

Sie trocknete sich ab. Ein dünner Rock, ein Top, das aus fast nichts bestand. Endlich war Sommer. War ja nicht schlecht. Aber mit wem die späten Sonnenuntergänge genießen, mit wem den Sundowner teilen? Nicht einmal für ein paar Minuten hatte ihre positive Stimmung angehalten.

Das SMS war von Anton. „Es tut mir leid. Wir müssen reden." Es tat ihm leid! Na, dann war ja alles wieder in Ordnung! Wie viele Millionen Frauen hatten solche SMS schon bekommen? Obwohl es die erst seit fünfzehn, zwanzig Jahren gab? Ihm war wohl kein Klischee zu billig. Sie würde mit den Kindern nachmittags an den Baggersee fahren, Anton konnte ihr gestohlen bleiben. Einen Aperol trinken, während die Kinder im Wasser planschten. Vielleicht einen netten Herrn kennenlernen. Lernte man nette Herren im Buffet am Baggersee kennen? Sie musste sich eingestehen, dass sie keine Ahnung hatte. Sie textete zurück: „Bin mit kids am baggersee. Kein mittagessen." So war wenigstens alles klar zwischen ihnen, für den Moment. Wenn er sich traute, konnte er ja an den Baggersee kommen. Wenn er nicht lieber mit seiner Tussi in irgendeiner Wellnesstherme herumknutschte.

„Mama, mein Zeugnis! Schon wieder keine Noten!" Sie war schon so zerstreut, dass sie völlig vergessen hatte, die Zeugnisse der Kinder ausgiebig zu bewundern. Max hatte eine verbale Beurteilung bekommen und war stinksauer darüber, dass er nicht, so wie seine Schwester, eine ganze Reihe Einser vorweisen konnte. „Deins auch, Annika!" Die strahlte wie frisch lackiert, als sie Alexandra ihr Zeugnis überreichte. Aber auch ihre fast lupenreine Einserreihe brachte Alexandra nicht die erhoffte Erleichterung. Zu tief saß der Schock über Antons Untreue. „Ich will auch Einser! Warum krieg ich keine?" „Weil du noch ein Baby bist!" Annika war wirklich eine große Hilfe im Trösten.

„Wir fahren jetzt zum Baggersee. Es ist so heiß heute“, erklärte Alexandra den Kindern. Annika maulte herum, Max war natürlich, wie immer, wenn er ins Wasser durfte, begeistert. „Das ist ja so was von fad! Ich möcht lieber zum Running Sushi und dann ins Kino!“ Alexandra schüttelte den Kopf. „An so einem wunderbaren Tag ins Einkaufszentrum und dann noch ins Kino? Kommt nicht infrage! Ich pack jetzt zusammen!“ „Und Papa?“ „Der ist im Büro, der hat heute keine Zeit!“ Max schmollte. Was würde er erst sagen, wenn Anton überhaupt aus seinem Leben verschwand? Er würde sich daran gewöhnen. Gewöhnen müssen. Kinder vergaßen schnell. Alexandra warf die Sandspielsachen in ihre geräumige Sporttasche.

Annikas Laune besserte sich erst, als sie, nach umständlichen Unterhaltungen über WhatsApp, zwei Freundinnen gefunden hatte, die auch an den Baggersee mitkommen wollten. „Können wir Vicky und Vanessa abholen?“ Alexandra nickte seufzend. Zwei weitere Kinder, auf die sie aufpassen musste.

Nach wenigen Minuten am See hatte Alexandra genug gesehen – auch die beiden Freundinnen von Annika waren sichere Schwimmerinnen. Sie ließ sich ins Wasser gleiten und schwamm mit kräftigen Zügen auf das gegenüberliegende Ufer zu. So schnell sie konnte. Bis sie völlig außer Atem war. Noch weiter, zehn Züge ging es noch, zwanzig. Umdrehen, zu den Kindern zurück. Tempo beibehalten. Bis zur Erschöpfung. Bis das Hirn endlich leer war und sie an nichts mehr denken konnte außer ihre brennende Lunge. Das tat gut. Am liebsten wäre sie endlos so weitergeschwommen. Bis der Schmerz endgültig nachließ. Sie hockte sich schwer atmend ans Ufer und sah den Kindern beim Planschen zu. Sobald sich ihr Atem beruhigte, war der Schmerz wieder da. Er ging nicht mehr weg.

Als sie nach Hause zurückkamen, stand Antons Cabrio vor der Tür. Alexandra wollte schnell die nassen Sachen auf der Terrasse aufhängen, als ihr Blick an einem Paket auf dem Esstisch hängen blieb. Eine Playstation? Anton hatte eine Playstation gekauft? Hatten sie nicht vereinbart, dass eine solche Anschaffung abgesprochen werden musste? Ihr Blick fiel auf Annikas Platz. Dort lag ein großes Foto eines Pferdes, mit einer Schleife darum herum. Sie griff danach. Das Foto zeigte Spitfire, eine Stute, die Annika schon geritten hatte. Das durfte nicht wahr sein. Sie warf die Sporttasche auf den Boden. „Anton!“ Wutentbrannt raffte sie Playstation und Foto an sich, während Max und Annika gerade hereinkamen. „Was ist das?” „Nichts!”, zischte Alexandra und riss die Tür zu Antons Arbeitszimmer auf. Er saß am Computer, und sie warf ihm Schachtel und Foto entgegen. „Spinnst du? Wir haben ausgemacht ...“

Annika und Max waren ihr natürlich nachgerannt. „Mama, die Playstation! Die darfst du doch nicht ... Jetzt ist die Schachtel kaputt!“ Max heulte auf, riss die an einer Ecke etwas eingedrückte Schachtel an sich und barg sie in seinen Armen wie ein verwundetes Kätzchen. „Spitfire! Hast du Spitfire gekauft?“ Anton nickte. Und lächelte. Beide Kinder fielen ihm um den Hals. Alexandra war hier wohl überflüssig. Völlig überflüssig. Sie merkte, wie ihr die Tränen in die Augen stiegen. Sie drehte sich um, hastete die Stiege hinauf, schlug die Schlafzimmertür hinter sich zu und warf sich aufs Bett. Nicht Anton war es, auf den diese Familie verzichten konnte, sie selbst war es. Wie konnte sie jetzt wieder hinuntergehen und den Kindern erklären, dass diese Geschenke nicht abgesprochen waren und zurückgegeben werden mussten? Seit Geld da war, viel Geld, war sie für Anton, und anscheinend auch die Kinder, unnötig geworden. Oder noch viel schlimmer, sie war jemand, der einfach jeden Spaß verdarb, sich über nichts freuen konnte. So war es. Am besten würde sein, sie entsorgte sich selbst. Zumindest für diesen Abend wollte sie das auch tun. Wie in Trance stand sie auf, suchte sich ein Raddress aus dem Kasten und streifte es über.

Als sie die Stiege hinunterging, kam ihr Annika entgegen. „Ich hab jetzt ein Pferd! Können wir gleich hinfahren? Bitte!" Alexandra gab ihr nicht einmal eine Antwort. Sie musste jetzt weg. Max war nirgends zu sehen. Wahrscheinlich war er schon mit seinem neuen Spielzeug beschäftigt. Die Tür zu Antons Arbeitszimmer war zu. Vielleicht vergnügten sich beide darin mit der Playstation. Sie fand ihre Radschuhe, holte Helm und Handschuhe vom Schrank und flüchtete in die Garage. Nur weg.

Sie musste sich anstrengen. Mehr noch als beim Schwimmen. Alles herausschwitzen. Die erste Kehre. Was dachte sich Anton eigentlich? Wahrscheinlich gar nichts. Zu wenig zumindest. Ob sich das alles noch einmal einrenken ließe?

Zweite Kehre. Der Anstieg wurde steiler, sie trat kräftig in die Pedale. Sie war sich wie eine Fremde vorgekommen, in ihrer eigenen Familie. Nicht einmal einen Augenblick lang hatten sich die Kinder für sie interessiert.

Dritte Kehre. Warum sollte sie sich aus der Familie entsorgen? Sie dachte gar nicht daran. Es war schließlich Anton, der sie betrog und sich nicht an Absprachen hielt. Schweiß lief ihr über den Nacken, den Hals hinunter. Obwohl der Hang bereits im Schatten lag, war es unerträglich heiß. So heiß, wie es im Death Valley werden würde, aber noch lange nicht. Anton mochte die Hitze nicht. Vielleicht würde er einen Herzinfarkt bekommen, wenn sie ihn in eine anstrengende Wanderung in der Gluthitze dort hetzte. Gute Lust dazu verspürte sie jetzt.

Vierte Kehre. Die Dame mit den Korkenzieherlocken ging ihr nicht aus dem Sinn. Alles andere würde sich vielleicht noch hinbiegen lassen, wenn sie Anton androhte, ihn zu verlassen, wenn er sie nicht ernst nahm. Aber was würde eine Trennung bedeuten? Er würde die Kinder mit Luxusgütern überschütten, und sie stünde mit den Alltagsproblemen, die man nicht mit Geld lösen konnte, allein im Regen. So nicht, Anton. So nicht.

Fünfte Kehre. Ihr Puls war auf mindestens 170, in einem solchen Tempo war sie den Berg noch nie hinaufgeradelt. Die Wut setzte ungeahnte Kräfte frei. Die würden sich auch noch gegen Anton richten, das schwor sie sich. Wer nicht hören konnte, der musste fühlen.

Als sie sich auf den Heimweg machte, war die Dämmerung bereits hereingebrochen. Die Wut beim Aufstieg war der Angst vor der gefährlichen Abfahrt gewichen. Gut, dass ich noch um mein Leben zittere, dachte sie. Wenigstens noch nicht alles verloren. Anton wollte reden? Gut. Sollte er. Sie würde zuhören. Aufmerksam, aber nicht lange. Sie begann zu frieren. Die Nacht würde kühl werden.

Anton lugte aus seinem Arbeitszimmer, als sie die Haustür zusperrte. Fast ängstlich. „Wo warst du denn?“ „Ich war ja offenbar überflüssig hier. Das habt ihr mich deutlich spüren lassen.“ „Die Kinder sind schon im Bett. Es tut mir alles so leid!“ Ja. Alles tat ihm leid. Gestern, und heute, und überhaupt. Sie legte ihren Helm auf die Vorzimmerkommode. „Du wolltest reden, hast du mich wissen lassen? Also rede!“ Sie drängte ihn von der Tür des Arbeitszimmers weg, setzte sich auf das Sofa, das seinem Schreibtisch gegenüberstand, und schlug die Beine übereinander. „Also. Ich höre."

„So geht das nicht!" Anton rang die Hände. „Das ist ja wie bei einem Verhör!" Alexandra legte alle Verachtung, derer sie fähig war, in ihre Stimme. „Soll ich vielleicht vorher noch für Wohlfühlatmosphäre sorgen, damit der Herr sich beim Reden leichter tut?" Anton setzte sich hinter seinen Schreibtisch und starrte die Platte an. „Bitte werd jetzt nicht zynisch", flüsterte er. Alexandra stand auf. „Ich kann auf deine empfindsame Seele jetzt keine Rücksicht mehr nehmen. Ich bin hier die Betrogene, Gedemütigte, vergiss das nicht. Mir steht Zynismus zu!" Sie fasste an die Türklinke. „Bleib da! Ich red ja schon!" Alexandra blieb in der Tür stehen und verschränkte die Arme vor der Brust.

„Das ist alles nicht so, wie du denkst!" Sie glaubte, ihren Ohren nicht zu trauen. Schon wieder kam er ihr mit diesen Klischees. „Frau Uhrmacher, Ruth, ist eine Kundin. Ich habe dich nicht mit ihr betrogen. Und das mit Mirko, das war anscheinend schon aus, bevor es richtig begonnen hatte. Sie haben sich getrennt. Aber sie möchte mit mir ..." Anton räusperte sich. „... genauer, mit unserer Firma ein Projekt verwirklichen. Dort, auf dem Hang, den ich eigentlich für uns kaufen wollte." „Was für ein Projekt denn?", höhnte Alexandra. „Outdoor-Vögeln vielleicht? Dazu braucht sie aber keinen Architekten." Anton sah sie an wie ein waidwundes Tier. Dennoch empfand sie nicht einen Funken Mitleid. Ganz im Gegenteil, seine Lügen und sein Selbstmitleid kotzten sie an.

„Weiter!", befahl sie. „Nichts weiter. Nur eine Geschäftsbesprechung." Er glaubte anscheinend tatsächlich, dass er damit durchkam. Alexandra erinnerte sich an seine Reaktion, als sie im Restaurant am Tisch aufgetaucht war. Er war schockiert gewesen – und jetzt sollte das alles nur eine Geschäftsbesprechung gewesen sein? „Du bist dabei beobachtet worden, wie du mit dieser Frau herumgeschmust hast!"

Anton schüttelte den Kopf. „Das habe ich nicht, das muss ein Missverständnis sein, ich ..." „Hör mal, als ich reingekommen bin, zu eurem Tête-à-Tête, da hast du dreingesehen, als ob du beim Ladendiebstahl erwischt worden wärst! Ich kenn dich doch, ich sehe es doch, wenn du lügst!" Wieder schüttelte Anton den Kopf. „Das war doch nur, weil ich geahnt habe, dass du die Situation missverstehen wirst!"

Alexandra hatte endgültig genug. Er war nicht einmal Manns genug zuzugeben, dass er sie betrog. „Du bist einfach widerlich, weißt du das?" Sie ließ ihn stehen und machte, dass sie ins Schlafzimmer kam. Hoffentlich hatte er wenigstens so viel Anstand, dass er in seinem Arbeitszimmer bleiben würde. Sie konnte ihn heute nicht mehr sehen.

XII

Heute gehen wir zu Nina nach Hause. Sie hat ganz beiläufig erzählt, dass sie sowieso nicht daran glaubt, dass sie dieses Schuljahr schafft. Es ist ihr auch egal. Aber sie ist nicht dumm. „Ich helf dir in Mathematik!", habe ich gesagt. „Du schaffst das!" Sie zuckt mit den Schultern. Trotzdem. Wir probieren es.

Sogar Ninas Wohnung ist der unseren ziemlich ähnlich. Klein und mit abgewohnten Möbeln. Der Unterschied ist nur, hier ist es sauber und aufgeräumt. Bis auf Ninas Zimmer. Da liegt alles auf dem Boden herum, so wie bei mir. Nina schaltet Musik ein, und wir legen uns nebeneinander aufs Bett. Wir sollten zwar mit Mathematik anfangen, aber ein bisschen ausrasten kann ja nicht schaden.

„Hast du schon einmal etwas mit einem Mädchen gehabt?" Nina dreht sich zu mir und legt mir eine Hand auf den Bauch. Ich bin überrascht, nicht nur über das, was sie gesagt hat, sondern auch über die Wärme, die von ihrer Hand ausgeht. Ich sage zunächst einmal gar nichts. Nina schiebt ihre Hand unter mein T-Shirt. Vielleicht war es das, was mir gefehlt hat? Vielleicht bin ich abweisend zu Männern, weil ich lesbisch bin? Wäre ja kein Wunder, dass man sich bei meinen Erfahrungen eher zu Frauen hingezogen fühlt. Vielleicht war ich auch schon in Frau Professor Marinkovic verliebt, wer weiß?

Doch das hier geht mir alles ein wenig zu schnell. Nina schiebt ihre Hand in mein Höschen, ist schon am Ansatz der Schamhaare angelangt, als ich sie am Handgelenk packe. „Was ist?" „Ich weiß nicht", sage ich. „Ich habe noch nie darüber nachgedacht. Zumindest habe ich mich noch nie in ein Mädchen verliebt." Dass ich mich auch noch nie in einen Jungen verliebt habe, das sage ich lieber nicht. Und das mit Frau Professor Marinkovic schon gar nicht. „Probieren geht über Studieren!“ Nina steht auf, öffnet eine Schublade ihrer IKEA-Kommode und holt eine Flasche Wodka heraus. „Wirst sehen, das macht locker!“ Ich bin unschlüssig. Alkohol wäre für mich eine neue Erfahrung. Und etwas mit einem Mädchen zu haben, sowieso.

Nina nimmt einen großen Schluck und hält mir die Flasche hin. Ich nehme sie, zögere ein wenig. Währenddessen zieht sich Nina schon ihr T-Shirt über den Kopf und schlüpft aus dem Rock. „Wenn deine Mutter ...“, werfe ich zaghaft ein. „Keine Angst! Die arbeitet lang!“ Sie steht in Unterwäsche vor mir. Ich nehme einen Schluck.

Als ich die Flasche beiseitestelle, ist Nina schon ganz nackt. Ich habe, so überlege ich, noch nie eine meiner Mitschülerinnen ganz nackt gesehen. Oder ein anderes Mädchen. Nach dem Turnunterricht zu duschen ist bei uns nicht üblich. Nina stützt die Hände in die Hüften. Sie hat viel kleinere Brüste als ich und dichtes, dunkles Haar zwischen den Beinen. Ihre Hüftknochen stehen vor, sie ist magerer, als ich sie mir vorgestellt habe. „Und das Beste“, sagt sie, „man kann nicht schwanger werden!“ Sie lässt sich auf das Sofa fallen und zerrt an meinem T-Shirt. Mir wird warm vom Alkohol, sehr warm. Mit dieser Wirkung hatte ich nicht gerechnet.

Ich löse mich von ihr, ziehe selbst mein T-Shirt über den Kopf, beeile mich beim Ausziehen, verhasple mich, als ich die Strumpfhose vom Fuß ziehen will. Ich weiß nicht, warum ich die Hände über meiner Brust verschränke, als mich Nina auf ihr Bett zieht. „Wow, du hast so einen tollen Busen!“ Nina drückt meine Hände weg, legt ihre Hand um meine Brust, küsst mich auf den

Mund. Ich weiß nicht, wovon mir heiß wird, vom Wodka oder von ihren Berührungen.

Es dauert nicht lange, und Nina legt meine Hand zwischen ihre Beine. Sie ist feucht und keucht ein wenig, als ich beginne, ihre Klitoris und ihre Schamlippen zu streicheln. „Nicht aufhören!“, flüstert sie, und gleichzeitig spüre ich ihre Hand zwischen meinen Schenkeln. Es ist mir peinlich, als ich merke, dass ich viel weniger feucht bin als Nina. Ich bemühe mich, mir vorzustellen, dass ich selber es bin, die mich streichelt. Wir beginnen, aneinander zu schwitzen, und es dauert nicht lange, bis Nina aufstöhnt. „Mir kommt's!“, schreit sie. Ich habe, finde ich, zuletzt nur mehr recht mechanisch gerubbelt und gehofft, dass ich bald aufhören kann. Ich bin weit von einem Orgasmus entfernt.

Als sich Nina aufrichtet, hat sie nasse, verklebte Haare. Ihr Gesicht ist feuerrot, ihre Brustwarzen stehen aufrecht, während meine, na ja. „Das war super! Ist es dir auch gekommen?“ Sie hat es nicht gemerkt, dass ich nicht so erregt war wie sie. „Ich weiß nicht“, sage ich unsicher. „Bei mir war es das erste Mal, und ...“ Mehr fällt mir nicht ein. Ich möchte Nina nicht wehtun. Aber ich glaube nicht, dass ich noch einmal Sex mit ihr haben möchte. Ich bin mir jetzt fast sicher, dass ich nicht lesbisch bin. Obwohl ich mir nicht vorstellen kann, dass ich mit einem nackten Mann im Bett liege, habe ich mir gewünscht, dass mir Nina etwas in die Scheide steckt.

Am Freitag sage ich in der Schule noch nichts, sie strahlt mich an und drückt unter der Bank meine Hand. Als sie mich aber am Montagnachmittag fragt, ob ich wieder zu ihr kommen möchte, sage ich: „Aber nur für Mathematik!“ „Hat es dir nicht gefallen?“ Sie ist enttäuscht. „Doch, aber ...“ Ich weiß nicht, wie ich es ihr beibringen soll. „Aber du glaubst, du bist doch nicht lesbisch?“ Ich nicke. „Schade!“ Nina nickt. Als sie sich mir wieder zuwendet, schimmern ihre Augenwinkel feucht. „Aber man muss ja nicht mit jedem vögeln, den man mag!“ Sie versucht zu lächeln, dabei quillt ihr eine Träne aus dem linken Auge. Ich umarme sie.

12

Eiskalt war das Wochenende verlaufen, trotz des sommerlichen Wetters. Sie war Anton aus dem Weg gegangen, wann immer es möglich gewesen war. Nicht einmal bei Mahlzeiten hatten sie zusammen am Tisch gesessen. Einkauf und Kochen waren natürlich ihre Aufgaben geblieben, das war ja klar. Allerdings – an einem Tisch in einem Restaurant hätte sie es mit ihm sowieso nicht ausgehalten. Am Samstag war Anton mit Annika in den Reitstall gefahren, sie selbst hatte Mühe gehabt, Max von seiner Playstation loszueisen. Mit Aussicht auf Pizza und Baggersee war es ihr gelungen, doch sie hatte die Menschenmassen nicht lange ertragen. So war Max am späten Nachmittag im abgedunkelten Wohnzimmer verschwunden, während sie versuchte, auf einem Liegestuhl im Garten zu lesen. Aber der Inhalt des Buches rauschte an ihr vorbei, ohne dass die entsprechenden Bilder im Kopf entstanden. Anton drängte sich immer wieder in den Vordergrund. Anton mit Korkenzieherlöckchen. Sie stellte sich vor, wie sie sich küssten, liebkosten, auszogen. Es gelang ihr einfach nicht, diese Bilder aus ihrem Kopf zu vertreiben und durch die des Romans zu ersetzen.

Sonntags schlug das Wetter um, und sie verbrachte den Tag großteils im Bett. Das gleichmäßige Rauschen des Regens, der auf die Blätter der Bäume und Büsche im Garten strömte, war beruhigend. Annika hatte sich neben sie gelegt und während eines belanglosen Fernsehfilms pausenlos von den Erlebnissen im Reitstall erzählt. Mit Mühe gelang es ihr, Interesse zu heucheln. Wenigstens eine Zeit lang.

Am Montag beschloss Alexandra, noch einmal mit Sophie über den Kuss zu reden, den sie beobachtet haben wollte. Zwischen Anton und Frau Uhrmacher. Goldlöckchen. Zu Mittag ergab sich die Gelegenheit. Beim üblichen Salat mit Putenstreifen. Nein, heute war es einer mit Bündnerfleisch und Pinienkernen. Sie wusste nicht recht, wie sie es anpacken sollte. Allzu leicht konnte Sophie meinen, sie unterstelle ihr eine Lüge.

„Sophie, wegen der Geschichte mit Anton …“, begann sie unsicher. Sophie sah interessiert auf. War sie begierig, mehr über das Ende ihrer Ehe zu erfahren? Sensationslüstern? „Ich muss einfach wissen, was da zwischen den beiden, was für ein Kuss … Anton streitet nämlich alles ab!“ Sophie zog die Mundwinkel nach unten. „Du, ich will mich jetzt nicht zwischen euch stellen, und da praktisch als Zeugin … womöglich dann noch vor Gericht!“ Sie schob eine Gabel voll Salat in den Mund und versuchte zu lächeln. Alexandra rührte in ihrem Kaffee. Obwohl gar kein Zucker aufzulösen war. „Ich weiß schon. Es ist auch für dich schwierig. Ich will dich nicht verhören, nur deinen Eindruck …“ Sophie hatte noch nicht den ganzen Bissen hinuntergeschluckt, als sie etwas undeutlich antwortete. „Also für mich war das kein Kuss, den man einer bloßen Freundin oder Geschäftspartnerin gibt. Es war ein Kuss auf den Mund. Ein längerer. Da bin ich mir sicher. Fast.“ „Was heißt, fast?“ Sophie zuckte mit den Schultern. „Du weißt ja, das dauert einen Moment. Und Tage später soll man sich dann an jede Einzelheit ganz genau erinnern. Da wird man unsicher …“ „Einen Moment nur?“, fragte Alexandra verblüfft. „Das hab ich nicht wörtlich gemeint!“ Sophie schien bereits verärgert. „Ist schon gut!“

Es war keine gute Idee, sich jetzt auch noch Sophie zur Feindin zu machen. Und eigentlich schenkte sie Sophie auch mehr Glauben als Anton. Warum sollte sie etwas erfinden, das einen Keil zwischen sie und ihren Mann treiben würde? Noch dazu, wo Alexandra es nur Minuten später in allen Details bestätigt gefunden hatte, als sie den Tisch in dem italienischen Restaurant mehr oder weniger gestürmt hatte? Dennoch. Es musste Gewissheit her. Sie konnte Anton nicht einfach auf einen vagen Verdacht hin aus ihrem Leben befördern. Sie musste fair sein. Sie würde recherchieren müssen, beobachten. Einstweilen stand Aussage gegen Aussage.

Gegenüber den Kindern gab sie vor, sie müsse an ihrer Übersetzung weiterarbeiten. Anton war noch nicht nach Hause gekommen, er hatte sich auch nicht gemeldet. Zumindest nicht bei ihr. Eine Frau Uhrmacher, drei sogar, fand sie tatsächlich im Telefonbuch. Eine davon, so stellte sich heraus, war Geschäftsführerin eines Cafés in der Stadt. Eines, in dem Alexandra noch nie gewesen war. Es gab sowohl eine Homepage als auch eine Facebook-Seite. Nach längerer Suche fand sich endlich auch ein Foto der Geschäftsführerin. Es zeigte Goldlöckchen mit zwei Musikern, die im Café ein Livekonzert gegeben hatten. Nicht einmal unsympathisch schien sie, wie sie da in die Kamera lächelte. Alexandra sah sie sich genau an. Ein schwarzer Rock, schwarze Bluse mit Goldstickereien. Etwas billig, genau wie die hochhackigen Schuhe. Alexandra klickte die Fotos durch, die das Konzert dokumentierten. Goldlöckchen war schlanker als sie, hatte aber, soweit man das anhand der Fotos beurteilen konnte, kaum Busen. Ihr hatte Anton immer versichert, er sei in ihre Brüste vernarrt. Je größer, desto besser, hatte er immer gescherzt. Zumindest hatte sie das als Scherz aufgefasst. Hatte Goldlöckchen andere Qualitäten, mit denen sie Anton überzeugen hatte können? Ach ja, er hatte ja behauptet, sie sei an diesem teuren Grundstück samt Haus interessiert. Konnte man sich das leisten, als Wirtin?

Chávena hieß das Café. Ach nein, davon gab es ja eine ganze Kette! Alexandra klickte den Menüpunkt „Standorte" an. Sie zählte neun, nein, da musste man runterscrollen. Elf waren es. Gehörten der Dame elf Cafés? Na ja, dann brauchte sie wenigstens Antons Geld nicht. Andererseits – wenn sie kurz vor der Pleite stand, waren bei elf Lokalen nicht einmal 24 Millionen eine wirklich nennenswerte Finanzspritze. Oder doch? Sie musste sich Gewissheit verschaffen. In der nächsten Mittagspause würde sie ins Chávena gehen. Und zwar allein. Und wenn sie genug Mut aufbrachte, würde sie die Wirtin ansprechen, und zwar so direkt wie möglich.

Wo sich Anton wohl herumtrieb? Im Chávena? Sie konnte hier nicht weg, der Kinder wegen. Aber lange wollte sie sich nicht mehr Zeit lassen. Sie lag wach, bis sich, um etwa halb zwölf, der Schlüssel in der Haustür geräuschvoll drehte. Anton kam nicht herauf. Sie hörte nur, wie er ins Bad schlich und später die Tür zu seinem Arbeitszimmer schloss. Wahrscheinlich, so dachte sie, hatte er den Abend im Café verbracht. Beim Tête-à-Tête mit der Wirtin. Oder vielleicht in ihrem Schlafzimmer, nach der Sperrstunde.

Am nächsten Tag schützte Alexandra einen Arzttermin vor, um nicht mit Sophie essen gehen zu müssen. Stattdessen radelte sie zum Chávena. Es war ein modern eingerichtetes Lokal, hatte sogar Atmosphäre, das musste Alexandra zugeben. Und gut besucht war es außerdem, sehr gut sogar, denn es war kein freier Tisch in Sicht. Suchend blickte sie um sich. Dort hinten war eine Glaswand, hinter der sich Rauch in die Höhe kringelte. Das kam für sie nicht infrage. „Darf ich Ihnen ..." Die Frau erstarrte, als sie Alexandra erblickte. Die fing sich zuerst wieder. „Ja. Einen Tisch. Ich bin allein." „Bitte!" Goldlöckchen streckte die Hand einladend nach vorn. Hinter einer Säule stand ein unbesetzter Zweiertisch. Sie rückte den Stuhl für Alexandra zurecht. Wortlos, aber blass. Heute trug sie einen weinroten Lederrock und eine Bluse mit goldgrünem Muster. Sie sah gut aus. Und sie war mehr als zehn Jahre jünger als Alexandra. Wie konnte man mit knapp dreißig schon elf Cafés besitzen? Sicher geerbt. Warum war sie dann hinter ihrem Geld her? Alexandra ertappte sich dabei, dass sie den Gewinn als ihr Geld betrachtete, und neidete der Blonden, dass sie unter Umständen daran mitnaschen konnte. Was für ein Unsinn. Sie bestellte einen Kaffee und griff sich die Speisekarte, ohne noch einmal aufzusehen. Ihr Mut sank. Offenbar auch der von Frau Uhrmacher – sie zog sich wortlos zurück.

Was wollte sie jetzt eigentlich hier? Warum war sie gekommen? Um sich Klarheit zu verschaffen. Bei einem Kaffee und einem Croissant womöglich? Jetzt durfte sie den Schwanz keinesfalls einziehen, heute musste die Wahrheit auf den Tisch. Sie wartete nicht ab, bis der Kaffee serviert wurde, fasste sich ein Herz und trat an den jungen Mann hinter der Espressomaschine heran. „Die Chefin, bitte? Kann ich sie sprechen?" Der Mann lächelte und wies mit dem Kopf auf einen Durchgang in einen weiteren Raum zu seiner Rechten. „Gehen Sie nur rein!"

Jetzt konnte sie nicht mehr zurück. „Guten Tag!" Sie war in der Küche gelandet. Frau Uhrmacher war gerade mit einer Vorspeisenplatte beschäftigt. Lachs und etwas, das wie Beef Tatar aussah, befanden sich bereits auf dem Teller. Eine junge Frau mit Kochmütze legte

Gemüsegarnitur dazu. Goldlöckchen sah erschrocken auf. „Ich muss mit Ihnen sprechen!" Sie wechselte Blicke mit der Köchin. „Machst du weiter? Tisch 11!" Die junge Frau nickte, während Alexandra wortlos Frau Uhrmacher folgte. In einem winzigen Büro, in dem gerade ein Schreibtisch mit Computer, ein Aktenschrank und ein Besucherstuhl Platz hatten, bot sie ihr Platz an. Am besten, man brachte alles möglichst schnell hinter sich.

„Ich würde gerne wissen, in welchem Verhältnis Sie zu meinem Mann stehen." Frau Uhrmacher lachte hell auf. „Aber Sie sind doch nicht etwa eifersüchtig?" Eine Antwort, fand Alexandra, war das nicht. Wollte die Frau sich über sie lustig machen?

Sie beugte sich über den Schreibtisch und stützte ihre Ellenbogen darauf ab. „Sie und mein Mann, Sie haben sich geküsst. Lange. Auf den Mund. Und er hat Sie in ein teures Restaurant ausgeführt. Und war total erschrocken, als ich aufgetaucht bin. Haben Sie dafür eine Erklärung?"

Goldlöckchen strich sich die Haare hinter die Ohren und lehnte sich zurück. Alexandra fand ihr Grinsen arrogant. Und falsch. „Ich bin Ihnen gar keine Rechenschaft schuldig!", meinte sie. „Also wollen Sie mir nicht antworten? Keine Antwort ist für mich auch eine Antwort!", fauchte Alexandra. Ihr Gegenüber schüttelte den Kopf, antwortete aber nur mit einem verächtlichen Zischen durch die Zähne.

Alexandra war jetzt in Fahrt geraten. „Hören Sie, dieser Mann hat Verantwortung für eine Familie. Für zwei Kinder, die ihn brauchen. Und deswegen sind Sie mir sehr wohl eine Antwort schuldig!" „Wer in dieser Familie etwas für die Kinder tut, das ist ja wohl er!" Alexandra atmete schwer. So weit war es also schon. Dass er sie so hinstellte, als kümmerte sie sich nicht um die Kinder. Eigentlich reichte das schon. Das war schon mehr Untreue, als zu verkraften war. Eigentlich noch viel schlimmer, als hätte er nur seinen Schwanz irgendwo hingesteckt, wo er nicht hingehörte. Das war Verrat. Was hatte sie mit dieser Frau noch zu besprechen? Gar nichts. Sie stand auf, drehte sich um und flüchtete aus dem Lokal.

Als sie mit fahrigen Bewegungen ihr Fahrrad aufschloss, wurde ihr bewusst, dass die erhoffte Gewissheit ausgeblieben war. Ruth hatte nicht einmal entrüstet geleugnet, sondern nur mit Ausflüchten geantwortet. Kein durchschlagender Erfolg. Es blieb nichts anderes übrig, sie musste die beiden in flagranti erwischen. Konnte sie die Kinder nachts alleine lassen? Es musste sein. Sie konnte ja schließlich keinen Babysitter engagieren und ihm erklären, sie müsse ihren Mann beschatten. Und sie durfte nicht allzu lange warten. Heute. Heute Abend. Wenn er wieder nicht aus dem Büro heimkam, musste sie aktiv werden. Am besten gleich vor dem offiziellen Büroschluss. Den es, so wusste sie, in einem Architekturbüro eigentlich nicht gab.

„Mama, darf ich heute bei Florian schlafen? Er macht eine Poolparty, mit Nachtschwimmen!“ Normalerweise hätte sie Bedenken gehabt, Max über Nacht zu einem Freund zu schicken, der eine Poolparty veranstaltete. Heute wischte sie sie zur Seite. Die Party kam ihr gerade recht. „Wann sollst du denn dort sein? Und was bringst du mit?“ Max zuckte mit den Schultern. Alexandra seufzte. „Wie wär’s mit einem kleinen Geduldsspiel? Ich hab da ein paar aus Holz. Da gibt’s eines, wo man einen Würfel ...“ Max hatte gar nicht hingehört. „Jaaa!“ Er drückte hektisch auf dem Controller der Playstation herum. „Wie lange hast du denn heute schon gespielt? Du weißt, eine Stunde ...“ „Mama! Es sind Ferien!“

Eigentlich hätte sie jetzt Max den Controller wegnehmen und den Fernseher abschalten müssen. Doch dazu fehlte ihr die Kraft. Stattdessen suchte sie das Geduldsspiel und kramte in ihrem Schreibtisch nach Geschenkpapier. So viel zum Thema Erziehung. „Wann soll ich dich denn hinbringen?“ „Um sechs!“ Noch mehr als eine Stunde Zeit. Hoffentlich kam sie dann nicht zu spät zu Antons Büro. Wenn er heute schon früher Schluss machte?

Max konnte vormittags noch bei seinem Freund bleiben. Annika würde ihn abholen müssen. Auf das Gejammer freute sie sich jetzt schon. Gerade als sie wieder ins Auto gestiegen war, war Antons SMS gekommen. Er würde sich verspäten, sie wisse schon, so viel Arbeit. Arbeit!

Natürlich war es noch taghell, als sie in einiger Entfernung von Antons Büro einen freien Parkplatz suchte. Sie hätte mit dem Rad kommen sollen, das wäre unauffälliger gewesen. Anton würde ihr Auto erkennen. Doch was, wenn er auf die Autobahn fuhr? Mit dem Rad hätte sie da gleich wieder aufgeben müssen.

Heiß war es, das Regenwetter hatte sich schnell wieder verzogen. Wie schön es jetzt wäre, mit der ganzen Familie irgendwo an einem See in einem Gastgarten zu sitzen. Annika hatte sie vor dem Fernseher installiert. Sie sei mit ein paar Freundinnen unterwegs, hatte sie ihr erklärt. Das habe sie sich schon lange verdient. Annika hatte erstaunt zu ihr aufgeschaut. Klar, selten genug ging sie abends allein weg. Und wenn Anton nicht zu Hause war, schon gar nicht.

Sie nutzte die Deckung der paar mickrigen Bäume am Straßenrand, die wohl einmal eine Allee werden sollten. Nein, hier würde sie jedem auffallen. Ein paar Bäume weiter gab es aber eine Plakatwand. Schon viel besser. Was konnte man tun, um hier nicht aufzufallen? Wer konnte in dieser Gegend unauffällig herumstehen, wo es so gut wie keinen Fußgängerverkehr gab? Ein Junge mit weiten, schlabbrigen Hosen rollte auf einem Skateboard an ihr vorbei und musterte sie interessiert. Ob sie wieder zum Auto zurückkehren sollte? Das war etwas ungünstig geparkt, wenn sie Pech hatte, konnte sie Anton von dort aus übersehen. Sie schaute auf ihr Handy. Ob sie ihn einmal anrufen sollte, unter einem Vorwand?

Plötzlich kamen Leute aus dem Bürohaus, in dem Anton arbeitete. Sie zuckte hinter die Plakatwand zurück. War seine Stimme unter denen, die sich da voneinander verabschiedeten? Sie konnte nichts verstehen. Doch: „Nein, ich muss nach Hause. Bin müde, war ein langer Tag!" Das war Antons Stimme! Er musste also nach Hause. Wie interessant! Sein Parkplatz lag gleich um die Ecke, innerhalb weniger Sekunden würde er aus der Ausfahrt kommen. Sie musste rasch zum Auto zurück.

Oh nein! Da kam er schon. Im offenen Cabrio. Mit dem Rücken drückte sie sich an einen viel zu schmalen Baum. Doch Anton schien keine Augen für seine Umgebung zu haben und brauste an ihr vorbei. Mist! Jetzt aber die Beine in die Hand. Vor lauter Hast entglitt ihr der Schlüssel, als sie ihn ins Zündschloss stecken wollte. Sie musste auch noch umdrehen! Verdammt! Mit quietschenden Reifen schoss sie aus der Einfahrt heraus.

Doch jetzt war das Glück auf ihrer Seite: Am Ende der Straße stand Anton vor der roten Ampel. Er wollte nach links abbiegen, also nicht zur Autobahn, sondern in die Innenstadt. Oder aber nach Hause. Ob er doch nicht gelogen hatte, als er sich von seinen Kollegen verabschiedet hatte? Sie durfte sich nicht direkt hinter ihn stellen, das hätte er sofort gemerkt. Sie ließ den Wagen daher am Straßenrand ausrollen, blinkte nach rechts. Ein Wagen überholte sie, das genügte. Sie beschleunigte wieder und reihte sich ein. Der Wagen blieb zwischen ihr und Anton. Mist, jetzt wechselte er die Spur. Sie bremste ab. Gehupe von hinten. Schon drängte sich neuerlich ein Fahrzeug vor sie. Geschafft.

Wohin ging es? Nach Hause nicht, das war mittlerweile klar. Ihr Verdacht wurde wenige Kreuzungen später Gewissheit. Anton war unterwegs zum Café Chávena. Also doch! Wo wollte er parken? Das Café lag zwar nicht direkt in der Altstadt, aber Parkplätze hatte sie davor nicht gesehen. Sie kam ihm zu nahe! Doch kurz bevor sie das Café erreichten, bog Anton in eine Einfahrt und verschwand. Sie fuhr langsam daran vorbei. Eine Tiefgarage. Gerade schloss sich das Tor wieder. Anton konnte in dieser Tiefgarage parken? War hier also sozusagen schon zu Hause? Mit allen Rechten? Wieder Gehupe von hinten. Sie hatte mitten auf der Straße angehalten. Am Café musste sie noch vorbei, dann drehte sie um. Da war doch eine Seitenstraße gewesen, in der man vielleicht parken konnte? Nur Anwohnerparkplätze? Egal, war sie eben eine Besucherin. Argwöhnisch folgten ihr die Blicke einer jungen Mutter mit Kinderwagen, als sie die Autotür zuwarf, absperrte und auf die andere Straßenseite wechselte. Sie hastete in Richtung Chávena.

War Anton im Café oder am Ende gar in einer Wohnung darüber verschwunden? Wie war das herauszufinden? Es gab keine andere Möglichkeit: Sie musste ins Café. Oder nein: Es standen ein paar Tische auf dem Gehsteig davor. Eine Kellnerin servierte. Diese Gelegenheit musste sie nutzen. „Entschuldigen Sie, könnte ich die Frau Uhrmacher sprechen?" Die junge Frau lächelte. „Ist heute nicht im Geschäft!" „Aber wo ...?" Unbedachte Frage. Womöglich schöpfte die Kellnerin Verdacht. Sie konnte ja auch eine unliebsame Lebensmittelkontrolleurin sein. Die aber zeigte nur mit dem Finger nach oben. „Wenn sie nicht in ihrer Wohnung ist, dann – keine Ahnung!" Alexandra nickte. „Ist nicht so wichtig. Ich komm ein anderes Mal wieder."

So unauffällig wie möglich entfernte sie sich von den Tischen. Wo konnte der Hauseingang sein? Hier an der Vorderfront war nichts zu sehen. War sie nicht neben der Tiefgarageneinfahrt an einer weiteren Zufahrt vorübergekommen? Also noch einmal an den Tischen vorbei. Glücklicherweise war die Kellnerin außer Sicht. Tatsächlich. Ein Hauseingang. Eine ganze Reihe Klingeln. Uhrmacher. Die zweite von oben. Bedeutete das, sie wohnte im obersten Stockwerk? Wahrscheinlich. Sie musste warten, bis jemand herauskam, klingeln würde sie hier unten nicht. Auffallen allerdings durfte sie auch nicht. Was tun? Sie drückte sich hinter einen Mauervorsprung nahe am Eingang. Eine Ewigkeit. Niemand kam. Sie blickte nach links und rechts. Wenigstens konnte sie hier niemand beobachten. Ein Pärchen ging auf dem Gehsteig vorbei. Nichts.

Plötzlich klickte die Tür. Sie schoss aus ihrem Versteck und hätte fast einen Jungen umgerannt, der einen Fußball auf der Handfläche balancierte. „Tschuldigung!" Der Fußball fiel auf den Boden. „Aber hallo!", rief er ihr noch hinterher. Im letzten Moment, bevor sie ins Schloss fiel, hatte sie die Tür erwischt. Hinauf. In den letzten Stock. Ein Türschild. „Gesellmann". Das war es wohl nicht. Gegenüber. „Uhrmacher". Ihr Herz pochte bis zum Hals. Edle Wohnungstüren, sah nach teurer

Renovierung aus. Auch der Terrakottaboden zu ihren Füßen machte einen gepflegten Eindruck. Wer hier wohnte, hatte Geld. Was sollte sie tun? Klingeln? Nein. Sie überlegte. Nicht lange.

„Feuer!“, schrie sie und trommelte an die Tür von Frau Uhrmacher. Irgendwo hatte sie einmal gelesen, dass nur Hilfe kam, wenn man „Feuer!“ schrie, auf „Hilfe!“ reagierte niemand. Frau Uhrmacher, so der Plan, sollte sie für die Nachbarin von gegenüber halten. Hoffentlich kam die nicht schneller raus. „Feuer!“ Doch. Herr Gesellmann war schneller. Er stieß die Tür hinter ihr auf. „Feuer? Wo brennt's denn? Was machen Sie da?“ Ihr blieb nur noch ein Moment. Wenn die Tür nicht bald aufging ... Schritte. Die Tür flog auf. Frau Uhrmacher im Bademantel. Jetzt musste sie alles riskieren. Wenn sie sich täuschte, war sie blamiert bis auf die Knochen, mit einer Anzeige dazu.

Trotzdem, sie stürmte an Frau Uhrmacher vorbei. Die begann, wie am Spieß zu schreien. Hoffentlich mischte sich der Nachbar nicht ein. Geradeaus? Küche. Rechts? Nein, links. Die Tür war offen. Anton. Er sprang gerade aus dem Bett. Nackt. Er schien starr vor Schreck. Seine Augen weiteten sich. Würde er jetzt einen Herzinfarkt bekommen?

Er fasste sich jedoch erstaunlich schnell, zog die Decke vom Bett und hielt sie vor seinen Körper. „Ich hab dich schon nackt gesehen. Öfter.“ Sie hatte keine Ahnung, warum sie grinsen musste. Anton hob abwehrend die Hand. „Glaub mir, ich ..., das ...“ „Was soll ich dir denn glauben? Dass alles nicht so ist, wie es aussieht? Du hast ihr nur eine Shiatsu-Massage gemacht, oder wie? Und die Ausbildung dafür hast du heimlich nachts absolviert? Hältst du mich für völlig verblödet?“ Den letzten Satz hatte Alexandra geschrien.

„Müssen Sie gleich das ganze Haus zusammenschreien?“ Goldlöckchen war hinter ihr aufgetaucht. Alexandra wandte sich um und starrte direkt in ihr zynisches Grinsen. „Gehen Sie ruhig rein!“, schrie Alexandra. „Macht doch dort weiter, wo ihr aufgehört habt!“ „Wenn Sie meinen!“ Goldlöckchen drängte sich an ihr vorbei, warf den Bademantel ab und ließ sich ins Bett fallen. Sie trug nichts. Gar nichts. Und hatte tatsächlich die Schamhaare rasiert. „Nein!“, heulte Anton, „Lass das! Mach es nicht noch schlimmer!“ Er versuchte, Goldlöckchen eine Bettdecke überzuwerfen und gleichzeitig in seine Hose hineinzustolpern. Beides misslang. Währenddessen hatte sich Goldlöckchen von der Bettdecke wieder befreit und spreizte die Beine. „Komm schon! Vielleicht will deine Frau ja mitmachen!“

Alexandra wandte sich ab. Sie hatte mehr als genug gesehen und gehört. Sie spürte nur noch ein Würgen im Hals. Sie musste kotzen. Am besten gleich auf den Teppich im Vorraum. Doch es kam nichts. Anton hechelte ihr nach, versuchte, sie an der Schulter zurückzuhalten. „Warte!“ Sie schüttelte seine Hand ab und überlegte, ob sie ihm ins Gesicht spucken sollte, wandte sich dann aber zur Tür. „Ich komm mit!“, rief Anton ihr hinterher. Sie blickte sich noch einmal um. Er stand da, mit den Socken in der Hand, offener Gürtelschnalle und nacktem Oberkörper. Lächerlich. Sie drehte sich wieder zur Tür und schüttelte den Kopf. Dann war sie draußen.

Zum zweiten Mal innerhalb von wenigen Tagen Krankenstand. Es hatte sie große Überwindung gekostet, Martin neuerlich eingestehen zu müssen, dass sie sich außerstande sah zu arbeiten. Was sollte er von ihr denken? Zwischen den Genesungswünschen hatten Sorge und Mitleid durchgeklungen. In den letzten sechs

Jahren, nein, schon seit der Geburt von Max hatte sie nicht einen Tag Arbeit krankheitsbedingt versäumt. Selbst wenn sie schwer verkühlt gewesen war, hatte sie von zu Hause aus gearbeitet. Aber heute fühlten sich ihre Glieder wie Blei an, sie hatte noch nicht einmal geduscht. Und um Mahlzeiten und Wäsche musste sich auch jemand anderer kümmern. Sie kam nicht aus dem Bett. Was sollte sie auch draußen? Millionen auf dem Konto, krank und unglücklich, die Ehe in Scherben. Die ganze Familie. Und das in nicht einmal drei Wochen. Eine großartige Idee war das, Lotto zu spielen. Machte wirklich Sinn. Man zahlte Geld dafür, dass man sich mit einem Gewinn eine Menge Ärger an den Hals schaffte.

Nicht einmal die Geräusche im Haus hatten sie dazu bewogen aufzustehen. Im Gegenteil, nachdem sie sich mühsam aufs Klo geschleppt hatte, hatte sie hinter sich den Schlüssel der Schlafzimmertür umgedreht. Wenn bloß niemand kam. Anton schien morgens zu Hause gewesen zu sein. Einen kurzen Streit hatte sie mitgehört, es war um den Reitstall gegangen und darum, dass niemand Zeit hatte, Annika hinzufahren. Wie Anton erklärt hatte, dass sie im Bett blieb, war ihr entgangen. Danach hatte eine Tür geknallt. Max war anscheinend mit der Playstation beschäftigt.

Der Fernseher lief. Sie hatte nicht einmal genug Energie umzuschalten. Obwohl gerade Teleshopping lief. Wie einfach es war, Frauen glücklich zu machen. Beziehungsweise ruhigzustellen. Man musste nur ein elektrisches Bodenwischgerät besorgen. Wenn man jede Menge Zubehör mit bestellte, war es sogar um 39,99 zu haben. Gestern, so erfuhr man, hatte es noch 99,99 gekostet. Und die Anzahl der noch verfügbaren Geräte verringerte sich im Sekundentakt. Die blonde Frau wischte, dass der Pferdeschwanz nur so flog. Alexandra beneidete sie. Sie hätte auch gern eifrig und glücklich den Boden gewischt und an sonst nichts gedacht. Ob sie sich betrinken sollte? Das hatte sie noch nie gemacht, zumindest nicht aus Kummer. Man konnte zumindest einmal probieren, ob es half. Dann schlief sie ein.

Sie schreckte aus einem Traum hoch. Sie hatte Anton gesucht, war ihm nachgelaufen. Aber das Vorhaben war schon an den Schuhen gescheitert. Sie hatte den zweiten Schuh nicht gefunden. Und als sie endlich aus der Tür trat, befand sie sich auf einer Skihütte, allerdings fehlten ihr die Skischuhe. Und vor ihr lag ein Paar Skier, bei denen man vergessen hatte, eine Bindung zu montieren. Sie ging wieder in die Hütte, um nach den Skischuhen zu suchen. Da war plötzlich Annika, die sie ansah, als müsste sie ein Geheimnis vor ihr verbergen. Sie musste aber doch dringend Anton nachfahren! Je länger sie suchte, desto mehr Dinge gab es, die nicht aufzufinden waren.

Schweißgebadet warf sie die Decke von sich. Im Haus war es still. Sie musste unter die Dusche, schnell, bevor sie es sich wieder anders überlegen konnte. Im Fernsehen wurde ein unschlagbar günstiges Messerset angeboten. Schnell abschalten. Die Dusche half ein wenig, doch der Schmerz ebbte kaum ab. Krampf in der Seele, keine Aussicht auf Auflösung, Lockerung.

Mit nassen Haaren und einem Badetuch um den Körper trat sie an Antons Whiskyschrank. Sie wusste, schottischen vertrug sie nicht. Zu moorig, zu rauchig. Der irische roch süß, betörend. Sie goss sich ein Glas ein. Trank konzentriert. Ein weiteres. Sie nahm es mit in ihr Schlafzimmer, stellte es neben das Bett, warf das Badetuch ab und legte sich nackt aufs Bett. Musste an Goldlöckchen denken, die vor ihr und Anton die Beine gespreizt hatte. Nahm noch einen Schluck Whisky. Riskierte einen Blick auf das gemachte Bett neben sich. Wie viele Nächte hatte schon niemand darin geschlafen? Merkte, wie das Zeug zu wirken begann. Ihre Sinne benebelte, in weiche Watte hüllte. Es war doch egal. War alles egal? Sie erinnerte sich: Anton musste weg. Weit weg. Amerika fiel ihr ein. Sie musste mit ihm nach Amerika, und dort musste er verschwinden, für immer. Das war die Lösung. Weit weg von zu Hause, weit weg von den Kindern, weit weg von ihrer Heimatstadt, vom Verlag, von den Freunden, den Verwandten, allen. Sie würde einen Weg finden, Anton in Amerika zu lassen. Dann würde sich alles Weitere ergeben. Sie würde das verdammte Geld loswerden, irgendwie. Dann schlief sie ein, bevor sie das zweite Glas Whisky noch ganz leeren hatte können.

Als sie aufwachte, stand die Sonne hoch am Himmel, der Balkon lag dagegen schon im Schatten. Es musste gegen Mittag sein. Sie fühlte sich seltsam klar im Kopf. Sie hatte doch einen Entschluss gefasst? Klar, sie hatte einen gefasst. War es ein weiter Weg vom Entschluss über den Plan bis zur Ausführung? Nicht, wenn der Plan gut war. Und der lag plötzlich glasklar vor ihr. Sie wusste jetzt, wo und wann Anton verschwinden würde. Unerreichbar auch für Goldlöckchen. Da konnte sie noch so provokant ihre Hüfte vorstrecken.

Der Weg bis dahin allerdings würde hart werden. Sie musste mit Anton reden, vielmehr, sie musste mit sich reden lassen. Treueschwüre, Ausflüchte, Blumen, Schmuck, jede Menge Kitsch und Lügen, das alles würde sie über sich ergehen lassen müssen, damit es überhaupt zu diesem Amerikaurlaub kam. Und dann die Reise selbst. Konnte sie überhaupt Interesse heucheln? Würde es ihr am Ende gelingen, den Urlaub sogar zu genießen? Warum eigentlich nicht? Er würde schließlich zu einem guten Ende, zu einem glücklichen Ende für alle Beteiligten führen. Was zwei Gläser Whisky alles bewirken konnten.

Es dauerte aber nicht lange, bis ihre Euphorie abebbte, die Zweifel wieder Oberhand gewannen. Der ganze Plan schien ihr schon eine halbe Stunde später, nachdem sie alles gründlich durchdacht hatte, völlig absurd und so realitätsfern wie ein Märchen der Brüder Grimm.

Sie seufzte, stand auf, zog ein Sommerkleid an und schminkte sich sorgfältig. Sich gehen zu lassen war keine Lösung. Wo waren die Kinder? Zuerst Max. Schon vor der Wohnzimmertür hörte sie das Gedudel seiner Playstation. Laute Motorengeräusche, Knattern von Schüssen. Was spielte der da?

Als Alexandra die Tür öffnete, schlug ihr muffiger Geruch entgegen. Max lag im Pyjama auf dem Boden. Wie lange mochte er schon vor seiner Konsole kauern? Entschlossen nahm Alexandra die Fernbedienung an sich. „Nicht!", schrie Max, der sie erst jetzt wahrnahm. Doch es war zu spät. Der Fernseher erlosch, mit ihm die Kampfgeräusche. Dafür heulte Max laut auf. „Du, du ..." „Pass genau auf, was du jetzt sagst!", zischte Alexandra. „Zuerst gehst du duschen, und dann ziehst du was an! Wie lange spielst du eigentlich schon? Willst du die ganzen Ferien vor dem Ding verbringen?" Sie zog die Vorhänge auf und öffnete die Terrassentür. Warme, aber wohlriechende Luft strömte in den Raum. Max maulte noch ein wenig herum, verzog sich dann aber in den ersten Stock. Er hatte müde Augen gehabt, mit Ringen darunter. Sie musste sich wirklich zusammenreißen, sich mehr um die Kinder kümmern. Es stand ihnen schließlich eine schwere Zeit bevor, genauso wie ihr.

Annika war nirgends zu finden. Alexandra wählte ihre Handynummer. Immerhin, sie meldete sich nach dem fünften Läuten. „Wo bist du?“ „Du, Mama, ich hab grade überhaupt keine Zeit. Ich muss Spitfire striegeln!“ Ihre Stimme überschlug sich fast vor Begeisterung. „Wer hat dich denn in den Reitstall gebracht? Und wann kommst du zurück?“ „Papa, er hat gesagt, vielleicht holst du mich ab? Aber erst um ... sagen wir, um fünf?“ „Das ist ja nett von Papa, dass er mir ausrichten lässt, dass ich dich abholen darf!“ Sie konnte sich den Sarkasmus nicht verkneifen. „Dann ruf bitte deinen Papa an und richte ihm aus, ich wäre heute krank. Das hat er ja wohl mitbekommen, dass ich nicht in die Arbeit gefahren bin. Und daher darf er dich auch selber abholen. Oder vielleicht lässt er dir eine Limousine mit Chauffeur schicken, wir haben's ja jetzt!“ Sie hatte sich in einen regelrechten Zornesausbruch hineingeredet. Annika antwortete ganz kleinlaut: „Ja, Mama!“

Sie legte auf. Vielleicht war sie doch zu hart mit ihrer Tochter ins Gericht gegangen. Schließlich war es ja Anton, der ihren Charakter verdarb. Ach was, ein paar deutliche Worte würden ihr schon nicht schaden. Vielleicht begann sie auch zu überlegen. Dass es zwischen ihr und Anton gewaltig krachte, konnte ihr ja nicht entgangen sein. Seit mehreren Tagen hatte es kein gemeinsames Familienessen mehr gegeben.

Erst als die Kinder im Bett waren, setzte sich Alexandra ins Wohnzimmer. Anton sollte nur auf sie zukommen. Wenn sie sich im Schlafzimmer einschloss, würde kein Gespräch in Gang kommen. Und geredet musste werden, sonst würde ihr Plan ins Wasser fallen.

Tatsächlich kam er aus seinem Arbeitszimmer, nachdem sie eine halbe Stunde einem Fernsehfilm gefolgt war, ohne irgendetwas von der Handlung mitzubekommen. Er setzte sich ihr gegenüber in eine Sofaecke und seufzte. Sie würde das Schweigen nicht brechen. Darum musste er sich schon selbst bemühen. Er räusperte sich und seufzte abermals. Alexandra hielt den Blick starr auf den Fernseher gerichtet.

„Es ... also ..." Mehr brachte er nicht zustande, bevor er die Hände zu ringen begann. „Es tut mir so furchtbar leid!", stöhnte er schließlich. „Es war ein Ausrutscher! Nur einmal! Ich schwöre!" Alexandra zischte durch die Zähne. „Was erwartest du dir? Dass ich jetzt sage, na dann, wenn es nur ein Ausrutscher war, dann ist ja alles gut! Kann ja jedem mal passieren, nicht?" Anton räusperte sich wieder und flüsterte: „Bitte werd jetzt nicht zynisch! Mir ist es ernst!" „Genauso ernst wie mit deinem Goldlöckchen? Wie ist es denn mit einer rasierten Muschi? Schön?" Anton schüttelte den Kopf. „Ich würde so gern alles rückgängig machen!", flüsterte er. „Da fängst du am besten mit dem Geld an!", antwortete Alexandra. „Gibt ja viele Möglichkeiten, es loszuwerden. Millionen Arme an allen Ecken der Welt."

Anton barg sein Gesicht in die aufgestützten Hände. „Was soll ich noch sagen? Es ist alles meine Schuld. Ich hab alles kurz und klein geschlagen. Aber es ist nicht wegen dem Geld!" „Nicht?", höhnte Alexandra. „Du meinst, du hättest sie auch ohne die Millionen gevögelt? Gib dich nur keinen Illusionen hin. Die hat das Geld gewittert. Wahrscheinlich braucht sie einen finanzkräftigen Investor, der ihre Kaffeehauskette vor der Pleite rettet!" Anton blieb still. Im Fernsehen verfolgte der gute Verehrer gerade mit dem Traktor seine Geliebte, die wegen eines lächerlichen Missverständnisses auf dem Pferd vor ihm geflohen war.

„Ich weiß nicht mehr, was ich sagen soll. Aber ich wünschte mir, dass alles wäre wie vorher." Sie wandte sich ihm zu. „Der Einzige, der hier alles geändert hat, bist du, Anton. Ich wollte schon immer, und will, dass alles so bleibt, wie es war." Er nickte. „Und jetzt lass mich. Ich bin noch nicht so weit, dass ich in Ruhe mit dir reden könnte. Aber wenn du noch einmal zu Goldlöckchen fährst, dann will ich dich hier nie wieder sehen. Ist das klar?" Anton nickte erneut. Er stand auf und schlich geduckt in sein Arbeitszimmer. Ihr ins Gesicht zu sehen, wagte er nicht.

Die erste Runde war an sie gegangen. Alexandra fühlt sich etwas entspannter. Es würde alles gut werden.

XIII

Martin sieht gut aus. Er hat dunkle Haare und trägt eine unauffällige Frisur, nicht irgend so einen Idiotenhaarschnitt, der sich an bestimmten Fußballern oder Musikern orientiert. Einfach kurze, ein wenig struppige Haare. Warum er mir gefällt, weiß ich nicht. Er ist so völlig normal, und ich – ich falle doch ziemlich aus dem üblichen Schema. Denke ich zumindest. Aber er kann mich zum Lachen bringen, und er hört mir zu.

Es ist eigentlich mehr zufällig passiert, im Kino, während einer Veranstaltung des Filmclubs. Wir sehen den Film „Grüne Tomaten". Das Mädchen Idgie erinnert mich irgendwie an mich selbst, obwohl sie völlig anders aussieht. Nur wenige aus unserer Klasse sind gekommen, obwohl uns unsere Deutschlehrerin den Film empfohlen hat. Wir könnten auch eine Filmkritik abgeben, hat sie gemeint, und so Mitarbeitspunkte sammeln. Ich habe in den Wochen davor hin und wieder mit Martin gesprochen, er nimmt mich ernst, macht keine doofen Bemerkungen über meine Outfits, aber er ist sehr still. Nach der Schule hat er mich dennoch wie zufällig gefragt, ob ich auch in den Filmclub gehe, hat dabei gestottert und ist rot angelaufen. Ich habe nur genickt und ihm zugewinkt, dann habe ich mich auf den Heimweg gemacht.

Vor dem Kino steht er dann plötzlich vor mir. „Wo sind die anderen?", frage ich, doch er zuckt nur mit den Schultern. Schließlich sitzen wir nebeneinander. Und während dieser Kinovorstellung legt er ganz plötzlich und zaghaft seine Hand auf meine, die auf der Armlehne zwischen unseren beiden Sitzen liegt. Ich ziehe meine Hand nicht weg, und mich durchzuckt etwas. Es könnte so ein kleiner Vorbote einer Welle der Leidenschaft sein, wie ich es damals, ahnungslos, in meinem Tagebuch geschildert habe. Aber nur eine kleine, ich bin aufgeregt, und es tingelt in mir, wie ein leichter Elektroschock, der durch meinen Körper fährt. Es ist mehr als mit Nina, ganz sicher. Ich bewege mich nicht, und etwas später fasst Martin Mut und schließt seine Hand um meine. Ich drücke zurück. Bedeutet das, dass wir jetzt ein Paar sind? Und was soll ich mit diesem Wissen jetzt eigentlich anfangen?

Als die Lichter im Kino wieder angehen, lässt Martin meine Hand los, die jetzt schweißnass ist. Er sieht mich mit einem Gesichtsausdruck an, der etwas peinlich berührt wirkt. Dann öffnet er den Mund, nuschelt aber so undeutlich vor sich hin, dass ich ihn nicht verstehe. Ich muss lachen, doch das scheint ihn noch mehr zu verunsichern. Wir stehen schließlich vor dem Eingang des Kinos einander gegenüber, und keiner von uns weiß, was man jetzt sagen könnte. „Ich muss nach Hause“, beende ich schließlich die ziemlich unklare Situation. Ich drehe mich um, warte seinen Gruß nicht ab und laufe davon. Ich frage mich, ob ich damit etwas verpatzt habe. Vielleicht habe ich meinen ersten möglichen Freund gerade in die Flucht geschlagen.

Zu Hause im Bett kann ich nicht einschlafen. Ich habe immer wieder die Situation vor mir, als er seine Hand auf meine legt und sie später fest umschließt. Er hat kräftige, aber gefühlvolle Finger. Wieder und wieder werfe ich mir vor, falsch gehandelt zu haben. Ich hätte dies oder jenes sagen sollen, nicht lachen sollen, lauter und länger lachen sollen, was weiß ich. Auf jeden Fall habe ich etwas falsch gemacht, Martin wird nie mehr mit mir reden. Ich schlafe dann doch ein, träume aber von Martin. Wie er mir nachläuft, mich in die Arme nimmt und küsst ... Habe ich das jetzt geträumt, oder bin ich wach? Auf jeden Fall weiß ich, dass ich mich nicht wohlgefühlt habe, als er mich umarmt und festgehalten hat. Ich will nicht festgehalten werden. Festgehalten, das war ich in meinem Leben schon genug, zuerst Papa, dann Walter, dann Mama. In dieser Familie bin ich festgehalten und kann nicht weg. Mit einem Bruder, der jetzt zwar nicht mehr ins Bett macht, aber dennoch einfach komisch ist. Mit einer Mutter, die zwischen Krankenhaus und Haushalt pendelt und trotz der ganzen Behandlungen wenig bis gar nichts auf die Reihe kriegt. Ob ich mich mit Martin befreien kann? Befreien hätte können? Oder ob er bloß der Nächste ist, der mich irgendwo einsperren will?

Am nächsten Tag in der Schule werfe ich Martin verstohlene Blicke zu, und er mir ebenso. Läuft sein Gesicht wieder ein wenig an, als er mich kurz an- und dann gleich wieder wegsieht? „Na, waren wir gestern mit dem neuen Schwarm im Kino?" Florian plärrt es durch die Klasse. Anscheinend sind wir doch gesehen worden. Martin senkt den Kopf, sodass ich nicht erkennen kann, ob er noch röter wird.

Von Flo allerdings lasse ich mich nicht blöd anmachen, er sollte wissen, dass ich am Ende die Lacher auf meiner Seite habe. „Mit einem Mädchen im Kino – das wirst du nie erleben, mein Freund!", kommentiere ich. „Sei froh, dass du wenigstens anderen zuschauen kannst, denn die Liebe wird dir ewig verborgen bleiben!" Ich drehe mich um mich selbst, vollführe eine dramatische Geste mit dem hoch erhobenen Arm. Damit habe ich mich zu weit aus dem Fenster gelehnt, ich hätte nicht von Liebe reden dürfen. „Halt den Mund, du blöde Kuh!", antwortet Flo, wenig originell, wie von ihm nicht anders zu erwarten. „Auch das wirst du nie erleben. Wenn's dir nicht passt, dass ich rede – der Ausgang ist immer dort, wo der Eingang war!“ Ich deute zur Tür. Einige lachen, andere bleiben über ihre Hefte gebeugt, in die sie die zu Hause nicht erledigten Hausübungen abschreiben. Florian hält nun den Mund, denn er weiß, dass er mir nicht gewachsen ist, aber Martin scheint die ganze Sache peinlich zu werden, er sitzt immer noch mit gesenktem Kopf da. Christian, sein Nachbar, grinst dämlich und boxt ihn in die Seite. Gut, Christian macht selten etwas anderes, als dämlich zu grinsen.

Eine Woche höre und sehe ich nichts von Martin, außer in der Klasse. Da drückt er sich an mir vorbei, als wäre ich Luft. Ist er doch zu unreif, um mir ein Freund zu sein, mein Freund? Doch dann steht er auf dem Heimweg, eine Woche später, plötzlich vor mir. Er muss mir gefolgt sein, ohne dass ich es gemerkt habe. Er senkt den Kopf, die Arme hängen unschlüssig an seinem langen Körper hinunter. Er nuschelt unsicher. „Kommst du mit mir heute wieder in den Filmclub?“ Ich nicke.

Kurz nachdem der Film begonnen hat, legt Martin seinen Arm um mich. Ich lehne meinen Kopf an seine Schulter. An den Film erinnere ich mich nicht mehr. Mehr als eineinhalb Stunden sitzen wir so da. Ich weiß nicht recht, wie ich mich bewegen könnte. Ohne dass es irgendeine Bedeutung hätte, die er missverstehen könnte. Ich bekomme Nackenschmerzen, und mein linker Arm, der zwischen unseren Körpern eingeklemmt ist, schläft ein. Vielleicht ist es jetzt endlich so weit, dass ich jemanden für mich habe. Jemanden, der einfach mit mir da ist und das Schöne und das Schreckliche im Leben mit mir teilt. Ich könnte Martin sogar in Mathematik helfen, da ist er schwach. Viel schwächer als ich.

Nach dem Kino wiederholt sich die Szene von letzter Woche. Fast. Diesmal spricht er ein wenig deutlicher, sodass ich ihn verstehe. „Magst du noch etwas trinken gehen?“ Ich sehe auf die Uhr und nicke. Mama sagt schon lange nichts mehr, wenn ich länger ausbleibe. Sie starrt mich meist nur mit leerem Blick an. Unter den Augen hat sie tiefe Ringe. Wahrscheinlich weil sie nie schlafen kann. Behauptet sie zumindest. Wenn sie gut aufgelegt ist, was selten vorkommt, sagt sie, sie mache sich immer Sorgen um mich und ich solle doch verstehen. Die Welt sei ja so gefährlich für ein Mädchen. Wenn sie aber schlecht drauf ist, schimpft sie mir nach. Selbst schuld sei ich, wenn ich zur Hure werde. Als ich daran denke, fällt mir ein: Zu mir nach Hause kann ich Martin nie mitnehmen, er wäre schockiert und würde mich nicht mehr sehen wollen.

Wir bleiben in einem der Lokale, die sich direkt im Kinogebäude befinden. Mir gefällt, dass sich Martin nicht großspurig ein alkoholisches Getränk bestellt und auch nicht versucht, mich dazu zu überreden. So saugen wir Cola durch einen Strohhalm. Wir sitzen nebeneinander und halten uns an den Händen, doch wir wissen nicht viel zu reden. Ich nähere meinen Kopf dem seinen, denn ich finde, wir könnten uns küssen. Martin wirkt zunächst unsicher, doch dann drückt er seine Lippen auf meine. Ich habe noch nie einen Zungenkuss mit einem Jungen erlebt, nur mit Nina. So viel anders wird es ja nicht sein. Ist es aber leider doch. Martin weiß anscheinend nicht, wie man mit der Zunge küsst, denn er lässt seine Lippen verschlossen, als ich mit der Zungenspitze dagegendränge. Egal. Wir haben uns geküsst. Für mich ist damit klar, dass wir ein Paar sind. Und das bedeutet, dass Martin sich auch in der Öffentlichkeit zu mir bekennen muss, sonst wird nichts aus uns.

Draußen vor dem Kino umarmt er mich und will mich noch einmal küssen. Jetzt hat er es verstanden und öffnet seinen Mund. Seine Zunge ist hart, fordernd, wenig feinfühlig. Es macht nicht so viel Spaß wie damals mit Nina. Ich beginne wieder zu zweifeln. Seine Hand tastet nach meinen Brüsten, doch ich halte so sanft wie möglich sein Handgelenk fest und drücke es von meinem Körper weg. Sein Druck lässt nach, er drängt sich nicht näher an mich heran, als ich das zulassen will. Wir steigen auf unsere Räder und radeln wortlos in entgegengesetzte Richtungen davon.

Am nächsten Morgen erlebt Christian eine Überraschung, denn ich sitze auf seinem Platz, als er zur Tür hereinkommt. Wie immer grinst er dämlich. „Verschwinde, du blöde Kuh!“ Das ist sein normaler Umgangston, wahrscheinlich meint er es nicht so. Er fügt eigentlich immer „Blöde Kuh!“ hinzu, wenn er ein Mädchen anspricht. Bei mir allerdings kommt das schlecht an. „Das ist jetzt mein Platz, blöder Ochse! Martin und ich sind zusammen!“ Ich schenke ihm mein verführerischstes Lächeln. Er starrt mich mit offenem Mund an, da kommt Martin herein. Er ist ein wenig überrascht, dass ich Christians Platz erobert habe. Dennoch scheint er sich zu freuen, er grinst übers ganze Gesicht, als er sich neben mich fallen lässt. Ich drücke ihm einen Kuss auf die Wange, um in aller Öffentlichkeit klarzustellen, wie die Sachlage ist. Langes Zögern oder Geheimhalten wäre ebenso sinnlos wie umständlich. Trotz seines Grinsens wird Martin ein wenig rot. Er braucht eben noch ein bisschen, bis er sich an die Situation gewöhnt hat.

Während der ersten Stunde frage ich mich, ob ich Martin liebe, ob ich verliebt bin. Ich kann es nicht einschätzen, da ist schon so ein Bauchgefühl, wenn ich ihn ansehe oder neben mir spüre, aber ich bin mir trotzdem unsicher. Auf jeden Fall: Ich habe ihn, und er hat mich.

In der großen Pause gehen wir in den Schulhof und setzen uns an die sonnengewärmte Hausmauer. Martin legt seinen Arm um mich und will mich küssen, doch für eine Schmuseshow vor 200 Schülern bin ich nicht zu haben. „Martin“, sage ich. „Ich hab’s lieber, wenn wir zu zweit sind. Ich möchte dich vor den ganzen Kindern hier nicht küssen.“ „Zicke“, sagt er und schubst mich fast ein wenig grob zur Seite. Ich sehe ihn erstaunt an. „Entschuldigung“, grinst er. „Ich hab’s nicht so gemeint.“ Dennoch bin ich ein wenig erschrocken. Das Schimpfwort und der Schubser haben nicht wie ein Spaß gewirkt. Herumschubsen lasse ich mich nicht, sicher nicht.

13

Sie hatte es geschafft. Sie waren auf dem Flughafen angekommen. Und alles war in den letzten Wochen genauso verlaufen, wie sie es sich vorgestellt hatte. Anton war kleinlaut geblieben, einen ganzen Monat lang, bis heute. Die Blumen waren gekommen, der Schmuck, die zahllosen Entschuldigungen, die Lügen. Alles wie vorhergesehen. Der Schmuck war zwar teuer und echt, leider aber auch geschmacklos und protzig, aber den konnte sie ja später wieder verkaufen.

Die meiste Zeit waren sie sich aus dem Weg gegangen. Kühl war sie ihm gegenüber geblieben, fast kalt. Wenigstens hatte er sie mit Neuigkeiten über seine Projekte verschont. Ob er es mit seinem original elisabethanischen Pub wirklich ernst meinte, ob er gar schon ein Grundstück dafür im Auge hatte, wusste sie nicht und wollte sie auch nicht wissen. Wenigstens, so dachte sie, hatte er Goldlöckchen wahrscheinlich tatsächlich nicht wiedergesehen, obwohl sie ihn, wie sie von Untersuchungen seines Handys wusste, mehrmals angerufen hatte. Zumindest hatte er wenig Zeit außer Haus verbracht, für die er nicht eine stichhaltige Erklärung hatte. Alexandra hatte darauf bestanden, dass er das Projekt von Frau Uhrmacher an einen Kollegen abgab. „Lass dir halt eine glaubwürdige Erklärung einfallen!", hatte sie keinen Widerspruch aufkommen lassen.

Von Mirko war in all der Zeit nichts zu hören und zu sehen gewesen, sie hatte auch nicht nach ihm gefragt, und er selbst hatte sich bei ihr nicht gemeldet. Und noch jemand hatte Ruhe gegeben: Diese fatale Carmen, die angebliche Schulfreundin, war ebenfalls nicht wieder aufgetaucht.

Es waren noch fast vier Stunden bis zum Abflug. Sie hatte darauf bestanden, genügend Zeit für die Anfahrt einzuplanen, falls sie in einen Stau gerieten. „Ich hoffe, du kannst das auch so sehen. Dass es eine Chance für uns ist, wieder zueinanderzufinden." Auch diesen Satz hatte sie schon einige Male gehört. Sie nickte und sog am Strohhalm ihres Coffee-to-go. Ab jetzt würde sie ständig mit ihm zusammen sein. Sie musste die Schauspielerin in sich an die Oberfläche holen und ihm eine Komödie vorspielen. Oder eine Tragödie, je nachdem, wie man es sah. „Das hängt ganz von dir ab!" Sie lächelte ihm zu. „Wenn du mich nicht mehr betrügst und wenn du dich um die ganze Pferdegeschichte mit Annika kümmerst ..." Anton nickte. „Ist mir schon klar." „Und in die Erziehung musst du dich auch mehr einbringen. Es geht nicht, dass Max stundenlang vor der Spielkonsole kauert. Das ist deine Verantwortung, du hast sie ihm gekauft." Sie konnte der Versuchung nicht widerstehen, sie musste Anton ein wenig quälen. Er hatte es verdient.

Zwei Tage zuvor waren ihr fast die Tränen gekommen, als seine Eltern die Kinder abgeholt hatten, um mit ihnen nach Grado zu fahren. Davor hatte es zähe Verhandlungen gegeben, die damit geendet hatten, dass sowohl Pferd als auch Playstation zu Hause blieben. Alexandra hatte Max drohen müssen, die Reise ins Disneyland zu stornieren, wenn er nicht auf die Spielkonsole verzichtete. Als ihr Schwiegervater einstieg und losfuhr, war Max allerdings schon so in ein Handyspiel vertieft, dass er nicht einmal zurückblickte. Annika hingegen winkte aus dem Autofenster, bis der Wagen außer Sicht geriet. Es war doch ein emotionaler Moment für Alexandra gewesen. Immerhin war es das letzte Mal, dass die Kinder ihren Vater sahen. Lebend, zumindest. Wenn ihr Plan aufging, würden sie ihn allerdings nicht einmal tot wiedersehen.

Sie musste unbedingt vor dem Abflug noch einmal die Kinder anrufen. „Hallo Schatz, wie geht's? Seid ihr schon am Strand?" „Geht so. Ja, sind schon am Meer. Oma macht immer so früh Frühstück." Klang fast nach einer Beschwerde. „Was habt ihr gestern Gutes zu essen gehabt?" „Pizza. Hier gibt's sonst nichts!" „Wie wär's mal mit Fisch? Oder Muscheln?" „Bäh!" Alexandra konnte Annika förmlich vor sich sehen, wie sie sich schüttelte. „Kannst du mir mal Max geben?" „Nee, der hat voll sandige Pfoten. Der gräbt die ganze Zeit Tunnels." Alexandra hörte Max aus dem Hintergrund. „Und sie lackiert sich die Nägel und schminkt sich! Oma hat's ihr erlaubt!" Alexandra seufzte. Na gut. Im Urlaub. Wenn es denn sein musste. Und einen Streit mit Oma würde sie jetzt sicher nicht anfangen. Aber seit wann sagte ihr Tochter „Nee" statt „Nein"? „Richt Oma und Opa schöne Grüße aus, auch von Papa. Wir fliegen jetzt gleich ab!" „Mach ich!" Annika legte auf. Es schien nicht so, als vermisste sie ihre Eltern. Umso besser.

Erstmals seit Wochen fühlte sich Alexandra positiv gestimmt. Alles war geklärt, alles lief nach Plan. Sie würde Amerika sehen. Die Canyons, die Mesas. Ihr ganzes Leben hatte sie sich darauf gefreut. Es würde fantastisch werden. Heute Abend schon würden sie in Salt Lake City landen, morgen dann zum Bryce Canyon aufbrechen. Dann zum Lake Powell, den fantastischen Antelope Canyon ansehen. Sie kramte noch einmal in ihrem Rucksack, um nachzusehen, ob in ihrer Fototasche auch die Reserveakkus für ihre Kamera waren. Ja, die waren da. „Gehen wir noch ein Bier trinken? Weißt du, der Flughafen ist der einzige in Europa, der eine eigene Brauerei hat!" Sie nickte. Er sollte seinen

Willen haben. Und nach einem Glas Bier konnte sie in der Regel gut schlafen.

Alexandra hatte einen Fensterplatz. Den hatte man schon bei der Buchung auswählen können. Man glaubte gar nicht, wie viele winzige Felder unter ihr in Bayern aneinandergestückelt lagen. Alles nur Acker. Wer würde das alles essen, was dort angebaut wurde? Wahrscheinlich Schweine und Rinder, das meiste. Die Landschaft unter ihr verblasste und wurde bald gänzlich von einer Wolkendecke verschluckt. Die Sonne strahlte auf die Wolken hinunter. Immer wieder bestaunte sie dieses unwirkliche Bild. Es war, als wäre man in einer anderen Realität, einer Traumwelt. Die tat ihr gut. Ihr Plan machte sich von hier heroben aus viel vernünftiger aus, als wenn sie mit beiden Füßen auf der Erde stand.

Anton hatte die Stöpsel in den Ohren. Aus den Augenwinkeln konnte sie erkennen, dass er sich einen James-Bond-Film anschaute. Oder zumindest etwas Ähnliches. Sie klickte sich durch das Filmangebot. Nichts, was sie interessierte oder was sie nicht schon gesehen hatte. Sie fiel in einen leichten Schlaf. Wachte auf, als ihr Kinn nach unten sank. Ihre Füße schmerzten jetzt schon. Ein Spaß waren so lange Flüge wirklich nicht. Sie zog die Sonnenblende vor dem Fenster herunter. Dann schlief sie tief ein und wachte erst wieder auf, als die Flugbegleiterin sie ansprach, um die zweite Mahlzeit zu servieren.

Antons Kopf war zur Seite gerutscht, er schlief mit offenem Mund. Die Stöpsel steckten immer noch in seinen Ohren, und man konnte ziemlich laut die Tonspur eines weiteren Action-Films hören. Alexandra stieß ihn an, im ersten Moment wirkte er verwirrt, dann lächelte er. „Klapp deinen Tisch runter!“ Sie lächelte zurück, während die Stewardess die Tabletts auf ihrem

Klapptischchen abstellte. „Wenn du nicht auf Economy bestanden hättest“, nuschelte Anton mit vollem Mund, „hätte ich viel besser geschlafen. Und jetzt gäb’s Champagner!“ „Ich hab’s dir oft genug erklärt, ich will ganz normal reisen und kein Geld für sinnlosen Luxus verschwenden!“

Alexandra erinnerte sich mit Schaudern an die ziemlich ausufernde Debatte, die es gebraucht hatte, bis sie einen Economy-Flug durchgesetzt hatte. Sie müssten nicht unbedingt Holzklasse fliegen, bloß weil sie in ihrer Kindheit im Elend gelebt habe und mit ein bisschen wohlverdientem Luxus nicht klarkomme, hatte Anton ihr vorgehalten. Was hieß da „wohlverdient“? Womit denn? Und über ihre Kindheit hatte sie Anton bis heute im Unklaren gelassen, woher wollte er wissen, dass sie im Elend gelebt hatte? Schloss er das daraus, wie ihre Mutter und Tobi heute lebten und aussahen? Eine Unverschämtheit, eigentlich.

Als sie in Atlanta aus den Sitzen kletterten, fühlte sie sich müde. Zu allem Überfluss mussten sie ihr Gepäck zuerst abholen und dann für den Weiterflug wieder neu einchecken. Vorschrift. Überhaupt, hier gab es zu viele Beamte und zu viel Bürokratie. Land of the free? Na ja. Nach der Sicherheitskontrolle sank Alexandra auf eine der ziemlich harten Metallbänke im Wartebereich vor den Gates. „Ich muss mir unbedingt einen Burger reinziehen!“ Anton war wie aufgezogen. Dabei war es für ihn gar nicht das erste Mal, dass er in die USA kam. Alexandra hatte keine Lust, sich in den zahlreichen Duty-Free-Shops umzusehen. Sie sehnte sich nach einem Hotelzimmer.

Mehr als sechs Stunden später taumelte sie durch den Eingang des Salt Lake City Radisson in der Nähe des

Flughafens. Anton ließ sie vor – anscheinend wollte er in ihrer Gegenwart nicht Englisch sprechen, um sich danach nicht seine Fehler vorwerfen lassen zu müssen. Breites Lächeln der Rezeptionistin. Die musste Muskelkater in den Wangen bekommen, wenn sie das den ganzen Tag durchhielt.

Das Zimmer war groß, viel größer, als sie es von europäischen Hotelzimmern gewohnt war. Etwas kitschig-pompös eingerichtet. Riesiges Bad, zwei Waschbecken. Alexandra ließ sich auf eines der beiden breiten Betten fallen. Sehr gut. Ein eigenes Bett. Sie hatte seit der Sache mit Goldlöckchen nicht mehr im selben Bett mit Anton geschlafen. Strafe musste sein. Ob sie mit ihm noch einmal Sex haben würde, bevor ... Man würde sehen. Nur ein kleines Nickerchen. Dann noch duschen und vielleicht ein Abendessen. Sie schlief ein.

Mitten in der Nacht wachte sie wieder auf. Im Bad brannte Licht, hinter den Vorhängen die bleiche Lichtkulisse der Flughafengebäude. Anton schnarchte im Bett neben ihr. Warum hatte er sie schlafen lassen? Sie hatte sich nicht einmal ausgezogen. Und nicht gegessen oder geduscht. Egal. Jetzt würde sie keinen Lärm im Bad verursachen. Die Zeitumstellung hatte ihren Schlafrhythmus wohl durcheinandergebracht. Nur kurz aufs Klo. Dann wieder ins Bett. Doch sie konnte nicht einschlafen.

Ihr Plan war verrückt. Völlig daneben. Anton hatte sich doch wieder eingekriegt, oder nicht? Andererseits, immerhin hatte er sie betrogen. Absprachen nicht eingehalten. War dem Konsumrausch verfallen. Aber es konnte doch viel einfacher sein: Weitermachen wie bisher. Sein Schuldbewusstsein ausnutzen. Oder sich selber einen Liebhaber zulegen. Wozu? Bloß, damit er ihr einen Orgasmus verschaffte? Das konnte sie selber auch. Dazu brauchte sie diese Umstände nicht. Warum waren Männer da anders? Sie merkte, ihre Gedanken begannen zu kreisen. So würde sie nicht einschlafen können. Sie dachte an die Fotos des Bryce Canyon, die sie fasziniert hatten. Morgen würden sie dort ankommen. Als es draußen zu dämmern begann, schlief sie mit Gedanken an die Kinder im Kopf wieder ein.

Irgendwie typisch, dachte sie beim Frühstück. Das Hotel ein richtiger Protzkasten, und dann nur Einweggeschirr beim Frühstück. Eine Tonne war schon übervoll mit weggeworfenem Plastikgeschirr. Was für eine Verschwendung. War das hier überall so? Sonst gab es wenige Überraschungen – das übliche Hotelfrühstück wie in jedem internationalen Hotel. Nur das Personal – ständig lächeln, ständig „Can I do anything for you, love?". Jedes neue Tablett wurde mit einem fröhlichen Aufschrei herangetragen. „More of the freshest fruit for you, guys!" Das war gewöhnungsbedürftig. In Europa ging es beim Frühstück doch eher ruhig zu, man pflegte darauf Rücksicht zu nehmen, dass die Gäste noch schlaftrunken waren.

Bei der Wahl des Leihwagens hatte Anton sich durchgesetzt. Mit dem Argument, mit einem Allradfahrzeug könne man in den Nationalparks auch die nicht asphaltierten Straßen befahren. Sie hatte sich überreden lassen. Der Ford Explorer war mindestens fünf Meter lang, und man musste förmlich hinaufklettern, anstatt einfach einzusteigen. Aber als sie einmal drinnen saß, fühlte sich Alexandra sofort wohl. Der Motor lief leise, sie hatte jede Menge Beinfreiheit, und vor allem die Übersicht über den Verkehr war ganz anders, als sie das gewohnt war. Wenn man nicht zwischen noch größeren Ungetümen von SUVs eingekeilt war.

In Salt Lake City waren die Straßen zwar breit, der Verkehr aber füllte sie dennoch zur Gänze aus. Anton schien etwas nervös, das große, ungewohnte Auto und der dichte Verkehr forderten ihn. Dennoch – es war kein Gerücht gewesen, dass die Amerikaner sehr entspannt und rücksichtsvoll fuhren. Wenn sie daran dachte, wie sie vor ein paar Jahren in Patras in Griechenland von der Fähre gerollt waren – kein Vergleich. Es war die Hölle gewesen.

Zwei Stunden dauerte die Fahrt, bevor sie in ein Gebiet kamen, das von bizarren Felsformationen und langen Strecken von sandiger Steppe beherrscht war. Riesige Trucks zogen hupend an ihnen vorbei. Sie brauchten sich anscheinend nicht an die Tempolimits zu halten. „Hier muss du rechts ab, auf die 24." Alexandra hatte auf einem kleinen Umweg über den Capitol Reef National Park bestanden. „Außerdem muss ich mal aufs Klo."

Sie hatten schnell herausbekommen, dass es in den USA keine Raststätten direkt an den Autobahnen gab. Man musste den Abfahrten folgen, die entsprechend gekennzeichnet waren. Anton hielt an einem winzigen hölzernen Gebäude. Es hieß „Hills Hollows Mini Mart" und sah aus, wie man sich einen Saloon aus der Pionierzeit vorstellte. Alexandra fotografierte und vergaß beinahe, dass sie aufs Klo gewollt hatte. Das war in einem ebenfalls hölzernen Nebengebäude untergebracht. Alexandra entdeckte ein Münztelefon. Wie spät war es? In Grado schon acht. Von hier aus wollte sie die Kinder noch einmal anrufen. Ob das wohl funktionierte? Handynetz hatte es keines mehr gegeben, seit sie die Umgebung der letzten größeren Stadt verlassen hatten.

Tatsächlich meldete sich Annika nach dem vierten Klingeln. „Du wirst nicht glauben, wo wir sind!", meldete sie sich etwas überschwänglich. Doch ihre Tochter zeigte kein Interesse. „Hier gibt's heute eine Jugenddisco! Opa sagt, ich darf gehen!" Alexandra hatte nicht die geringste Lust, über die Jugenddisco in Grado zu diskutieren. Dass sich Annika so gar nicht für die USA interessierte? Sie legte enttäuscht auf. Schien so, als ob sie in Annikas Leben überflüssig zu werden begann.

„Stell dich mal neben das Münztelefon!" Ein seltsames Gefühl überkam sie, immer wenn sie ein Foto von Anton schoss. Gedanken an die Todesanzeige schossen ihr durch den Kopf – welches Foto würde sie dafür wohl verwenden?

Nach der Pause übernahm sie das Steuer. Das Ding fuhr sich, dank des Automatikgetriebes, relativ einfach. Obwohl Anton sie nicht mit guten Ratschlägen verschonte. „Weiter links, weiter links! Du bist fast auf dem Bankett!" Na ja, das sollte bei einem geländegängigen Fahrzeug nichts ausmachen.

Mittagshitze erwartete sie im Capitol Reef National Park. Alexandra bog auf die Straße in die Capitol Gorge ein. Endlich eine Schotterstraße, der Wagen konnte zeigen, was er draufhatte. Allerdings – mehrere der Autos, die ihnen begegneten, waren ganz normale Pkw, so extrem war die Durchfahrt wohl doch nicht. Immer wieder kamen sie an Schildern vorbei, die vor „flash floods" warnten. Alexandra hatte in Reiseführern darüber gelesen, auch in diesen trockenen Gebieten konnte es nach Gewittern zu plötzlichen Überflutungen kommen, die schon manchen Touristen das Leben gekostet hatten.

Gegen Abend streckte sie sich im Pool des Ruby's Inn am Bryce Canyon aus. Der war zwar ein wenig überfüllt, aber das lauwarme, sprudelnde Wasser tat nach einem staubigen Tag trotzdem gut. Sie waren tagsüber durch weitgehend menschenleere Gegenden gekommen – nirgends jedoch war es so einsam gewesen, dass sie Anton hätte zurücklassen können, ohne dass er von irgendjemandem gefunden werden würde. Aber sie wusste, wo das gelingen konnte.

Zwei Tage später trafen sie in Page am Lake Powell ein. Dort wollte Alexandra unbedingt den berühmten Antelope Canyon besuchen, der bei Fotografen wegen seiner Licht- und Schattenspiele in rostrotem Fels so beliebt war. Im unteren Teil dieses Canyons, hatte Alexandra gelesen, hatten auch schon ein paar Touristen nach plötzlichen Überflutungen ihr Leben gelassen. Vielleicht sollten sie sich den auch ansehen? Anton konnte ja irgendwo unglücklich abstürzen. Aber auch hier würde er viel zu schnell gefunden werden, verwarf Alexandra diese Überlegung rasch wieder.

Der Canyon allerdings hielt, was die Reiseführer versprochen hatten. Während sie ein Foto nach dem anderen schoss, langweilte sich Anton. Er hatte mit Natur nie wirklich viel anfangen können, und wenn sie noch so spektakulär war. Schon am Morgen hatte er über das seiner Meinung nach nicht ausreichend luxuriöse Hotelzimmer gemault. Sie hatte nicht darauf reagiert. Noch eine Woche, dann würden sie endlich im Death Valley ankommen.

XIV

Ich halte mich gerne bei Martins Eltern auf, obwohl sie so völlig anders sind als alle anderen Erwachsenen, die ich kenne. Sein Vater mag mich, weil ich gute Noten habe und Martin in Mathematik helfe. Vorgestellt hat er sich bei mir als „Ronald, aber nicht McDonald's". Natürlich hat er mich interessiert, vielleicht sogar erstaunt gemustert, als er mich das erste Mal gesehen hat. „Totenschädel an den Ohren, das finde ich aber einmal ganz mutig. Bist du immer so mutig?" Er war der Erste, der mich direkt darauf angesprochen hat, und ich glaube, er meint es ehrlich. Vorurteile sind ihm anscheinend wirklich fremd. Aber natürlich hat sich auch sein Blick an meinen Brüsten verfangen, da ist er genau wie alle Männer.

In Martins Familie sagt man übrigens „McDonald's", nicht „Mackie", wie sonst jeder. Und man geht auch nicht dorthin, aus ethischen Gründen. Darüber habe ich echt noch nie nachgedacht. Deshalb also das schlechte Gewissen, als Martin vor ein paar Tagen mit mir in sein Zimmer geschlichen ist, jeder mit einem Säckchen von McDonald's in der Hand. „Weißt du, wir sind mehr für Nachhaltigkeit", klärt mich Ronald auf. „Wir kaufen im Bioladen, und hauptsächlich Sachen, die hier und jetzt wachsen. Weniger Verkehr, weniger Ausbeutung der Dritten Welt." Ich nicke. „Find ich cool. Muss man sich aber auch leisten können." Ich weiß, was die Sachen im Bioladen kosten. „Weißt du", sage ich. Ich darf Du zu ihm sagen, und weil er ehrlich und geradeheraus ist, bin ich es auch. „Wir haben praktisch kein Geld, Sozialhilfe, ich gehe kellnern, damit ich Taschengeld habe. Und da ist noch mein Bruder, der es vielleicht nie zu einem eigenen Einkommen bringen wird. Da sieht man das alles ein wenig anders." Ronald schüttelt betroffen den Kopf.

Allerdings lerne ich in diesem Haus Dinge kennen, die mir bisher völlig fremd waren, die ich aber interessant finde. Martins Mutter macht Saft aus Gemüse, mit wenig Früchten. Alles andere wäre viel zu zuckerhaltig, meint sie. Ich höre von ihr zum ersten Mal, dass frisch gepresster Orangensaft gar nicht gesund sei – zu viel Zucker. Und das Gute, nämlich die Fasern aus dem Orangeninneren, die lasse man zurück. Für mich war solcher Saft immer der Inbegriff von Luxus. Ich vermute, dass die Säfte, die meine Mama früher immer getrunken hat, auch keine Gnade vor ihren Augen finden würden. Zum Knabbern gibt es Nüsse, aber keine gesalzenen aus der Dose, sondern nur solche in der Schale. Und Gemüsechips. Ich finde das alles interessant, aber auch komisch. Wie kann man sich nur so viele Gedanken um das Essen und Trinken machen?

Martins Mutter hält sich immer im Hintergrund, wenn ich mich mit Ronald unterhalte. Aber ich spüre ihre Missbilligung im Nacken. Hat Ronald etwa schon einmal ein Au-Pair-Mädchen vernascht? Soll ja in diesen Kreisen nicht gerade ungewöhnlich sein. Sie beäugt mich jedes Mal, wenn ich komme, mit ein wenig Misstrauen. Theoretisch ist sie natürlich ganz auf der Linie ihres Mannes, aber in Wirklichkeit nicht. Sie ist sehr elegant, immer nach der neuesten Mode gekleidet und frisiert, nie übertrieben, immer sachlich. Sie sieht echt gut aus, finde ich, allerdings ein wenig zu brav.

Nachdem wir uns einige Wochen kennen, fragt sie mich geradeheraus, warum mein älterer Bruder im Heim lebt. Und weswegen er schon mehrfach vorbestraft ist. Keine Ahnung, wie sie das herausbekommen hat können. Vielleicht, weil sie Rechtsanwältin ist. Da kann es gut sein, dass sie an solche Informationen kommt. Es hat keinen Sinn, ihr etwas vorzuspielen. Anwältin. Sie könnte ein Vorbild für mich sein, das erste nach Frau Professor Marinkovic. Als ich sie damals so verehrt habe, wollte ich auch Lehrerin werden. Aber Anwältin, das wäre auch nicht so schlecht. Vor allem könnte ich dann Mädchen, denen es ergeht wie mir, zu ihrem Recht verhelfen. Und ich würde in einem schönen Büro sitzen, mich in Ruhe meinen Akten widmen, ohne dass mich jemand stört. Und vor Gericht würden die Männer vor meinen Argumenten, vor meinen Beweisen erzittern.

„Können wir das unter vier Augen besprechen?", frage ich Martins Mutter. Erstaunt zieht sie die Augenbrauen hoch, doch ich will vor Martin nicht über Walter sprechen. Allerdings – der ist momentan sowieso mit einem Konsolenspiel beschäftigt. Wir gehen in die Küche. „Mein Bruder ist damals in ein Heim gekommen, weil er mich sexuell belästigt hat. Er hat versucht, mich zu vergewaltigen." Martins Mutter schlägt eine Hand vor den Mund. „Oh Gott! Du armes Kind!" Ein armes Kind möchte ich nicht sein. „Ich habe mit einer Lehrerin darüber gesprochen, als es zu gefährlich für mich wurde, da ist Walter weggekommen. Aber ich bin nicht arm." Sie zieht wieder die Augenbrauen hoch. Vielleicht bin ich ihr unheimlich. Es wird, denke ich, nicht viele Mädchen in meinem Alter geben, die offen über solche Erlebnisse sprechen. Und vor allem nicht solche, die Totenköpfe in den Ohren tragen. Allerdings, mittlerweile weiß ich, dass Toleranz in dieser Familie ein äußerst wichtiger Wert ist. Sie können es sich deshalb gar nicht leisten, mich schrecklich zu finden.

Dann runzelt sie die Stirn. Ich weiß genau, was sie denkt. Ich habe sexuelle Erfahrungen. Ich werde womöglich ihren Sohn verführen. Deshalb gehe ich in die

Offensive. „Sie brauchen sich keine Sorgen zu machen. Ich habe kein Interesse an Sex, wahrscheinlich gerade deswegen. Ich denke gar nicht daran, Martin zu verführen.“ Damit habe ich sie total verunsichert. Sie vollführt einige flatternde Armbewegungen und dreht sich zur Anrichte um, hinter der sich ein Fenster in den Vorgarten öffnet. „Das habe ich doch gar nicht gemeint!“ Ihre Unsicherheit verrät aber, dass sie genau das gemeint hat. Toleranz hin oder her. Wahrscheinlich habe ich etwas falsch gemacht, ich trete zu offensiv auf. Sie hätte mich lieber in der Opferrolle gesehen. Ein armes Kind, an dem man Gutes tun kann, indem man es füttert und ihm, zumindest zeitweise, ein Heim gibt. Aber darauf lasse ich mich nicht ein.

„Ist es dir ernst mit Martin?“, fragt sie und dreht sich wieder zu mir um. Ich glaube, sie ist eine attraktive Frau. Blond, mit einer guten Figur. Heute trägt sie eine Bluse, ich denke, das ist Seide. Eine Farbe wie sehr heller Senf. Und allerhand Schmuck um den Hals und in den Ohren. Ich kann nicht sagen, was davon echt und was Modeschmuck ist. Aber sie hat guten Geschmack. Ich könnte mich an ihr orientieren, zumindest später einmal, wenn ich in ihrem Alter bin. „Ich mag ihn“, sage ich. „Aber ich bin mir nicht so sicher, ob es ihm ernst mit mir ist.“ Sie zieht wieder die Augenbrauen hoch. Ich denke, ich habe sie beeindruckt. Ein Gespräch von Frau zu Frau, ja, das ist es gewesen.

Bei Martin ist, kommt mir vor, noch nicht viel von den Werten seiner Eltern angekommen. Was Toleranz und nachhaltiges Leben betrifft, ist er in der Schule noch nicht wirklich aufgefallen. Ganz im Gegenteil, er schafft es nicht einmal, seinen Abfall in den richtigen Eimer zu werfen, wahrscheinlich ist ihm das völlig egal. Und dabei, dass er sich gesund ernährt, habe ich ihn auch noch nicht ertappt, außer bei sich zu Hause, wo es nichts anderes gibt.

Wenn wir Mathematik üben, ist Martin bockig. Ich erkläre ihm schon zum wer weiß wievielten Mal, dass er beim Umformen der Gleichungen Anfängerfehler macht und noch dazu immer die gleichen. Man kann doch nicht so dumm sein, dass man nicht begreift, dass das, was auf einer Seite der Gleichung ein positives Vorzeichen hat, auf der anderen Seite ein negatives haben muss. Aber immer wieder schreibt er einfach die eine auf die andere Seite ab, ohne das Vorzeichen zu ändern. „Vorzeichen!", rufe ich, als es wieder passiert. Er schmeißt seinen Kugelschreiber hin. „Weißt du was? Von dir lasse ich mir gar nichts sagen!" Er fährt sich mit der Hand durch die struppigen Haare, die mir so gut gefallen. Ich ziehe ihn zu mir heran und küsse ihn auf die Wange. „Ich will dir doch nur helfen! Du willst doch schließlich durchkommen!" „Ich will, ich will ..." Er bringt seinen Satz nicht zu Ende. Ihm ist es nicht bewusst, dass ein guter Schulabschluss wichtig für ein unabhängiges, freies Leben ist. Er hat hier alles, was er sich nur wünschen kann, inklusive Urlaubsreisen, Unterhaltungselektronik und so weiter. Wenn ich das alles haben will, muss ich es mir erarbeiten, indem ich am Wochenende kellnern gehe.

Dann umarmt er mich, zieht mich zu sich hin, plötzlich bin ich auf ihm, seine Hand ist zwischen meinen Beinen. Rasch drehe ich mich weg, falle vom Bett und stehe so schnell wieder auf, dass er gar keine Zeit hat zu reagieren. „Darüber müssen wir zuerst reden!", sage ich. „Worüber?" Er gibt sich ratlos. „Über alles, was mit Sex zu tun hat. Ich bin noch nicht so weit. Beziehungsweise, unsere Beziehung ist noch nicht so weit." Er grinst mich an. „Und was heißt das auf Deutsch?"

„Es heißt, dass ich jetzt noch keinen Sex will. Später vielleicht." „Aha. Und bis dahin muss ich brav sein und Männchen machen, oder was?" Seine Miene verdüstert sich. „Und die Mathematik geht mir, wenn du es genau wissen willst, am Arsch vorbei! Aber total!" Er steht auf, fegt seine Schulsachen mit einem wütenden Schwung seines Arms vom Schreibtisch und lässt die Tür hinter sich zuknallen. Ich bin in seinem Zimmer allein.

Unten höre ich ihn laut schreien. „Nichts!" Wahrscheinlich hat ihn seine Mutter gefragt, was los ist. Und jetzt wird sie versuchen, ihm gut zuzureden. Er solle doch froh sein, dass er jemanden habe, der ihm helfe, und das noch dazu gratis. Aber als Gratis-Nachhilfelehrerin, die sich als Dankeschön auch noch vielleicht ein bisschen bumsen lässt, dazu bin ich mir zu gut.

14

Death Valley. Noch nie hatte Alexandra derart heftig schwitzende Menschen gesehen, nicht einmal im brütend heißen Las Vegas, in dem man alle paar Schritte von Wassernebeln besprüht wurde. Sie waren gerade noch vor Einbruch der Dunkelheit in Furnace Creek angekommen. „Die spinnen!", hatte Anton gemeint und nach dem Aussteigen auf den Golfplatz gezeigt, der in sattem Grün glänzte. Es war sogar ein Spieler in langen Hosen zu sehen.

Alexandra dagegen hatte die Hitze nach der gekühlten Luft im Auto wie ein Keulenschlag getroffen. An der Rezeption standen ein jüngeres Paar und eine Familie vor ihnen, alle schweißgebadet. Ein eisiger Luftstrom sank von der Decke herab, hier konnte man sich verkühlen. Sie hoffte, schnell wieder wegzukommen.

Der Bungalow, den sie nach einem kurzen Weg über glühend heißen Asphalt erreichten, war einfach möbliert, stickig und nicht wirklich sauber. Die Klimaanlage schepperte vor sich hin. Alexandra bezweifelte, ob sie heute Nacht schlafen würde können. Mit Klimaanlage war es laut, ohne wahrscheinlich unerträglich heiß. Und nicht zuletzt: Es würde die letzte Nacht mit Anton sein.

Ihr Verhältnis war eigenartig gewesen in den letzten Tagen. Und vor allem Nächten. Sie hatten wenig gesprochen, Alexandra hatte sich beobachtet gefühlt. Immer wieder bedachte Anton sie mit Blicken, die sie nicht zu deuten wusste. Waren sie schuldbewusst? Hoffnungsvoll? Oder war er ihrer überdrüssig, genau wie sie seiner?

Das Abendessen verlief, wie meistens in den letzten Tagen, einsilbig. „Das Bier ist wahnsinnig teuer hier.

Und miserabel. Und dann diese winzigen Flaschen!"
„Dann holst du dir eben noch eine. Und bring mir auch eine mit." Alexandra lächelte. Warum sollte sie kein Bier trinken? Sie hatte ihren Durst ohnehin bisher auf der ganzen Reise fast nur mit Wasser gelöscht. Sie hasste die Angewohnheit der Amerikaner, jeden Pappbecher zuerst mit Eiswürfeln randvoll zu füllen und dann ein bisschen Limonade hineinlaufen zu lassen. Erst heute hatte sie einer Bedienung in einem Fast-Food-Restaurant an einer gottverlassenen Straßenkreuzung erklärt, dass sie kein Eis wolle. „No ice?", hatte die Frau völlig konsterniert wiederholt. „But it's so hot outside!" „No ice, please!", hatte Alexandra insistieren müssen.

Später lag sie auf der Seite, von Anton abgewandt. Die Klimaanlage hatte sich kurz abgeschaltet, würde aber in wenigen Minuten ratternd wieder anspringen. Der Rhythmus war immer der gleiche. Sie hörte ein Rascheln. Eine Küchenschabe? Eine Schlange? Ihre Fantasie? Sie versuchte sich zu beruhigen, gleichmäßig zu atmen. Morgen würden sie zuerst die Harmony Borax Works besichtigen. Hauptsächlich chinesische Arbeiter hatten im 19. Jahrhundert hier in dieser Hölle Borax abgebaut. Es war ihr völlig unerklärlich, wie man in dieser Hitze arbeiten konnte. Dann würde es weitergehen zu Scotty's Castle und schließlich in das Racetrack Valley. Sie hatte darauf bestanden, diese Ebene zu besuchen, in der sich angeblich schwere Felsbrocken von selbst fortbewegten und kilometerlange Spuren hinterließen. Inzwischen, so hatte sie kürzlich gelesen, war das Rätsel gelöst worden, spezielle Bedingungen im zeitweise gefrorenen Boden führten zu einer Art Glatteis, und der Wind schob die Felsblöcke vorwärts. Sie würden erst gegen Abend dort ankommen, sie hatte Anton von den unglaublichen Sonnenuntergängen vorgeschwärmt.

Die Tageszeit war Bestandteil ihres Plans. Und das allradgetriebene Fahrzeug. Endlich konnte sich Anton im Gelände austoben. Er würde seine Freude daran haben. Und spätnachts würde sie allein zurückkehren. Die Klimaanlage nahm ihre Arbeit wieder auf.

Schon der Rundgang durch die Harmony Borax Works war fast unerträglich, obwohl es noch nicht einmal 10 Uhr war. Alexandra erinnerte sich, dass sie kürzlich im Fernsehen eine Dokumentation über einen Marathonlauf hier im Death Valley gesehen hatte. Was Anton betraf, jammerte er schon nach kurzer Zeit so ausdauernd, dass Alexandra die Konversation einstellte. Irgendwie seltsam war es schon, wenn man wusste, dass man mit jemandem zusammen war, der heute sein letztes Frühstück gegessen hatte. Fast versonnen hatte Alexandra ihn beim Hineinlöffeln der Eierspeise betrachtet. Sie selbst hatte kaum Appetit gehabt. Dafür Durst. Der amerikanische Kaffee allerdings war trotzdem nahezu ungenießbar gewesen.

Die Arbeiter der Borax-Mine hatten das abgebaute Mineral mit Maultiergespannen zum nächsten Eisenbahnanschluss in der Mojave-Wüste transportieren müssen. Ein solcher Wagenzug, der auf dem Gelände der ehemaligen Fabrik ausgestellt war, bot den einzigen Schatten weit und breit. Anton stand schwer atmend davor und fächelte sich mit dem Reiseführer Luft zu. „Muss das wirklich sein? Ich meine, Natur, gut und schön, aber ...“

„Ist in Ordnung“, antwortete Alexandra. „Dafür fahren wir aber noch zum Zabriskie Point. Den haben wir gestern verpasst, weil du zuerst einchecken wolltest.“ Sie konnte sich noch ganz genau daran erinnern, wann sie den gleichnamigen Film zum ersten Mal gesehen hatte. Ihre Mutter war nicht zu Hause gewesen, und sie war vor dem Fernseher geblieben. Spätnachts hatte der Film begonnen. Sie hatte sich von der Geschichte nicht losreißen können und wollte seither unbedingt den Ort sehen, wo die beiden Darsteller nackt im Sand herumgerollt waren. Wie das bei dieser Hitze möglich war?

Der Zabriskie Point war nur ein paar Meilen von Furnace Creek entfernt, doch der kurze Anstieg vom Parkplatz war auch für Alexandra eine Tortur. Eine einsame Bank stand auf dem Plateau. Wer sich hier wohl jemals hingesetzt hatte? Die Hitze war mörderisch, nahezu unerträglich, das dünne Shirt klebte an ihrem Körper. Die Unterwäsche musste schon völlig durchnässt sein. Die Sonne stand bereits etwas zu hoch für gute Fotos. Ob sie zum Sonnenuntergang noch einmal Gelegenheit haben würde, hierherzukommen? Allein?

„Bitte, wieder zurück ins Auto!", jammerte Anton und machte sich, ohne sich umzusehen, wieder auf den Weg zum Parkplatz. Als Alexandra auch dort ankam, bemerkte sie, dass auf dem Parkplatz einige Autos mit laufenden Motoren standen, an den Fenstern Gesichter von Frauen und Kindern, hauptsächlich. Anscheinend hatten manche den Weg hinauf zum Aussichtspunkt ganz gescheut, weil ihnen Zabriskie Point völlig egal war, und waren lieber im klimatisierten Auto geblieben.

Die nächsten paar Stunden verliefen ereignislos. Die Landschaft änderte sich kaum, die Straße zog weitgehend schnurgerade im Tal dahin, während sich rechts von ihnen Berge auftürmten, im Westen dagegen weite Ebenen, die Salzseen ähnelten.

Scotty's Castle erstaunte Alexandra. Wie jemand in einer derart menschenleeren Gegend ein solches Anwesen hinstellen und dort auch noch wohnen wollte, ging über ihren Verstand. Anton war von der burgartigen

Anlage fasziniert. Alexandra dagegen war angespannt. So angespannt, dass sie keinen Bissen essen konnte, als Anton die mitgebrachten Sandwiches auspackte. Henkersmahlzeit, dachte sie.

Die Fahrt zum Racetrack gestaltete sich mühsam. Zwei Stunden hatte ihr Routenplaner für die 35 Meilen veranschlagt, aber es würden mehr werden. Kopfgroße Steine auf dem Schotterweg zwangen immer wieder zum Abbremsen auf Schritttempo, genauso wie metertief scheinende Schlaglöcher.

Plötzlich öffnete sich die weite Ebene des Racetrack vor ihnen. Zunächst sahen sie gar keine wandernden Felsen, anscheinend waren sie doch nicht so häufig, wie sie gedacht hatte. Die Straße zog sich am Berghang hin, und bald kamen doch einzelne Felsbrocken auf der Ebene unter ihnen in Sicht. Alexandras Gedanken waren ganz woanders. Pflichtschuldig, aber wortkarg stieg sie immer wieder aus, um zu fotografieren. Das Licht war ideal, es ging schon gegen den Sonnenuntergang zu. Nicht nur die Spuren, die einzelne Felsen gezogen hatten, traten deutlich hervor, auch die langen, scharf abgegrenzten Schatten waren spektakulär. Seit mehr als einer Stunde war ihnen kein Fahrzeug begegnet, dennoch hatte Alexandra Sorge, dass zu viel Verkehr sein könnte, dass Anton, nachdem sie ihn zurückgelassen hatte, jemanden finden würde, der ihn mitnahm. Sie mussten von der Straße weg.

Sie erblickte ein Flusstal, jetzt natürlich trocken, das leicht ansteigend nach links führte. „Möchtest du nicht den Allrad noch einmal ausprobieren? Ich möchte da hinauf!" Antons Ehrgeiz war leicht anzustacheln. „Nichts leichter als das!" An einer flachen Stelle verließ er die Straße, die ohnehin wenig mehr war als ein Karrenweg. Es ging hier sogar flotter als zuvor. Der Boden war gleichmäßig eben und fest, die Steigung kaum merklich. Alexandra lugte immer wieder auf den Kilometerzähler. Wie viele Meilen mussten sie zurücklegen, um weit genug von der Straße entfernt zu sein? Drei Meilen waren es mittlerweile, aber das war ihr zu wenig. In ihrem Hals, ihrer Brust wurde es eng. Sie atmete stoßweise. „Ist was?“ Ihre zunehmende Beklemmung war Anton schon aufgefallen. „Die Hitze!“ Er gab sich zufrieden.

Sie drehte sich um. Man hatte einen faszinierenden Blick auf die Ebene unter ihnen, doch Felsblöcke konnte man aus dieser Entfernung keine mehr wahrnehmen. „Da hinauf!“ Das Flusstal zog sich nun in einem Bogen weiter nach links, die Ebene verschwand hinter einem rötlich in der Abendsonne glühenden Buckel. Fünf Meilen. Würde Anton zu Fuß fünf Meilen schaffen? Das Tal wurde enger, schien aber immer noch gut befahrbar. Einige Male mussten sie ausgewaschene Rinnen queren, Anton genoss die abenteuerliche Schräglage, in die das Fahrzeug manchmal geriet. „Immer noch im grünen Bereich!“, grinste er und zeigte auf den in der Mittelkonsole angebrachten Neigungsmesser. Alexandra hatte Angst. Vor einem Unfall, aber mehr noch vor dem, was sie bald tun musste. Man konnte sich von keinem Menschen befreien, indem man einfach neben ihm saß und nichts tat. Und wenn sie ihren Entschluss in die Tat umsetzen wollte, war es jetzt bald Zeit dafür. Acht Meilen.

„Drehst du mal um? Ich möchte hier noch ein paar Fotos schießen. Und runter möchte dann ich fahren, ich will das auch einmal ausprobieren!“ „Du?“ Sie fand die Skepsis in dem einen Wort beleidigend. Dennoch stieg sie mit der Kamera aus. „Da kannst du umdrehen!“ Sie würde auf den Felsen, der über ihr aufragte, hinaufsteigen und dort einen Teil ihrer Kameraausrüstung fallen lassen. Sobald sie auf dem Fahrersitz saß, musste sie Anton dazu bewegen, nochmals auszusteigen, um den verlorenen Teil zu suchen, das war der Plan.

Alexandra umrundete den Felsen, um nach einem geeigneten Aufstieg zu suchen. Es war immer noch brüllend heiß, ihre Schuhe und Socken von rotem Staub bedeckt. Auf der Rückseite war der Felsbrocken weniger steil. Da! Hier konnte man hinauf! Sie schob die Kamera auf den Rücken und machte sich an den Aufstieg. Eigentlich, so hatte sie gelesen, sollte man ja nirgendwo hingreifen, wo man nicht vorher hingesehen hatte, der Klapperschlangen wegen. Aber ohne Griffe über Kopfhöhe zu benutzen, war an ein Hinaufkommen gar nicht zu denken.

Der Motor des Ford heulte auf. Was war los? Hastig, fast panisch trat sie den Rückzug an, rutschte ab, schürfte sich die Handflächen auf, plumpste in den Sand. Fluchend lief sie zurück. Vor ihr die Rücklichter des Ford. Er war bereits mehr als hundert Meter entfernt. Und hielt nicht an. Alexandras Herzschlag setzte aus. So war das also. Anton wollte sie hier zurücklassen, an dem Ort, an dem sie sich seiner entledigen hatte wollen. Die Millionen mit Goldlöckchen verprassen, während sie hier in der Wüste verdursten sollte. Der Ford verschwand hinter einem Felsbuckel. Stille. Panik. Ihr Plan war seiner gewesen. Der Arsch hatte sich mit keinem Wort verraten, mit keiner Geste, keinem Blick. Alexandras Beine gaben nach, ihre Augen füllten sich mit Tränen. Acht Meilen bis zur Straße. Und auf der würde heute niemand mehr vorbeikommen. Sie hatte keinen Tropfen Wasser dabei. Aufgeschürfte Hände. Nur ihre Kamera. Mit der konnte sie nur mehr ihren Tod festhalten. Und ein Video aufnehmen, in dem sie erklärte, wie es dazu gekommen war. Die Dämmerung brach ansatzlos herein, als sie noch auf dem Boden kauerte.

Stille. Was konnte sie tun? Kämpfen? Wie? Acht Meilen in diesem Gelände zurücklaufen? In stockfinsterer Nacht? Sie würde die Straße niemals finden. Max. Annika. Sie würde sie niemals wiedersehen, und Goldlöckchen ...

„He! Aufstehen!" Sie hob den Kopf. Anton. Keine fünfzig Meter von ihr. Mit breitkrempigem Hut. „Was ist denn mit dir los?" Alexandra wischte sich mit dem Unterarm die Tränen aus den Augen und brachte kein Wort hervor. „Aber Schatz!" Anton grinste, kam auf sie zu, nahm sie in die Arme. „Hast du geglaubt, ich lass dich hier zurück? Das hättest du nicht überlebt, das wäre ja glatter Mord gewesen!" Ja, das wäre es gewesen. Genau so hatte sie es geplant. Aber sie wäre nicht zurückgekommen.

Geplatzt. Ihr Plan – geplatzt, ihre Rache – geplatzt. Niemals würde sie jetzt noch den Mut haben, Anton an irgendeinem anderen Ort zurückzulassen. Sie zitterte, so fertig war sie. Obwohl sie nicht einmal zwei Minuten allein gewesen war. „Ich wollte nur testen, wie es bergab geht. Und dann war ich um die Kurve, und dort konnte ich nicht umdrehen ... Willst du jetzt fahren? Es ist schon ziemlich dunkel!" Anton deutete zum Himmel, wo sich schon die ersten Sterne zeigten. Es begann abzukühlen. Alexandra schüttelte den Kopf. Auf keinen Fall würde sie den Wagen durch die Dunkelheit bis zum Hotel steuern. Sie würden bis Mitternacht brauchen, wenn sie überhaupt ...

Plötzlich dämmerte es Alexandra, dass sie die Rückfahrt durch die stockfinstere Nacht allein hätte bewältigen müssen, wenn ... ja, wenn ihr Plan aufgegangen wäre. Zusammengesunken saß sie auf dem Beifahrersitz und wurde von jeder Bodenwelle durchgeschüttelt, weil sie nicht auf die unruhige Fahrbahn achtete. Ausgeliefert war sie Anton und seinen Millionen. Was konnte sie jetzt noch tun? Wie sollte sie bloß den Rest der Reise hinter sich bringen?

Im Bett fand Alexandra keine Ruhe. Jedes Mal, wenn sie gerade am Einschlafen war, sah sie die Rücklichter des Ford verschwinden, sah sich allein in der Wüste, hilflos, rettungslos. Ein kurzer, schlimmer Traum wurde von der ratternden Klimaanlage unterbrochen: Max war in einer Spalte verschwunden, die sich plötzlich aufgetan hatte, rettungslos verloren, nirgends zu sehen, nicht zu hören. Sie schrie um Hilfe, doch Anton ging einfach weiter, mit Annika an der Hand. Drehte sich um, winkte ihr zu, kam nicht zurück, obwohl sie aus Leibeskräften geschrien hatte. Sie war durch und durch nass. Zog ihren Pyjama aus. Dusche an, trotz der Hitze kaltes Wasser, sie wusste, das sollte man nicht, aber sie musste. Ohne sich abzutrocknen, warf sie ein frisches T-Shirt über. Anton wachte nicht einmal auf, als sie wieder ins Bett zurückkehrte. Er schnarchte leise. Ruhiges Gewissen. Nichts war passiert. Eine schöne Reise, aber halt heiß. Morgen würden sie zum Grand Canyon fahren, auf 2000 Meter Höhe. Da würde sich Anton wieder wohler fühlen. Und er würde nichts wissen, nichts gewusst haben.

In ihrem Kopf herrschten Leere und Planlosigkeit. Wollte sie Anton nun noch loswerden? Keine Ahnung. Sie sehnte sich nach Hause. Nach Hause zu den Kindern, und dann am besten die Decke über den Kopf ziehen und warten. Oder, noch besser, gleich selbst gehen. Am Grand Canyon gab es fabelhafte Felsvorsprünge. Leute ließen sich dort fotografieren, um ihren Mut zu beweisen. Vielleicht würde sie einfach im Canyon verschwinden, in einer Spalte, so wie Max in ihrem Traum.

Am Grand Canyon kamen sie während eines Hagelunwetters an. So heftig, dass sie eine Viertelstunde im Auto vor dem Hotel warten mussten, bis sie zum Einchecken aussteigen konnten. Alexandra hatte Angst, die Hagelkörner könnten die Windschutzscheibe durchschlagen. Anton lachte sie aus. Warum hatte sie jetzt noch vor etwas Angst? Es würde ja bald vorbei sein.

Am nächsten Morgen strahlender Sonnenschein. Mohave Point, Hopi Point, Yavapai Point. Bei jedem Aussichtspunkt mussten sie aus dem Shuttlebus aussteigen, um den Ausblick in den Schlund des 1.500 Meter tiefen Canyons zu betrachten. Anton war begeistert. „Man sieht bis zum Fluss hinunter! Sogar die Flöße, die Rafting-Touren!" Alexandra hielt Ausschau nach einem geeigneten Felsvorsprung. Die gab es ausreichend, im Überfluss sogar, doch fehlte ihr die Entschlusskraft, irgendetwas zu unternehmen. Sie hätte sich um den Rand des Geländers drücken müssen, wie manche Touristen es taten, um auf einen Felsvorsprung hinauszutreten und auf Nimmerwiedersehen im Abgrund zu verschwinden. Wie fühlte es sich an, wenn man selbst gerade sein letztes Frühstück gegessen hatte? Der Kaffee war wieder einmal schrecklich gewesen. Trotzdem hatte sie zwei Tassen davon getrunken, bevor sie sich dessen überhaupt bewusst geworden war.

Die Reise war eine völlig verrückte Idee gewesen, nichts würde dadurch besser werden. Nicht einmal ihr Kontostand würde sich merklich verringern, so viel Geld konnten sie hier gar nicht verbrauchen. Sie starrte in den Abgrund, während Anton versuchte, mit einem großzügigen Schwenk seiner Kamera das Panorama einzufangen. Dort unten konnte man tatsächlich Rafting-Flöße wahrnehmen, die auf der schmutzig braunen Brühe trieben. Auf den Fotos in ihren Reiseführern war der Colorado grün, doch das Gewitter hatte dazu geführt, dass sich heute ein ganz anderes Bild bot. Eines der Boote näherte sich einer Stromschnelle. Wenn sie jetzt dort unten wäre, könnte sie sich einfach ins Wasser fallen lassen. Mechanisch schoss sie ein paar Fotos.

Zu ihrer Linken war ein junges Mädchen in einem weißen Kleid tatsächlich auf eine Klippe hinausgetreten, Haar und Kleid flatterten im Wind, sie streckte übermütig die Arme in die Höhe. „Hey Miss!" Ein Ranger schoss hinter dem Geländer hervor, um das lebensgefährliche Abenteuer zu beenden. Mein Gott! Man sollte das Leben genießen, solange man konnte. Das Mädchen war sicher glücklich gewesen, in diesem Moment. Ihr Freund hatte Fotos geschossen, wunderbare Fotos, die Sonne schien durch ihr Kleid hindurch, und sie würden die Bilder noch in sechzig Jahren ihren Kindern und Enkeln zeigen. Seht, wie schön Oma einmal war. Da waren wir am Grand Canyon!

Alexandra beneidete alle um sich herum, alle. Sogar die übergewichtige, schwitzende Amerikanerin, die gerade unter einem bunten Häkelhut herangewankt kam. Sie hatte den Großteil ihres Lebens schon hinter sich, aber war dennoch voll kindlicher Begeisterung und kreischte vor Vergnügen. „This is awesome. So awesome!", wiederholte sie ein ums andere Mal, unter ständigem Kopfschütteln. Einfach allen ging es besser. Auch Anton. Er war so in die Aussicht und seine Videos vertieft, dass er nicht einmal merkte, wie einsilbig und desinteressiert Alexandra war. Dabei war sie es doch gewesen, die ständig von einer Reise an den Grand Canyon geschwärmt hatte, während Anton eher von einer Segelyacht in der Adria geträumt hatte.

Auf dem Tisch im Restaurant stand eine Karte, die einen von einer Klippe stürzenden Mann zeigte. Auf der Rückseite wurde vor dem Versuch gewarnt, an einem Tag in den Canyon ab- und wieder aufzusteigen. Täglich müssten Menschen gerettet werden, die es leichtsinnigerweise versuchten. Sie war sich sicher, auch Anton würde sich das zutrauen. Doch es war zu spät, ihn in einen solchen Abstieg hineinzuhetzen, sie mussten morgen weiter.

Alexandra betrachtete den stürzenden Mann und würgte an den Spaghetti, die Anton vor sie hingestellt hatte. „Ist was, Schatz?“ „Mir ist nicht so gut, vielleicht habe ich zu viel Sonne erwischt.“ Er gab sich damit zufrieden. Sie hatte es nicht geschafft, sich von einem Felsen zu stürzen. Nicht einmal dafür hatte ihre Energie ausgereicht. Was war eigentlich im Death Valley passiert, das ihr jeden Mut geraubt hatte? Es war doch bloß ein Irrtum gewesen, bloß ein Missverständnis. Wollte sie Anton jetzt nicht mehr loswerden? Aber wie sollte es dann weitergehen? Sollte es überhaupt weitergehen? Morgen konnte sie noch einen letzten Blick auf den Grand Canyon werfen. Vielleicht würde sie es dann tun.

Anton schnarchte, fast zaghaft leise. Früher hatte es sie immer beruhigt, wenn sie seinen Atem gehört hatte. Auch, wenn er ein wenig geröchelt hatte, so wie jetzt. Max und Annika. Sie musste an ihre Kinder denken. Fast jeden Tag hatte sie angerufen, und die Gespräche waren immer gleich einsilbig geblieben. Offenbar hatte Annika einen Freund gefunden, einen gewissen Jürgen. Und sich das „Nee!“ angewöhnt, weil Jürgen Deutscher war. Ihre Schwiegermutter hatte ihr aber versichert, dass alles ganz harmlos sei. Die Telefonate hatten Alexandra nicht gutgetan – brauchten ihre Kinder sie überhaupt noch? Geklungen hatte es nicht danach. Solange sie gut gefüttert wurden ... Morgen würden Max und Annika mit den Großeltern nach Hause zurückkehren. Und bei ihnen bleiben, bis sie selbst in fünf Tagen ... Würde sie in fünf Tagen irgendwohin zurückkehren? Können? Wollen?

Sie drehte sich auf die andere Seite. Anton röchelte ruhig weiter, als sein Handy aufleuchtete. Mehrmals. Wer mochte ihn da anrufen? Mitten in der Nacht? Alexandra erinnerte sich daran, dass es in Europa schon acht Uhr früh war. Oder neun? Das musste jemand sein, der nicht wusste, dass sie sich in den USA aufhielten. Leise schälte sich Alexandra aus den Decken, griff nach Antons Handy und verschwand im Bad.

Als sie auf das Display sah, traute sie ihren Augen nicht. Es war kein Anruf gewesen, sondern eine SMS. „Bist Du noch wach, mein Schatz? Ich drücke und küsse Dich ..." Das durfte nicht wahr sein. Goldlöckchen. Wer sonst konnte es sein? Und wenn ... als Absender war „Judy" angegeben. Goldlöckchen hieß aber doch Ruth, oder? Wenn sie es nicht war – hatte Anton noch andere Eisen im Feuer? Gerade, als sie sich auf der Toilette niederließ und das Handy weglegen wollte, leuchtete das Display erneut auf. „Und wenn ich an Dich denke, wird meine M. ganz feucht ... Ich sehne mich nach Dir!" Gleicher Absender. Das würde Anton bereuen. Bitter bereuen. Ob Ruth oder Judy. Und sie würde, dessen war sie sich jetzt völlig gewiss, in fünf Tagen alleine nach Hause zurückkehren.

Goldlöckchens Botschaften hatten Alexandra wachgerüttelt. Sie war entschlossen, ihren ursprünglichen Plan zu Ende zu bringen. Vielleicht gleich heute auf der Weiterfahrt nach Osten? Konnte sie den Ford so gegen einen entgegenkommenden Truck lenken, dass der Aufprall auf Antons Seite erfolgen würde? Zu riskant, auch für sie selbst. Das würde sie erst dann tun, wenn es gar keine andere Möglichkeit mehr gab. Dabei wäre ein Unfall hier im Monument Valley sicher dramatisch gewesen – auf einer schnurgeraden Straße zwischen leuchtend roten Felstürmen, die zahlreichen Filmen als Kulisse gedient hatte. Anton ließ sie jetzt immer öfter ans Steuer. Anscheinend war ihm das Fahren schon zu langweilig geworden. Oder zu anstrengend. Er war neben ihr eingeschlafen, während sie vor unterdrückter Wut kochte. Wie konnte er nur! Er hatte Versprechungen abgegeben, mehrfach und hoch und heilig!

Sie hatte Anton dabei beobachtet, wie er am Morgen danach auf sein Handy gesehen hatte. Verstohlen hatte er mehrfach zu ihr aufgeblickt, während er wahrscheinlich die verräterischen SMS gelöscht hatte. „Gibt's was Neues?", hatte sie unschuldig gefragt. Er hatte den Kopf geschüttelt und war sogar errötet. Hielt er sie für so dämlich, dass sie nichts merkte?

Und dann kam die Gelegenheit, gleich am nächsten Tag. Sie waren über Nacht in Moab geblieben, um früh am Morgen in den Arches National Park aufzubrechen. Alexandra hatte unbedingt den Delicate Arch sehen wollen, einen spektakulären roten Sandsteinbogen. Der Aufstieg war weder besonders lang noch anstrengend, vielleicht 150 Höhenmeter, nicht mehr. Kurz vor dem Ziel zog sich der Pfad an einer Bergflanke hin, rechts ragte eine Felswand auf, links zuerst flach abfallende Felsen, dann ein Steilhang. Wenn Anton da hinunterstürzte, würde er sich nirgends halten können. Und würde den Sturz kaum überleben. Alexandra blickte sich um. Hinter ihnen niemand. Sie drückte sich an die Felswand, schob Anton ein wenig zur Seite. Er war jetzt zwischen ihr und dem Abgrund. Ein kleiner Schubs genügte. Da tauchte vor ihnen ein Pärchen auf, sie in extrem kurzen Shorts, er mit einem Cowboyhut. Sie musste es auf dem Rückweg versuchen.

Wenige Meter nach der kritischen Stelle öffnete sich ein Amphitheater aus rotem Fels, mit einem riesigen Sandsteinbogen als Bühne. Die Zuschauerränge leicht ansteigend, dahinter Mauern aus rotem Stein, sanfte, abgerundete Formen, die Tausende Jahre lang von Wind und Wetter geformt worden waren. Alexandra blickte um sich. Mehrere Gruppen von Menschen umlagerten den Bogen. Ob sie den Rückweg ungesehen antreten konnten, war fraglich.

Eine halbe Stunde später stürzte Anton ab. Niemand war in Sicht, nicht vor, nicht hinter ihnen. Die Zeit dehnte sich, Anton warf ihr einen ungläubigen Blick zu, als er das Gleichgewicht verlor. Hätte sie ihn zurückholen können, vielleicht hätte sie es in diesem Moment getan. Ein Blick voller Überraschung und Entsetzen. Wie in Zeitlupe nahm sie wahr, dass Anton den Kopf von ihr wegdrehte, während er stürzte, und in den Abgrund blickte. So, als ob er hoffte, sich irgendwie und irgendwo noch abfangen zu können. Sie drückte sich an die Felsmauer hinter ihr, Anton verschwand. Ein-, zweimal meinte sie, einen dumpfen Aufprall zu vernehmen, dann war Stille. Alexandra begann zu schreien, nein, zu kreischen. Hatte sie Anton eben getötet? Ihm einen Stoß versetzt? Oder war er ohne ihr Zutun, aus Unachtsamkeit in den Abgrund gestürzt? Lebte er noch?

Aus beiden Richtungen kamen Menschen gelaufen. „What's the matter with you?" Ein junger Mann sprach sie an, kniete sich neben sie. Sie war zusammengesunken und wimmerte vor sich hin. Auch von links kam ein Mann heran, mit zwei halbwüchsigen Kindern. Sie starrten Alexandra an, ohne zu begreifen. „My husband!“, wimmerte sie. „My husband!“ Sie zeigte auf den Abgrund. Der junge Mann, der zuerst gekommen war, schüttelte sie an den Oberarmen. „He fell? Did he fall down here?“ Er deutete auf den Abgrund. Alexandra schlug die Hände vor ihr Gesicht und nickte. Sie konnte das nicht getan haben. Sie hatte Anton nicht gestoßen. Er musste ausgerutscht sein. Die Kamera vor den Augen, immer wieder, und er hatte nicht aufgepasst, war ins Leere getreten. Es konnte nur so passiert sein. Niemals hätte sie ihn hier hinuntergestoßen, sie konnte so etwas gar nicht.

Der junge Mann stand auf. „I'll try to get to him!“ Er verschwand bergab, dorthin, wo der Abhang nicht so steil war. Der ältere Mann kniete nun neben ihr, ebenso wie die Begleiterin des jungen Mannes. „Someone must get the Rangers!“, sagte sie. Ihre Stimme zitterte. Der ältere Mann nickte. „Sprechen Sie Deutsch?“ Alexandra hörte, dass er Österreicher war. Sie nickte. „Ich laufe jetzt zum Parkplatz, um Hilfe zu holen. Es gibt hier keinen Handyempfang, es wird eine Zeit lang dauern!“ Alexandra war sich nicht ganz sicher, ob sie nicht das Bewusstsein verlor. Die roten Felsen verschwammen vor ihr, die junge Frau hatte sich neben sie gesetzt und den Arm um ihre Schultern gelegt. Sie redete auf Alexandra ein: „Stay calm, cry, if you must. Just try to keep calm. Breathe slowly.” Sie stellte keine Fragen. Ihr Freund war noch nicht wieder aufgetaucht.

Zahlreiche Menschen blockierten nun den schmalen Pfad, in verschiedensten Sprachen wurde die Neuigkeit ausgetauscht, dass hier jemand abgestürzt war. Der junge Mann kehrte zurück. „I couldn't get to him, but ...“ Er hatte geflüstert, doch Alexandra hatte ihn verstehen können. Seine Freundin legte den Zeigefinger an die Lippen.

Alexandra hatte völlig das Gefühl für die Zeit verloren, als ihr eine Frau in Rangeruniform eine Trinkflasche hinhielt. „Drink this!“ Es schmeckte süß und gleichzeitig ein wenig salzig. Sie hatte gar nicht gemerkt, wie groß ihr Durst gewesen war. Sie hörte eine Männerstimme. „Please move on, leave the path, leave room for us.” „You can walk? You can understand me?” Alexandra blickte der Rangerin ins Gesicht. Es musste sich um eine Navajo handeln, eindeutig ein indianisches Gesicht. Es lächelte. „I'll bring you down, if you can walk.“ Alexandra nickte.

Eine halbe Stunde später trafen sie auf ein Ambulanzfahrzeug, das so weit wie möglich den Berg hinaufgefahren war. Ohne dass ihr richtig bewusst wurde, was mit ihr geschah, wurde Alexandra auf die Trage gelegt, festgeschnallt, von der Sanitäterin gestreichelt. „Just breathe! Deep!“, flüsterte die immer wieder. Die Sanitäterin machte ihr tiefe Atemzüge vor. Der Rettungswagen fuhr unter Sirenengeheul los.

„There is our car, in the parking ...“ Alexandra versuchte, den Kopf zu heben. „I can drive myself!“ „No, you can't!“ Die Sanitäterin schüttelte den Kopf. Alexandra sah ihr erstmals ins Gesicht. Sie hatte dunkle Haut, ein rundes, ernstes Gesicht mit Aknenarben und leuchtende braune Augen. Warum dachte sie jetzt an den Wagen? Sie hatte gerade ihren Mann umgebracht. Eine Felswand hinuntergestoßen. Oder war er gefallen? Abgestürzt? Sie wusste es nicht. Konnte sich nicht mehr an Einzelheiten erinnern. Sie hatte sich zwischen ihn und den Abgrund gedrängt. War er gestolpert, oder hatte sie ihn gestoßen?

„Some water?“ Die Sanitäterin stützte ihren Kopf, während Alexandra gierig trank. „Is he dead?“, fragte Alexandra plötzlich. „Is he dead? Tell me!” Die Frau schüttelte den Kopf. „We don't know nothing, darling. Everyone's trying to help. Everyone!" Der Tonfall verriet Alexandra, dass es hoffnungslos war. Wo brachte man sie eigentlich hin? „Where are we going?" „We have a small hospital." Die Sanitäterin lächelte und strich ihr über Schulter und Oberarm. „Have you got your credit card on you, dear?" Alexandra erinnerte sich, gelesen zu haben, dass ohne Kreditkarte in den USA nicht einmal ein Krankentransport durchgeführt wurde. Man musste schon in Lebensgefahr sein, um ohne Karte behandelt zu werden.

„I want to sit up. I don't need a hospital!" „Your English is so good!", schwärmte die Frau. Ein Ablenkungsmanöver. Man wollte sie unbedingt ins Krankenhaus bringen. Warum eigentlich? Es hatte keinen Sinn, mit dieser unglaublich freundlichen Frau zu diskutieren. Sie vermisste Anton. Sie war ganz allein hier, niemand, mit dem sie reden konnte. Richtig reden. Und wer würde es den Kindern erzählen? Wer würde Antons Eltern verständigen? Sie musste es selbst tun. Niemand anderer durfte mit den Kindern darüber reden, dass ihr Vater tot war. Tot. Er würde nicht wiederkommen. Der junge Mann, der zur Absturzstelle hinuntergestiegen war, hatte ihn gesehen. Der Blick, den er seiner Freundin zugeworfen hatte, war eindeutig gewesen. Anton war tot. Fürchterlich zugerichtet, wahrscheinlich.

Man rollte sie in das Krankenhaus und stellte die Trage in einem kleinen Raum ab. Alexandra setzte sich auf. Hinter einer Glaswand diskutierten die beiden Sanitäter mit einem weiß gekleideten, kahl geschorenen Schwarzen. Offenbar ein Arzt. Es wurde gestikuliert. Man zuckte mit den Schultern. Die Sanitäterin redete auf den Arzt ein. Der schüttelte den Kopf. Redeten sie über sie oder über Anton?

Alexandra stand auf. Die Tür neben der Glaswand ließ sich öffnen. „I want to go to my hotel!“, sagte Alexandra. Der Arzt sah auf. „Your responsibility.” Er hielt ihr die gehobenen Handflächen entgegen, zum Zeichen dafür, dass er jede Verantwortung ablehne. Die Sanitäter zuckten wieder mit den Schultern. Die Frau schien beleidigt. „As you wish, dear. We’re off.“ Grußlos verließen sie den Raum.

Der Arzt streckte Alexandra die Hand hin. Sie musste sich anstrengen zu begreifen, dass er die ihre schütteln wollte. Alles schien ihr so mühsam, so wenig selbstverständlich. „My name is Duncan.“ Der Arzt ließ seine weißen Zähne blitzen. „You want something to calm you down, to help you cope with stress?” Alexandra nickte. Der Arzt drehte sich um und holte ein Kärtchen aus einem Karteikasten im Regal hinter sich. „You can buy this. Any pharmacy.“ Er lächelte wieder. „No prescription?“, fragte Alexandra. Der Arzt schüttelte den Kopf. Kein Rezept. „I would keep you, at least for a night, but ... you see, this is a very small hospital!” Aha. Der wollte sie ohnehin loswerden.

„How far is it to Motel 7?”, fragte sie beim Empfang. Die Angestellte maß sie mit skeptischen Blicken. Alexandra trug nichts am Leib als ihre Shorts und ein vom Staub der Wüste rötlich gefärbtes, ärmelloses Shirt. Und einen kleinen Rucksack mit ihrer Kamera. „I’ll get you a taxi!“

Als Alexandra ins Hotelzimmer trat und Antons Pyjama auf der linken Hälfte des Doppelbetts liegen sah, kamen ihr die Tränen. Sie warf sich aufs Bett, legte den Kopf in die Ellenbogenbeuge und heulte. So lange zuckte und schluchzte sie, bis das Laken unter ihr nass war. Sie musste kurz eingenickt sein. Wo war sie? Was war passiert? Es dauerte nur Sekunden, bis sie wieder bei sich war. Anton war tot. Abgestürzt. Sie war allein. Bald würde die Polizei kommen, um sie zu befragen. Es war erst früher Nachmittag, zu Hause war es Abend. Die Kinder würden noch wach sein. Jetzt anrufen? Später, wenn die Kinder schliefen, mit den Schwiegereltern telefonieren?

Das Telefon am Nachtkästchen schrillte, mit einem Klingelton, ganz wie früher. „Sorry, Madam. The police for you." Ein Knacken in der Leitung, Purren, Rauschen. „Moab Police Department", meldete sich eine rauchige Stimme. „Am I talking to Mrs Heidegger?" Alexandra hielt den Atem an. „Yes." „This is Antonio Navarro, Chief of Police. I am sorry I have to tell you that emergency services could do nothing for your husband." Der Polizist hielt inne. Alexandra war sich sicher, dass er ihren hastigen Atem am Telefon hören konnte. „Are you okay, Madam?", fragte er nach. „Yes", antwortete Alexandra, „Yes, yes. Thank you." „Our District Attorney, Mr Walker, will be with you shortly. We are very sorry." Ohne zu antworten, legte Alexandra auf. Nun war es also offiziell. Anton war tot.

Sie musste jetzt zu Hause anrufen, bevor ihr jemand zuvorkam. Wer konnte wissen, wie schnell sich schlechte Nachrichten über soziale Netzwerke verbreiteten? Annika. Sie musste es Annika sagen. Jetzt gleich. „Hallo Mami?" Im Hintergrund lief der Fernseher. Oder ein Video. Annika klang desinteressiert. Außerdem schien sie gerade zu essen. „Bist du bei Oma, Annika?" „Mhm." Alexandra spürte, dass sie nur mit halbem Ohr zuhörte. Essen und Fernsehen schienen wichtiger. „Annika, hör mir bitte genau zu. Es ist was Schreckliches passiert, heute. Hier, bei uns, in Amerika." „Was?" Annika schien aus ihrer Lethargie aufgeschreckt. „Du musst jetzt ganz stark sein, Annika." Alexandra kamen schon wieder die Tränen, sie konnte kaum weitersprechen. „Papa ist tot. Er ist heute beim Wandern abgestürzt." Sie hatte atemlos gestammelt und war sich dabei sicher, dass sie die Wahrheit sagte. Sie glaubte selbst ganz fest daran, dass Anton von selbst abgestürzt war, dass sie ihn nicht gestoßen hatte. Obwohl sie gewollt hatte.

Stille auf der anderen Seite des Atlantiks. „Annika?" „Wie, tot?" Alexandra hörte ihre Schwiegermutter im Hintergrund. „Um Gottes willen!" „Was ist passiert?" Sie hatte Annika offensichtlich das Telefon entrissen. „Wer ist tot? Was ist los?" Sie schrie. Alexandra würgte. „Anton!" „Nein!" Das Telefon krachte und schepperte, offenbar war es zu Boden gefallen. Alexandra konnte ihre Schwiegermutter heulen hören. Ihr Schwiegervater rief dazwischen: „Hilde, Hilde!" „Nein! Nein!", schrie sie. Offenbar war das Telefon wieder aufgehoben worden. „Ist das wahr?", fragte Annika, seltsam ruhig. „Ist er wirklich tot? Ganz tot? Bringst du ihn wieder nach Hause?" „Ja, Schatz. Ich muss jetzt aufhören. Ich kann nicht mehr. Und ich muss auch mit der Polizei reden. Erklär's Max, meine Große." In der Leitung klickte es. Annika musste aufgelegt haben. Das Letzte, was Alexandra gehört hatte, waren die erstickten Schreie ihrer Schwiegermutter gewesen.

Sie musste sich betäuben. In ihrer Gesäßtasche hatte sie noch die Karte, die ihr der Arzt gegeben hatte. Sie musste zur Apotheke. Zuerst aber Alkohol. Gab es hier eigentlich eine Minibar? Ja. Alexandra schüttete die Miniflasche Bourbon hinunter. Er brannte und schmeckte ekelhaft.

„You know a pharmacy near here?", fragte sie an der Rezeption. Zwei gebe es, direkt an der Hauptstraße. „But it's nearly a mile! You'll want a taxi, Miss!" Der

Chinese sprach wesentlich schlechter Englisch als sie. Alexandra winkte ab. Der Fußmarsch würde sie von ihren quälenden Gedanken ablenken. Sie galten hauptsächlich Annika und Max. Wie würde es ihnen gehen? Mit einer hysterischen Großmutter? Hoffentlich bekam Richard alles in den Griff. Wenn er auch schon ein wenig tatterig war, so war er andererseits auch ein Ruhepol, den wenig erschüttern konnte. Auch der Tod des Sohnes nicht?

Sie konnte sich später kaum an den Weg zur Apotheke und zurück erinnern, nur daran, dass vor einer Pizzeria Wasserdüsen feinen Nebel auf den Gehsteig sprühten, um ihn zu kühlen. Auf dem Hin- und auf dem Rückweg war sie durch den Nebel gewandert. In der Pharmacy hatte man sie überschwänglich begrüßt, wie eine alte Freundin, die man Jahre nicht gesehen hatte. Alexandra hatte sich daran immer noch nicht gewöhnt. Die Pillen, die sie erhalten hatte, versetzten sie in einen tranceartigen Zustand, in dem sie nichts spürte. Nicht einmal sich selbst.

Irgendwann läutete das Telefon in ihrem Zimmer. Ein Polizist wolle sie in der Lobby sprechen.

Der Mann grinste breit und sah eher aus wie ein Darsteller einer Fernsehserie als wie ein Polizist. Er trug keine Uniform, sondern einen knapp geschnittenen schwarzen Anzug. Kantiges Gesicht. „Walker, District Attorney." War wohl eher ein Jurist. „We can talk here, no need to get to the police station." Er wies auf eine schlichte grüne Sitzgruppe. Staubiges Sonnenlicht, das durch die bis zum Boden reichende Glasscheibe in den Raum flutete, ließ sie etwas schäbig erscheinen. Alexandra nahm alles nur wie durch einen Nebel wahr. Ihr war heiß. Der Whisky und die Tabletten. Die waren stark. Und man bekam sie einfach ohne Verschreibung.

„I've taken medication", erklärte sie lächelnd. Der Beamte sollte nicht glauben, sie habe sich betrunken. Er musterte sie. Der Mann erschien ihr vertraut, ohne dass sie sagen hätte können, warum. Etwa ihr Alter, mit leichten grauen Schatten im Gesicht. Alexandra setzte sich. Die Klimaanlage blies ihr einen kühlen Luftstrom in den Nacken.

"I'm very sorry, Mrs Heidegger. Very sorry." Das Bedauern klang echt. Ein Gesicht wie ein Leichenbestatter. Ein sehr seriöser. Alexandra musste sich beherrschen, um nicht zu lächeln.

Er erklärte ihr nochmals, dass Anton an den Verletzungen verstorben sei, die er sich beim Absturz zugezogen hatte. Er sei sofort tot gewesen, habe nicht leiden müssen. Nochmals betonte er, very sorry zu sein. Und dass es ausgerechnet im Urlaub, an einem der schönsten Flecken der USA, habe passieren müssen. An Alexandra plätscherten seine vielen Worte vorbei. Es gebe, so erklärte er, bei derartigen Vorfällen zwangsläufig die Frage nach Fremdverschulden. „Incident" nannte er Antons Absturz. „You're sure, you can follow me? Is your English that good?" „I translate books from English into German", erwiderte Alexandra. Mr Walker schien ihr plötzlich attraktiv. Sehr attraktiv sogar. Er hatte warme Augen. „Which books?" Alexandra lächelte. „You wouldn't want to know. I use a pen name." Sie wollte ihm keinesfalls verraten, dass sie Erotikromane übersetzte.

In jedem Fall, so fuhr er fort, müsse er sie deshalb noch einmal nach dem genauen Unfallhergang fragen. Dann könne die Leiche möglicherweise schon bald freigegeben werden. Stockend begann Alexandra zu erzählen. Als sie den Absturz schilderte, war da wieder eine Unsicherheit. Hatte sie Anton gestoßen, oder war er gefallen?

Die Miene von Mr Walker wurde ernst. Er erklärte ihr, die Stelle sei keineswegs als gefährlich bekannt. Man könne die Wanderung auch mit Kindern unternehmen, das habe sie ja selbst gesehen. Ob ihr Mann an irgendwelchen Krankheiten gelitten habe? Plötzlich auftretendem Schwindel? Herzproblemen? Alexandra schüttelte den Kopf. „He was taking photos“, erklärte sie. „He had this camera, and maybe one false step ... Suddenly he was gone." Ohne dass sie es sich selbst erklären konnte, begann sie zu weinen.

Mr Walker kratzte sich unsicher am Kinn. Sie konnte es in seinen Augen lesen, dass er überlegte, ob er sie trösten sollte. Und wenn ja, wie. Schließlich wechselte er vom Stuhl neben sie auf das Sofa und nahm sie in den Arm. Sie ließ den Kopf auf seine Schulter sinken. Er roch gut. Sein Anzug wurde von ihren Tränen nass. „I hope you don't misunderstand ...“, murmelte er. Alexandra schüttelte den Kopf. „It's all right.“ Sie richtete sich wieder auf. „You're a strong woman!“ „Thank you.“ Sie konnte ihm schon wieder zulächeln. Mr Walker schenkte ihr ebenfalls ein zaghaftes Lächeln. Er würde sie nicht für eine Mörderin halten, dessen war sich Alexandra sicher. Trotz seiner kritischen Fragen.

Sie sah durch die staubige Scheibe auf den Parkplatz hinaus. Im gleißenden Nachmittagslicht erblickte sie plötzlich den Ford, den sie und Anton gemietet hatten. Erstaunt zeigte sie nach draußen. „Our car?“ Mr Walker nickte und erklärte ihr, dass es von einem Polizisten hierher gefahren worden sei. „We found the keys ...“ Er zögerte. „... on your husband." Klar. Anton hatte die Schlüssel eingesteckt gehabt. Verunsichert wich Mr Walker ihren Blicken aus. Alexandra fand es fast charmant, dass er in seinem Beruf Hemmungen zeigte, wenn es darum ging, mit Angehörigen von Unfallopfern zu sprechen. Sie hatte sich amerikanische Juristen anders vorgestellt, knallhart.

Er seufzte. Direkte Zeugen, führte er aus, habe man keine gefunden. Ob sie selbst wahrgenommen habe, ob auf dem Weg sonst noch jemand unterwegs gewesen sei, der Antons Absturz beobachtet haben könnte? Alexandra verneinte, erklärte, das amerikanische Pärchen und der Österreicher mit seinen beiden Kindern seien erst aufgetaucht, nachdem sie zu schreien begonnen hatte. Die einen von oben, vom Delicate Arch her, die anderen von unten. Das, so bestätigte Mr Walker, stimme mit den Aussagen der betreffenden Personen überein. Er kratzte sich am Kinn und zögerte, bevor er weitersprach.

„There is one more question." Seine Miene verdüsterte sich, er blickte zu Boden. Man habe von den österreichischen Behörden erfahren, dass, nun ja, dass ihr Mann vor kurzem einen erheblichen Gewinn gemacht habe, dass sie beide reich seien, selbst nach amerikanischen Maßstäben sehr reich. „More than 26 Million Dollars!", flüsterte er. Er müsse sie das jetzt fragen, auch wenn es ihm sehr peinlich sei, solche Verdächtigungen in den Raum zu stellen. Aber bei derartigen Summen ...

„You want to know if I killed my husband because of the money?" Alexandra nahm ihm die Mühe ab. Das Lächeln nach dieser rhetorischen Frage fiel ihr sogar leicht. „Believe me, half of it would have been more than enough for me! I have no idea what to do with all the millions!" Sie konnte ehrlich sein – je schneller sie das Geld loswürde, desto besser. Dann erst konnte alles wieder so werden, wie es früher gewesen war. Vielleicht sogar mit einem Mann. Einem Mann wie Mr Walker. Fast schutzbedürftig drückte er sich in die Sofaecke ihr gegenüber. Er würde keine Untersuchung gegen sie einleiten, dessen war sie sich sicher. Welche Anhaltspunkte hätte es dafür denn auch gegeben?

Mr Walker richtete sich auf und maß Alexandra mit, wie sie fand, etwas skeptischen Blicken. Ob es nicht irgendwelche Differenzen in Bezug auf den Umgang mit dem Gewinn gegeben habe? Streit, was man damit anfangen solle? Uneinigkeit darüber, wie man den Kindern den plötzlichen Reichtum erklären solle? Es gebe schließlich eine ganze Reihe von Fällen, in denen es nach derartigen Gewinnen zu Konflikten, Trennung und sogar zu Verbrechen gekommen sei. Er könne deshalb nicht ausschließen, dass es nicht auch bei ihnen so gewesen sei. Obwohl er natürlich keineswegs daran glaube. Er unterstrich seine Ausführungen mit abwehrenden Handbewegungen und schickte seinen Worten ein etwas peinlich berührtes Lächeln hinterher.

Alexandra versuchte, möglichst unbeteiligt dreinzublicken. Hatten die amerikanischen Behörden etwa schon in ihrem Umfeld in Österreich ermittelt? Oder hatte man die österreichischen Behörden eingeschaltet? Sie musste sehr vorsichtig sein. Dass es zwischen Anton und ihr Differenzen gegeben hatte, wussten nicht nur die Kinder. Da war auch noch Goldlöckchen, da waren Mirko und Sophie, auch Martin konnte einiges wissen. Aber, andererseits, Beweise gegen sie würden schwer zu finden sein. Sie atmete tief durch, bekam trotzdem kaum Luft. Es sei schockierend für sie, erklärte sie, dass sie wie eine Verdächtige behandelt werde. Sie legte die Hände vor ihr Gesicht und begann zu schluchzen.

Mr Walker legte ihr wieder seinen Arm um die Schultern, drückte sie an sich, versicherte, diese Fragen seien Routine, man hege keinen begründeten Verdacht gegen sie, man wolle nur gegenüber den österreichischen Behörden deutlich machen, dass man umfassend und vorurteilsfrei ermittle.

Langsam beruhigte sich Alexandra wieder. Mr Walker ließ sie los, reichte ihr ein Papiertaschentuch. Er habe sie keinesfalls beleidigen oder aufregen wollen, ihr schwerer Verlust tue ihm aufrichtig leid. „Please be sure to ask for help whenever you feel like it!“ Er erhob sich und zog eine Visitenkarte aus seiner Brusttasche. Sie fühlte, dass er ihr gerne noch nahe geblieben wäre, aber keinen Grund dafür fand, seinen Aufenthalt zu verlängern. Sie nahm ihm die Karte ab, er zögerte. „So ...“ Unentschlossen hob er die Arme und ließ sie gegen die Oberschenkel klatschen. „I have to be off ... Oh yes, the car keys!“ Er drückte Alexandra die Schlüssel des Ford in die Hand, erklärte ihr, dass sie sich wahrscheinlich vor ihrer Abreise noch ein-, zweimal begegnen würden, für die eine oder andere Aussage oder Unterschrift. Auch die österreichischen Behörden würden sich noch einmal mit ihr in Verbindung setzen, das entspreche den Vorschriften und sei unvermeidlich. Dann drehte er sich um und verschwand durch den Ausgang.

Alexandra blickte ihm nach. Der District Attorney stieg in ein weißes Cabrio, ähnlich dem, das Anton sich gekauft hatte, blickte noch einmal durch die Scheibe zu ihr, schien sie aber nicht zu sehen. Alexandra starrte auf den Schlüssel in ihrer Hand. Er war in Antons Hosentasche gesteckt. Mit ihm abgestürzt. Sie hatte nicht einmal gefragt, wo sein Leichnam jetzt war. Langsam stieg sie die Treppe in den ersten Stock hoch. Noch eine Tablette. Und hoffentlich war noch ein Whisky in der Minibar.

XV

„Musst du da wirklich hin?“ Ja, ich muss da hin. In der Schule hat man uns auf ein Selbstverteidigungsprogramm für Mädchen hingewiesen, und es hat im Turnsaal auch eine Schnupperstunde gegeben. Ich war fasziniert. Endlich ein Weg, der mich frei machen wird. Ich werde nie mehr Angst haben, im Dunklen allein unterwegs zu sein. „Das richtet sich doch wieder nur gegen uns Männer, dieses Emanzengetue.“ Martin lächelt und versucht, seinen Arm um meine Schulter zu legen. Ich packe sein Handgelenk mit beiden Händen, drehe mich und lasse mich vorwärts fallen. Ich lande auf ihm, er stöhnt auf. „Siehst du jetzt, wozu das gut ist?“ „Scheiße“, murmelt er und reibt sich das Handgelenk. „Das hätte jetzt nicht sein müssen!“ „Sei nicht so wehleidig!“

Es nervt mich, dass Martin anfängt, Besitzansprüche zu stellen und mich herumzukommandieren. Wenn ich abends lesen oder auf seinem Keyboard spielen will, jammert er herum. Ich sei eigensinnig und er sei mir nicht wichtig. Das kann ich überhaupt nicht haben. Deswegen auch das Selbstverteidigungstraining.

„Geh vor allem gegen den Kopf, gegen die vitalen Teile!“, sagt Esra, meine Trainerin. „Augen, Nase, Ohren. Du brauchst ihn nur so lange außer Gefecht zu setzen, dass du fünf, zehn Sekunden Vorsprung hast. Dann wird er von dir ablassen.“ Sie demonstriert es an Jasmin in Zeitlupe. „Jasmin, greif mich an. So, als wolltest du mir an die Wäsche!“ Jasmin tut zaghaft, was Esra verlangt. Kaum hat sie ihre Finger in Esras T-Shirt verkrallt, legen sich deren Finger an ihren Kopf, die Daumen in Augennähe. „Seht ihr? Wenn du ihm jetzt die Daumen kräftig in die Augen drückst, ist er vor Schmerz für Sekunden, vielleicht sogar Minuten blind. Du kannst wegrennen." Sie zeigt es noch einmal vor. „Er kommt ja mit dem Kopf auf dich zu, also nützt du seinen Schwung aus. Du brauchst nur wenig Kraft. Probiert es jetzt, mit eingezogenen Daumen!" Sie lacht.

Nach wenigen Minuten ist mein T-Shirt durchgeschwitzt. Ich muss achtgeben, meine Partnerin nicht zu verletzen. Lieber wäre mir ein kräftiger Mann, der es ernst meint. „Aber was ist, wenn er meine Hände festhält?", fragt meine Partnerin. „Komm her!", sagt Esra. Jasmin nähert sich ihr und packt sie an den Handgelenken. „Er kommt wieder auf dich zu. Du nutzt seinen Schwung aus, lässt dich nach hinten fallen und drehst dich. Entweder lässt er los, oder du fällst auf seine Arme. Die knacken dann!" Esra lacht. „Wenn er aber loslässt, lieg ich da und er steht über mir!", wendet Jasmin ein. „Ein Tritt in die Eier, oder du ziehst wieder an seinen Armen!" Wir probieren es aus, und ein paarmal knalle ich schmerzhaft auf die Matte, die das Ärgste verhindert. Es wird noch Monate dauern, bis ich perfekt bin. Aber diese Monate werde ich investieren, mit Sicherheit.

„Verstehst du nicht, weshalb mir das zu schnell geht?" Ich versuche Martin zu erklären, wie ich mich fühle. „Es ist wie mit einer Achterbahn. Einerseits reizt es mich, weil ich hoffe, etwas Außergewöhnliches zu erleben. Andererseits aber habe ich Angst davor. Und Sex ist schließlich eine wesentlich wichtigere Entscheidung, als in eine Achterbahn einzusteigen."

Martin nervt mich mit seiner ewigen Jammerei. Er will unbedingt mit mir schlafen, doch ich kann nicht verstehen, warum ihm das so wichtig ist. „Da ist doch nichts dabei!", flennt er. „Ihr Weiber macht da so ein Theater deswegen!" „Ihr Weiber!" Das höre ich gar nicht gern. Er scheint nicht zu verstehen, wie abwertend das klingt. Und er hat anscheinend auch nicht verstanden, worum es mir geht.

Ich versuche einzulenken. „Wenn du dann Ruhe gibst, bin ich vielleicht ein wenig lieb zu dir!“ Ich lache und ziehe ihn an der Hand weg vom Waldweg, über den wir spazieren, hinein ins Unterholz. Dornen kratzen an meinen Unterschenkeln, mit den Armen schiebe ich Spinnweben zur Seite. Wir sind jetzt in dichtem Gestrüpp angelangt. Wenn ich ihn mit der Hand befriedige, wird er seine Ruhe haben und auch eine Zeit lang Ruhe geben, denke ich. Ich öffne seinen Hosenschlitz und greife nach seinem Penis. Der ist schon steif, und Martin stöhnt ein wenig, als ich ihn berühre. Als ich ihn endlich ganz heraußen habe, erscheint er mir größer, als ich mir das vorgestellt habe. Ich schaue nicht mehr hinunter, küsse ihn. Ich lasse meine Faust an seinem Schwanz auf und ab gleiten, und er beginnt zu keuchen. Ein unangenehmer, fischiger Geruch macht sich breit. Womöglich hat er sich heute Morgen nicht sorgfältig gewaschen. Er drückt ein wenig an meinen Brüsten herum, und ich lasse ihn gewähren. Kurze Zeit später wird sein Körper starr, er zuckt ein paarmal, und ich spüre seinen Samenerguss über meine Hand laufen. Ich blicke hinunter, es ist zähflüssig und sieht ein wenig eklig aus. Ich wende mich von ihm ab und suche Blätter, um mich abzuwischen. Ich bin nicht auf meine Kosten gekommen, fühle mich wie eine Dienstleisterin. Plötzlich sehne ich mich nach Ninas Zärtlichkeit.

Während ich mich noch abwische, fasst er mich von hinten, hält mich mit einem Arm fest und greift mit der anderen unter meinen Rock. Ich mache einen Ausfallschritt, drücke meinen Ellenbogen in seinen und lasse mich fallen. Überrascht torkelt er nach vorne und hat schon meine rechte Ferse im Schritt. Er jault auf. Es muss höllisch wehgetan haben, denn sein Penis ist ja herausgehangen. Er liegt auf dem Boden und krümmt sich. „Du verdammtes Biest!“, wimmert er. „Warum hast du das gemacht?“ „Mein Körper gehört mir!“, wiederhole ich ein Mantra aus meinem Kurs. Er muss lernen, mich zu respektieren.

Ich bin sehr zufrieden mit mir, ich habe alles unter Kontrolle. Ich strecke ihm die Hand hin, um ihm aufzuhelfen. „Komm schon! Und mach das nie wieder, hörst du?“ Er stöhnt noch immer, ergreift aber meine ausgestreckte Hand. Er sieht ein wenig lächerlich aus, mit dem offenen Hosenschlitz, aus dem der jetzt schlaffe Penis heraushängt. Ein paar Flecken hat seine Hose auch abgekriegt. Zum Trost umarme ich ihn. Ich hoffe, er hat seine Lektion gelernt.

15

Alexandra zog die Plastikfolie von ihrem Flugzeugmenü ab. Chicken Curry, wie üblich. Einen Beutel mit Antons Tascheninhalt hatten sie ihr noch in die Hand gedrückt. Das völlig zerschmetterte Handy hatte sie gleich weggeworfen. Seine Geldbörse, die Kreditkarten und den Führerschein hatte sie zuunterst in ihren Koffer gesteckt. Ebenso seine Kamera. Ob die Fotos auf der Speicherkarte noch lesbar waren? Momentan interessierte sie das nicht. Wie Anton heimreisen würde, hatte man ihr nicht gesagt. Mr Walker hatte ihr geraten, einen lokalen Bestattungsunternehmer zu kontaktieren, und ihr die Visitenkarte eines „Funeral Directors“ in Moab in die Hand gedrückt. Dem hatte sie lediglich die Adresse eines Bestatters in ihrer Heimatstadt genannt, alles Weitere hatte sich mit ihrer Kreditkarte erledigen lassen.

Das Hühnercurry schmeckte nach gar nichts, ebenfalls wie üblich. Viele Whiskys und viele Telefongespräche hatten die vergangenen 48 Stunden geprägt. So lange hatte es gedauert, bis alle Interviews bei der Polizei und andere Formalitäten erledigt gewesen waren. Mr Walker hatte ihr vieles abgenommen, den Leihwagen zurückgegeben und sie sogar persönlich zum Flughafen in Salt Lake City gefahren. Während der fast vierstündigen Fahrt hatte er ihr von seiner gescheiterten Ehe und seinen Kids erzählt, die er fast nie sehen konnte. Seine Exfrau war nach Kalifornien gezogen. Fast hatte Alexandra den Eindruck, er wolle sich bei ihr ausweinen. Bei den Wangenküssen zum Abschied hatte er sie etwas fester in den Arm genommen, als es nötig gewesen wäre. „Have a card with my private number!“, hatte er noch verschämt geflüstert und ihr eine Karte in die Jackentasche geschoben, auf die er eine Nummer geschrieben hatte.

Nun musste sie sich auf das Wiedersehen mit ihrer Familie vorbereiten. Eigentlich freute sie sich nur auf Annika und Richard, ihren Schwiegervater. Der war am Telefon ruhig geblieben und hatte ihr gut zugeredet, trotz der tiefen Trauer, die auch in seiner Stimme mitklang. Annika hatte verstanden, was passiert war. „Wir schaffen das schon, Mama!“ Das hatte ihr gutgetan. Ihre Schwiegermutter hatte dagegen außer hysterischem Kreischen nur durchblicken lassen, dass sie Alexandra ohnehin immer für die falsche Wahl gehalten hatte, und natürlich waren die Reise und die Wanderung ihre Idee gewesen, sie somit schuld am Tod ihres einzigen Sohnes. Und Max hatte anscheinend noch nicht kapiert, was passiert war. Was ihm Papa mitbringen würde, hatte er mehrmals gefragt. Er schien nicht akzeptieren zu wollen, dass er seinen Vater nie mehr sehen würde.

Alexandra bestellte bei der Stewardess noch ein Glas Champagner. Sie hatte sich von Mr Walker zu einem Business-Class-Ticket überreden lassen. „Your stress will be enormous, even without a sleepless night in economy!“, hatte er gemeint. Und Alexandra hatte ihm keinerlei Widerstand entgegengesetzt. Ob Mr Walker hinter ihren Millionen her war? Immerhin hatte er davon gewusst und deutliches Interesse an ihr gezeigt. Von jetzt an musste sie aufpassen: Ob Männer an ihr oder ihrem Geld interessiert waren, musste man genau auseinanderhalten. Aber die Millionen würden ohnehin bald Geschichte sein.

Sie wünschte sich zurück in die USA. Durch die Canyons wandern mit Mr Walker, niemals nach Hause zurückkommen und sich mit dem Begräbnis auseinandersetzen müssen, mit den Schwiegereltern, ihrer Mutter, ihren Brüdern. Nur die Kinder würde sie vermissen. Vielleicht konnte man die in die USA nachholen? Aber das waren ja alles Hirngespinste. Andererseits: Konnte sie nicht mit ihren Fähigkeiten auch in den USA im Verlagsgeschäft Fuß fassen? Immerhin hatte sie gute Verbindungen zum amerikanischen Verlag der Autorin, die sie übersetzte. Vielleicht sollten sie doch alle Zelte in Europa abbrechen, in die USA auswandern. Mit diesem Gedanken lehnte sie sich zurück und schloss die Augen. Erstmals seit Antons Absturz konnte sie ein paar Stunden schlafen, ohne ständig aufzuschrecken.

Annika weinte, als sie sich am Flughafen in die Arme fielen. Alexandra brach ebenso in Tränen aus. „Kommt Papa wirklich nicht?“ Max schien langsam zu begreifen, was los war. Sie würde ihren Kindern die ganze Geschichte erzählen müssen, irgendwann, in allen Einzelheiten. Wie sie ganz vertieft in die Betrachtung der Umgebung war. Wie Anton, unachtsam anscheinend, zu nahe an den Rand des Abgrunds geraten war. Wie er plötzlich verschwunden war, ohne dass sie beobachten hätte können, was genau passiert war.

Richard nahm sie in die Arme, auch er konnte die Tränen nicht zurückhalten, hielt aber den Mund. Was hätte es auch groß zu reden gegeben? Ihre Schwiegermutter hielt Abstand, wandte sich von ihnen ab und heulte in ein Taschentuch. Sie trug ein schwarzes Kostüm und hatte bereits missbilligend die Nase gerümpft, als Alexandra in farbiger Sportkleidung hinter ihrem Gepäcktrolley aufgetaucht war. Zwei Koffer standen darauf und zwei Rucksäcke. Nur jeweils einer davon würde wieder gebraucht werden. Alexandra war fest entschlossen, nichts von dieser Reise aufzubewahren, das sie an Anton erinnerte. Nicht einmal Fotos.

„Kommt ihr mit zu uns?“ Alexandra schüttelte den Kopf. Sie musste jetzt einmal ins eigene Haus, mit den Kindern allein sein, kuscheln, reden. Und vor allem wollte sie sich nicht mit dem Kummer und den Vorwürfen ihrer Schwiegermutter auseinandersetzen müssen. „Wir brauchen jetzt ein bisschen Zeit für uns, ein bisschen Abstand.“ Sie schob ihren Gepäcktrolley an. Annika hakte sich bei ihr unter, Max klammerte sich an ihren Oberschenkel, sodass sie Schwierigkeiten hatte, vom Fleck zu kommen. Lange schon hatte sie sich ihren Kindern nicht mehr so nahe gefühlt. Fast durfte sie sich glücklich fühlen.

Es war auch hier ein heißer Tag. Alexandra saß auf dem Rattansofa auf der Terrasse, Annika an sie gekuschelt. Max war im Wohnzimmer und spielte mit Lego-Autos. Es war ihm zu heiß gewesen, im Freien, und man hörte ihn drinnen das Brummen von Lkw nachahmen. Alexandra hätte Lust darauf gehabt zu schwimmen. Aber man konnte als frischgebackene Witwe nicht so einfach an einen Badesee fahren. Das, so war sie sich sicher, würde ihr übel genommen werden. Als Witwe hatte man zu Hause Trübsal zu blasen. Dass man mit etwas Bewegung und Sonne eventuell leichter über einen Verlust hinwegkam, das war den Leuten wohl ziemlich egal.

„Erzähl mir von Papa“, verlangte Annika. „Wie es passiert ist.“ Und Alexandra erzählte. Zunächst von der wunderbaren Landschaft am Plateau des Delicate Arch, und anstatt vom Unfall zu erzählen, geriet sie immer weiter zurück, an den Grand Canyon, ins Death Valley, zum Bryce Canyon. „Wir fahren zusammen einmal hin. Wenn Max zehn ist oder elf. Und wenn wir es uns leisten können.“ Annika prustete. „Wir sind Millionäre!“ In Alexandras Kopf aber war das Geld schon weg. Verschenkt an Frauenhäuser und andere gemeinnützige Organisationen. Die Navajo und die Hopi in den USA konnten sicher auch etwas Unterstützung brauchen. Sie dachte an die windschiefen Bretterbuden, in denen die Händler im Monument Valley hausten.

„Ich möchte aber wissen, wie das mit Papa passiert ist!“, beharrte Annika. „Ich hab es selber nicht so genau gesehen, habe gar nicht an eine Gefahr gedacht. Ich habe sogar noch mit ihm gesprochen. Ob wir noch weiter hineinfahren sollen in den Park. Und plötzlich war er weg. Ich hab mehr gespürt als gesehen, dass er abgestürzt ist.“ Annika sagte nichts, drehte Locken um ihren Zeigefinger. Alexandra war sich in diesem Moment sicher, dass sie die Wahrheit gesagt hatte. Es war doch gar nicht denkbar, dass sie ihrem Mann einen Stoß versetzt hatte.

Sie musste zurückdenken ans Death Valley. Hatte sie Anton wirklich zurücklassen wollen, oder war auch das nur ein Hirngespinst gewesen? Man dachte doch oft darüber nach, wie man sich missliebige Personen vom Hals schaffen konnte. Alexandra musste an ihren Vater denken. Ob sie ihm damals hätte helfen können, als er blutend neben der Kreissäge auf dem Boden gelegen war? Wahrscheinlich war er ohnehin schon tot gewesen, als sie ihn gefunden hatte. Damals war sie im Schock einfach davongerannt, hatte sich in ihrem Bett versteckt. Oder hatte sie sich das nur zurechtgelogen, sich ihren Vater ganz bewusst vom Hals geschafft? Sie schob die Gedanken beiseite. Eigentlich hatte sie ihren Vater schon längst aus ihrem Gedächtnis gelöscht gehabt, warum musste er gerade jetzt wieder auftauchen? Er hatte ihr nicht gefehlt.

„Wann wird die Beerdigung sein?“, fragte Annika. „Papa ...“ Alexandra stockte und setzte nochmals an.

„Der Leichnam ist schon in den USA eingeäschert worden. Wir werden die Urne beisetzen." Annika richtete sich entsetzt auf. „Du hast Papa verbrennen lassen?", fauchte sie. „Ich wollte ihn noch einmal sehen!" Alexandra hatte eine solche Reaktion befürchtet. Doch beide Bestattungsunternehmer, sowohl der Funeral Director in Moab als auch die Bestattung hier in ihrer Heimatstadt, hatten ihr dringend davon abgeraten, den Leichnam nach Europa überführen zu lassen. Ganz abgesehen von den Kosten wäre dazu unglaublich aufwendige Bürokratie zu überwinden. Schließlich hatte sie nachgegeben – Anton hatte ohnehin verbrannt werden wollen, und ob das in den USA oder Österreich geschah, war eigentlich egal.

„Schatz, du hättest ihn ohnehin nicht mehr sehen dürfen." Sie seufzte. Dass der Leichnam fürchterlich zugerichtet gewesen war, das wollte sie nicht erwähnen. Sie selbst wusste es nur, weil Mr Walker ihr davon abgeraten hatte, Anton noch einmal zu sehen. „You better remember him like he was alive", hatte er nur gemeint. „Kinder, also Minderjährige, dürfen da gar nicht hinein!" „Ich habe aber Onkel Adalbert gesehen!" Das war der Bruder ihres Schwiegervaters gewesen. Aus unerfindlichen Gründen war er nach seinem Tod vor zwei Jahren offen aufgebahrt gewesen. Alexandra hatte sich ursprünglich geweigert, die Kinder zum Sarg vorzulassen, schließlich waren sie aber doch hochgehoben worden, um hineinzusehen.

„Lass es, Annika." Sie griff zu Mr Walkers Taktik. „Behalte ihn so in Erinnerung, wie er war, als er noch gelebt hat. Das ist viel besser so." Annika schmollte. Wahrscheinlich war es keine gute Idee, auch die Fotos zu löschen, die sie von Anton in den USA gemacht hatte. Für die Kinder waren sie womöglich eine wichtige Erinnerung. Sie würden mit ihnen vielleicht besser über den Verlust hinwegkommen.

Alexandra erinnerte sich daran, dass Annika noch kein einziges Mal von ihrem Pferd gesprochen hatte, seit sie zu Hause angekommen waren. „Was ist mit Spifire?" Annika zuckte die Schultern. „Jetzt ist es viel zu heiß zum Reiten. Opa hat ausgemacht, dass er vom Personal dort gepflegt wird." So war das also. Das Interesse war bereits erlahmt, man hatte ja genügend Mittel, um einen Stallknecht zu bezahlen. So ging das aber nicht. Sobald alles Finanzielle geregelt war, würde sie das Pferd wieder verkaufen. Mal sehen, ob Annika überhaupt Protest dagegen einlegen würde. Wenn es dem Fräulein jetzt zu heiß zum Reiten war, dann würde es ihr im Winter sicherlich zu kalt sein. Und im Herbst zu nass. Es war Zeit, andere Saiten aufzuziehen. Alexandra beschloss, es konsequent, aber langsam anzugehen. Nach dem Wochenende würde sie zunächst einmal mit dem Notar über die Erbschaftsangelegenheiten sprechen müssen.

„So leicht, wie Sie sich das vorstellen, wird das nicht werden. Ganz abgesehen davon, dass ich es für eine völlig verrückte Idee halte, 24 Millionen zu verschenken." Dr. Perathoner schüttelte seinen nahezu kahlen Kopf. „Wie kommen Sie überhaupt auf diese Idee?" Alexandra wippte mit dem übergeschlagenen Fuß und kaute an einem Fingernagel. „Was soll das Problem sein? Ich will das Geld nicht. Es hat uns nur Unglück gebracht, mein Mann ist tot!" Dr. Perathoner seufzte. „Liebe Frau Magister, erstens gehört – nach österreichischem Erbrecht – jeweils ein Drittel Ihres Vermögens Ihren unmündigen Kindern. Auf diese sechzehn Millionen haben Sie also ohnehin keinen Zugriff." Alexandra erschrak. Die Tragweite dessen, was Dr. Perathoner gesagt hatte, war unfassbar. Sie konnte gar nicht anders, sie musste jedem Kind acht Millionen Euro überlassen, sobald sie volljährig wurden. Was machte das mit einem Achtzehnjährigen, wenn er plötzlich acht Millionen Euro in der Hand hatte? Waren die Kinder in diesem Fall überhaupt noch bereit, sich für irgendetwas anzustrengen? War der Tod ihres Mannes völlig umsonst gewesen? „Ich, an Ihrer Stelle, würde mich freuen. Die Zukunft Ihrer Kinder ist damit abgesichert!“ Dr. Perathoner lächelte und legte begütigend seine Hand auf ihre ineinander verkrampften Finger.

„Aber wenigstens mein Geld möchte ich loswerden!“, beharrte Alexandra. Dr. Perathoner schüttelte den Kopf. Offenbar hielt er sie für nicht ganz zurechnungsfähig. „Liebe Frau Magister, Ihre Konten sind vorläufig alle gesperrt. Bis die Erbsache geklärt ist. Sie können nur auf Ihr eigenes Gehaltskonto zugreifen – wenn Sie nicht ein gemeinsames mit Ihrem Mann haben?“ Er sah zu ihr auf. So war das also. Sie war trotz des Vermögens momentan mittellos. Gott sei Dank wanderte wenigstens ihr Gehalt auf ihr eigenes Konto, darauf hatte sie immer bestanden. In Geldangelegenheiten Selbstständigkeit zu bewahren war ihr immer wichtig gewesen.

„Möchten Sie vielleicht einen Kaffee?“ Alexandra schüttelte den Kopf. „Und sobald das Geld freigegeben ist, kann ich dann mit meinem Anteil wenigstens machen, was ich will?“ Sie spürte es in ihren Eingeweiden rumoren. Passierte ihr häufig, wenn die Dinge nicht so liefen, wie sie es sich vorstellte. Dr. Perathoner zuckte mit den Schultern. „Wenn Sie es unbedingt wollen. Mein Ratschlag wäre allerdings ein anderer. Sie könnten auch mit einer Stiftung viel Gutes tun.“

Die Tür ging auf. Dr. Perathoners Sekretärin erfüllte alle Klischees, die Alexandra jemals von Vorzimmerdamen gehabt hatte. Hellgraue Stöckelschuhe, hellgrauer Rock, hellgraue Strümpfe. Die Haare allerdings waren blond. Ihre Absätze klackten vernehmlich, bis sie den Teppich erreichte, der den massiven Schreibtisch umgab. „Ihr Kaffee, Herr Doktor. Für Sie ...?“ Sie ließ die Frage mit hochgezogenen Augenbrauen im Raum schweben. Alexandra schüttelte den Kopf, während der Notar etwas Zucker in seinen Kaffee streute. „Ich könnte sie auch beraten, in Bezug auf eine Stiftung. Sie müssten sich dafür gar nicht extra herbemühen, ich kann auch zu Ihnen persönlich ...“ Alexandra schüttelte so heftig den Kopf, dass er seinen Satz abbrach. Etwas Lauerndes war in seiner Stimme und seinem Blick gelegen. Nicht zum ersten Mal wurde ihr bewusst, dass Männer von nun an hinter ihr her sein würden, sobald sie wussten, dass sie über viel Geld verfügte. Sie würde sehr wachsam sein müssen, um herauszufinden, ob sich jemand für sie oder ihr Geld interessierte. Das Versteckspielen, die Geheimnisse, das Lügen – es würde alles weitergehen wie zuvor. Womöglich war Anton völlig umsonst gestorben.

Alexandra stand auf und strich ihren Rock glatt. „Ich danke Ihnen einstweilen ... und Sie informieren mich, wenn ich bezüglich der Erbschaft etwas unternehmen muss?“ Der Notar nickte. Seine Blicke glitten anzüglich über ihre Beine, sogar sein Handschlag hatte etwas Vereinnahmendes an sich. Aber da brauchte er sich erst gar nicht zu bemühen, sie würde sich von ihm nicht beraten lassen. Wahrscheinlich musste sie sich doch an eine Organisation wenden, die mit Spenden in großem Umfang umzugehen wusste. Vielleicht konnte man ihr dort helfen. „Darf ich Ihnen noch in den Mantel ... ach so. August. Sie entschuldigen!“ Dr. Perathoner hielt seinen Fehler für einen guten Witz, lachte ausdauernd und drückte seinen Arm gegen ihre Schulter, um sie hinauszugeleiten. Sie war froh, als er zurückblieb. Die Sekretärin schenkte ihr ein ebenso breites wie unechtes Lächeln, als sie das Büro verließ.

Zu Fuß ging Alexandra zurück zum Verlag. Wenigstens dort hatte sich alles eingerenkt, so schien es zumindest im Moment. Man behandelte sie wie früher auch, mit ein bisschen Reserviertheit vielleicht. Martin schien etwas interessierter an ihrer Meinung als früher, oder bildete sie sich das ein? Immerhin hatte sie ihm eine größere Geldspritze in Aussicht gestellt. Die sie allerdings nun auf die lange Bank schieben musste – so wie es aussah, konnte sie in den nächsten Wochen nicht einmal den Installateur bezahlen, geschweige denn die Kreditkartenabrechnungen, die noch aus den USA eintrudeln würden. Und da waren noch die Einäscherung in Utah, die Überführung der Urne. Die Bestatter würden auch mit Rechnungen an ihre Tür klopfen. Es war absurd – mehr als 24 Millionen Euro lagen auf ihren Konten, und dann musste sie womöglich die Schwiegereltern anpumpen, um über die Runden zu kommen.

Tatsächlich hatte sich auch die Polizei nochmals bei Alexandra gemeldet. Die Frau am Telefon stellte sich als Chefinspektor Marihart vor. Wann sie Zeit habe, ein paar Fragen zum Tod ihres Mannes zu beantworten. Sie könne jederzeit vorbeikommen, die Unterlagen seien bereits aus den USA eingetroffen. Möglichst bald sollte es halt sein.

Nun saß Alexandra der Frau Chefinspektor gegenüber. Blonder Pagenkopf, etwas herbes Gesicht, kein Lächeln. Sie deutete auf den Besucherstuhl, der ihrem Schreibtisch gegenüberstand. „Bitte!“ Alexandra setzte sich, während Frau Marihart einen Aktenordner öffnete und darin blätterte, ohne aufzusehen. „Sie werden sicherlich verstehen, dass auch wir den Fall noch einmal behandeln müssen. Dass der Leichnam bereits in den USA eingeäschert wurde, darüber sind wir nicht glücklich." Der Ton war ebenso herb wie der Gesichtsausdruck der Polizistin. Alexandras Herz begann heftiger zu pochen. Was wollte diese Frau eigentlich von ihr? Sie klappte den Ordner zu, ohne ihm etwas entnommen zu haben, und schob ihn von sich weg. „Könnten Sie mir noch einmal den genauen Unfallhergang schildern?" Die Chefinspektorin faltete die Hände auf ihrer Schreibtischplatte und musterte Alexandra feindselig.

„Das habe ich alles schon in den USA getan. Mehr als einmal." Alexandra hatte keine Lust, vor dieser Frau noch einmal alle Ereignisse dieses Tages auszubreiten. „Dennoch muss ich darauf bestehen, um die Untersuchungen abschließen zu können." Der Frau entglitt nicht einmal der Hauch eines Lächelns. Alexandra sah auf ihre Hände, die sich ineinander verkrampft hatten, und begann dann stockend zu berichten. Genau die gleiche Geschichte, die sich schon Mr Walker, allerdings mit wesentlich mehr Anzeichen von Sympathie, angehört hatte. Frau Marihart unterbrach sie kein einziges Mal.

Als sie geendet hatte, legte Alexandra die Hände in den Schoß und sah auf. Genügte das? Frau Marihart räusperte sich. „Ich will mit meinen Bedenken nicht lange hinter dem Berg halten", begann sie. „In einem Fall wie dem Ihren – ein Bergunfall ohne Zeugen – steht natürlich die Frage nach Fremdverschulden im Raum." Frau Marihart ließ diese Worte bedrohlich im Raum schweben. „Vor allem dann, wenn sich die Lebensumstände der Beteiligten davor massiv geändert haben." Die Blicke von Frau Marihart schienen Alexandra zu durchbohren. Sie wich aus und betrachtete das Bild des Bundespräsidenten schräg hinter der Chefinspektorin. Erkannte die ihre Verunsicherung? „Wovon man bei 24 Millionen wohl reden kann. Dazu kommt noch, dass ihr Mann eine Affäre hatte und der Haussegen generell schief hing." Alexandra atmete so scharf aus, dass man ihre Überraschung merken musste. „Das ist ... was geht Sie das überhaupt an?" Jetzt huschte ein Lächeln über das schmale Gesicht mit den etwas eingefallenen Wangen. „Uns geht alles etwas an, wenn es um ungeklärte Todesfälle geht. Da gibt es keine Privatsphäre mehr."

Alexandra fing sich langsam wieder. Was konnte die österreichische Polizei schon in der Hand haben, die nicht einmal direkt mit den Zeugen hatte sprechen können? „Und was wollen Sie von mir jetzt eigentlich?" Die Chefinspektorin schob den Aktenordner zur Seite. „Nichts mehr. Außer einer Unterschrift unter Ihre Aussage, sobald das Protokoll vorliegt. Es haben sich keine neuen Tatsachen ergeben, die Faktenlage ist eindeutig. Zumindest so lange, bis neue Fakten auftauchen." Musste das als Drohung verstanden werden? „Und was sollte dann das Ganze?" Alexandra ließ ihrem Ärger freien Lauf. Frau Marihart grinste. „Ein wenig zu verunsichern gehört zu guter Befragungstechnik. Es hätte ja sein können, dass Sie uns noch etwas Interessantes mitzuteilen haben." Alexandra stand auf, verzichtete darauf, der Polizistin die Hand zu reichen. „Auf Wiedersehen!"

Erst auf der Straße hatte sich Alexandra wieder gefasst, sie konnte sich kaum erinnern, wie sie aus dem Gebäude gekommen war. Frau Marihart hatte ihr Angst eingejagt. Wusste sie mehr, als sie sagte? Hatte sie Alexandra durchschaut? Sie wusste doch selbst nicht mehr genau, ob Anton gestürzt war oder sie ihn gestoßen hatte. Natürlich war er gestürzt, sie würde doch nicht ihren Mann, mit dem sie fast zwanzig Jahre zusammen gewesen war, in einen Abgrund stürzen! Wer konnte sich so etwas nur ausdenken? Sie hoffte, sie würde Frau Marihart nie mehr begegnen.

Vor dem Begräbnis hatte Alexandra große Angst. Wie sollte sie den Menschen gegenüber reagieren, was erwartete man von ihr, wie würden die Leute ihr begegnen? „Ich will nicht auf den Friedhof!“ Max schmollte, als sie ihn in die schwarzen Jeans hineinschüttelte. Ihre Schwiegermutter hatte wie selbstverständlich angenommen, dass sie für Max einen schwarzen Anzug kaufen würde, aber das kam für Alexandra nicht infrage. Noch dazu, wo die Schwiegermutter angedeutet hatte, den könne man dann nächstes Jahr gleich für die Erstkommunion verwenden, die Max in diesem Jahr ohnehin versäumt habe, weil seine Mutter christliche Traditionen nicht achtete. Alexandra hatte ein neues Schlachtfeld sich auftun sehen und keine Kommentare abgegeben. Schwiegermama würde einen erbitterten Kampf um die Enkel führen, wohl auch um deren Erbteil. Alexandra musste sich vorsehen.

Flirrende Hitze auf dem Friedhof. Eigentlich unerträglich. Alexandra umfasste ihre Kinder, mit der Linken drückte sie Max, mit der Rechten Annika an sich. Hinter ihr die Schwiegereltern. Man konnte es spüren, deutlich spüren: Die Anteilnahme, die Trauer des Schwiegervaters, die nackte Ablehnung und Kälte der Schwiegermutter. Die Bestatterin, die es übernommen hatte, für eine würdige Abfolge von Reden und Gebeten zu sorgen, nickte ihr zu, verschwamm vor ihren Augen. Ihre Mutter mit Tobias an der Seite, sie sahen beide etwas schäbig aus. Musste man sich für sie schämen? Alexandra fühlte sich beobachtet. Sie hatte für den Anlass neue Kleider gekauft. Nicht billig, aber auch nicht zu teuer. Würde man sie taxieren? Darauf achten, ob sie eine bestimmte Marke trug? Versuchen zu schätzen, was die Schuhe gekostet hatten? Sie blickte an sich hinunter. Die schwarzen Pumps waren bereits staubig, vom geschotterten Weg hierher ans Grab. Familiengrab. Die Schwiegermutter hatte darauf bestanden. Die Namen zweier Generationen Heideggers standen schon auf dem Grabstein. Wo würde Antons Name hinzukommen? Alexandra wollte lediglich seinen Namen dort sehen, die Schwiegermutter auch den akademischen Titel. Alexandra würde nicht die Kraft haben, sich durchzusetzen.

Schweigeminute. Alexandra konnte dem Ritual kaum folgen, zu aufgewirbelt kreisten ihre Gedanken um das Loch im Boden, in dem Antons Asche verschwinden sollte. „Mir ist heiß!", jammerte Max. „Gleich vorbei", murmelte Alexandra. Mirko trat ans Rednerpult. Mirko, der gemeinsam mit Anton studiert hatte, gemeinsam mit ihm in die Firma eingetreten war, mit ihm immer noch ein Büro teilte. Geteilt hatte. Mirko begann langsam zu sprechen, unterbrochen von langen Pausen, in denen er sich bemühte, die aufsteigenden Tränen zu unterdrücken. Immer wieder blickte er ihr direkt in die Augen. Sehnsuchtsvoll? Hatte er womöglich nur auf sie gewartet, mit seinen zahlreichen Kurzzeitbekanntschaften die Zeit zu überbrücken versucht, bis sie frei wurde? Womöglich sogar Goldlöckchen an Anton weitergereicht, um ihre Ehe zu zerstören? Wollte er etwas von ihr? Wusste er etwas? Sie konnte mit seinen Blicken nichts anfangen. Beschuldigte er sie? Das durfte nicht sein, konnte nicht sein. Schweiß rann ihr den Hals hinab, sammelte sich zwischen ihren Brüsten.

Der Inhalt der Rede zog an ihr vorbei, ohne dass sie etwas verstand. Von Freundschaft war die Rede und von Leere. Sophie heulte. Warum Sophie und sie selbst nicht? Ging Sophie Antons Tod etwa näher als ihr selbst? Mirko trat vom Rednerpult zurück, der Pfarrer an die Grabstelle. Neuerlich wurde gebetet. Dann war es so weit. Max warf eine Zeichnung in die kleine Grube, Annika einen Schmetterling, den sie gebastelt hatte. Aus Pappkarton, Draht und Plastikperlen. Damit Papa darauf in den Himmel reiten konnte.

Als Alexandra ihre Rose hinterherwarf, sah sie sie. Goldlöckchen. Sie stand zwei, drei Reihen entfernt, zwischen den Gräbern. Seitlich hinter den Kolleginnen vom Verlag. Martin drehte sich gerade nach ihr um. Kurzer Rock, hohe Stöckelschuhe, Hut mit breiter Krempe. Hätte sie ihren Kopf nicht gehoben, um sich eine Haarsträhne aus dem Gesicht zu wischen, hätte Alexandra sie nicht einmal erkannt. War sie mit Mirko gekommen? Was für ein Spiel wurde hier gespielt? Jedenfalls war ihr Auftritt hier unverfroren, mehr als das, unverschämt. Wollte sie ihr Anton jetzt noch wegnehmen? Sie war ein flüchtiges Abenteuer für ihn gewesen, eine haarlose Scham, sonst gar nichts. Sollte sie auf sie zustürmen, sie verjagen? Dazu fehlte ihr die Kraft. Goldlöckchen. Sie war es, die an Antons Tod schuld war, sie hatte die verräterischen SMS geschrieben, die Alexandra erst zum Entschluss gebracht hatten, Anton etwas anzutun. Sie war an allem schuld.

Erst die schrille Stimme ihrer Schwiegermutter, die ihr ein unbarmherziges Vaterunser ins Ohr gellen ließ, riss sie aus ihren Gedanken. Die Trauergäste schickten sich an, zu ihnen herüberzukommen, ihnen ihr Beileid auszudrücken. Sie beugte sich zu Annika und Max. „Wollt ihr lieber weg? Sonst müsst ihr allen die

Hand schütteln.“ „Weg!“, jammerte Max. Annika nickte. Sie schob die beiden hinter ihre Schwiegereltern. „Ich kann nicht mehr!“ Missbilligendes Kopfschütteln der Schwiegermutter, verständnisvolles Nicken des Schwiegervaters. Alexandra nahm die beiden an der Hand und strebte dem Ausgang zu. Laut knirschte der Kies unter ihren harten Sohlen. Sie blickte auf, dorthin, wo Goldlöckchen gestanden war. Sie war verschwunden.

Plötzlich kamen die Tränen. Nichts war einfacher geworden, nichts leichter. Alles noch immer so verfahren wie zuvor. Nur ohne Anton. Mit ihm wäre es leichter gewesen. Er hätte sie durch die Stromschnellen und Untiefen dieses verdammten Lottogewinns steuern können. Sie wäre zwar nass gespritzt worden, vielleicht zwischendurch sogar einmal ins Wasser gefallen. Aber er hätte sie herausgezogen, und sie wären irgendwo angekommen. Alles war falsch gelaufen.

XVI

„Wo warst du gestern Abend? Ich hab dich zu Hause nicht erreicht. Deine Mutter hat gesagt, sie weiß nicht, wo du bist!“ Martins Augen funkeln, er schließt seine Finger fest um meinen Oberarm. „Lass mich los!“ Er lockert tatsächlich seinen Griff und lässt seinen Arm sinken. „Ich will wissen, wo du warst!“, zischt er noch einmal. Ich überlege, ob ich es ihm sagen soll.

Eigentlich war es völlig harmlos, ein Programmierkurs in einem Jugendzentrum. Ich war allerdings das einzige Mädchen dort. Martin brauche ich so etwas gar nicht zu erzählen, sein Interesse an Computern reicht über das Bedienen von Spielkonsolen kaum hinaus. „Ich war mit einer ganzen Gruppe anderer Jungen zusammen!“, antworte ich wahrheitsgemäß und lächle. Er versteht die Ironie aber nicht. „Wo?“ Seine Stimme ist drohend erhoben. „Und was hast du dort gemacht?“ Fragen, die in einem solchen Ton vorgebracht werden, beantworte ich nur ungern. Eigentlich gar nicht. Ich fühle mich überwacht. „Ich habe mich weitergebildet, wenn du es genau wissen willst. Im Jugendzentrum. Dort gibt es auch Kurse, wie du wahrscheinlich nicht weißt.“ „Ja, ja. Jugendzentrum!“, höhnt er. „Ich will nicht, dass du allein dorthin gehst!“ Ich fauche ihn an. „Was du willst, ist mir völlig egal! Ich bin ein freier Mensch, ich kann tun und lassen, was ich will!“

Am nächsten Morgen in der Schule entschuldigt er sich bei mir. Er bringt mir sogar eine Rose mit, und ich bin schon fast versöhnt. „Ich möchte doch nur nicht, dass du so eine karrieregeile Zicke wirst wie meine Mutter!“ Er lächelt zu seinen Worten. Ich hole aus und ziehe ihm die Rose mit Wucht übers Gesicht, sodass zwei rote Striemen von den Dornen zurückbleiben.

Er stöhnt auf und hält sich die Hände an die Wangen. „Spinnst du?“ „Was heißt, karrieregeil? Wünschst du dir ein Hausmütterchen? Dafür stehe ich nicht zur Verfügung!“ Die Chemielehrerin kommt. „Guten Morgen!“ Ich stehe auf, die Rose fällt unter das Pult.

Ich habe schließlich doch mit Martin geschlafen. Nicht, weil ich seinem Drängen nachgegeben hätte, sondern aus dem Interesse an einer neuen Erfahrung heraus. Ich wollte einfach einmal wissen, wie es ist. Einfach genug war es ja, Martins Eltern sind oft nicht zu Hause.

„Du sorgst aber für Gummis, ja?“ Ich kraule ihm die Haare, nachdem ich ihm erklärt habe, jetzt sei ich so weit. „Wär’s nicht einfacher, wenn du die Pille ...?“, fragt er. Ich löse mich von ihm. „Du wirst doch nicht im Ernst glauben, dass ich mich wegen dir mit Hormonen vollstopfe? Traust du dich etwa nicht, welche zu kaufen?“ „Doch ...“, stottert er. „Hormone?“, fragt er mit etwas ratloser Miene nach. Ich geb’s auf. „Wenn ich die Pille nehmen würde, müssten wir noch zwei, drei Monate warten, bis ein sicherer Schutz besteht“, erkläre ich ihm. „Also ...?“ „Ja, ja!“ Plötzlich scheint er es mit dem Sex nicht mehr so eilig zu haben.

Einige Tage später ist es dann doch so weit. Nachdem er mir mit strahlender Miene dargelegt hat, wie schwierig und risikoreich das Beschaffen von Kondomen gewesen ist, verabreden wir uns für den folgenden Nachmittag. In einem Anfall hilfloser Romantik hat Martin sein Bett mit Rosenblättern bestreut. Beim Überziehen des Kondoms allerdings gerät er in Schwierigkeiten und braucht meine Hilfe. Die ganze Sache ist dann relativ rasch vorbei, aber ich spüre etwas Angenehmes in mir, das sich nur nicht schnell genug entwickelt. Bevor ich noch richtig feucht werde, stöhnt

Martin auf, zieht sich aus mir zurück und fällt auf die Seite, von mir abgewandt. Mit etwas mehr Erfahrung könnte aus dem Sex durchaus ein aufregendes Erlebnis für mich werden, denke ich.

Ich wäge ab. Was war besser, Nina oder Martin? Ich kann mich nicht entscheiden. Was mich am meisten stört, ist diese Kälte in mir. Ich möchte lieben, möchte ganz heiß vor Begehren werden, möchte mich ganz hingeben, egal, ob Junge oder Mädchen. Aber ich komme mir immer so vor, als ob ich neben mir stehe und mich bloß dabei beobachte, wie ich versuche zu lieben. Wahrscheinlich bin ich emotional gestört.

Was ich dann überhaupt nicht ertrage, ist Martins triumphierendes Verhalten am nächsten Tag. Gleich am Morgen umarmt er mich und drückt mich in einer Haltung, die er wohl für lässig hält, an sich. Den ganzen Vormittag grinst er, ohne dass ich einen wirklichen Grund dafür ausmachen kann. Und der Gipfelpunkt ist, dass er in einer Pause, als er sich von mir unbeobachtet fühlt, den Arm mit dem nach oben gestreckten Daumen aus dem Fenster hält. Draußen im Schulhof steht ein Grüppchen seiner Freunde beisammen, lacht und wiederholt die Geste. „Was sollte das?“, frage ich. Er fühlt sich ertappt und läuft rot an. „Nichts!“ Eine wirklich schlagfertige Antwort. „Kann es sein, dass du vor deinen Freunden damit prahlst, dass du mich flachgelegt hast?“, flüstere ich ihm ins Ohr, bewusst die Sprache verwendend, in der Jungen über Sex reden. Außer einem verlegenen Räuspern bringt er nichts hervor.

In der nächsten Pause begegnet mir einer seiner Freunde und vollführt, als er an mir vorbeigeht, eine obszöne Geste mit dem Finger im Mund. Danach grinst er mich dämlich an. Langsam reicht es mir.

Bei Martin ist anscheinend gar nichts hängen geblieben, denn am Ende des Schultags flüstert er mir zu: „Heute wieder? Ich hab sturmfreie Bude!“ Ist ja klar. Die karrieregeile Zicke ist natürlich nicht zu Hause, um ihm Mittagessen zu kochen und die Schulsachen in Ordnung zu bringen. Ich tippe mir an die Stirn. „Zuerst müssen wir darüber reden, was da heute los war!“ Wir sind inzwischen beim Fahrradständer angelangt. Er reißt sein Mountainbike aus der Halterung. „Immer reden, reden! War es vielleicht nicht schön, gestern? Ich hab gedacht, das machen wir jetzt immer!“ Ich schüttle den Kopf. „Und was hast du deinen Freunden erzählt? Und was sollte die Geste?“ Ich wiederhole sie und halte ihm meine Hand mit dem nach oben gestreckten Daumen vor die Nase. Er schwingt sich auf sein Rad. „Es wäre gescheiter, ihr Weiber würdet einfach tun, was wir euch sagen“, murmelt er und tritt in die Pedale.

16

Alexandra schnitt Zwiebeln. Wozu eigentlich? Sie war alleine zu Hause, die Kinder waren bei Freunden zum Übernachten eingeladen. Offenbar hatte man Mitleid mit den Waisenkindern. Nützte sie den Abend eben, um die Spaghettisoße für den nächsten Tag vorzubereiten. Schmeckte aufgewärmt ohnehin besser. Tränen quollen aus ihren Augen. Vom Zwiebelschneiden natürlich.

Die Übersetzungsarbeit hatte sie für heute aufgegeben, sie ging nicht gut von der Hand. Sie hatte eben nicht ständig Sex im Kopf wie die Autorin. Jetzt schon gar nicht. Wenn es wenigstens ein paar interessante Selbstbefriedigungsszenen gegeben hätte. Dafür musste man sich nicht mit einem Mann auseinandersetzen. Und auch mit sonst niemandem. Kaum unter die Leute war sie gekommen seit dem Begräbnis. Vom Haus in den Verlag, vom Verlag in den Supermarkt, vom Supermarkt nach Hause. Hie und da auf das Mountainbike, für eine Stunde. Wenn ihr die Kinder dafür Zeit ließen. Warum war sie nicht Rad fahren gegangen, anstatt hier sinnlos in der Küche herumzustehen? Sie hätte nicht zu kochen brauchen. Anscheinend hatte auch ihre Fähigkeit gelitten, sinnvoll zu planen. Und der Sommerhit, der aus dem Radio plärrte, tat auch nichts für sie. Sie drückte den Aus-Knopf.

Stille. Zu viel davon. Wie konnte man mit so viel Stille fertig werden? Anton beherrschte ihre Gedanken. Anton sollte hier sein. Sie brauchte ihn. Warum hatte sie das vorher nicht begriffen? Sie hätte sich ganz fallen lassen können, Kräuter und Tomaten züchten, Stricken, Sticken und Kleider für die Kinder nähen. Stattdessen wollte sie ihr ganzes Vermögen verschenken. War sie wahnsinnig geworden?

Die Türklingel. Wer konnte das sein? Ihre Schwiegereltern? Schwiegermama war dazu übergegangen, unangemeldet aufzutauchen. Angeblich, weil sie telefonisch nie zu erreichen war. Und weil sie ihre Enkel sonst nie zu sehen bekam. Und wenn sie auftauchte, spähte sie misstrauisch in jeden Winkel, in dem sich eventuell Staub hätte ansammeln können. Wahrscheinlich würde sie ihr das Jugendamt auf den Hals hetzen, sobald sie irgendwo ein wenig Schmutz oder Schimmel entdeckte.

Alexandra wischte sich die Tränen aus den Augen und ging zur Haustür, öffnete und fuhr erschrocken zurück. „Hallo!" Goldlöckchen lächelte ebenso breit wie künstlich. Was wollte die hier? Alexandra war sprachlos. „Möchtest du mich nicht hineinbitten?" Seit wann waren sie per Du? „Nein." „Das finde ich aber unfreundlich!" Alexandra blockierte den Türspalt mit ihrem Körper. Die Linke krallte sich in den Türstock, mit ihrem Körper drückte sie sich rechts so fest gegen die Haustür, wie es eben möglich war.

„Du hast in diesem Haus nichts zu suchen!" Das war viel weniger kräftig herausgekommen, als Alexandra es beabsichtigt hatte. Fast unsicher. „Oh doch!" Goldlöckchen machte Anstalten, sie zur Seite zu schieben. Kam nicht infrage. Alexandra stieß die Tür hinter sich zu. „Was willst du?" Zu Höflichkeiten sah sie keinen Anlass. Goldlöckchen grinste. „Wohl ein bisschen geheult? Trauer um den guten Anton?" Sie deutete auf Alexandras Augen. „Geht dich genau was an?", fauchte Alexandra.

Plötzlich schaltete Goldlöckchen auf eine andere Tonart um. „Bitte lass mich rein. Ich möchte mit dir reden." Ihr Gesicht begann zu zucken. „Mir ist ja auch ... weißt du, ich bin auch traurig. Sehr!" Die Tränen flossen. War das eine Komödie, die sie ihr da vorspielte?

Alexandra begann zu schwanken. „Und ich muss dich etwas fragen. Etwas Wichtiges."

Wortlos öffnete Alexandra die Tür und ging voraus in die Küche, ohne sich umzublicken. Laut hallend klackten Goldlöckchens Stöckelschuhe auf den Fliesen. Alexandra trat an die Anrichte und nahm ihr Messer wieder zur Hand. „Was willst du?" „Setz dich doch bitte zu mir her." Alexandra sah das Messer in ihrer Hand an. Hatte Goldlöckchen gar keine Angst vor ihr? Sie hätte allen Grund gehabt, ihr etwas anzutun. Nach der schamlosen Vorstellung in ihrer Wohnung, deren Zeuge sie geworden war. Seufzend legte sie das Messer weg und wischte sich die Hände an den Jeans ab. Goldlöckchen tippte auf ihrem Handy herum. Was sollte das?

„Ich muss dir was zeigen. Ein SMS von deinem Mann. Aus den USA." Alexandras Herz klopfte höher. Was hatte er Goldlöckchen zu schreiben gehabt? Goldlöckchen hielt ihr das Handy hin. Alexandra las. „Manchmal glaube ich, meine Frau will mich loswerden", stand da. „Sie benimmt sich so komisch, starrt mich oft wortlos an. Freu mich auf Dich." Sie spürte einen Stich durch die Brust. Das hatte sie damals am Grand Canyon natürlich nicht gelesen, war gar nicht auf die Idee gekommen, auch die versandten Textnachrichten zu überprüfen.

Goldlöckchen nahm das Handy wieder an sich, drückte ein paar weitere Knöpfe. Noch einmal hielt sie ihr den Bildschirm vor die Nase. „Schatz, ich glaub fast, sie will sich etwas antun. Oder mir! Brütet ständig dumpf vor sich hin." Schwindel erfasste Alexandra. Wie hatte Anton so etwas schreiben können? War sie geistesabwesend gewesen? Hatte sie gebrütet? Sie konnte sich an nichts dergleichen erinnern. Es war ihr völlig schleierhaft, wie Anton darauf gekommen war. Das waren nichts als Lügen!

„Es war ein Unfall“, flüsterte sie. „Er ist abgestürzt.“ Goldlöckchen verzog den knallrot geschminkten Mund zu einem verächtlichen Grinsen. „Kann sein. Kann aber auch nicht sein!“, meinte sie und schlug die Beine übereinander. Ihr roter Rock war sehr kurz. Die Schuhe nur Pantoffel, mit unglaublich hohen Absätzen. Billig. Abgeschmackt. Dass Anton auf so jemanden hereinfallen hatte können. Und vor ihm Mirko.

„Und was willst du jetzt eigentlich von mir?“ Sie hätte das Messer nicht weglegen sollen, dachte Alexandra. „Glaubst du nicht, dass sich die Staatsanwaltschaft sehr für diese SMS interessieren könnte?“ Das war unglaublich. Zuerst nahm die ihr den Mann weg, und dann hatte sie auch noch die Nerven, ihr zu drohen? Alexandra blickte Goldlöckchen in die Augen. Sie hatte sogar falsche Wimpern aufgeklebt. Ob sie glaubte, dass sie das beeindruckte?

„Wenn du meinst“, flüsterte Alexandra, „dann geh halt zur Polizei. Oder zum Staatsanwalt, meinetwegen.“ Sie wandte sich ab. Goldlöckchen sollte nicht sehen, dass ihr die Tränen kamen. Die Schwierigkeiten wurden nicht weniger, sondern mehr. Ständig musste man sich gegen irgendjemanden zur Wehr setzen, sich rechtfertigen. Und wer verteidigte sie? Wer beschützte sie? Anton hatte es nicht getan. Er hatte lieber mit diesem Kunstkörper gevögelt, an dem von den Wimpern bis zu den Zehennägeln nichts echt war.

„Ich hab nicht vor, zur Polizei zu gehen. Wir müssen doch zusammenhalten!“ Was sollte dieser verschwörerische Tonfall? „Ich will nur, was mir zusteht. Anton wollte zu mir ziehen. Wir wollten zusammen ein Haus bauen. Mit seinem Lottogewinn. Das hat er mir versprochen. Ich will zwölf Millionen. Die Hälfte.“ Daher also wehte der Wind. Es ging ihr nur ums Geld. Alexandra lachte auf. „Du glaubst, dass Geld glücklich macht? Wenn du wüsstest, wie es ist, zu viel davon zu haben!" Keinen Cent würde dieses Weib bekommen, nicht einen einzigen. Aber sie brauchte Zeit zum Überlegen.

„Willst du was trinken? Ich habe Weißwein im Kühlschrank." „Gern. Du siehst also ein, dass wir zusammenarbeiten müssen?" Alexandra nickte. Goldlöckchen schien gelöster. Alexandra stand auf, ging zum Kühlschrank und öffnete ihn. Auf dem obersten Glasboden lag eine Flasche Weißwein. Gut gekühlt und noch nicht geöffnet. Sie holte sie heraus und hielt sie am Flaschenhals fest.

Die Kühlschranktür schnappte mit einem dumpfen Geräusch zu. Alexandra sah Goldlöckchens Scheitel vor sich. Goldblond getönt, die Haaransätze aber brünett. Sie wippte mit dem Fuß in ihren Pantoffeln. Rote Zehennägel. Alexandra hob die Flasche und ließ sie mit aller Kraft auf ihren Schädel niedersausen. Im letzten Moment schien Goldlöckchen zu merken, dass etwas nicht stimmte. Sie drehte sich nach Alexandra um, sodass die Flasche sie seitlich oberhalb des Ohres traf. Alexandra hörte ein dumpfes Knacken. Goldlöckchen rutschte vom Stuhl. Ihr Kopf traf auf der Sitzfläche auf und hinterließ eine rote Spur. Alexandra zog den Stuhl zur Seite, und sie sank auf den Boden. Ihr Rock war hochgerutscht. Die Bluse ebenso. Helle Haut. Sommersprossen.

Alexandra besah sich verblüfft die Weinflasche. Sie war ganz geblieben. Nicht einmal ein Blutfleck. Dennoch ging sie zur Abwasch und ließ warmes Wasser über die Flasche laufen, wischte mit dem Schwamm daran herum. Lange. Ließ danach frisches Wasser darüber laufen, um das Spülmittel abzuwaschen. Trocknete die Flasche mit einem Geschirrtuch, gründlich. Kontrollierte, ob auch keine feuchten Flecken mehr an

Flaschenhals oder Etikett waren. Wollte die Flasche wieder in den Kühlschrank legen. Goldlöckchen war dabei im Weg. Alexandra musste um den Tisch herumgehen. Kein Geräusch. Kein Atem. Sie sah nicht zu der am Boden liegenden Frau. Die Flasche musste mit dem Etikett nach oben liegen. Ja, genau nach oben. So gehörte das. Auf den obersten Glasboden. Sie schloss den Kühlschrank. Plopp. Nochmals ging sie um den Tisch herum, drückte den Schwamm aus, ließ etwas Spülmittel darüber fließen, drückte ihn mehrmals aus und spülte ihn sorgfältig mit warmem Wasser. Nahm ihn nochmals zur Hand, um das Spülbecken sauber zu wischen, das aber ohnehin fleckenfrei glänzte. Hängte das Geschirrtuch über den Wasserhahn.

Goldlöckchen lag immer noch da und rührte sich nicht. Ein dünnes Rinnsal hellroten Blutes drang unter den Haaren hervor, floss über den Hals, tropfte zu Boden. Wenig nur. Warum stand sie nicht einfach auf und ging nach Hause? Warum musste sie hier liegen bleiben und Scherereien verursachen? Alexandra hatte keine Lust, sie wegzuräumen. Sie hatte ihr schließlich gedroht, sie war selbst schuld daran, dass sie nun hier lag. Alexandra konnte nichts dafür. Der Blutfleck am Boden wurde größer. Warum konnte es auch nicht zu tropfen aufhören? Sie riss ein paar Blatt Papier von der Küchenrolle und warf sie auf den Boden. Dort, wo der Blutfleck war. Bis morgen früh musste sie verschwunden sein. Wie konnte sie das schaffen? Goldlöckchen musste weg. Weit weg, sodass niemand sie finden konnte. Irgendwohin, wo sie in Ruhe verrotten konnte, ohne dass sie ihr Leben durcheinanderbrachte.

Alexandra ging ins Wohnzimmer. Die Whiskyflasche. Sie nahm einen Schluck daraus, gab sich erst gar nicht mit einem Glas ab. Hitze durchflutete ihren Körper. Wie war Goldlöckchen eigentlich hierhergekommen? Wahrscheinlich mit dem Auto. Dann musste zuallererst das Auto weg. Sonst erinnerte sich womöglich noch jemand daran, dass es hier geparkt hatte. Es würde Nachforschungen geben, wenn Goldlöckchen verschwunden blieb.

Zurück in die Küche. Eine Tasche stand neben dem Stuhl. Ein scheußliches Ding, grau mit silbernen Applikationen, Quästchen, Fransen, Metallschildchen. Fürchterlicher Geschmack. Da war ein Autoschlüssel. „Mini" stand drauf. Alexandra sah kurz zu Goldlöckchen. Die bewegte sich immer noch nicht. Schuhe, Hausschlüssel. Ach ja, Handschuhe. Sie durfte keine Spuren hinterlassen. Um an die Schublade mit den dünnen Plastikhandschuhen zu kommen, musste sie sich an Goldlöckchen vorbeidrücken. Sie vermied es nachzusehen, was unter der Küchenrolle los war. Ein Müllsack, für den Sitz. Sie hätte auch die Handtasche nicht mit bloßen Fingern anfassen dürfen. Schwerer Fehler.

Draußen einfallende Dämmerung, die Straßenlaternen leuchteten gerade auf, als sie auf den Gehsteig trat. Sie drückte auf die Fernbedienung. Da! Nur ein paar Meter weiter leuchteten Warnblinker auf. Blau mit schwarzen Rallyestreifen. Auch schlechter Geschmack. Sie schwang sich in den Sitz. Sehr niedrig. Wo war der Startknopf? Hoffentlich sprang das Ding an. Sie dachte daran, dass sie zu Fuß wieder nach Hause musste. Am besten in die Innenstadt. In ein Parkhaus. Nein, da gab es Kameras. Ans andere Ende der Stadt. In die Nähe ihres Cafés, das war wohl am unverdächtigsten. Selbst dann, wenn sie einen Garagenplatz hatte. Manchmal nahm man sich einfach nicht die Zeit, in der Garage einzuparken. Eineinhalb Stunden würde sie für den Rückweg brauchen, sicherlich.

Konnte man auf einer Fahrt durch die Stadt überhaupt Überwachungskameras ausweichen? Sicherheitshalber nahm sie, wo immer möglich, Schleichwege durch Wohngebiete. Fast überall 30 km/h. Langsam. Sie durfte nicht auffallen. Es war nicht mehr weit zum Café. Dunkle Einbahnstraße, eine Straßenlaterne ausgefallen. Hier wäre es ideal. Da! Eine Lücke. Groß genug für den Mini. Schon war sie auf dem Heimweg. Der Schlüssel? Am besten in den Fluss. Tief. Schnelle Strömung. Kein Mensch, nicht einmal ein Fisch würde ihn hier finden. Blieb nur noch Goldlöckchen. Sie musste sie irgendwie ins Auto bekommen, so viel war klar. Aber dann? Wohin mit ihr? Auch in den Fluss? Leichen wurden meist gefunden. Manchmal früher, manchmal später.

Je näher sie ihrem Haus kam, desto langsamer wurden ihre Schritte. Am liebsten wäre es ihr gewesen, gar nicht mehr nach Hause gehen zu müssen, einfach umzudrehen, wegzulaufen. In die USA fliegen, zu Mr Walker. Aber natürlich – das war unmöglich. Sie hatte schließlich Kinder. Ein Haus, mit einer Leiche drinnen. Da konnte man nicht so einfach davonlaufen. Was immer sie auch tat, das Leben würde sie einholen und zwingen, genau das zu tun, was es wollte. Wann kam endlich die Freiheit?

Sie konnte das Haus anzünden, niederbrennen. Nicht mehr zurückkehren. Das konnte sie sich sogar leisten. Aber wo würde sie enden, wenn eine verkohlte Leiche in der Ruine gefunden würde? Im Gefängnis, und ihre Kinder in der Obhut der Schwiegereltern. Mit einer Mörderin als Mutter. Nein. Goldlöckchen musste weg. Und zwar an einen Ort, wo niemand sie jemals finden würde.

Als sie in ihrer Straße ankam, bemühte sich Alexandra, möglichst locker, unauffällig aufzutreten. Wenn sie jemand sah, sollte es so wirken, als hätte sie einen ganz harmlosen Abendspaziergang unternommen. Ihre Füße schmerzten. Die Schuhe waren nicht für einen so weiten Weg geeignet gewesen. Sie musste aufschließen, und zwar ohne zu zögern, sonst könnte es auffallen. Mindestens vier Fenster von der gegenüberliegenden Straßenseite hatten Sicht auf ihre Haustür, hinter jedem konnte sich jemand verbergen, der sie genau beobachtete.

Aufsperren, Tür hinter sich ins Schloss werfen. Allein mit einer Leiche. Goldlöckchen. Oder hatte sie sich aufgerappelt, war verschwunden? Alexandra näherte sich der Küche, gleichzeitig abgestoßen und angezogen von dem, was sie dort erwarten würde. Goldlöckchen lag immer noch still zwischen Stuhl und Tisch. Keine Sauerei. Kein Blut war unter der Küchenrolle hervorgedrungen.

Erstaunt stellte Alexandra fest, dass sie immer noch die weißen Gummihandschuhe trug. War sie mit diesen Dingern quer durch die ganze Stadt marschiert? Sie musste jemandem aufgefallen sein. Und garantiert würde sich derjenige an die Irre erinnern, die in einer lauen Augustnacht mit kurzen Ärmeln und weißen Handschuhen durch die Stadt spaziert war.

Sie beugte sich hinunter, nahm die Küchenrolle mit spitzen Fingern auf, brachte sie ins Klo, spülte sie hinunter. Zurück in die Küche. Ein wenig verschmiertes Blut auf dem Küchenboden. Geronnene Reste davon an Goldlöckchens Hals. Wann würde sie steif werden? Konnte sie sie überhaupt noch ins Auto bringen? Aber eins nach dem anderen. In der Speisekammer mussten große Plastiksäcke sein. Da. Sie würden den Boden des Kofferraums abdecken. Alexandra stieg die Treppe hinunter. Würde sie es schaffen, die Leiche hier herunter zu schleppen? Auch dabei galt es, keine Spuren zu hinterlassen.

Die Säcke waren groß genug für den Kofferraum. Sie durften nur nicht verrutschen. Wieder die Treppe hinauf. Ein Whisky, aus der Flasche. Jetzt zu Goldlöckchen. Zuerst die Pantoffeln von den Füßen. Alexandra besah sie sich genauer. Die Dinger waren wirklich scheußlich. Vorne, direkt hinter den Zehen, ein breites goldenes Band, bestickt mit Silberperlen. Goldenes Fußbett, etwas abgewetzt. Oben ein schmales Goldband, das den Rist festhalten musste. Wie konnte man in so etwas gehen? Geschweige denn Auto fahren? Goldlöckchens Zehen sahen verkrüppelt aus, viel zu oft eingezwängt in enge, spitze Schuhe. Wenn man genau hinsah, blätterte der Nagellack an manchen Stellen ab. Alexandra warf die Schuhe zur Seite. Sie würde die Füße in Säcke stecken, oben mit Gummiband sichern, so konnte sie beim Hinunterschleifen keine Spuren hinterlassen.

Sie musste dringend nachsehen, wie das mit der Totenstarre war. Wikipedia musste so etwas wissen. Sie zog die Handschuhe von den Fingern, verließ Goldlöckchen und setzte sich an ihren Laptop. Nach einer Stunde, las sie, begann die Totenstarre an den Augenlidern, setzte sich nach und nach bis unten fort und war nach vierzehn Stunden völlig ausgeprägt. Bei Hitze schneller. Also musste sie sich beeilen. Der Hals konnte schon steif sein, je länger sie wartete, desto unangenehmer würde die Arbeit werden.

Sie streifte ein neues Paar Handschuhe über. Zuvor noch ein Whisky. Heißer Schauer durch den Magen, bis in die Beine. Sie fühlte sich so entspannt, dass sie Goldlöckchen über die Augenlider fuhr. Starr, unbeweglich. Links fiel die angeklebte Wimper ab. Wohin damit? Besser gleich ins Klo, damit sie nicht darauf vergaß. Die Augen starrten leer unter den Tisch. Da gab es nicht viel zu sehen. Ein paar Brösel vielleicht. Schnell zur Toilette, hinuntergespült, zurück zur Leiche. Die Füße in zwei Säcke vom Diskonter, in der untersten Lade mussten noch die Gummibänder sein. Die starken, mit denen Spargelbünde zusammengehalten wurden, die würden passen. Dicke Waden hatte Goldlöckchen nicht. Sie war erstaunt, dass sie die Leiche nun schon fast wie eine Sache betrachten konnte. Kein Mensch mehr, eine leblose Sache. Das machte die Arbeit erträglicher.

Die Beine ließen sich noch ganz leicht bewegen, schnell verschwanden die lackierten Zehen in den bunten Plastiksäcken. Der Rock war Goldlöckchen dadurch noch höher gerutscht. Unwillkürlich fielen Alexandras Blicke zwischen ihre Beine. Die haarlose Scham war durch ein rosa Höschen verdeckt. Das war aber fast durchsichtig, man konnte die Schamlippen darunter deutlich erkennen. Das Höschen hatte silberne Säume. Alexandra hielt inne. Das, was sich hinter dem rosa Stoff verbarg, hatte Anton also das Leben gekostet. War es das wert gewesen? Sie zog den Rock wieder herunter, sodass er das Höschen verdeckte. Nun blieb nichts anderes übrig, als an den Armen anzupacken und die Tote über die Stiege hinunter zur Garage zu schleifen.

Als Alexandra die Unterarme packte, meinte sie, etwas Widerstand zu spüren. Ekel stieg in ihr auf. Sie presste die Zähne zusammen und zog. Erstaunlich leicht ließ sich der Körper über den Boden ziehen. Aber über die Stiege? Sie hatte keine andere Wahl, als sie um den Leib zu packen, unter den Armen hindurch. Alexandra kniete sich hinter die Leiche, schob den Oberkörper in die Höhe und griff unter den Achseln durch. Es war schwerer als bei einem lebenden Menschen. Widerstand. Sie schloss ihre Arme um den Köper. Kühl, aber nicht kalt.

Jetzt musste sie in die Höhe kommen. Wie sollte das gehen? Goldlöckchens Kopf lag an ihren Schultern, sie würde ihr Blut an ihrem T-Shirt lassen. Sie musste es später verbrennen. Mühsam kam sie auf die Beine. Eine Stufe. Sie schwankte. Sie würde doch nicht samt der Toten über die Stiege stürzen? Zweite Stufe. Hier ging es etwas leichter. Die Beine rutschten über die erste Stufe, die Säcke hielten. Nun rasch. Erschöpft ließ Alexandra den Körper am Fuß der Treppe sinken. Sie besah ihr T-Shirt. Blutig. Sollte sie sich gleich umziehen? Nein, erst musste Goldlöckchen ins Auto.

Gott sei Dank musste sie dafür nicht ins Freie. Gleich rechts, die Tür neben der Treppe, die führte in die Garage. Es war nun beinahe leicht, Goldlöckchen, vorbei an Antons Cabrio, zu ihrem Kombi zu schleppen. Sie atmete schwer, kurz wurde ihr schwindelig, als sie den Körper neuerlich ablegte, direkt hinter ihrem Auto. Schnell jetzt. Noch einmal unter den Armen angepackt, umgedreht, Goldlöckchens Hüften mussten über die Ladekante, Oberkörper fallen lassen. Die Haare lagen wie ein aufgeklappter Fächer auf den Plastiksäcken, das Gesicht nach unten. An manchen Stellen waren ihre Haare mit Blut verklebt. Noch einmal unter den Knien zugepackt, eine letzte Kraftanstrengung, Goldlöckchen lag im Auto.

Jetzt war der Rock heruntergerutscht und Alexandra sah, dass Goldlöckchen eine Tätowierung trug. Direkt über den Pobacken. Das rosa Höschen mit dem Silberbändchen verdeckte einen Teil davon. Alexandra zog am Band. Ein ordinäres Arschgeweih. Genauso hatte sie Goldlöckchen eingeschätzt. Sie schüttelte missbilligend den Kopf, mehr aus Erschütterung über Antons Geschmack. Nun waren beide tot. So weit hätte es nicht kommen müssen. Anton hätte seinen Schwanz bei sich behalten sollen, und Goldlöckchen hätte die Beine nicht breit machen dürfen. Und dann auch noch geldgierig. Nur weil er ein paarmal seinen Schwanz in ihre haarlose Muschi gesteckt hatte, meinte sie, Ansprüche stellen zu können. Nicht mit ihr. Sie konnte wirklich nichts dafür.

Die Heckklappe fiel zu. Aber wohin mit Goldlöckchen? Wo würde sie niemand finden können? Sie konnte sie doch nicht kilometerweit durch den Wald schleppen.

Alexandra fuhr zusammen. Die Türklingel. Um zehn Uhr abends? Niemand kam um diese Uhrzeit. Es konnte höchstens eines der Kinder sein, wenn es ein Problem mit der Übernachtung auswärts gab. In der Küche war noch das Blut. Noch einmal die Klingel. Fordernd. Laut. Sollte sie aufmachen? Überall im Haus war Licht. Sie machte sich verdächtig, wenn sie nicht öffnete.

Alexandra begann zu zittern. Konnte es die Polizei sein? Jetzt schon? Hatte Goldlöckchen irgendwem erzählt, wohin sie fahren würde? Suchte womöglich dieser Jemand nach ihr? Sie streifte die Handschuhe ab. Ihre Finger waren so zittrig, dass sie immer wieder abglitt, die Handschuhe nicht herunterbrachte. Jetzt doch. Unters Auto damit.

Zur Tür. Jeder musste sofort erkennen, was mit ihr los war. Den Schlüssel umdrehen. In der offenen Tür Mirko. Unsicher lächelnd, verlegen. Was machte Mirko da? Er hatte Blumen in der rechten Hand, einen großen Strauß. Rot waren sie. Und orange und gelb. „Du?" Mehr brachte Alexandra nicht heraus. Mirko zuckte mit den Schultern, ein zaghaftes Grinsen. Er musste das Blut auf ihrem T-Shirt gesehen haben. Alexandra wandte sich von ihm ab, begann zu zucken, zu weinen. Mirko wäre jemand gewesen, an den man sich lehnen konnte. Der einen stützte, einem half. Zu spät jetzt.

„Was ist los?“ Er trat hinter ihr in den Vorraum. Alexandra schluchzte auf. Sie spürte eine sanfte Hand an ihrer Schulter. „Ich wollte nicht, ich ... ich weiß, es ist ganz unpassend, und ...“ Er stockte. Sie drehte sich um. Drängte sich an Mirko. Schlang ihm die Arme um den Hals, drückte ihr Gesicht in seine Halsbeuge. Die Tränen flossen, sie wurde von Schluchzern geschüttelt. Mirko sagte nichts, umarmte sie. Alexandra spürte die Dornen der Rosen durch den dünnen Stoff ihres T-Shirts am Rücken. Des blutigen T-Shirts. Mirkos freie Hand strich ihr über die Haare.

„Es tut mir leid.“ Alexandra wandte sich ab. „Ich bin so ...“ „Du brauchst nichts zu sagen, ich wollte dich auch nicht durcheinanderbringen.“ „Schon gut.“ So gelassen Alexandra gewesen war, als sie Goldlöckchen ins Auto verfrachtet hatte, Mirkos Erscheinen hatte sie aus der Balance geworfen, und jetzt wusste sie, dass sie nicht mehr konnte. Sie musste jemandem die Wahrheit sagen. Was dann passierte, war völlig egal.

„Komm!“ Sie nahm Mirko an der Hand, öffnete die Tür zur Garage. „Was willst du?“ Er schien ratlos. „Komm. Komm mit mir. Ich muss dir was zeigen.“ Widerwillig ließ er sich durch die Garage ziehen. Bis zu Alexandras Auto. Sie öffnete die Heckklappe. Mirko riss die Augen auf. „Oh Gott!“ „Du erkennst sie?“ Mirko schlug die Hand vor den Mund. Nickte. „Was ...?“ Seine Frage blieb ihm im Hals stecken. Unstet wanderte sein Blick zwischen Alexandra und dem offenen Kofferraum hin und her. „Nein!“, hauchte er. „Du hast ...“

Alexandra wurde schwarz vor Augen, sie musste hier weg, hinauf, etwas trinken, nur nicht an den Esstisch, wo es passiert war. „Alex!“ Mirko war hinter ihr. „Warte! Du musst mir ...“ Wieder bekam er seinen Satz nicht fertig. Im Wohnzimmer, am Schrank, wo sie den

Whisky verstaut hatte, trafen sich ihre Blicke wieder. Mirko zögerte, legte ihr einen Arm um die Schultern. „Du hättest nicht ... Warum?“ Alexandra öffnete den Schrank, nahm die Flasche heraus, schluchzte.

„Erzähl!“ Mirko hatte Alexandra um einen Espresso gebeten und einen Whisky mit ihr geteilt. Wortlos hatte sie Kaffee und Schnaps auf den Tisch gestellt, von beidem verschüttete sie ein wenig. Immer noch zitterte sie am ganzen Körper. Und sie erzählte. Stockend. Nur von Goldlöckchen. Wie sie herausgefunden hatte, dass Anton sie mit ihr betrog, wie sie aufgetaucht war, mit der Forderung nach Geld und der Drohung mit den SMS. Mirko zog die Augenbrauen hoch. „Und wegen dem Geld hast du sie erschlagen?“ Alexandra schüttelte energisch den Kopf. Wie konnte er sie so missverstehen? „Ich will das Geld ja gar nicht. Wollte es nie. Willst du es? Meine acht Millionen kannst du haben, sobald das Erbe vom Gericht freigegeben ist.“ „Okay, okay!“ Mirko hob besänftigend die Hände. „Warum dann?“ „Weil sie zur Polizei gehen wollte. Die SMS seien ein Beweis dafür, dass ich meinen Mann umgebracht habe.“ „Hast du?“ Mirko schien an ihrem Verstand zu zweifeln. Alexandra dachte an die Szene am Delicate Arch. Hatte sie, oder hatte sie nicht? Sie hatte nicht, natürlich nicht. Wieder schüttelte sie den Kopf. „Wie kannst du so was von mir nur denken?“ „Na, immerhin hast du ...“ Er deutete mit einem Kopfnicken auf die Handtasche von Goldlöckchen, die immer noch neben dem Stuhl stand.

„Hast du sie ...“ Alexandra wusste nicht, wie sie es ausdrücken sollte. „Hast du nur ...?“ Mirko verstand. „Ob ich sie geliebt habe?“ Er schüttelte den Kopf. „Es hat sich halt so ergeben, eine Gelegenheit ...“ „Hast du gewusst, dass sie mit Anton ...?“ Nun nickte Mirko. „Hat sie eigentlich mit der ganzen Firma gevögelt?“

Alexandra war plötzlich aufgebracht. Diese blöde Tussi. Wie hatte sie sich nur in ihre Angelegenheiten einmischen können?

Mirko schüttelte den Kopf, unterstützt von beschwichtigenden Handbewegungen. „Sie ... es ist halt eins zum anderen gekommen. Ich bin mir sicher, bei Anton, das war nur ein Ausrutscher. Sie war halt ...“ Er brach ab, ertappt. „Geil? Sexy? Unausgefüllt?“

Mirko gab keine Antwort. „Sollen wir jetzt nicht die Polizei rufen?“, fragte er stattdessen. Alexandra war fassungslos. Wollte er, dass sie ins Gefängnis kam? Er konnte ihr doch helfen ... „Die Kinder, Mirko. Denk an die Kinder. Was soll aus ihnen werden, wenn ich ...“ Sie führte den Satz nicht zu Ende, begann wieder zu schluchzen. „Ich ...“ „Was denkst du denn, was wir sonst tun sollen? Könnte es nicht Notwehr gewesen sein? Sie könnte dich doch angegriffen haben?“ Ganz sanfte Stimme. Ja, Mirko würde ihr helfen. Und sie würde dankbar sein, sehr dankbar.

Alexandra schüttelte den Kopf. Kein Mensch würde ihr Notwehr abnehmen, schon gar nicht die misstrauische Chefinspektorin Marihart. Nicht unter diesen Umständen. „Sie muss weg!“, flüsterte sie. „Schnell weg! Wo niemand sie findet. Ihr Auto habe ich schon ...“ Mirko schwieg. Überlegte er? Hielt er sie für eine Irre, der man nicht widersprechen durfte? Hatte er am Ende Angst, dass sie auch ihn ... Sie stützte das Gesicht in ihre Hände und schluchzte. „Einfach weg!“, wiederholte sie. Alexandra sah auf. „Hilfst du mir?“

Sie merkte, wie Mirko mit sich rang, sein Gesicht, seine Hände zuckten. Schließlich sah er ihr in die Augen. „Wenn du es nicht absichtlich getan hast ...“ „Niemals! Ich habe dir doch gesagt, ich wollte ihr nur ein Glas Wein einschenken. Und dann hat sie so gemeine

Sachen gesagt, über mich. So unfassbar widerlich. Da konnte ich nicht mehr klar denken, und die Flasche war plötzlich ... und sie lag auf dem Boden." Alexandra nahm das Whiskyglas zur Hand, zitterte aber so heftig, dass es ihr nicht gelang, es zum Mund zu führen.

Mirko hielt ihr Handgelenk fest, ganz fest. Sie stellte das Glas ab. „Ich helfe dir. Ich weiß sogar schon, wie. Wo sind die Kinder?" Alexandra erklärte ihm, dass sie bei Freunden übernachteten. „Gut", sagte er. „Sehr gut. Hast du für mich auch Handschuhe?" Alexandra nickte, stand auf und öffnete die Küchenschublade. Mirko folgte ihr, steckte sich ein Paar ein. „Wir nehmen ihre Handtasche mit. Und die Schuhe." Er zeigte auf die grotesken Pantoffeln, die immer noch unter dem Tisch lagen. „Hat sie irgendwas hier berührt?" Alexandra schüttelte den Kopf und zuckte heftig zusammen, als sie ein Miauen vernahm. Laut. „Habt ihr eine Katze?" Wieder schüttelte sie den Kopf.

Das Miauen kam aus Goldlöckchens Tasche. Mirko zog den Reißverschluss auf, holte ein Handy mit leuchtendem Display hervor. Nun war klar, woher die Katzengeräusche kamen. Unmittelbar, nachdem Mirko seinen Blick auf das Display geworfen hatte, verstummte das Gerät. „Eine Sabine. Kennst du die?" Wieder schüttelte Alexandra den Kopf. „Ich kenne niemanden, den sie kennt. Hoffe ich." „Wir müssen das Handy zerstören. In den Fluss werfen am besten." Mirko handelte entschlossen. Endlich war sie nicht mehr allein. Endlich jemand, der auf ihrer Seite war. Oder hatte auch Mirko bloß die Millionen im Hinterkopf? Er war ein reicher Mann, wenn er sich an sie heranmachte. Das war ein bisschen Risiko wert. Für schon viel weniger Geld wurde auf der Welt ununterbrochen gemordet. Sie musste vorsichtig sein, auch Mirko gegenüber.

„Fahr du!“ Sie konnte jetzt kein Auto lenken, ihre Hände waren viel zu zittrig, sie würde in die nächstbeste Leitplanke krachen. Und dann die Polizei, und die Leiche im Kofferraum ... Mirko nickte. „Wir fahren auf die Gletscherstraße. Ich kenne dort jede Kurve, vom Radfahren.“ „Gletscherstraße?“, wiederholte Alexandra verständnislos. Mirko nickte. „Es gibt dort eine Kehre, da geht es Hunderte Meter hinunter. Direkt in eine Schlucht.“ „Aber da sind doch ständig Leute unterwegs, Canyoning, und was weiß ich!“ Alexandra konnte nicht glauben, dass ein Platz existierte, wo man Goldlöckchen einfach hinunterwerfen konnte, und niemand würde sie finden. „Dort nicht!“, beharrte Mirko. „Und ich weiß von einem Freund, einem Gerichtsmediziner – weißt du, was der einmal zu mir gesagt hat? Das Gebirge frisst seine Toten, hat er gesagt. Nach einem Jahr sind von einem abgestürzten Bergsteiger nur mehr ein paar vertragene Knöchelchen übrig. Die Marder, Greifvögel ...“ Alexandra schauderte. Sie wollte sich gar nicht vorstellen, wie es zuging, dass von einem Menschen nach so kurzer Zeit fast nichts mehr übrig blieb. „Und die Saison ist bald aus, im Oktober kommt in dieser Höhe der erste Schnee, und wenn man sie bis dahin nicht findet, dann ...“ Mirko überließ es ihrer Fantasie, was dann geschehen würde.

„Und wenn man sie doch findet?“ „Dann müssen wir darauf achten, dass keinerlei Zusammenhang hergestellt werden kann zwischen uns und ihr. Verheiratet? Kinder?“ Alexandra konnte es nicht glauben, dass Mirko so wenig über seine Exfreundin wusste. „Habt ihr nur gevögelt? Nie geredet?“ Mirko zuckte hilflos mit den Schultern, versuchte ein Grinsen. „Wenig.“ „Ich glaub nicht, dass sie Familie hat. Zumindest niemanden, der bei ihr wohnt.“ Alexandra musste an die Szene in Goldlöckchens Wohnung denken. Wenn man Kinder hatte, konnte man nicht so schamlos sein.

„Falls sie gefunden wird, wird man dich sicher befragen", sagte Mirko. „Es lässt sich ja leicht nachweisen, dass Anton ein Verhältnis mit ihr gehabt hat. Deine Kollegin, zum Beispiel, hat ihn ja mit ihr gesehen. Es darf nur keinen Beweis geben, dass sie bei dir war und dass du sie in deiner Wohnung ..." Er ließ den Rest des Satzes ungesagt. Alexandra war nicht beruhigt. „Da gibt es so viele Unsicherheiten. Man kann mir sicher nachweisen, dass wir mit dem Auto die Gletscherstraße hinaufgefahren sind. Heute sind doch in jedem Auto so Chips eingebaut, und das hier ist ganz neu!" „Hast du eine bessere Idee?" Alexandra verstummte.

Als sie die Kehren erreichten, die zum Gletscher hinaufführten, konnte Alexandra die Lichter der Stadt weit unter sich sehen. Wenn man bloß für immer hier heroben bleiben dürfte und nie mehr zurückkehren müsste. Aber das war ja auch möglich. Sie konnte Goldlöckchen hinterherhüpfen und sich auch von den Geiern fressen lassen. Tat bestimmt nicht mehr weh als das Leben, das sie jetzt gerade führte.

Mirko atmete schwer, als er Goldlöckchen aus dem Auto zerrte. Alexandra starrte in den Abgrund hinter der Leitschiene. Sie hätte jetzt gern eine Zigarette gehabt. Obwohl sie vor zwanzig Jahren aufgehört hatte zu rauchen. Neben ihr ächzte Mirko, sie sah nicht hin. In der Dunkelheit meinte sie, etwas fallen zu sehen. Sie schloss die Augen. Ein-, zweimal ein dumpfer Aufprall. Stille. Tief unten konnte man, wenn man sich konzentrierte, das Rauschen eines Wildbachs hören. „Hoffentlich ist nichts in Sichtweite hängen geblieben." Mirko stützte die Hände auf die Leitschiene. Alexandra starrte ihn fragend an. „Irgendwas von der Kleidung, ein Stofffetzen oder so.“ Alexandra musste an das rosa Höschen denken. „Wir hätten ihr den Schmuck abnehmen sollen.“ Mirko seufzte.

Alexandra öffnete die Autotür und setzte sich auf den Beifahrersitz. Was für einen Sinn hatte es, jetzt darüber zu diskutieren, was man tun hätte sollen. Sie hätte, vor Wochen schon, Anton alles verzeihen können. Sie hätte sich von ihm trennen können. Hätte, hätte, hätte. Es war nicht so gekommen.

Schweigsam fuhren sie die Bergstraße hinunter. Beinahe hatte Alexandra das Gefühl, Mirko fahre betont langsam, um den Zeitpunkt hinauszuzögern, an dem sie vor ihrem Haus ankommen würden. Wie würde es dann weitergehen? Würden sie einfach in die Garage fahren, würde Mirko sich höflich verabschieden, um ein Wiedersehen bitten und sich davonmachen?

Ohne dass Alexandra es wirklich wahrnahm, waren sie tatsächlich wenig später in der Garage angekommen. Das Tor schloss sich bereits ratternd, als Alexandra aus dem Auto stieg. Noch bevor sie die Autotür schließen konnte, gaben ihre Knie nach, sie sank auf dem Betonboden zusammen, hatte Angst, das Bewusstsein zu verlieren. Atemnot. „Was ist mit dir?“ Mirko kam um den Wagen herumgesprintet, zog sie auf die Beine, umarmte sie, drückte sie an sich. Wie gut das tat. Er griff mit einem Arm hinter ihre Knie, hob sie auf, sie schwebte auf seinen Armen die Treppe hinauf. Sie musste sich um nichts kümmern, für nichts sorgen, nicht denken, nicht entscheiden.

Mirko legte sie auf ihr Bett. „Geh nicht!“ Sie krallte sich an seinem Hemd fest, als er sich aufrichten wollte. Er durfte jetzt nicht gehen. Langsam war es an der Zeit, wieder einmal etwas richtig zu machen. Und Mirko war in diesem Moment richtig für sie. Sie zog ihn zu sich herunter. Sein Mund auf ihrem, seine Hände auf, unter ihren Kleidern. Zerren, ziehen, Haut auf Haut. Sie spürte sich, ihr Verlangen, seine schweißnasse Haut auf sich. Jetzt endlich war alles gut.

Mirkos gleichmäßige Atemzüge verrieten ihr, dass er eingeschlafen war. Obwohl sie nackt unter einer dünnen Decke lag, war sie schweißgebadet. Nicht einmal jetzt, in den frühen Morgenstunden, ließ die Hitze nach. Und auch in ihr brannte es. Vor allem, musste sie sich eingestehen, Schuld. Jetzt konnte sie sich nichts mehr einreden, nichts war zu beschönigen, es konnte keinen Irrtum geben. Sie hatte Goldlöckchen die Flasche auf den Kopf geschlagen, sie getötet. Und wenn es dumm lief, stand morgen früh schon die Polizei vor dem Haus. Ein einziger Kletterer, der durch die Schlucht stieg, ein einziger Ast, der Goldlöckchen aufgefangen hatte, ein einziges Kamerabild, das sie mit Mirko zusammen im Auto zeigte, und schon war ihr schöner Plan in sich zusammengefallen. Was hatte sie nur getan? Mirko röchelte, streckte sich, drehte sich auf die andere Seite.

Und jetzt? Waren sie einander ausgeliefert? Mussten sie zusammenbleiben, weil ein gemeinsames Verbrechen sie zusammenschweißte? Verbrechen. Wie das klang. Sie flüsterte sich selbst zu: „Verbrecherin. Mörderin." Nein. So fühlte sie sich nicht. Es hatte bloß eins zum anderen geführt. Wenn, dann war sie eine Gefangene unglücklicher Umstände, aber keine Mörderin.

Als am Horizont ein erster heller Schein erschien, schlief sie schließlich ein. Immer wieder sank in ihrem Traum Goldlöckchen vom Stuhl, inmitten von Strömen von Blut. Und dann stürzte sie selbst statt Goldlöckchen in einen Abgrund. Sie sah an sich hinunter. Sie trug nichts als ein rosa Höschen. Der Sturz war endlos.

Sie erwachte, als Mirko zärtlich ihre Brüste streichelte. Alexandra riss sich los. „Wir haben auf die Handtasche vergessen, und die Schuhe. Das muss alles noch heute weg! Und ich muss die Kinder abholen!" Alexandra war aus dem Bett gesprungen. Schweigend und ernst musterte Mirko ihren nackten Körper. Alexandra spürte seine Blicke auf ihrer Haut brennen. Da war so viel Leidenschaft gewesen, in dieser Nacht. Oder war es bloß Verzweiflung gewesen? „Hilf mir!" Mirko nickte und stieg aus dem Bett. Er war größer als Anton und schlanker. Muskulös. Er bot Schutz.

Wenig später saß Alexandra am Küchentisch und zerschnitt die Kreditkarten, die sie in Goldlöckchens Portemonnaie gefunden hatten. „Die Taschentücher, alles, was Plastik ist, und das Papiergeld, das verbrennen wir." Mirko rümpfte die Nase. „Wenn du mitten in einer Hitzewelle den Ofen anheizt ..." Alexandra nickte. „Du hast recht. Ganz klein schneiden? Im Klo runterspülen?" Mirko nickte. „Besser. Den Kalender auch. Das Handy werd ich zerkleinern und im Fluss versenken. Bleibt noch die Tasche selber." „Auch zerkleinern und irgendwo ins Wasser. Das sollten wir aber nicht hier machen. Faserspuren."

Alexandra begann zu funktionieren. Ein Problem musste gelöst werden, und als es Zeit war, die Kinder abzuholen, konnte sie Mirko mit den Resten des Problems alleine lassen. Als sie in die Garage ging und die Plastikplanen aus dem Kofferraum zusammenrollte, grollte draußen erster Donner. Immerhin – wenigstens würde bei diesem Wetter heute niemand in die Schlucht unterhalb der Gletscherstraße gehen. Sie freute sich, die Kinder bald wieder bei sich zu haben.

XVII

„Kommst du mit mir zur Party, am Samstag, bei Andreas?“ Schlechte Nachrichten, dass er ausgerechnet dorthin will. Andreas ist älter als wir, eine Klasse über uns, und es ist bekannt, dass bei seinen Partys Drogen zu haben sind. Ich schüttle den Kopf. „Mit den Junkies will ich nichts zu tun haben“, sage ich. „Was?“ Martin ist perplex. „Das ist eine Ehre, hör mal, wenn man dort eingeladen wird! Vor allem, wenn man noch ein Jahr jünger ist!“ „Ich gehe nicht auf Drogenpartys!“, wiederhole ich mit etwas mehr Nachdruck. „Und du solltest auch so vernünftig sein, dass du ...“ „Du gehst mit mir zu dieser Party!“, bockt er. Was soll dieser Ton? Er sollte wissen, dass ich mich nicht herumkommandieren lasse.

„Hör mal“, sage ich. „Ich gehe da nicht hin. Du kannst machen, was du willst. Ich ebenso.“ „Bitte!“ Er verlegt sich aufs Flehen. „Warum ist dir denn diese Scheißparty so wichtig?“ Ich verstehe ihn einfach nicht. Er druckst herum. „Es ist, weil ... Dort werden nur die Jungen mit den coolsten Girls eingeladen!“ So. Ich bin also ein cooles Girl. „Ich brauch keine Partys, wo sich die angeblich Coolen treffen!“ „Verdammt!“ Martin ist nahe am Heulen, springt auf und knallt die Tür hinter sich zu. Wenn ich die Situation richtig verstehe, soll ich bei dieser Party als eine Art Trophäe seinen Status erhöhen. Warum sonst würde er sich so aufführen? Und dieser Andreas – ein unsympathischer Schnösel. Wahrscheinlich hofft er, mich unter Drogen setzen und herumkriegen zu können. Ziemlich widerlich, die ganze Angelegenheit. Und was ich auf jeden Fall nicht zulasse, ist jemand, der mich herumkommandiert. Das hatte ich schon mit Papa und Walter. Die beiden bin ich losgeworden, und ich lasse mir meine Freiheit auch weder von einem Martin noch von einem Andreas nehmen. Niemals.

Eigentlich reicht es mir mit ihm. Was heißt eigentlich, es reicht, Punkt. Und wenn ich ihn heute besuche, dann werde ich ihm das auch klipp und klar erklären. Dass er sich seine restlichen Kondome sonst wohin stecken kann, weil ich nicht als billige Vorzeigepuppe für ihn zur Verfügung stehe. Er ist total unreif, und noch dazu stellt er unverschämte Besitzansprüche.

Als ich einige Tage später abends an seiner Tür klingle, öffnet er und umarmt mich. Er drängt sich so fordernd an mich, dass ich annehme, er hat schon wieder vergessen, was ich damals nach der Schule zu ihm gesagt habe. „Weg!“ Ich dränge ihn zurück. „Was ist denn los? Ich denke, wir wollten ...“, beginnt er, und ich weiß, dass er gar nichts kapiert hat. „Meine Eltern sind nicht zu Hause, sie sind bei einer Lesung oder einem Konzert, was weiß ich ...“

Plötzlich kommt mir ein Gedanke: Wenn ich heute mit ihm Schluss mache, was wird dann passieren? Er wird mir nachlaufen und keine Ruhe geben. Anrufe. Zettelchen. Briefe. An allen möglichen Stellen wird er mir auflauern, ohne dann wirklich zu wissen, was er mir zu sagen hat. Er wird vor meinem Fenster auf seinem Fahrrad sitzen und stundenlang zu mir hochsehen. Darauf habe ich keine Lust, auch nicht auf endlos wiederholte Liebesschwüre. Ein Stalker, das ist das Letzte, was ich brauchen kann. Ich will nicht Schluss machen, ich will ihn einfach loswerden, ein für alle Mal. Und ich weiß auch, wie das geht.

„Spazieren wir doch eine Runde“, schlage ich vor. „Es ist so schön draußen. Vielleicht nimmst du was mit für ein Picknick?“ Ich lächle. Martin geht sofort auf meinen Vorschlag ein. „Und vergiss nicht ...“ Ich glaube, er hat verstanden, dass er auch die Kondome mitnehmen soll. Dass er eine Flasche Wodka und ein paar Dosen Energydrinks einpackt, davon gehe ich wie selbstverständlich aus. Wenn man sich irgendwo im Wald zusammensetzt, dürfen ja die harten Getränke nicht fehlen.

Ich steige mit ihm in den Wald über der Uferböschung an der Biegung des Flusses. Die ist hier hoch, vielleicht zwanzig Meter. Und nicht ungefährlich. Hier war ich als Kind oft, hier haben wir Räuber und Gendarm gespielt und Rindenhüttchen gebaut. Auch heute noch ist es ein beliebter Treffpunkt bei Jugendlichen. Wir kommen an ein paar verlassenen Feuerstellen vorbei, begegnen aber keinem Menschen. Langsam wird es dämmrig.

„Da setzen wir uns hin!" Ein Baumstamm liegt nahe an der Abbruchkante zum Fluss hinunter, man hat einen schönen Ausblick über die Flussschleife, die unter uns liegt, und über die Stadt dahinter. Kaum sitzen wir, schiebt er mir mein T-Shirt nach oben. „Wollen wir nicht zuerst etwas trinken?" Ich löse seine Finger von meinen Hüften, ziehe das Shirt wieder hinunter. „Okay!" Er nickt, leert Wodka in die Plastiktrinkflasche, öffnet eine Dose und gießt ein wenig von dem Energydrink hinzu, damit das Gemisch süß schmeckt.

Er nimmt einen Schluck aus seiner Flasche und hält sie mir hin. Ich schüttle den Kopf. „Hast du nichts anderes mitgenommen? Du weißt, dass ich so etwas nicht trinke. Und du solltest es auch nicht tun!" „Du bist nicht meine Mutter!", murrt er und nimmt neuerlich einen großen Schluck. „Gibt's bei einem Picknick nicht auch etwas zu essen?", frage ich. Er nickt und holt einen Beutel Kartoffelchips aus seinem Rucksack. Ich reiße ihn auf und zerkaue ein paar der knusprigen Scheiben.

Er schiebt wieder seinen Arm unter mein T-Shirt und streichelt meinen Rücken. Versucht sich am Verschluss meines BH, ist aber zu ungeschickt, um ihn mit einer Hand aufzubekommen.

„Warum willst du denn eigentlich nicht auf die Party?“ Er ist wie ein kleines Kind. Einmal erklären reicht nicht, es wird gebettelt und gejammert, ohne dass irgendwelche neuen Argumente ins Spiel kämen. „Ich hab es dir schon erklärt!“ „Ja, aber ...“ Damit er aufhört zu reden, ziehe ich seinen Kopf zu mir heran und küsse ihn. Plötzlich muss ich an Sex denken. Wie wäre es, wenn ... Ich versuche den Gedanken zu unterdrücken. Doch ich werde schon feucht zwischen den Schenkeln. Warum erregt mich gerade diese Situation? Ich muss abnormal sein. Ich habe es mir schon oft gedacht, abnormal.

Eigentlich müsste ich Martin nur machen lassen, doch ich ergreife die Initiative und nestle an seinem Gürtel, seinem Hosenknopf. „Hier?“, fragt er verwundert. „Warum nicht? Es ist schon fast dunkel!“ Fast reißt er mir die Kleider vom Leib, und ich kann ihn dazu bringen, dass er mich diesmal etwas länger stimuliert, bevor er in mich eindringt. Das Gemurkse mit dem Kondom im Finstern endet aber damit, dass ich wieder ziemlich abkühle, und viel mehr als beim letzten Mal spüre ich auch heute nicht. Wieder kommt mir Nina in den Sinn. Vielleicht sollten wir es noch einmal miteinander versuchen, vielleicht habe ich mich nur mit dem Gedanken, mit einem Mädchen Sex zu haben, zu wenig beschäftigt, als dass ich es hätte genießen können.

Als wir wieder angezogen sind, widmet sich Martin neuerlich seiner Flasche. Ich gehe nach vorn, an die Abbruchkante des Steilufers. „Pass auf!“, warnt Martin. „Da sind schon welche runtergefallen!“ „Ach was! Du traust dich nur nicht her! Wohl Höhenangst, wie?" „Ich doch nicht!" Ein wenig undeutlich ist seine Sprache schon geworden, der Wodka tut seine Wirkung. Langsam steht er auf und kommt zu mir, mit der Flasche in der Hand. Die Kriminaltechnik wird sich freuen, die am Flussufer zu finden. Wenn sie nicht von der Strömung davongetrieben wird. Ich habe darauf geachtet, sie nicht zu berühren. Martin steht jetzt neben mir und schwankt leicht. „Siehst du, da unten? Der Mond spiegelt sich im Wasser!" „Wo?"

Es bedarf nur eines ganz leichten Schubsers, und Martin verschwindet in der Dunkelheit. „Scheiße!", ruft er noch, bevor ich einen dumpfen Aufprall höre, das Klirren von Glas, das Poltern von losen Steinen, das Rieseln von Kies. Dann ist es wieder still.

Ich fange zu zittern an. Natürlich weiß ich, dass Martin selber schuld war, dass ich ihn loswerden musste, aber ich habe womöglich gerade einen Menschen getötet. Ich schlottere, gehe zurück zum Baumstamm, suche mühsam einen Weg durch Wald und Gestrüpp zur Forststraße. Ich achte nicht auf meine Haut und meine Kleidung, je zerrissener und blutiger ich beim nächsten Haus ankommen, desto glaubwürdiger bin ich. Ich renne den Berg hinunter, ohne den Boden wirklich zu sehen, und plötzlich liege ich auf dem Bauch. Ich bekomme keine Luft. Über irgendwas bin ich gestolpert. Ich habe das Gefühl, es dauert Minuten, bis ich wieder zu Atem komme und mich aufrappeln kann. Das linke Knie schmerzt, es sticht bei jedem Schritt. Ich wische über mein Gesicht, es ist feucht, irgendwas läuft von meiner Stirn.

Ich weiß nicht, wie viel Zeit vergeht, bis ich unten an der Straße ankomme. Das erste Haus ist dunkel, im zweiten brennt Licht. Ich humple durch das offene

Gartentor, drücke auf die Klingel, lasse meinen Finger drauf. „Hilfe!“, schreie ich, „Hilfe!“ Ein Mann öffnet. „Ja? Um Gottes willen! Wie siehst du denn aus! Komm schnell herein!“ Ich heule und jammere. „Martin! Er ist abgestürzt! Holen Sie die Rettung!“ Eine junge Frau stößt dazu. „Bist du das, Alex?“ Ich sehe zu ihr hoch. Es ist Miriam, ich kenne sie vom Kindergarten, sie hat meine Gruppe betreut. Tante Miriam habe ich sie damals genannt. Sie schließt mich in die Arme, während der Mann telefoniert. Ich weine, zittere. „Ja, die Rettung. Ein Mädchen ist bei uns aufgetaucht, Alexandra heißt sie, meine Frau kennt sie. Sie erzählt was von einem Absturz. Ja, am Fluss.“ Ich zucke an der warmen Schulter von Miriam. Sie schiebt mich wieder etwas von sich weg. „Du blutest ja! Komm, wir verarzten dich.“ „Und hierher können Sie auch gleich einen Rettungswagen schicken. Die junge Dame ist verletzt!“

Der Mann kommt uns, Telefon am Ohr, ins Bad nach, wo Miriam meine Stirn mit einem Wattebausch abwischt. Es brennt. Ich zittere immer noch am ganzen Leib, obwohl es hier wohlig warm ist. „Wer ist wo abgestürzt? Sie brauchen genauere Angaben!“ Er hält mir das Telefon hin. Am anderen Ende ist eine Frau. „Alexandra? Wer ist abgestürzt? Wo sollen wir suchen?“ „Die Uferböschung!“, plärre ich ins Telefon. Rotz rinnt aus meiner Nase. „Oben ist ein Baumstamm, da sind wir gesessen. Er hat Wodka getrunken und ist zu nahe an den Abgrund ...“ Ich heule ins Telefon. Ich muss mich gar nicht verstellen oder bemühen, ich bin fix und fertig. Alles tut weh, alles brennt.

Minuten später liege ich auf einer Trage im Rettungswagen. „Mitfahren, bitte!“, flehe ich Miriam an. Sie blickt ratlos zu ihrem Mann, der vor der offenen Heckklappe steht und mit den Schultern zuckt. „Soll ich?“, fragt sie ihn. „Fahr nur!“, antwortet er. Auf dem Weg zum Krankenhaus hält Miriam meine Hand. Ich blicke an mir hinunter. Mein Knie sieht fürchterlich aus. Auf der Stirn habe ich einen provisorischen Verband, dennoch läuft Blut darunter hervor. Miriam wischt es weg.

„Was ist mit deiner Mutter? Sollen wir die verständigen?“, fragt sie. Ich schüttle den Kopf, obwohl es wehtut. „Es geht ihr nicht so gut.“ „Aber sie wird dich vermissen, wenn du nicht nach Hause kommst!“ Da hat sie recht. Mama wird ein Besuch im Krankenhaus heute nicht erspart bleiben. Hoffentlich wäscht sie sich davor die Haare und führt sich nicht hysterisch auf.

17

Montag früh. Schulbeginn. Mit dem Ende der Ferien war auch das Ende der Hitzewelle gekommen. Es regnete. Ein mühsames Unterfangen, die Kinder aus dem Bett zu kriegen. Endloses Gejammer, Gemaule, Decke-über-den-Kopf-Ziehen.

Alexandra nahm ihr Tablet zur Hand. In den Schlagzeilen war immer noch nichts über das Verschwinden Goldlöckchens zu lesen. Seit Samstag hatte sie mehrmals täglich alle Nachrichtenquellen durchgecheckt. Kein Wort von einer verschwundenen Kaffeehausbesitzerin. Sie legte das Tablet beiseite und schmierte Jausenbrote.

„Muss ich wirklich in die Schule?" Max setzte sich mit verquollenen Augen auf seinen Stuhl und begann lustlos, Frühstücksflocken mit Milch in sich hineinzulöffeln. Alexandra fuhr ihm durch die Haare. „Wirst sehen, es wird ganz toll, alle wiederzusehen. Und außerdem regnet es, dir würde heute ohnehin langweilig werden." Max stöhnte.

Als sie die Seite mit den regionalen Nachrichten öffnete, verspürte Alexandra einen Stich: „Café-Betreiberin spurlos verschwunden". Immerhin, spurlos war gut, sehr gut sogar. Der Artikel war kurz und enthielt kaum Einzelheiten, offenbar hatte man dem Vorfall in der Redaktion wenig Bedeutung beigemessen. Das gesamte Wochenende, hieß es da, habe man erfolglos nach der Verschwundenen gesucht. Möglicherweise sei sie mit dem Auto unterwegs. Noch besser, also hatte man noch nicht einmal den Mini entdeckt, der doch gar nicht weit vom Café entfernt parkte. Große Mühe konnte man sich bei der Suche nicht gegeben haben. Man schließe ein Verbrechen nicht aus, es sei aber auch möglich, dass die Gesuchte sich abgesetzt habe. Ihre Lokalkette sei schwer verschuldet. Großartig. Anscheinend musste sie sich gar keine großen Sorgen machen.

„Du solltest ihm dieses Zeug nicht geben", beschwerte sich Annika. Sie strich immer noch mit der Bürste durch ihr Haar, als sie sich an den Tisch setzte. „Da sind dreißig Prozent Zucker drin!" „Und du solltest dich im Bad frisieren, nicht am Tisch!", mahnte Alexandra. Annika seufzte nur gekünstelt. Das Mädchen kam allzu rasch in die Pubertät. Misstrauisch musterte Alexandra die Ansätze winziger Brüste, die unter dem T-Shirt hervortraten.

Sie hatte mehrmals an diesem Wochenende mit Mirko telefoniert, immer wieder unterbrochen von den Kindern, die auf keinen Fall von ihrer Beziehung erfahren durften. Beziehung? War das eine Beziehung? Jetzt schon? Sicher nicht im klassischen Sinn. Aber was sie gemeinsam getan hatten, verband sie eng miteinander. Für den Rest ihres Lebens. Auch der Sex, natürlich. Alexandra hatte keinen einzigen ihrer Sexpartner vergessen, erinnerte sich bei jedem an Beginn, Dauer und Ende der Beziehung. Wenn sie einen Menschen so nahe an sich heranließ, hatte das Bedeutung. Mehr jedenfalls, als die Männer in der Regel zulassen wollten.

Mirko hatte ihr immer wieder versichert, dass sie sich keine Sorgen zu machen brauche. Er stehe zu ihr. Er würde sie gerne wiedersehen. Sie hatte ihn vertröstet. Annika war nicht mehr so naiv, dass sie nicht sofort misstrauisch werden würde, wenn Mirko immer wieder in der Tür stand.

Auf dem Weg in den Verlag trat sie kräftig in die Pedale. Jetzt würde alles wieder seinen geregelten Gang gehen, alles würde werden wie zuvor. Das ganze Wochenende hatte sie nicht einmal an das Geld gedacht, das immer noch auf sie wartete.

Es war ihr erster Arbeitstag seit Antons Tod, und zu ihrer Überraschung war es ein ganz normaler Montagmorgen. Niemand grüßte sie anders als sonst, niemand strich ihr mitfühlend über den Rücken, keine traurigen Augen sahen sie an, alle waren wieder völlig vertieft in ihre Arbeit. Und mit Sophie hatte sie sich ohnehin zwei-, dreimal seit ihrer Rückkehr getroffen, da gab es nichts mehr, worüber sie heute unbedingt hätten reden müssen.

Alexandra setzte sich, nachdem sie einige belanglose Worte mit Sophie gewechselt hatte, gleich an ihren Schreibtisch. Sie hatte ein neues Manuskript vor sich liegen, Gott sei Dank von einer etablierten Autorin, die in der Regel sehr brauchbare Qualität ablieferte. Sprachlich ebenso wie inhaltlich. Sie nahm das Exposé zur Hand. Es ging in dem Roman um die Liebe eines Studenten aus gutem Hause zur Tochter der muslimischen Putzfrau. Uraltes Thema, aber tragfähig, wenn es gut geschrieben war. Und eigentlich auch heiße Ware, zum jetzigen Zeitpunkt, wo es doch auch, so sagte das Exposé, um das Aufeinanderprallen verschiedener sozialer Schichten und, vor allem, um die Gegensätze zwischen religiös geprägter, fundamentalistischer Weltsicht und moderner, urbaner Bürgerlichkeit ging. Hoffentlich rutschte die Gute da nicht in Sozialkitsch ab – man würde sehen.

„Alexandra, wenn du bitte mal in mein Büro ... es ist ein Herr für dich da!“ Sie hatte es sich gerade zum Lesen gemütlich gemacht, als Martin sie unterbrach. Ein Herr? Das war nicht die Ausdrucksweise, die er unter normalen Umständen gebrauchte.

In seinem Büro saß ein etwa vierzigjähriger Mann mit kurzen blonden Haaren. Er erhob sich, um Alexandra die Hand zu schütteln. „Ich lass euch dann mal alleine." Martin schien irgendwie peinlich berührt und zog die Tür leise zu.

„Chefinspektor Kofler." Der Mann stand auf und schüttelte ihr kräftig die Hand. Alexandras Herz setzte kurz aus. „Vom Landespolizeikommando. Bitte setzen Sie sich doch." Er lächelte freundlich und deutete auf den zweiten Besucherstuhl, der dem seinen gegenüberstand. Alexandra glaubte, ersticken zu müssen. Sicher war sie schon rot angelaufen, und der Chefinspektor konnte ihr Geständnis bereits aus ihrer bestürzten Miene ablesen.

„Bitte regen Sie sich nicht auf!", beruhigte er sie jedoch. „Weder Ihren Kindern noch sonstigen Familienmitgliedern ist etwas geschehen. Ich bin wegen einer ganz anderen Angelegenheit hier." Der Mann hatte etwas Freundliches, Beruhigendes an sich. Wenigstens hatte man nicht die Chefinspektorin geschickt, mit der Alexandra zuvor zu tun gehabt hatte, die hatte ihr richtiggehend Angst eingejagt. Sie entspannte sich etwas. Dieser Mann würde sie nicht gleich in Handschellen abführen. Obwohl sie, so aufgeregt, wie sie war, sicherlich Verdacht erregte. Ihre Hände zitterten. „Entschuldigen Sie, ich bin ... wenn die Polizei ... dann denkt man natürlich sofort an seine Kinder ... ich ..."

Chefinspektor Kofler sah auf Alexandras Hände, die sie zwischen den Oberschenkeln zu verstecken versuchte. Er betrachtete sie eine Weile, beugte sich dann vor und nahm ihre Rechte zwischen seine beiden Hände. Die waren rau, warm und trocken. „Ich möchte mit Ihnen reden, wegen einer Frau, die kürzlich verschwunden ist. Es fällt mir nicht leicht, weil Sie doch gerade Ihren Mann verloren haben. Aber es scheint so, als hätte ihr Mann mit dieser Frau zu tun gehabt. Mit einer gewissen Ruth Uhrmacher, sie besitzt mehrere Cafés, vielleicht haben Sie schon davon gehört." Er ließ Alexandras Hand los und streifte dabei kurz ihre Oberschenkel. „Zumindest sind zwischen Ihrem Mann und Frau Uhrmacher zahlreiche Telefongespräche geführt worden, viele SMS hin- und hergegangen." Er holte eine Liste aus seinem Aktenkoffer, der auf Martins Schreibtisch lag, und fuhr mit dem Finger darüber. Alexandra schüttelte den Kopf. „Das wissen Sie doch schon alles, ich meine, Ihre Kollegin, Frau Marihart, die hat mir doch ..." Sie blickte auf, Kofler nickte begütigend. „Die hat Ihnen wohl einen Schreck eingejagt? Beruhigen Sie sich, das geht mir bei der Kollegin manchmal genauso. Sie ist halt ein wenig ..." Auch er ließ seinen Satz unvollendet ausklingen.

Sie musste jetzt so weit wie möglich bei der Wahrheit bleiben. Anstatt den Kopf zu schütteln, nickte sie nun. „Ja, ich habe diese Frau Uhrmacher gekannt." Erster Fehler. Sie hätte nicht die Vergangenheitsform verwenden dürfen. „Aber schon vor Wochen wieder aus meinem Gedächtnis gestrichen", fügte sie rasch hinzu. Hoffentlich reichte das. In Koflers Gesicht konnte sie jedenfalls nichts lesen, das als Überraschung oder Zweifel zu interpretieren gewesen wäre. Aber vielleicht hatte der ja ein professionelles Pokerface.

„Wissen Sie, was für ein ..." Kofler zögerte kurz. „... Verhältnis zwischen den beiden ... herrschte?" Wiederum nickte Alexandra. „Er hatte eine ... außereheliche Beziehung mit dieser Frau, mein Mann, Anton. Er hat sie aber beendet, vor unserer Reise in die USA, wo er dann ..." Alexandra brach den Satz ab. Kofler nickte verständnisvoll. „Bei welchem Anlass haben Sie Frau Uhrmacher kennengelernt?" Das Zittern hatte aufgehört. „Ich habe sie bei einem Abendessen erstmals getroffen.

Sie war damals mit einem Freund meines Mannes ..." Alexandra zögerte kurz. „... zusammen. Später hab ich sie mit meinem Mann in flagranti erwischt. Ich bin ihm gefolgt, weil ich einen Verdacht hatte." Alexandra wich dem Blick des Polizisten aus und besah ihre Hände.

„Es hat auch noch telefonische Kontakte gegeben, als Sie in den USA waren. Wussten Sie davon?" Alexandra schüttelte trotzig den Kopf, wagte aber nicht, dem Polizisten in die Augen zu sehen. „Ich ... nein, ich hatte keine Ahnung. Ich hatte gehofft, dass er nie mehr zu dieser Frau geht, er hat es mir jedenfalls hoch und heilig versprochen." Ihre Stimme klang leise, gebrochen. Das war gut so.

Kofler seufzte. „Wissen Sie, wir haben so gut wie keine Spuren in diesem Fall. Niemand scheint zu wissen, wo diese Frau sich aufhält, ob sie untergetaucht ist, ob sie jemandem im Weg war. Es wäre immerhin denkbar, dass so ein Dreiecksverhältnis ... ja, dass es etwas mit ihrem Verschwinden zu tun hat. Wir müssen jeder Möglichkeit unsere Aufmerksamkeit widmen, wissen Sie!" Kofler stand auf.

„Was ich gerne noch wissen würde ..." Anstatt sich Alexandra zuzuwenden, sah er zum Fenster hinaus. „Hat ihr Mann, ich meine, Sie müssen ja mit ihm geredet haben, über diese Affäre ... hat er irgendwas gesagt, das uns weiterhelfen könnte?" „Nein, nichts. Nichts, woran ich mich erinnern kann." Aber noch während Alexandra den Kopf schüttelte, fiel ihr ein, dass sie eigentlich auch in diesem Punkt ruhig bei der Wahrheit bleiben durfte. Konnte höchstens von ihr ablenken. „Ja, doch!" Kofler drehte sich um. Er war attraktiv. Und sympathisch, keinesfalls so wie die Polizisten im Fernsehen. Die waren meist entweder ruppig oder völlig neurotisch. „Doch, etwas fällt mir ein. Sie haben sich wegen eines Grundstücksdeals kennengelernt, nein, genauer: Diese Frau wollte sich ein Haus bauen lassen. Mein Mann ist ... war Architekt. Auf einem teuren Grundstück, am Südhang, außerhalb."

Diesmal zog Kofler seine Augenbrauen hoch. „Sieh an. Wir waren an sich davon ausgegangen, dass die Dame finanziell eher in Schwierigkeiten steckte. Aber das haben Sie wahrscheinlich ohnehin schon in der Zeitung gelesen." Kofler wartete keine Antwort ab und streckte ihr die Hand hin. Alexandra nahm sie und drückte zu. Fest und trotzdem gefühlvoll, warm und sicher war sein Händedruck. Kein besitzergreifendes Grabschen, kein lasches Vorbeiziehen. Am Händedruck eines Menschen konnte man vieles erkennen, fand Alexandra. Auch seine Augen waren interessant, sein Lächeln.

„Es tut mir leid, dass ich Sie erschreckt habe." Er wandte sich zur Tür, dreht sich aber, die Hand auf der Türschnalle, noch einmal um. „Sie verstehen das sicher. Eine Person tot, eine andere, die in einer, sagen wir einmal, nahen Beziehung zu ihr gestanden hat, verschwunden." Er ließ die Türschnalle los, wandte sich noch einmal Alexandra zu und breitete die Arme aus. „Da stellen wir uns natürlich Fragen. Auch ich, nicht nur Frau Marihart. Ob Sie uns vielleicht doch noch etwas zu sagen haben. Sie dürfen nicht vergessen, was den Tod Ihres Mannes betrifft – Sie hatten Motiv und Gelegenheit." Er zuckte mit den Schultern, fast, als wollte er sich entschuldigen. Alexandra lief es kalt den Rücken hinunter. „Wenn Ihnen also doch noch etwas einfällt ..." Er zog eine Visitenkarte aus seiner Sakkotasche und hielt sie Alexandra mit spitzen Fingern entgegen. Sie schüttelte den Kopf, brachte noch ein „Nein, nichts!" hervor, nahm ihm die Karte aber dennoch ab.

Hatte ihr Kofler zugezwinkert, bevor die Tür hinter ihm ins Schloss gefallen war? Garantiert wusste auch er über ihren Lottogewinn Bescheid. Schon wieder einer, der hinter ihren Millionen her war? Er war zwar freundlich gewesen, schien ihr Glauben zu schenken, aber jetzt, zum Schluss? War das eine Drohung gewesen? Sie würde sich gut überlegen müssen, was sie sagte, sollte die Polizei noch einmal bei ihr vorstellig werden. Bisher hatte alles geklappt wie am Schnürchen, jetzt durfte einfach nichts mehr schiefgehen.

„Was war denn los?“ Sophie konnte mit ihrer Neugier nicht hinter dem Berg halten. Alexandra sah keinen Grund, ihr eine Lügengeschichte aufzutischen. Lügen war ohnehin immer viel mühsamer, als bei der Wahrheit zu bleiben. „Die Frau ist verschwunden, mit der Anton ... mit der du Anton vor dem Restaurant gesehen hast. Und der Herr war Chefinspektor Kofler. Der wollte wissen, was ich über das Verhältnis von Anton zu der Frau weiß.“ Alexandra zuckte mit den Schultern, um darauf hinzuweisen, dass sie weder etwas wusste noch viel gesagt hatte. Jetzt doch eine kleine Lüge. Sophie war zufrieden und wandte sich wieder ihrem Bildschirm zu.

Am Abend, nach zehn, als die Kinder schon im Bett waren und Alexandra unentschlossen um den Computer herumschlich, wo die Übersetzungsarbeit auf sie wartete, klingelte ihr Handy. Mirko. „Kann ich kurz vorbeikommen?“ „Ich weiß nicht, die Kinder ...“ „Es wäre wirklich dringend. Die schlafen doch schon, oder?“ Alexandra war nicht wohl bei dem Gedanken, Mirko gegenüberzustehen, hier, mit den Kindern im Haus. Manchmal kam Annika noch einmal herunter, weil sie nicht schlafen konnte. „Ich komm rasch. Ich schick dir ein SMS, wenn ich da bin, dann muss ich nicht klingeln." Er legte auf. Was konnte so wichtig sein? Wollte er sie bloß sehen, oder war etwas passiert? Sie schloss die Datei mit dem Erotikroman. An Übersetzen war jetzt ohnehin nicht mehr zu denken. Einerseits freute sie sich auf Mirko, auf seine Nähe, ja, auch auf seinen Körper. Aber warum musste das jetzt sein, so dringend, so spät? Gleichzeitig angespannt und erregt wartete sie auf Mirkos SMS. An der Haustür.

„Sie waren bei mir. Die Polizei. Und sie haben etwas." Mirko war außer Atem, küsste sie flüchtig, wollte sich nicht einmal die Zeit nehmen, mit nach oben zu kommen. Alexandra zog ihn am Arm zur Treppe. „Komm ins Wohnzimmer und setz dich erst einmal hin!"

„Sie haben mir ein Bild gezeigt. Von uns, im Auto. In deinem Auto. Bei der Mautstelle war eine Kamera." Alexandra schoss die Angst durch den ganzen Körper, ihre Knie wurden weich, sie schaffte es gerade noch, in der Küche auf einen Stuhl zu sinken. „Hast du das Foto?" Mirko schüttelte den Kopf. „Er hat es mir nur gezeigt, nicht dagelassen." „Wer?" „Kofler heißt er. Und eine junge Polizistin hat er bei sich gehabt. An den Namen erinnere ich mich nicht mehr. Was sollen wir denn jetzt tun?" Alexandra hatte sich ein wenig gefangen. Sie holte die Whiskyflasche von der Anrichte, dazu noch das erstbeste Glas aus dem Schrank. Nachdem sie selbst einen Schluck genommen hatte, schob sie Mirko das Glas hin. Der zitterte, als er es anhob. Dann aber nahm er einen großen Schluck.

„Erzähl einmal genau, wie das Gespräch verlaufen ist." Mirko griff nach ihrer Hand, doch in seinem Zupacken spürte sie keine Zuneigung, keine Zärtlichkeit, nur Angst und Panik. War jetzt der Zeitpunkt gekommen, wo er sie alleine ließ, wo er zur Polizei rennen und alles gestehen würde? Nein, dazu durfte es auf keinen Fall kommen. Alexandra warf einen gedankenverlorenen Blick auf die halbvolle Whiskyflasche, die sie auf dem Tisch stehen hatte lassen.

„Er hat mir das Foto einfach hingelegt. Und mich gefragt, ob ich mich daran erinnern kann, wo und wann es aufgenommen worden ist. Und ich fürchte, dass ich da kurz gezögert habe, er hat sicher gemerkt, dass ich Angst habe. Ich habe mich verraten!" Mirko drückte ihre Hand schmerzhaft fest. Die seine war schweißnass. Alexandra sah ihm ins Gesicht. Ein paar Haarsträhnen klebten auf seiner feuchten Stirn. War Mirko wirklich die Unterstützung, die sie sich erhofft hatte? Wenn er beim kleinsten Problem schon zusammenbrach?

„Was hast du denn dann gesagt?" „Dass ich ... dass wir ... Ich habe schließlich zugegeben, dass wir eine Beziehung begonnen haben. Das war doch nicht falsch, oder?" Alexandra schüttelte den Kopf. „Und dass wir an dem Abend einfach hinaufgefahren sind, zusammen, um in Ruhe über alles zu reden, über die Vergangenheit und die Zukunft und so." Alexandra zog fragend die Augenbrauen hoch. „Ja, weil es doch herunten so heiß war. Ich hab ihnen erzählt, wir wollten einfach hinauf auf den Berg, weil uns so heiß war." Jetzt nickte Alexandra. War ja keine schlechte Strategie gewesen, Mirkos Erklärung. Kam nur darauf an, wie er sie präsentiert hatte. Wie die Polizisten seine Nervosität deuten würden.

„Ich hab ihnen auch gesagt, dass mir das peinlich wäre, wenn unsere ..." Er stockte kurz, sah ihr ins Gesicht. Alexandra gab sich Mühe, einen möglichst gelassenen Gesichtsausdruck zur Schau zu stellen. „... Beziehung?" Er führte den Satz nicht zu Ende, Alexandra nickte kaum merklich, um ihn aufzufordern, weiterzusprechen. „Dass wir also nicht wollen, dass das öffentlich wird, weil doch erst so kurze Zeit seit Antons Tod ..." Alexandra strich ihm beruhigend über den Unterarm.

Innerlich allerdings war sie bei Weitem nicht so so ruhig, wie sie sich gab. Ein Foto von Mirko und ihr bei der Mautstelle der Gletscherstraße, das war schlecht. Womöglich würde man in dieser Gegend zu suchen beginnen. Mirkos Erklärung schien allerdings einigermaßen plausibel. Aber was, wenn die Polizei weiter nachhakte, wenn sie eine Genehmigung bekam, ihr Auto und ihr Haus zu durchsuchen? Mit den modernen Methoden würde man überall etwas finden, jederzeit, da konnte man putzen, bis man schwarz wurde. Die Weinflasche zumindest, die Goldlöckchen zum Verhängnis geworden war, die war geleert und längst im Altglascontainer gelandet. Alexandra hatte darauf geachtet, dass sie zersprang, als sie sie mit Schwung durch das Loch beförderte. Da würde es keine Spuren mehr geben. Wesentlich unangenehmer würde es werden, wenn ein ähnliches Foto von ihr in Goldlöckchens Mini auftauchte. Dann war sie geliefert, denn dafür gab's keine Erklärung.

Mirko atmete nun etwas ruhiger. „Glaubst du, sie finden was?" Alexandra zuckte mit den Schultern. Woher sollte sie das wissen? Man konnte nur hoffen, dass Goldlöckchens Leiche von den Vögeln aufgefressen wurde, bevor jemand die Reste fand. Sie zweifelte mittlerweile daran, ob es eine gute Idee gewesen war, Mirko ins Vertrauen zu ziehen und seine Hilfe anzunehmen. Aber sie hatte keine Wahl gehabt. Jetzt, so schien es, begann er eine Last zu werden.

Mirko stand auf und zog sie an sich, drückte seine Lippen an ihren Hals. Alexandra ließ es geschehen, ohne zu wissen, warum. Aber als er begann, ihre Bluse hochzuschieben, drückte sie seine Hände von sich weg. „Nicht jetzt, Mirko. Die Kinder sind im Haus. Die könnten jederzeit runterkommen, manchmal wachen sie nachts auf." Eine Ausrede, eine billige noch dazu. Sie wollte jetzt einfach nicht, es gab so vieles zu überlegen, nachzudenken, wie sie sich weiter verhalten sollten. Männer sahen zu oft die einfache Lösung eines Problems im Sex.

„Setz dich hin", sagte sie und schob ihn sanft auf einen Stuhl. „Denken wir noch einmal darüber nach, wie wir vorgehen, wenn die Polizei wiederkommt." Mirko nickte und schenkte sich noch einen Schluck Whisky ein. „Wir waren also zusammen an der Gletscherstraße. Haben sie dich gefragt, wie weit wir hinaufgefahren sind? Ob uns jemand begegnet ist?" Mirko schüttelte den Kopf. „Haben sie sonst irgendwas gefragt, was ich noch nicht weiß?" „Na ja, wann wir bei dir weg sind und wann wir wieder zurück waren. Ich hab ungefähr das gesagt, an was ich mich noch erinnere." Alexandra überlegte. Viel schien die Polizei nicht zu wissen.

Gut, dass Mirko gleich zu ihr gekommen war. So konnten sie sich wenigstens nicht widersprechen, wenn Kofler oder Marihart auch bei ihr noch einmal auftauchten. Alexandra wusste genug über die Möglichkeiten der Polizei, sie hatte schließlich schon viele Gespräche mit den Krimiautoren geführt, die sie seit Jahren betreute. Manche von denen hatten zwar keine Ahnung von tatsächlicher Polizeiarbeit, aber es gab auch einzelne, die waren die reinsten Enzyklopädien. Hatte die Polizei tatsächlich nicht mehr als das Foto, würde es keine Genehmigung für eine Überwachung ihrer Telefone geben, und man würde auch kaum Geld lockermachen, um die Gletscherstraße so genau abzusuchen, dass man womöglich eine Faserspur auf einer Leitschiene fand. Sie mussten sich bemühen, das Ganze realistisch zu sehen.

Und jetzt würde sie Mirko nach Hause schicken. „Ich will jetzt schlafen gehen, Mirko. Ich muss morgen früh aufstehen. Die Kinder müssen wieder in die Schule, ich muss zur Arbeit." Mirko sah schockiert auf. Anscheinend konnte er nicht fassen, dass sie ihn jetzt loswerden wollte. Sie musste ihn beruhigen. „Ich will dich gerne wiedersehen, Mirko. Bald. Aber heute ist es einfach zu spät. Und ich bin auch irgendwie ... unruhig." Mirko nickte, erhob sich schwerfällig und trabte die Stufen zur Haustür hinunter. Bevor Alexandra ihm öffnete, bekam er noch einen langen, liebevollen Kuss. Ihr war bewusst, dass sie Mirko bei Laune halten musste.

XVIII

Am nächsten Morgen tauchen zwei Polizisten in meinem Zimmer auf, die Frau in Zivil, der Mann in Uniform. Sie begrüßen mich in einer Art künstlicher Fröhlichkeit. Die Frau zieht sich einen Stuhl zum Bett, der Mann bleibt stehen. Nach ein paar einleitenden Floskeln wird ihre Miene ernst. „Wir haben eine sehr traurige Nachricht für dich. Dein Freund hat den Sturz leider nicht überlebt. Wir haben seine ... ihn noch heute Nacht am Flussufer gefunden." Ich beginne leise zu wimmern, die Frau streicht mir über die Stirn, steckt ein paar verlorene Haarsträhnen hinter mein Ohr.

„Glaubst du, du kannst uns ein paar Fragen beantworten?" Ich nicke. „Wir müssen den Unfallhergang rekonstruieren. Fremdverschulden, denke ich, können wir ausschließen." „Fremdverschulden?" Ich gebe mich dämlich. Die Frau räuspert sich. „Ja, dass jemand anderer ..." Ich bleibe harmlos. „Da war doch niemand anderer!", widerspreche ich. Der Mann mischt sich ein. „Wir müssen sichergehen, dass niemand nachgeholfen hat, dass er hinunterstürzt." Die Frau wirft ihrem Kollegen einen vorwurfsvollen Blick zu. „Jakob!" Sie wendet sich wieder mir zu und nimmt meine Hand. „Erzähl uns einfach einmal, wie es zu diesem Unglück gekommen ist!"

Ich nehme mir vor, bis auf nebensächliche Einzelheiten bei der Wahrheit zu bleiben. „Kann Ihr Kollege rausgehen?", frage ich. „Es ist mir peinlich!" Sie nickt. „Wartest du kurz draußen?" Der Kollege faucht abschätzig, macht sich aber doch davon. Ich bin mit der Frau alleine. „Ich heiße übrigens Ulrike", sagt sie. „Alexandra", sage ich, und sie nickt. „Wir sind hinaufgegangen, damit wir ein bisschen für uns allein sein können ...", beginne ich. „Martin muss ...", ich korrigiere mich,

„... musste immer trinken, Alkohol, Wodka mit Energydrinks.“ Ulrike nickt. „Wir haben ...“ Ich stocke. „Habt ihr ein bisschen rumgeschmust, da oben?“ Sie lächelt. „Mehr“, antworte ich. Eine senkrechte Falte erscheint auf ihrer Stirn. „Sex?“, flüstert sie. Ich nicke. Es wäre völlig falsch, das abzustreiten. Wahrscheinlich können die Gerichtsmediziner das nachweisen, und dann weiß man gleich, die Zeugin hat die Wahrheit gesagt. „Kondom?“, fragt sie. Ich nicke wiederum. „Werden wir das da oben noch finden?“ Ich nicke etwas verzagt. Wenigstens ist jetzt klar, warum mir die Befragung peinlich ist. „Und dann?“ Ich zögere. „Er hatte schon ziemlich viel getrunken. Die Wodkaflasche ist mit ... Er hat sie in der Hand gehabt. Ich habe es klirren gehört.“ „Wir haben die Scherben schon gefunden“, sagt sie. „Wie viel hat denn in der Flasche gefehlt?“ „Mehr als die Hälfte, glaube ich. Und das hat alles er getrunken, ich trinke so was nicht.“ Ulrike nickt. „Das würde in etwa mit dem Alkoholspiegel in seinem Blut übereinstimmen.“ Sie nickt mir aufmunternd zu. „Dann ist er nach vorn, zum Abgrund. Ich soll hinkommen, der Mond spiegelt sich so schön im Fluss, hat er gesagt. Ich hab aber Angst gehabt, ich habe Höhenangst.“ Ich schlage die Hände vor das Gesicht und beginne zu schluchzen. „Und dann?“, fragt sie, vorsichtig, und nimmt mich in den Arm. „Dann war er plötzlich ...“ Meine Stimme versagt. „Scheiße, hat er noch ...“ „Danke!“, sagt Ulrike. „Das reicht. Ich möchte dich nicht länger quälen, die Sachlage ist ohnehin klar.“ Sie verabschiedet sich und streicht mir zum Abschied über die Wange.

Zum Begräbnis von Martin muss ich nicht. Die Psychologin meint, das wäre eine zu große seelische Belastung für mich.

18

In den folgenden Tagen geschah nichts, absolut gar nichts. Nur selten allerdings gelang es Alexandra, die Gedanken an ein neuerliches Verhör durch die Polizei zu verdrängen, bei jedem Telefonklingeln, bei jedem Läuten der Türklingel zuckte sie zusammen.

Was allerdings doch geschah war, dass Annika zustimmte, Spitfire zu verkaufen. Unter der Bedingung, dass sie jederzeit reiten gehen durfte, wenn sie darauf Lust hatte. Alexandra war erleichtert. Im Hochsommer war es ihr zu heiß gewesen, jetzt im Herbst rümpfte Annika jedes Mal die Nase, wenn auch nur ein paar Regentropfen an die Fenster schlugen und Alexandra vorschlug, sie solle doch wieder einmal Spitfire besuchen. Eine Reiterin würde aus dem Mädchen nicht werden, so viel war gewiss.

Mirko war seit ihrem abendlichen Gespräch über den Besuch Inspektor Koflers nicht mehr zu ihr gekommen. Gelegentlich trudelten verliebte SMS-Botschaften ein, angerufen hatte er nicht. Man würde sehen, was aus ihnen werden würde.

Dann erschien der große Artikel in der Tageszeitung über die verschwundene „Kaffeehauskönigin". Es war das auflagenstärkste Blatt, das vor keiner Übertreibung, vor keiner Lüge zurückschreckte, wenn es darum ging, Publikum zu finden. „Millionen Schulden – Kaffeehauskönigin in Karibik?", lautete die etwas holprig formulierte Schlagzeile. Alexandra überflog den zweiseitigen Artikel beim Frühstück. Nach wie vor sei die Frau verschwunden, hieß es. Alle Spuren seien im Sand verlaufen. Ihr Auto sei nahe ihrer Wohnung gefunden worden, ihre elf Cafés überschuldet, mit mehreren Millionen stehe sie bei den Banken in der Kreide. Ein paar große Farbfotos gab es bei dem Artikel noch, eines zeigte Goldlöckchen im tief dekolletierten Ballkleid. Auf dem Bild hatte sie ihre blonden Engelslöckchen zu einem Turm aufgesteckt, Alexandra hätte sie fast nicht erkannt. Im ganzen Beitrag war nirgends von dem Verdacht eines Verbrechens die Rede. In der linken unteren Ecke war eine verhärmte Kellnerin abgebildet: „Jessica E. wartet seit sechs Wochen auf ihr Gehalt – die Chefin ist mit den Millionen über alle Berge." Welche Millionen Goldlöckchen veruntreut haben sollte, war dem Bericht nicht zu entnehmen.

Alles in allem war die Sache für Alexandra äußerst beruhigend – nicht einmal die Wühlmäuse der Sensationspresse hatten irgendwas herausbringen können, das nur entfernt an die Wahrheit heranreichte. Jetzt brauchten sie nur noch den Winter zu überstehen, dann würde Goldlöckchen endgültig Geschichte sein. Von den Geiern gefressen. Oder von den Mardern, was auch immer.

An einem Montagmorgen im Oktober, gerade als Annika zu ihrer Projektwoche in Vorarlberg aufbrechen sollte, kam der Brief vom Gericht. Die Verlassenschaft war erledigt, sie konnte über ihr Geld verfügen. Jedes der Kinder würde acht Millionen Euro bekommen, sobald es volljährig war. Bis dahin konnte Alexandra darüber entscheiden, hieß es, in welcher Form das Geld angelegt werden sollte. Von ihrem eigenen Geld, so hatte sie sich überlegt, würde sie nur einen kleinen Teil behalten. Für ihre Mutter und Tobias je eine bescheidene Wohnung, allein das würde schon mehr als eine halbe Million verschlingen. Dazu eine großzügige, aber nicht protzige Renovierung des Hauses – sie mussten sich während des Umbaus anderswo einmieten, denn die gesamte Heizung samt aller Rohre musste erneuert werden, das bedeutete umfangreiche Stemmarbeiten in allen Räumen. Dazu Wasser- und Stromleitungen, alles zusammen, hatte sie sich ausgerechnet, noch einmal etwa 200.000 Euro. Und schließlich hatte sie Martin eine Beteiligung am Verlag bereits zugesagt, und diese Zusage wollte sie einhalten. Der Rest des Geldes würde an eine große gemeinnützige Organisation gehen. Die würde schon wissen, was man damit Gutes tun konnte. Auf keinen Fall wollte sie ihren Namen auf einer Bronzeplakette an irgendeinem Kinderheim lesen, ihr Name würde nirgends genannt werden dürfen.

Als Alexandra Annika zum Bahnhof brachte, fühlte sie sich von den anderen Müttern unverhohlen angestarrt. Kaum eine wagte es, sich unbefangen zu unterhalten, über ein verhaltenes „Hallo!" hatte sich noch niemand hinausgewagt. „Tschüs, Mami!" Annika zog sie zu sich hinunter und drückte ihr einen Kuss auf die Wange. „Mach dir keine Sorgen!" Alexandra musste rasch weg, im Verlag wartete man auf sie. Verwundert stellte sie fest, dass die meisten anderen Mütter keine Anstalten machten, ihre Kinder allein zu lassen. Manche hatten die Griffe der Koffer fest umklammert und waren offensichtlich wild entschlossen, ihre Nachkommen bis ins Abteil zu begleiten.

Seltsam befreit stieg sie in die Straßenbahn. Ihr Geld würde bald weg sein. Von Goldlöckchen keine Spur, dem Aufmacher im Sensationsblättchen waren keine weiteren Nachrichten gefolgt. Also gab es auch keine, niemand interessierte sich mehr für ihr Verschwinden. Vielleicht sollte sie einmal Mirko anrufen, er musste sich doch inzwischen beruhigt haben. Obwohl, der Fels in der Brandung, als der er ihr zunächst erschienen war, war er anscheinend doch nicht.

Und dann, am Nachmittag, läutete es an der Haustür. Alexandra seufzte. Die Übersetzungsarbeit war wirklich dringend, deshalb war sie nach dem Mittagessen nach Hause gefahren, um in Ruhe und konzentriert weiterarbeiten zu können. Der Montag war günstig, Max ging von der Schule mit einem Freund nach Hause, dort aß er auch zu Mittag und ging danach mit Severin direkt ins Karatetraining. Sie würde ihn erst um fünf dort abholen müssen.

Als sie die Tür nichtsahnend öffnete, stand Carmen grinsend vor ihr, die Zigarette vor der Brust zwischen zwei Finger geklemmt. „Hallo." „Was willst du?" Zu Freundlichkeiten war Alexandra nicht aufgelegt. Carmen sah schrecklich aus. Knochige, dürre Schultern ragten aus einem weiß-orange gestreiften T-Shirt heraus, das schon bessere Zeiten gesehen hatte. Die Stimme knarrte, und die Falten um Mund und Augen waren seit ihrem letzten Besuch auch nicht weniger geworden. Was wollte diese Vogelscheuche nur? Ganz klar, sagte sich Alexandra, die will Geld.

„Kann ich reinkommen?" Alexandra überlegte. Am liebsten hätte sie Carmen die Tür ins Gesicht geknallt, andererseits aber interessierte sie doch, mit welchem Trick sie diesmal versuchen würde, ihr Geld herauszulocken. Wann war das noch mal gewesen, als sie mit ihrer Freundin aufgetaucht war? Ach ja. Anton hatte sie damals anscheinend ganz amüsant gefunden. Aber lange, so erinnerte sie sich, hatte der Besuch nicht gedauert.

„Zeit habe ich eigentlich nicht!", antwortete Alexandra seufzend und gab die Haustür frei. Ohne sich umzusehen, ging sie vor Carmen die Treppe hinauf und wies unwirsch auf einen Stuhl am Küchentisch. „Kaffee, vielleicht?" Carmen nahm Platz, schlug die Beine übereinander und gab den Blick frei auf Jeans, die an den

Knien löchrig und ausgefranst waren. Beide Arme hatte sie mit wilden Mustern tätowiert. Es war ein Fehler gewesen, sie hereinzubitten.

„Wenn du nichts Stärkeres hast ...?“ Carmen grinste unverschämt und zog ein Zigarettenpäckchen aus ihrer schmierigen Handtasche. Jetzt, fand Alexandra, war es genug. „Hier hat noch nie jemand geraucht, seit wir das Haus bewohnen. Und heute wird es sicher keine Premiere geben!“ Alexandra holte die Whiskyflasche aus dem Wohnzimmer und knallte sie auf den Tisch. Daneben stellte sie zwei Gläser. Carmen sah etwas eingeschüchtert zu ihr hoch. „Lieber hätte ich einen Prosecco“, maulte sie. Alexandra dachte an die Flasche Weißwein, die immer noch, oder vielmehr schon wieder, im Kühlschrank lag. Die konnte sie haben. Aber nicht so, wie sie es sich wünschte, so sicher nicht. „Whisky oder Kaffee.“
„Okay, Okay.“

Alexandra knallte noch ein Glas Wasser auf den Tisch und setzte sich Carmen gegenüber. „Was willst du von mir? Und bitte schnell, denn ich habe nicht viel Zeit. Auch wenn du es dir vielleicht nicht vorstellen kannst, aber ich habe zu tun. Arbeit. Schreiben. Übersetzen. Was du wahrscheinlich beides nicht kannst.“

Carmens schenkte sich reichlich Whisky ein und goss einen Fingerbreit Wasser dazu. Nach dem ersten Schluck verzog sie den Mund. „Eklig. Ob es mit Eis besser schmeckt?“ Alexandra antwortete nicht. Stattdessen begann sie, mit den Fingern auf die Tischplatte zu trommeln. „Ich versteh echt nicht, warum du so unfreundlich bist zu mir. In der Schule haben wir uns doch so gut verstanden ...“ Carmen hatte einen beleidigten Tonfall angeschlagen. Alexandra schwieg.

Carmen seufzte. „Es ist ja nur ... jeder weiß, dass du einen Haufen Geld hast. Und ich möchte mir einen

Friseursalon einrichten. Aber von der Bank kriege ich kein Geld." „Vergiss es. Mein Geld habe ich bereits verschenkt." Carmen, so fand Alexandra, musste nicht die ganze Wahrheit erfahren. „Und der Rest gehört den Kindern. Die kannst du anpumpen, sobald sie volljährig sind. Wenn du's noch so lang machst." Carmen starrte sie aus schwarz umrandeten Augen verständnislos an. „Verschenkt? Du willst mich wohl verarschen?" Die konnte sich offenbar wirklich nicht vorstellen, dass man Geld verschenkte. „Schenk doch mir was! Ich brauch's ganz dringend!" „Träum weiter!" Alexandra sah zu, wie Carmen noch einen Schluck nahm. Sie schien zu überlegen. Und noch ein Schluck. Der Whisky schien ihr bereits wesentlich besser zu schmecken.

Sie sah zu Alexandra auf und grinste schräg. „Ich glaub, du wirst mir das Geld doch geben. Auch wenn du gar nicht willst." Was war los? Drohte ihr diese verkommene Gestalt? Womit denn? Das war ja lächerlich.

„Ich glaube, du gehst jetzt besser." Alexandra stand auf. Carmen leerte ihr Glas und knallte es auf den Tisch, sodass Alexandra zusammenfuhr. „Ich gehe nicht! Mir hat nämlich ein kleines Vögelchen etwas zugezwitschert. Und wenn ich das der Polizei erzähle ..." Alexandra erschrak. Aber was konnte diese Witzfigur wissen? Trotzdem, sie musste erfahren, worauf diese Carmen hinauswollte. Das beste Mittel, sie zum Reden zu bringen, war wohl noch ein wenig Whisky. Alexandra setzte sich und schenkte nach.

„Und was hat dir das Vögelchen zugezwitschert?" Carmen verzichtete diesmal auf Wasser und nahm einen Schluck puren Whiskys. Der Blick, den sie Alexandra zuwarf, war bereits glasig. „Dass du deinen Mann um die Ecke gebracht hast. Und mit dem Verschwinden der Uhrmacherin hast du bestimmt auch etwas zu tun."

Alexandra war wie vom Donner gerührt. Hatte sie richtig gehört? Für einen kurzen Moment rauschte ein heftiger Strom durch ihre Ohren. Sie musste sich an der Tischplatte abstützen, um nicht das Gleichgewicht zu verlieren. Was wusste diese Ratte? Und von wem? Sie musste weitersprechen, nicht aufhören. Alexandra schenkte nach, Carmen trank.

„Also, wer hat dir diesen Blödsinn erzählt?“ Alexandra versuchte es in mütterlichem Ton und sah gleichzeitig auf die Uhr. Nur eine gute Stunde hatte sie noch, dann würde sie Max abholen müssen. Bis dahin musste Carmen verschwunden sein. Sie taxierte ihren Körper. Carmen war sicher leichter als Goldlöckchen, sie bestand ja nur aus Haut und Knochen.

„Kein Blödsinn!“, lallte Carmen. „Die Uhrmacherin hat’s mir selber erzählt!“ Reden lassen, dachte Alexandra, nicht einmischen, nur reden lassen. „Weil deine Friseurin, die erfährt alles von dir, alles!“ Alexandra konnte das nicht bestätigen. Hätte es die Möglichkeit gegeben, wortlos frisiert zu werden, sie hätte diese Option gewählt. Das seichte Geplauder über Urlaube und Wetter war ihr zuwider. Ihre Friseurin hatte einmal von einer Reise nach Kreta erzählt, aber nicht einmal den Namen des Ortes nennen können, in dem sie ihren Urlaub verbracht hatte. Aus dem All-inclusive-Resort war sie nie hinausgekommen.

„Und ich!“ Carmen richtete den Zeigefinger auf ihre Brust und grinste. „Ich war ihre Friseurin. Die von der Uhrmacherin. Und sie hat mir allerhand erzählt.“ Alexandra hätte sich gerne auch einen Whisky eingeschenkt. Ihr Herz schlug viel zu schnell, und ihre Knie zitterten unter dem Tisch. „Und es hat, es hat lang gedauert!“ Sie schrie nun fast. „Bis ich begriffen habe, dass sie von deinem Mann redet. Von deinem!“ Unsicher schnellte ihr Zeigefinger vor und deutete irgendwo hinter Alexandra ins Leere. „Aber das konnte ja nur deiner sein. Der Millionengewinner, der sich auch den Traum von einer neuen Frau erfüllen wollte, einer ganz neuen! Die hat sich den Busen operieren lassen und die Nase! Und sie war noch gar nicht fertig mit dem ganzen Herumschnippeln." Sie ahmte die Bewegungen einer Schere mit den Fingern nach.

Plötzlich verzog Carmen das Gesicht, ihre Lippen begannen zu zucken, Tränen sammelten sich in den Augenwinkeln. „Und sie hat mir auch erzählt, dass er ihr versprochen hat, sich nach der Amerikareise von seiner dämlichen Frau zu trennen! Und zu ihr zu kommen! Und als ich dann erfahren habe, dass der Mann einen Unfall hatte, da war mir natürlich alles klar!" „Was denn?", fragte Alexandra. Sie konnte das Geschwafel der Betrunkenen nicht mehr ertragen. Wie war diese Idiotin durch ein paar unbedachte Worte Goldlöckchens der Wahrheit so nahegekommen?

Carmens Weinen schlug wieder in ein Grinsen um, erneut schnellte der Zeigefinger vor. „Du warst es. Du hast gewusst, dass er samt seinen Millionen zur Uhrmacherin gehen wollte. Und mit ihr ein Haus bauen. Und deshalb hast du ihn gekillt." Alexandra schüttelte den Kopf. Sie war nicht imstande, auch nur ein weiteres Wort hervorzubringen. „Und jetzt!" Carmen zog die Whiskyflasche zu sich heran, nahm einen Schluck. „Und jetzt ist die Uhrmacherin auch weg!" Alexandra fragte sich, wie vielen Leuten Goldlöckchen noch von Anton und seinen Millionen erzählt hatte. Wenn sogar ihre Friseurin ...

Carmen sank auf die Tischplatte, legte ihren Kopf auf ihren mageren, tätowierten Unterarm. Alexandra stand auf. Da war immer noch die Weinflasche. „Ich nehme mir jetzt ein Glas Weißwein." Zittrig hatte ihre Stimme geklungen. Ob Carmen Verdacht schöpfte? Keine Reaktion. Alexandra öffnete den Kühlschrank. Da lag sie. Grün, kühl und schwer. Sie konnte es machen wie beim letzten Mal. Carmen schaffte sie auch alleine.

Sie zog die Flasche vom Glasboden, wog sie in ihrer Hand, schloss ihre Finger fest um den Flaschenhals. Drückte die Tür des Kühlschranks zu. Ein leises Plopp. Hob die Flasche an. Carmen schien eingeschlafen zu sein. Kein Mucks, nur leises Atmen. Man durfte nicht zu fest zuschlagen, damit es keine Sauerei gab. Bei Goldlöckchen war es genau richtig gewesen. Nicht zu leicht und nicht zu fest. Kaum Blut. Jetzt. Sie durfte nicht länger warten.

In der Zehntelsekunde, in der sie die Flasche auf Carmens Kopf niedersausen lassen wollte, läutete die Türklingel. Alexandra hielt inne. So, als ob sie soeben aufgewacht wäre, starrte sie die Flasche in ihrer Hand an, die an ihre Seite heruntergesunken war. Was hatte sie gerade tun wollen? Carmen atmete ruhig, rührte sich nicht. Ohne sich dessen bewusst zu werden, öffnete sie den Kühlschrank, ließ die Flasche sanft an ihren Platz zurück gleiten, schloss die Kühlschranktür. Mirko? Oder kam Max früher nach Hause?

Sie taumelte die Stiege hinunter. Neuerliches Klingeln. Andauernder. Heftiger. Zögernd griff Alexandra nach dem Schlüsselbund, der am Türschloss hing, und drehte den Schlüssel herum. Ein Mann stand vor der Tür. Zerzaustes Haar, nasse Strähnen. Er stand im Regen. Schäbiges T-Shirt. Schwarz, mit einem stilisierten Totenschädel darauf. Walter. Er grinste. „Hallo, Schwesterchen. Mich hast du nicht erwartet, was? Na, jetzt sehen wir uns ja endlich wieder einmal. Ist Carmen schon da?"

Dank

Allein kann man zwar ein Buch schreiben, genauso, wie man allein schwanger sein kann. Ja, ich weiß schon: Da ist im Vorfeld auch noch jemand beteiligt. Genauso wie bei einem Buch, nur sind es da mehrere, doch das würde zu weit führen.

Um ein Buch – wie auch ein Kind – erfolgreich zur Welt zu bringen, braucht es schon ein paar Leute. Und so danke ich vor allem meiner Frau Ulrike, die wie immer die erste Testleserin abgegeben hat und unbestechlich und neutral auf unglaubwürdige Einzelheiten und ermüdende Längen im Text hingewiesen hat. Ebenso danke ich dem gesamten Team des Haymon Verlags, insbesondere meinem Lektor Georg Hasibeder sowie Linda Müller und Valerie Besl, die sich unermüdlich darum kümmern, dass ich bei Lesungen und Messen mein Publikum auch direkt erreiche. Besonderer Dank gebührt auch meinem Verleger Markus Hatzer und seiner Frau Petra, denen ich viel Vertrauen, inspirierende Gespräche und – nicht zuletzt – gutes Essen verdanke.

Zu guter Letzt möchte ich pauschal jenen Bibliothekarinnen und Bibliothekaren danken, die (meist ehrenamtlich) keine Mühen scheuen, um Lesungen zu einem wirklich aufregenden und erfüllenden Erlebnis werden zu lassen.